새로 풀어 본 고려가요

고가연구총서 4

새로 풀어 본 고려가요

고가연구회

보고사

머리말

고려가요의 연구사가 높이 축적되어 있는 가운데에, 한국 고전시가의 통서를 수립하는 목표를 가지고 10년 전서부터 모여서 공부해온 고가연구회가 지난번 향가 관련 2책에 이은 고려가요 관련 2책을 다시 출간하게 되었다. 작품론에는 문제가 많은 난해구를 중심으로 각기 한 작품씩 배당된 논문들이 실렸고, 일반론에도 연구사의 쟁점이 되는 사항에 초점을 맞춘 논문들을 실었다.

이들 논문이 최근의 고려가요 연구를 집약했다고 말하기는 어렵지만, 적어도 문제가 되며 쟁점 대상이 되는 사항들을 다룸으로써 고려가요 연구의 발전에 일정하게 기여하는 바가 있을 것이다. 비슷한 시기에 같이 한국 고전시가를 공부해온 연구자들이 모인 고가연구회는 주기적으로 발표 모임을 가지고 그 모임에서 정리된 내용을 출간하여 학계에 보고하기로 약속하면서 만들어졌다. 95년 결성되어 첫 번째 보고를『향가의 깊이와 아름다움』(2009),『향가의 수사와 상상력』(2010) 2책으로 마친 뒤에 두 번째 보고인 이번 2책을 내기까지 5년 간 자체 발표와 토론을 거친 논문을 학계에 미리 보고하기도 하면서 정리해 왔다.

고려가요라는 명칭은 고려국어가요와 경기체가를 아우르는 상위개념으로 쓰이기도 하고 고려국어가요만을 지칭하는 하위개념으로 사용되기도 한다. 또한 그것은 국어가요나 경기체가뿐 아니라 고려시대의 무가(巫歌) 계통 노래나 원가사는 없이 한역시의 형태로만 전하는 소악부(小樂府) 등을 모두 포함할 만큼 더 넓은 개념으로 사용되기도 한다. 본서에서 사용한 '고려가요'도 이러한 광의와 협의의 의미로 두루 쓰였다. 본서에서는 주로 고려국어가요를 연구대상으로 하였으나, 소악부나 무가계 노래 등도 포함하여 논의하였다. 한편, 고려국어가요에 해당하는 말로 고려속요, 속요, 고려속가 등도 흔히 쓰인다. 이들은 조금씩 다른 내포적 의미를 지닐 수 있기에, 본서에서는 이러한 용어들 또한 각론에서 별도의 수정 없이 사용할 수 있도록 하였다.

작품론에서는 그 동안 난해구로 알려졌던 여러 군데의 어휘들을 새로운 시각으로 재해석하였다. 고가연구회의 연구 방향이 양주동 선생이 창도하시고 최철 선생에게 이어져 내려온 바를 계승하여 문학적 해석을 전제한 해독을 추구하는 것이기에 문맥에 합당하지 않은 전대의 해독을 지양하여 원본에 밀착된 전편을 산출하려고 노력하였다. 어학의 체제를 원용하거나 음악학의 지식을 적용한 것도 완벽한 원본 산출이라는 목표에 충실하려는 노력에 지나지 않았다. 또한 어휘들이 산생된 배경을 중시한 고증 작업도 결국은 이 목표에 당도하려는 점에 있어서는 같은 방향의 연구에 해당된다.

고려가요 연구사는 초기 연구에 해당하는 장르의 명의 규정으로부터 쟁점을 일으키며 전개되어 왔다. 총론에서 다루는 문제는 연구사 초기로부터 쟁점화되어 온 근본적인 것이다. 근본에 대한 명확한 인식이 서야만 올바른 연구가 이끌어짐은 췌론의 여지가 없다. 명의와 작자 문제 그리고 역대의 수용 과정을 첫 번째 논문에서 논한 까닭이다. 또한, 정확한 원본 확정을 위한 어석 연구사를 정리하여 고려가요 연구의 발전적인 방향을 전망하여 보았다. 이어지는 각론으로는 한국시가 서정성의 본원이라고 할 수 있는 고려가요의 서정성을 탐구하고, 고려의 국교인 불교의 영향 문제를 따져보았으며, 당대인들의 고려가요 인식을 점검하기 위하여 소악부의 본령을 캐어 보았다. 고려가요 연구에 필수항이라고 할 운율의 문제를 한국시가 율격론 수립이라는 다음 단계 연구까지 염두에 두면서 다루었다. 또한 수사학의 차원에서 표현의 문제를 치밀하게 다룬 성과와, 음악학을 동원하여 여음구와 반복구의 의미를 천착한 성과는 고려가요의 다층적 해석에 기여하는 바가 클 것이라 기대한다. 일본에 보존되어온 동아시아의 고가악인 최마악은 앞으로의 고대가요 연구에 중요한 지표가 된다. 이에 대한 연구가 영성한 즈음에 본서에 관련 논문을 싣게 된 것을 한국 고대가요 연구사의 중대한 계기로 생각한다. 월령체 가사와 고려가요의 연장체 형식을 연계한 논문도 종전에 다루지 못한 새로운 연구 영역 개발이다.

위와 같은 내용의 고려가요 연구서 2권을 내면서 학계에 기여하는 바가 무엇인지를 헤아리지 않을 수 없다. 우선, 막다른 고비에 이른 듯한 느낌마저 주는 고려가요 연구에 새로운 관심을 불러일으키기를 바란다. 인문학계에 요즈음 나타난 반가운 현상인 대중적 취미의 확산에도 기여하기를 바란다. 양주동·최철 두 분 선사께서 계도하신 바대로, 눈 밝은 선비를 기다리는 먼 마음이란 그침 없는 고려가요 연구사의 발전을 기도하는 충직함이며, 우리들의 작은 노력은 그 마음의 발현일 따름이다. 이런 우리의 충심을 헤아려 출판을 주선해주신 보고사 김홍국 사장과 편집에 수고를 나누어주신 담당자 여러분께 고마운 생각을 전해 드린다.

2016년 3월
고가연구회 회원 일동

차례

새롭게 풀이한 〈청산별곡〉 — 【박재민】

〈이상곡〉, 누가 부른 노래인가 — 【김창룡】

〈쌍화점〉 제2연 '삼장ᄉ'와 '그뎔샤쥬'의 정체 — 【신명숙】

〈정과정〉의 성립 과정과 주제 전개 방식 — 【윤덕진】

언어문화학습교재로 읽는 〈동동〉 — 【길태숙】

민요로 읽는 〈유구곡〉·〈상저가〉·〈사모곡〉 — 【윤성현】

악장으로 읽는 〈만전춘별사〉 — 【김영수】

한국시가의 전통과 〈가시리〉 — 【김진희】

고려 〈처용가〉의 해석

◉

최철

1. 머리말

고려 〈처용가〉의 해석은 신라 〈처용가〉에 비해 볼 때, 연구가 그리 활발히 이루어지지 못했다. 본고는 고려 〈처용가〉의 노랫말 뜻을 다시 한 번 검증하고 정리하여 고려 〈처용가〉를 새롭게 자리매김하고자 하는 의도에서 출발한 것이다.

〈처용가〉는 『고려사』 악지 '고려속악'조에 간단한 내력이 실려 있다. 신라 때에 생긴 노래임을 밝힌 점으로 미루어보나, 노래의 앞머리가 '新羅盛代 昭盛代 天下大平 羅候德 處容아바'로 시작되는 것으로 보나, 이 노래가 신라 〈처용가〉에 뿌리를 두고 있음은 분명하다. 그런데 이를 삼국속악이 아닌 고려속악에 넣은 것은 이 노래가 신라 〈처용가〉와 구분되기 때문이며, 이는 오랜 기간에 걸친 전승과정을 통해 신라 〈처용가〉에서 변모되었기 때문인 것으로 생각된다.

고려시기에는 나라의 안녕과 백성들의 평안함을 도모하고, 재앙을 물리치자는 의미에서 해마다 팔관회(八關會), 연등회(燃燈會), 나례(儺禮) 같은 행사를 거행했다. 이러한 행사들은 민간에서 행해지는 굿놀이와 같은 성격의, 궁중에서 행해지는 나라굿놀이로 이해할 수 있다. 중국에서 들어온 이 나례는 12세 이상 16세 이하의 진자(侲子)에게 가면을 씌우고, 창, 방패, 몽둥이를 들고, 악공의 연주에 맞춰 춤추고 노래하며 잡귀를 물리치는 의식이다. 〈처용가〉는 바로 이러한 행사에서 일정한 절차에 따라 불린 노래이다. 목은(牧隱)의 '구나행(驅儺行)'에 이 나례행사에 대한 구체적인 내용이 서술되어 있다. 고려 〈처용가〉는 팔관회, 연등회, 나례와 같은 공식적인 행사 외에도 내전(內殿)의 연향시, 혹은 사대부들의 개인 집이나 화원 등지에서 일상적인 놀이로 행해지기도 했다.

그러다가 조선조에 와서는 『악학궤범』에 나타난 것처럼 정악화(正樂化)되어 궁중의 공식적인 행사에서 연행되었다. 고려 〈처용가〉가 궁중의례에서 불리고 춤으로 공연되었다는 점은 자연 이 노래가 궁중연희로서의 성격을 지니는 쪽으로 변이되었음을 암시해 준다.

신라시기의 〈처용가〉는 제의에서 벽사진경(僻邪進慶)의 도구로 행하여졌고, 고려시기에는 구나와 연결되어 처용희, 처용무로 발전되었으며, 이것이 조선조에는 정악화되어 궁중의례에서 연행되었다. 본고에서는 이러한 연행방식의 변이를 전제로, 고려 〈처용가〉를 살펴보도록 하겠다. 노랫말에 대한 해석과 표현방식, 짜임에 초점을 맞추어 논의를 진행시킬 것이다.

2. 문헌의 검토

처용에 관한 기록은 『삼국사기』, 『삼국유사』, 『고려사』 악지, 『조선왕조실록』, 『동국통감』, 『악학궤범』, 『악장가사』, 『증보문헌비고』

악고, 『시용향악보』, 『익재난고』, 『용재총화』, 『목은집』, 『포은시고』, 『가정집』, 『운곡집』 등 많은 문헌에 전하고 있다. 이 중 노랫말은 『악장가사』, 『악학궤범』, 『악학편고』에 온전하게 실려 전한다. 『악장가사』와 『악학편고』에는 노랫말만 전하고 『악학궤범』에는 노랫말과 함께 '학·연화대·처용무합설(鶴·蓮花臺·處容舞合設)' 조에 〈처용가〉가 궁중에서 연행되었던 상황이 자세하게 기록되어 있다. 〈처용가〉와 함께 공연된 봉황음, 정과정, 정읍, 북전, 영산회상, 미타찬, 본사찬, 관음찬 등도 함께 실려 있다.

『악학궤범』 권 5의 학·연화대·처용무합설 조에 실린 〈처용가〉의 연행상황을 간략히 정리하면 다음과 같다. "12월 그믐 하루 전 날 오경초(五更初)에 악사(樂師), 여기(女妓), 악공(樂工)들이 대궐에 나아간다. 이날 나례 때에 악사가 여기, 악공을 거느리고 음악을 연주한다. 구나 뒤에 처용무를 두 번 춘다"라고 되어 있다.[1] 〈처용가〉가 첫 번째 불리는 상황(前度)을 보면, 악사가 동발(銅鈸)을 잡고, 청, 홍, 흑, 백, 황의 오방 처용 및 여기, 집박악사(執拍樂師), 향악공(鄕樂工)을 인도한다. 처용만기(處容慢機) 봉황음(鳳凰吟)의 일기(一機)를 연주한다. 여기는 〈처용가〉를 부르며 차례로 초입배열도(初入排列圖)와 같이 선다. 음악이 중엽에 이르러 장고(杖鼓)의 채편을 치면 처용 5인이 다 허리를 구부리고 모두 소매를 들었다가 내려서 무릎 위에 놓는다. 일렬로 선 처용이 마주보기도 하고 다시 돌아 등지기도 하는 동작으로 춤(무릅디피춤), 홍정(紅程)도돔춤, 불바디춤, 인무(人舞), 불바디작대무(作隊舞), 수

1 여기서 구나란 음력 섣달 그믐날에 묵은해의 잡귀를 쫓고 나라의 태평과 백성의 평안을 기원하는 행사이다. 우리나라에서 궁중에 구나가 행해진 것은 고려 정종 6년 무렵이고 중국에서 전래된 것으로 보인다.

양수(垂楊手)무릅디피춤, 수양수오방무(垂楊手五方舞)을 계속 춘다. 음악이 점점 잦아지면 봉황음(鳳凰吟)의 급기(急機)를 연주한다. 다음 음악이 정읍(井邑)의 급기를 연주하고 이어 북전(北殿)의 급기(急機)를 연주하면 5인이 춤추며 나가고 여기, 악사, 악공이 차례로 나가면 음악이 그친다.

후도(後度) ; 학・연화대・의물(鶴・蓮花臺・儀物) 등 제구를 갖추어 진설한다. 동발을 든 악사가 선도하고, 청학, 백학이 그 다음에 따르고 청, 홍, 황, 흑, 백 처용이 그 다음에 따르고 홍인장(引人杖), 정절(旌節), 개(蓋), 봉화무동(奉花舞童)이 그 다음에 따르고, 여기가 그 다음에 따르고 집박악사(執拍樂師), 향당악공(鄕唐樂工)이 각각 차례로 따른다.

음악이 영산회상(靈山會相) 만기를 연주하면 여기와 악공이 일제히 소리 내어 가사 영산회상불보살을 부른다. 음악이 점점 잦아지면 오방의 처용이 족도(足蹈)하며 환무(歡舞)하고, 여기, 악공 및 의물을 잡고 가면을 쓴 무동들도 따라 족도요신(足蹈搖身)하며 극진하게 환희한다. 족도가무(足蹈歌舞)가 끝나면 음악이 그친다.

음악이 보허자(步虛子)의 령(令)을 연주하고, 박을 치면 청학・백학이 보(譜)와 같이 나아가고 물러가며 춤추다가 연화(蓮花)를 쪼고, 그 속에서 두 동녀(童女)가 나오면 두 학이 놀라 뛰어서 물러간다. 음악이 그치면 도로 자리에 선다.

두 동녀가 지당(池塘)에서 내려가 가지런히 한 줄을 지어 서서, 절차대로 정재(呈才)한다. 끝나고서 또 처용의 만기를 연주하면 오방의 처용이 다시 먼저 있던 자리에 서서 한결같이 위의 절차대로 춤을 춘다. 미타찬, 본사찬, 관음찬을 부르고 각각 차례로 나가면 음악이 그치고 다 끝난다.

3. 노랫말의 해석과 짜임

고려 〈처용가〉는 노랫말이 길게 늘어져 있고, 향가 〈처용가〉까지 중간에 끼여 있어 노래의 짜임으로 볼 때, 몇 개의 노래가 결집된 복합구성이 아닌가 하는 견해가 제기되기도 하였다. 그러나 악곡의 짜임새라든가, 시상전개의 일관성으로 볼 때 이 노래를 합가라고 보기는 어렵다. 무속제의에서 무가로 불렸던 신라 〈처용가〉가 고려시기로 넘어오면서 춤, 놀이, 민속 등과 함께 다양한 형태로 연행되었다는 사실에 비추어 볼 때, 고려 〈처용가〉의 변이된 모습은 악곡으로의 편성, 연행방식의 특성(공식적 행사에서의 연행, 민간에서의 놀이로서의 연행) 등에 따른 결과로 보인다. 그러므로 고려 〈처용가〉는 연행과 관련시켜 이해해야 하며, 이렇게 봤을 때야만 고려 〈처용가〉의 표현과 짜임새가 지닌 개성과 아름다움이 더 잘 드러나리라 생각된다. 먼저, 본 항의 노랫말 해석에서는 서로 다른 견해를 보인 어석에 대한 재검증을 통해 노랫말의 의미를 재해석해 보았다. 그리고 이를 토대로 노래의 짜임과 구성원리를 밝혀보았다. 내용의 흐름에 따라 나눈 단락구분을 제시하면 다음과 같다. 크게 네 단락으로 나누었다.

① 머리시; "新羅盛代昭盛代……三災八難이一時消滅ᄒᆞ샤다"
② 처용신에 대한 찬미; "어와아븨즈ᅀᅵ여 處容아븨즈ᅀᅵ여……아으處容아비ᄅᆞᆯ 마아만ᄒᆞ니여"
③ 역신을 물리치는 呪詞; "머자 외야자 綠李야……熱病神이ᅀᅡ 膾ㅅ가시로다"
④ 처용신에 대한 제주와 역신의 발원; "千金을 주리여 處容아바……아으 熱病神의 발원이샷다"

첫 단락은 전체 노래의 서사(序詞)에 해당하는 부분이다. 막이 열리면서 춤과 노래가 성대하게 시작됨을 알리는 구실을 한다. 웅장하고 거창하게 노래가 시작되면서, 신을 예찬하는 부분이다. 앞머리는 고려 〈처용가〉의 연희로서의 면모가 드러난다. 고려가요 〈동동〉, 〈정석가〉의 머리시와 유사하다. 향악정재를 하면서 부른 노래의 공통적인 서두이다.

〈前腔〉 "新羅盛代 昭盛代 天下大平 羅候德"
新羅盛代, 밝은 盛代, 천하가 태평한 것은 다 羅候의 덕이구나.

신라가 살기 좋은 성대(盛代)였고, 천하가 태평한 것은 다 라후(羅候)의 은덕이라고 했다. "新羅盛代 昭盛代 天下大平 羅候德" 이 구절은 전체 노래의 내용이나 짜임으로 보아 처용에 대한 찬양임은 분명하다. 그렇다면 라후(羅候)는 곧 처용이다. 처용을 라후라 칭한 연유는 무엇일까? 이에 대한 해답은 불분명하지만 제기될 수 있는 의견을 제시해 보면 다음과 같다. 라후에 대하여 양주동은 일식신 라후가 화신하면서 석가세존의 적자로서 잉태된 지 6개월만에 출생한 '라후라(羅候羅)'와 관계된 것으로 보았다. 이는 처용의 역신에 대한 행위를 라후라의 인욕행(忍辱行)에 비유한 표현이라고 본 해석이다. 또한 그는 『동국세시기』에서 "남자가 나이 나후직성에 들면 추령(芻靈)을 만들어 (방언에는 처용이라고도 함) 그 머리에 동전을 넣고 정월 열 나흗날 밤 초저녁에 길거리에 버려 액을 물리쳤다"는 기록을 들면서 불교설화에서의 일식신인 나후를 처용신에 견주었다는 견해를 폈다. 김동욱은 라후를 신라의 제후 즉 라왕(羅王)으로 보았다. 신라가 태평한 것을 신라왕의 덕으로 돌렸다. 필자는 이에 또 하나의 가설을 보태고자 한다. 『삼국유사』

'처용랑 망해사'조에 보면, 신라 헌강왕은 처용에게 왕정을 보좌하라는 뜻에서 급간(級干)자리를 주었다. 『삼국유사』에는 처용을 동해용왕의 일곱 자식 중의 하나라 했고, 급간벼슬을 주어 왕정을 보좌하도록 하였다. 라후란 곧 신라에서 벼슬을 한 사람이라는 뜻에서 처용을 '라후'라 표현한 것으로 해석할 수 있다.

"處容아바"
처용아버지

'處容아바'는 처용에 대한 신격화된 호칭이다. 흔히 신을 높여 아버지라 호칭한다.

"以是人生애 相(常)不語ᄒᆞ시란ᄃᆡ 以是人生애 相(常)不語ᄒᆞ시란ᄃᆡ 三災八難이 一時消滅ᄒᆞ샷다"
이 인생에 서로(항상) 말하지는 않으셨지만, 서로(항상) 말하지는 않으셨지만 삼재팔난(三災八難)이 일시에 소멸하였네

'以是人生'이란 좁은 의미에서는 처용신의 인생을 가리키는 말로 볼 수 있지만, 이를 더 확대시킨다면 우리 인간, 더 나아가 모든 자연세계를 지칭한다고 볼 수 있다. 처용은 비록 말은 하지 않았지만 (그의 얼굴을 보이기만 하면) 삼재팔난이 소멸된다는 의미이다. 이 구절은 『삼국유사』 '처용랑 망해사'조에 역신이 처용의 모양을 그린 것만 보아도 그 문 안에 다시는 들어가지 않겠다고 다짐한 설화 문맥에 기대어 해석해야 한다. 처용은 역신과 대면하여 성을 내지도 야단을 치지도 않았다. 다만 춤과 노래로 역신을 물리쳤다. 이에 감복한 역신은 처용의

모습만 봐도 그 집에 들어가지 않겠다고 하여 처용은 그 후 문신(門神)이 되었다. 이 구절은 이 설화의 문맥에 따라 해석해야 자연스럽다. 그래야 처용의 모습을 구체적으로 묘사하는 다음 단락의 서술과도 부드럽게 연결된다.

둘째 단락은 처용신의 모습을 예찬하고 있다. 신의 모습이나 외모, 치장을 묘사한 대목은 신의 위용이나 기능의 위대함을 드러낼 때 사용되는 일반적인 서술방식의 하나이다. 무가에서의 찬신, 연희에서의 광대모습, 불찬가에서의 석존의 용모를 묘사하는 것과 같은 방법의 표현들을 〈처용가〉의 인물묘사에서도 발견할 수 있다.

〈처용가〉에서는 처용의 모습을 머리 위에서 발끝까지 내려오면서 하나하나 묘사했다. 머리, 이마, 눈썹, 눈, 귀, 얼굴, 코, 입, 이빨, 턱, 어깨, 소매 자락, 가슴, 배, 허리, 다리, 발의 순서로 온몸의 각 부분을 적절한 비유를 통해 찬미하고 있다. 그리고 덧붙여 이렇게 훌륭한 처용을 누가 만들었느냐하며 처용의 위대함을 다시 한 번 강조하고 있다.

〈中葉〉"어와 아븨즈ᅀᅵ(이)여 處容아븨 즈ᅀᅵ(이)여"
아아 아버지의 모습이여 처용아버지의 모습이여

이 구절은 처용의 전체적인 모습에 관한 감탄이다. 위엄과 자비를 지닌 처용신의 용모를 예찬하였다.

〈附葉〉"滿頭揷花 계오(우)샤 기울어신 머리예"
머리에 가득 꽂힌 꽃을 이기지 못해 기울어진 머리에

꽃으로 장식한 처용의 머리를 말한다. 처용은 악귀를 물리치는 신이기에 머리에 꽃장식을 한 것으로 묘사했다. 신에게 가장 좋은 장식은 꽃장식이고 또 꽃은 공양 중에서도 가장 큰 공양이다. 목은의 '구나행'을 보면 이 구절을 "꽃가지 머리를 누르는데 향기로운 이슬이 떨어지네"(花枝壓頭香露零)란 표현으로 묘사하였다. 이 곡의 '개운포'에도 "머리에 꽃은 붉게 빛나네"(簪花爛滿紅)로 표현하였다.

〈小葉〉 "아으 壽命長願(遠)ᄒᆞ샤 넙거신 니마해"
수명이 길고 오래시어 넓으신 이마에

넓은 이마를 수명이 긴 것에다 견주어 관상을 풀이했다. 수복을 누릴 상을 지닌 처용형상을 설명한 것이다. 복중의 복은 장수이며 처용신의 이마는 이런 장수의 상을 지닌 것으로 풀이했다. 현재의 처용은 나이 높은 이로 묘사된다.

〈後腔〉 "山象이슷 깅(깅)어신 눈섭에"
산의 모습과 비슷한 무성한 눈썹에

처용신의 무성한 눈썹을 말한다. 산 생긴 모습을 눈썹에다 견주었다. '깅어신'의 '깅'은 '깃'(鬱密)의 ㅅ이 약화된 형태 '깅'이다. '무성하다', '많이 나다'의 의미이다.

"愛人相見ᄒᆞ샤 오ᄉᆞᆯ(올)어신 누네"
사랑하는 사람을 보시어 원만하신 눈에

사랑하는 사람을 만나 바라볼 때의 정겹고 자애로운 눈빛을 말한다. '오ᄉᆞᆯ어신'은 '오ᄋᆞᆯ(完, 全)'에 '-거신'이 연결된 형태이다. 자애, 자비의 눈길을 이 같이 표현했다. 정겹고 따뜻한 눈빛을 말한다.

〈附葉〉“風入盈庭ᄒᆞ샤 우글어신 귀예”
풍악소리가 뜰에 가득하여 우글어신 귀에

귀의 생김새를 풍입영정(風入盈庭)으로 표현하였다. 풍입영정이란 풍악소리가 뜰에 가득하다는 의미이고, 이를 듣느라고 귀를 기울이는 처용신의 모습을 비유한 표현이다. 뒤로 헤벌어진 귀가 아닌 옴팍한 귀는 무언가를 열중해 듣는 이의 모습을 나타내는 표현이다. 우리나라의 관상에는 귀의 생김새를 가지고 수복, 인복을 설명하기도 한다. 오목한 귀는 인복 있는 귀이다.

〈中葉〉“紅桃花ᄀᆞ티 븕거신 모야해”
붉은 복숭아꽃 같이 붉으신 뺨에

‘모양ㅎ’에 ‘애’가 결합된 형태로 ‘모양해’에서 ‘ㅇ’이 탈락된 것으로 보인다. 모양은 얼굴모양, 곧 불그스름한 혈색이 도는 안색을 말한 것이다. 붉은 색은 아름다움을 상징한다. 목은은 ‘구나행’에서 “취한 뺨 타는 듯 붉어 아직 술이 덜 깨었네”(醉臉爛赤猶未醒)라 풀이하였다.

〈附葉〉“五香 마ᄐᆞ샤 웅긔어신 고해”
五香을 맡으시어 우묵한 코에

‘웅긔어신 고해’는 우묵한 코를 말하고 오향은 단향(檀香), 계설향(鷄舌香), 침수향(沈水香), 정자향(丁子香), 안식향(安息香)의 다섯 가지 향을 말하는데, 신을 즐겁게 하고 신을 부르는 의식에서 항상 향불을 피우므로, 이러한 좋은 향만을 맡아 우묵한 주먹코를 말한다.

〈小葉〉 "아으 千金 머그샤 어위어신 이베"
千金을 머금으시어 넓으신 입에

천금을 머금은 듯 넓고 큰 입을 말한다. '어위'는 '넓다'는 뜻이다. 입의 생김새가 넓고 큰 것은 넉넉한 인상을 준다. 천금을 머금었다는 것은 재복을 지닌 넉넉한 인상을 표현한 것이기도 하고, 처용의 위력에 감복한 많은 사람들이 처용신에게 천금을 공양하였다는 의미로도 볼 수 있다. 중의적 의미를 내포한 표현이다.

〈大葉〉 "白玉琉璃ᄀᆞ티 ᄒᆡ여신 닛바래"
白玉琉璃같이 흰 이빨에

아름다운 흰 이빨을 예찬한 것이다. 오복(五福) 중의 하나가 좋은 이를 가진 것이다. 좋은 이는 복중의 복이라 일컫는다.

"人讚福盛 ᄒᆞ샤 미나거신 ᄐᆞᆨ애(ᄐᆞ개)"
사람들이 칭찬하고 복이 성하여 앞으로 나온 턱에

사람들이 예찬하며 복이 많아서 자연 앞으로 내밀어 나온 턱이란 뜻으로 풀이된다. 실제, 『악학궤범』의 처용 가면을 보면 처용의 턱은 앞으로 불거져 나온 턱이다. '미나'는 밀다(推)와 나다(出)의 합성어로 앞으로 내민 턱을 인찬복성한 것으로 풀이했다. 사람마다 칭찬하여 턱이 튀어나온 것이라는 재미있는 표현이다.

"七寶 계우샤 숙거신 엇게예"
칠보장식을 못 이기어서 숙어지신 어깨에

칠보란 금, 은, 유리, 파리(頗梨), 마노(瑪瑙), 호박(琥珀), 산호(珊瑚) 등 일곱 가지 보석으로 귀중한 장식이나 보물을 말한다. 칠보는 부귀, 영화를 상징하는 것이다. 이 칠보를 어깨에 화려하게 장식한 모습을 나타낸다. 어깨는 곧 권귀의 상징이다. 목은의 '구나행'에는 "신라 처용이 칠보를 띠고"(新羅處容帶七寶)라 했다.

"吉慶계우샤 늘의어신 ᄉᆞ맷길헤"
吉慶자락에 겨워 늘어진 소맷길에

지금까지 일반적으로 이 '길경(吉慶)'을 글자 그대로 풀어 '길하고 경사스러운 것'으로 보았다. 그러나 이는 잘못된 풀이이다. 길경은 『악학궤범』 권9에 의하면 붉은 비단으로 된 긴 띠이다. "안팎 모두 홍초(紅綃)를 쓰며, 양 끝에 녹색비단을 잇대어 깁는다"라고 설명되어 있다. 지금은 쓰이지 않아 정확히 알 수는 없으나 소매부분에 둘렀던 것으로 보인다. 목은은 '구나행'에서 이 구절을 "긴 소매 낮게 돌려 大平을 춤추네"(低回長袖舞大平)라 읊었다. '개운포'에는 "초대와 비단옷이 푸르다(草帶羅駈錄)"라 표현했고, 이첨은 "길이 넓어 가히 긴 소매로 춤출만 했네"(路扮可容長袖舞)라 했다.

〈附葉〉 "셜믜(믜) 모도와 有德ᄒᆞ신 가ᄉᆞ매"
지혜를 모아 유덕하신 가슴에

'셜믜'는 용례가 없어 의미를 파악하기 어려우나 현재 '눈썰미' 등에 흔적이 남아 있어 지혜나 슬기의 의미로 해석된다. 눈썰미가 있다는 말은 눈에 총명한 지혜가 넘친다는 뜻이다. 이런 총명과 지혜가 모여

쏠린 처용신의 풍족한 가슴을 말한다. 넉넉한 넓은 가슴을 지닌 처용상을 예찬하는 것이다.

〈中葉〉 "福智俱(具)足ᄒᆞ샤 브르거신 ᄇᆡ예"
복과 지혜가 다 족하시어 불거진 배에

앞으로 나온 불룩한 배는 재복과 지혜를 함께 갖춘 풍족한데서 비롯된 것이라 설명했다. 부른 배를 복지구족(福智具足)의 산물로 미화시켰다. 처용을 복지구족한 신으로 풀이했다.

"紅鞓계우샤 굽거신 허리예"
紅鞓을 이기지 못하여 굽어진 허리에

홍정은 붉은 가죽띠를 말한다. 붉은 가죽띠를 못 이기어 구부러지신 허리를 표현한 말이다. 허리의 붉은 가죽띠는 권위를 상징한다. 홍정(紅鞓)이란 4품 이상의 벼슬을 가진 관리나 공적이 큰 이에게 준 상으로 내린 것이다. 『삼국유사』 '처용랑 망해사'조의 헌강왕께서 급간벼슬을 내린 사실과 연계된다.

〈附葉〉 "同樂大平ᄒᆞ샤 길어신 허튀예"
함께 태평을 즐기시어 기신 다리에

다리가 긴 처용의 모습을 풀이하여 대평을 즐긴 때문이라고 했다. 함께 대평을 즐겨 길어진 다리라는 표현은, 처용이 사방을 다니면서 귀신을 쫓느라고 다리가 길어졌다는 의미로 해석된다. 이는 다음 구절의 "界面도ᄅᆞ샤 넙거신 바래"의 의미 맥락과도 일치한다. '허튀'는 허

벅다리를 칭한다.

〈小葉〉 "아으 界面도ᄅᆞ샤 넙거신 바래"
아아 계면을 도시어 넓은 발에,

계면은 계면조 가락에 맞추어 추는 춤이라고 해석하곤 했으나, 서대석이 지적한 바와 같이 〈처용가〉가 궁중에서 잡귀를 쫓고 복을 맞이하는 의례의 하나로 사용되었다는 점을 고려해 볼 때 이는 민간놀이 풍속의 '계면돌기'와 관련이 있는 듯하다. '계면'이라는 말은 민간에서는 무당조상 또는 무당을 상징하는 것으로 보기도 하고, 무당의 단골구역을 의미하기도 한다. 무당이 새신(賽神)을 위하여 단골네 집을 찾아다니면서 집 주인의 행운과 집안의 태평을 빌어주고 돈이나 곡식을 얻는 걸립을 '계면놀이'라 하고, 또 처음 무당이 되는 직접적인 행동으로서 강신자(降神者)가 내림굿을 하기 전에 마을을 돌면서 신점을 쳐주고 걸립하는 것을 '계면돌기'라 한다. 이 구절에서 '계면도ᄅᆞ샤 넙거신 바래'란 곧 '여러 곳을 두루두루 돌며 사람들에게 행운과 태평을 빌어주시는 넓으신 발'이란 의미이다. 여기서 계면은 무당의 단골구역으로 볼 수 있다.

여기까지가 처용신의 모습에 대한 예찬이다. 머리에서 발끝까지 그 인물 됨됨이를 하나하나 들어 설명했다. 그런데 이상에서 묘사된 처용의 모습은 무섭지 않다. 좋은 것을 두루 갖춘 원만한 모습이다. 머리에는 꽃을 꽂고, 자애로운 따뜻한 눈빛에, 웃음을 머금은 큰 입에, 붉은 듯한 얼굴에, 복지구족한 배에, 큰 발을 지닌 모습으로 묘사되어 있다. 무서운 인상으로 겁을 주어 귀신을 쫓는 신이 아니라, 우리 주변에 늘 있으면서 도와주는 자애로운 모습의 신으로 묘사되어 있다. 민화에서 보이는 '웃는 호랑이'상을 연상케 해준다. 처용신의 눈, 이마, 코, 귀, 눈, 볼들에서 우리는 마치 사찰에서 볼 수 있는 자애로운 석존상을 연상하게 된다.

〈前腔〉 "누고지ᅀᅥ(어) 셰니오 누고지ᅀᅥ(어) 셰니오"
누가 지어 세웠는가 누가 지어 세웠는가

"바늘(ᄅᆞᆯ)도 실도 어ᄢᅵ(업시) 바늘(ᄅᆞᆯ)도 실도 어ᄢᅵ(업시)"
바늘도 실도 없이 바늘도 실도 없이

〈附葉〉 "처용아비ᄅᆞᆯ(를) 누고지ᅀᅥ(어) 세니오"
처용아비를 누가 지어 세웠는가

〈中葉〉 "마아만 마아만 ᄒᆞ니여"
어마어마한 (훌륭한) 사람이야

'마아만 마아만'이 무슨 뜻인지는 분명하지 않다. '맑고도 맑은 사람', 또는 '(처음 지어낸) 슬기로운 이여'라고 풀기도 했다. 정확한 뜻은 알 수 없지만 '어마어마한 사람, 위대한 사람'이라는 의미로 이해된다.

〈附葉〉 "十二諸國이 모다 지어 세욘"
십이제국이 모두 지어 세운

십이제국은 전 세계를 의미하는 말인 것 같다. 전 세계는 곧 모든 사람들이 모시는 신이라는 의미이다.

〈小葉〉 "아으 處容아비ᄅᆞᆯ(를) 마아만 ᄒᆞ니여"
아아 처용아비를, 어마어마한 사람이여

이 단락은 처용신의 모습을 찬양한 앞 단락에 덧붙여진 강조이다. 머리에서 발끝까지 처용신의 모습을 하나하나 들어 찬양한 뒤, 이렇게 훌륭하고 어마어마한 인물을 누가 만들었느냐고 하며 감탄하였다. '누가 만들었느냐'는 질문이 아닌 위대한 처용신의 용모에 대한 극찬에서 우러나오는 자연스러운 감탄으로 이해해야 한다. 하늘이 준 인물임을 이같이 설명했다. 그리고는 전 세계가 모두 지어 만든 것같이 훌륭한 이라고 거듭 강조했다.

셋째 단락은 처용이 역신을 맞아 물리치는 대목이다. 처용이 역신을 맞아 물리치는 이 대목에는 신라 향가 〈처용가〉가 삽입되어 있다. 처용이 직접 등장해 명령을 내린다. 제의의 절차로 본다면 '공수'에 해당하는 부분이다.

〈後腔〉 "머자 외야자 綠李야(여) ᄲᆞᆯ리 나 내신(신ᄉ) 고ᄒᆞᆯ(홀) ᄆᆡ야(여)라."
머자 외야자 녹리야 빨리 나와 내 신의 코를 매어라.

여기서 머자는 명사 어간 멎(捺)과 호격 접미사 '아'의 연결형으로, 외야자는 명사 어간 '외얒(李)'에 호격 접미사 '아'의 연결형으로 보았다. 그런데 "버찌 오얏아 푸른 오얏아"라고 호칭하면서 빨리 나와 내 신의 코를 매라는 이 문장의 해석이 아무래도 자연스럽지 않다. 버찌, 오얏 등을 부른 것으로 보아 이것이 사람의 이름을 비유한 것으로 보아야 자연스런 해석이 될 것 같다. 따라서 버찌나 오얏 등은 동기(童妓)

혹은 연희와 관련된 기생을 비유적으로 표현한 것이 아닌가 여겨진다. 하지만 꼭 어떤 구체적인 인물을 지칭한 것이라기보다는 자신의 출정을 사람들에게 알리고 선포하는 것이라 보는 것이 타당하다. '신코'는 벗어지지 않도록 줄여매는 신의 앞부리이다. 『악학궤범』 권9 '처용관복도설'조에 보면 백색가죽으로 만든 신에 끈을 단 모양의 처용 신의 그림이 나와 있다.

〈附葉〉 "아니 옷 ᄆᆡ시면 나리어다 머즌말"
아니 곧 매어 있으면 내릴 것이다. 궂은 말

곧 매지 않는다면 궂은, 곧 야단을 칠 것이라는 강한 명령이다. 뜻을 강조하기 위해 도치법을 썼다. 이 부분은 본격적으로 처용이 등장, 역신을 물리치러 감을 알리는 부분이다. 앞 단락까지는 화자가 처용의 모습을 하나하나 들어 찬양하였다면 이제는 처용이 직접 주체로 등장하여 역신을 물리치러 갈 터이니 빨리 나와 신이 벗겨지지 않도록 신코를 매라고 명령한다. 신코를 매라는 것은 곧 출발, 출정의 의미이다. 이제 내가 곧 나아가 열병신을 물리칠 것이니 빨리 나와 준비하라는 것이다. 이 부분에 이르면 노래는 절정에 달하고 흥이 더 한층 고조된다. 그리고 곧 처용의 노래가 시작된다. 역신의 퇴치를 앞둔 처용신의 출정의 시작이다.

〈中葉〉 "東京 ᄇᆞᆯᄀᆞᆫ(근) ᄃᆞ래 새도록 노니다가"
동경 밝은 달에 밤새도록 놀다가

東京은 신라시기 경주를 말하며, 때는 밝은 달밤이다. '노니다'란 집을 떠나 외부에 나가 지난 시간을 말한다. 밤새도록 열병신을 물리치는 굿을 하고 다녔음을 말한다.

〈附葉〉 "드러 내 자리ᄅᆞᆯ(를) 보니 가ᄅᆞ리 네히로새라"
들어와 내 잠자리를 보니 다리가 넷이로구나

자리를 보니 가라리 넷이라는 표현은 열병신이 아내를 침범한 장면이다. 열병신의 침입을 잠자리에 가라리 넷이라고 표현했다.

〈小葉〉 "아으 둘흔 내해어니와 둘흔 뉘해어니오"
아아 둘은 내 것이거니와 둘은 누구의 것인가

이 구절에서는 불의의 침입자 역신에 대한 분노와 더불어 너의 정체를 빨리 드러내어 내 앞에 사죄하라는 뜻이 포함되어 있다. 이 부분은 신라 향가 〈처용가〉가 삽입된 구절이다. 그런데 향가에서는 〈처용가〉 종결구 "본디 내해다마ᄅᆞᆫ 아ᅀᆞᄂᆞᆯ 엇디 ᄒᆞ릿고"(양주동 풀이)라 되어 있는데 고려 〈처용가〉에서는 이 구절이 생략되어 있다. 처용신은 열병신을 맞아 노래를 부르면서 춤을 춘다.

〈大葉〉 "이런 저긔 處容아비 옷 보시면 熱病神이ᅀᅡ(아) 膾ㅅ가시로다."
이런 때에 처용아비 곧 보시면 熱病神이야 횟거리로다

'이런 저긔'는 열병신과 처용신이 맞대면한 순간이다. '횟갓'은 회를 만드는 감이다. 처용신에게 발각된 열병신이야말로 처용신에다 견준다면 쉽게 먹어치울 수 있는 횟감-고기 덩어리-같은 존재라는 것이다. 횟감이란 보잘 것 없는 존재, 단순한 먹잇감에 불과하다는 표현이다.

향가 〈처용가〉의 역신을 고려 〈처용가〉에서는 열병신으로 그 정체를 구체화시켰다. 열병이란 전염병으로 심한 고열로 얼굴에 흠집이 생겨 곰보가 되는 병이다. 흔히 열병이라 하는데 특히 여인들에게 가장 무서운 전염병이다. 열병을 가져다주는 병마가 열병신이고 이를 막아 제액하는 신이 바로 고려 처용신이다. 아내를 간통한 인물에다 열병신을 대입시킨 점이 특이하다. 열병신은 아내의 아름다움을 파괴하는 무서운 질병이다.

이상에서 보았듯이 셋째 대목에서는 화자가 문면에서 사라지고, 처용신이 직접 등장하여 말을 함으로써 극적인 효과와 긴장도가 최고조로 심화된다. 머리시와 둘째대목이 화자의 목소리를 통한 전달방식이었던데 비해 이 대목에 이르면, 화자가 사라지고 처용신이 직접 등장해 명령하고 노래함으로써 극적 긴장감의 고조와 함께 생동감이 넘치는 장면 제시가 이루어진다. 그리고 마지막에 '이런 저긔……'라는 표현을 통해 화자가 다시 개입함으로써 극적 장면에 대한 거리화에 성공하고 있다. 화자는 직접 문면에 나서기도 하고 뒤로 물러나와 빠지기도 하면서 극의 탄력을 높이고, 장면의 입체화를 이루고 있다. 이러한 극적 표현방식은 고려 〈처용가〉가 궁중에서 또는 민간에서 놀이로 연행되었던 연행방식과 밀접한 관계가 있다.

넷째 부분은 처용이 역신을 물리쳐 준 데에 대한 감사와 열병신의 발원이다.

> "千金을 주리여 處容아바"
> 千金을 주시겠습니까 處容아버지
>
> "七寶를 주리여 處容아바"
> 七寶를 주시겠습니까 處容아버지

〈附葉〉 "千金 七寶도 말오(마오) 熱病神를(을) 날 자바주쇼셔"
천금 칠보도 말고, 熱病神을 나에게 잡아주소서

이 단락은 제주(祭主)의 발원 부분이다. 제주는 열병신을 물리친 처용신에게 열병신을 잡아달라는 간곡한 발원을 한다. 그런데 이 발원의 강조를 위해 앞에서는 천금을 주시겠습니까, 칠보를 주시겠습니까라는 표현을 썼다. 여기에서 천금이나 칠보는 열병을 물리치는 일과 비교했을 때는, 상대적으로 가치가 떨어지는 것임을 드러내기 위해 비교대상으로 등장한 것이다. 우리 신앙은 기복적인 성격이 강하다. 무속신앙인 경우에 더욱 그러하다. 복을 비는 경우 가장 많이 비는 것은 아마 잘 살게 해달라는 재복과 무병에 대한 기원일 것이다. 그런데 여기서 발원하는 주체는 천금이나 칠보로 대표되는 재물도 다 필요 없으니, 열병신이나 잡아달라고 한다. 이러한 표현은 열병신이 얼마나 무서운 존재인가에 대한 강조인 동시에, 그런 열병신을 잡아가는 처용신이 얼마나 위대한 존재인가를 강조하는 표현방식이다.

다음에는 이러한 처용에 대해 겁먹은 열병신의 발원이 이어진다.

〈中葉〉 "山이여 ᄆᆡ히여 千里外예"
산이여 들이여 천리 밖에

〈附葉〉 "處容아비ᄅᆞᆯ(를) 어여려(녀)거져"
處容아비를 피하여 가고 싶어라

'어이'(避)+'녀'(行)+'거'(선행어미)+'져'(원망형)로 분석된다. 앞 구절에서 제주들의 발원을 직접화법으로 제시한 것과 호응하여 역신의 발원을 직접화법으로 제시한 것이다.

〈小葉〉 "아으 熱病大神의 發願이샷다"
아아 熱病大神의 發願이시로다

이는 화자의 요약서술이다. 열병신의 발언은 처용신으로부터 멀리 떨어져 산과 들을 건너 천리 밖에 숨어 사는 것이다. 이는 다시 말하면 다시는 처용 앞에 나타나지 않겠다는 다짐이다. 열병신이 직접 그의 목소리로 발원하는 것을 보여주는 표현 역시 매우 극적인 표현이라 할 수 있다. 그의 대사를 듣는 우리는 처용신 앞에서 그의 존재가 얼마나 무력하고, 왜소한지를 직접 확인하게 된다. 그리고 지금까지의 모든 근심이 완전히 해결됨을 느끼게 된다. 평온함과 통쾌함을 느낌과 동시에, 처용을 피해 열병신이 천리 밖으로 달아났으니 이제는 안심이라는 안도감까지 느끼게 된다. 항복의 발화가 등장인물의 목소리를 통해 직접 전달될 때, 독자(혹은 청중)에게 다가오는 의미는 훨씬 더 크다. 역신이 물러가기를 간절히 바라는 사람들의 바람과 처용의 위용에 굴복하여, 처용신으로부터 천리 밖으로 피해 달아나는 열병대신의 완전 항복으로 노래는 끝을 맺는다.

4. 맺음말

지금까지 고려 〈처용가〉의 노랫말 해석을 중심으로 노래의 표현방식의 특징과 짜임을 살펴보았다. 고려 〈처용가〉의 이해는 〈처용가〉가 연행되었던 상황의 고구를 통해 이루어져야 한다는 전제에서 출발하여, 『악학궤범』의 연행 관련 기록을 살피고, 노랫말의 짜임을 살폈다.
『삼국유사』 '처용랑 망해사'조에는 신라 〈처용가〉의 노랫말과 함께 이 노래가 만들어진 사연, 그리고 처용의 정체가 서술되어 있다. 기록을 통해 볼 때, 처용은 불교신앙에 뿌리를 둔 무속신임이 분명하며, 신라 헌강왕 때의 처용굿은 나라의 불안한 조짐을 없애는 기능을 담당했던 것으로 보인다. 신라 〈처용가〉는 고려시대에 와서 춤과 노래와 놀이로 다양하게 연행되었다. 그러면서 노랫말도 더욱 길어지고 표현도 다듬어졌다. 조선시기에 와서는 정악화 되어 궁중의례에서 연행되었다. 『악학궤범』 권 5의 '학·연화대·처용무합설' 조에는 고려 〈처용가〉가 춤과 더불어 궁중에서 연행된 상황이 자세하게 기록되어 이 노래가 궁중에서 구나, 즉 재난을 내쫓는 의식으로 행해졌음을 알 수 있다. 〈처용가〉는 12월 그믐 하루 전날 오경 초에 악사, 여기, 악공 등이 궁중에서 행한 구나의식 뒤에 처용무를 출 때 기녀들이 악공이 연주하는 처용만기에 맞추어 부른 노래이다.

이러한 연행 상황의 변이를 고려하면서 작품 분석에 들어가, 〈처용가〉를 내용에 따라 노랫말을 네 대목으로 나누어보았다.

첫째 부분은 서시격이며 여기에서는 신라가 태평한 것은 신령스러운 라후 곧 처용신의 덕이라는 사실을 들어 처용에 대한 경외하는 마음을 늘어놓았다. 궁중가무에서 머리시는 신명을 부르고 신의 공덕을 예찬하는 내용으로 짜인다.

둘째 부분은 처용의 위용을 머리에서 발끝까지 형용했다. 처용신의 됨됨이를 찬미하고, 이런 처용을 누가 만들었느냐 하며 경탄하였다.

셋째 부분은 열병신을 맞아 이를 물리치는 대목이다. 처용이 직접 주체가 되어 춤과 노래로 열병신을 쉽게 물리쳤다. 처용에게 있어 열병신은 횟감 같은 존재이다. 이 부분에서 극적 장면 제시가 이루어졌다. 처용이 출정하는 대목에서 화자는 사라지고, 등장인물인 처용의 목소리가 직접 노출된다. 그리고 마지막에 화자가 다시 개입하면서 장면의 입체화에 성공하고 있다. 긴장이 가장 고조되는, 극적인 순간이다. 극으로 친다면 절정의 장면이다.

마지막 부분은 열병신을 물리쳐 달라는 제주들의 발원과 열병신의 완전한 항복으로 노래는 끝난다. 이 단락에서 역시 제주들의 목소리, 역신의 목소리가 직접 제시되면서 극적 표현이 이루어지고 있다.

이상에서 살펴본 것처럼 고려 〈처용가〉의 표현의 특징은 화자의 목소리에 간간이 처용, 제주, 역신의 목소리가 그대로 들어가는 극적 표현방식을 취하고 있다는 점이다. 이는 여타의 고려가요의 표현방식과는 상당히 다른, 고려 〈처용가〉(또는 〈쌍화점〉)만의 특징으로 고려 〈처용가〉가 연희되었다는 사실과 밀접한 관계가 있다. 고려 〈처용가〉는 신라 〈처용가〉의 성격(굿)을 유지하면서도 놀이(극)로서의 성격을 지니는 쪽으로 변이되어, 제액의 기능과 오락적 기능 두 가지를 담당하게 되었다. 따라서 노랫말도 원래의 〈처용가〉가 지닌 주술적 성격에 극적인 성격이 가미되는 방향으로 변이된 것이다.

—이 글은 「고려 처용가의 해석」, 『동방학지』 89·90, 1995, 179~196쪽에 실린 논문을 수정·보완한 것임.

‘삼동(三同)’의 뜻으로 풀어 본 〈정석가〉

◉

손종흠

1. 머리말

속요는 고려시대 민간에서 만들어지고 불렸던 노래가 궁중으로 유입되어 향유된 시가를 지칭하는 용어다. 이 노래는 조선시대에 들어와서도 궁중의 음악으로 사용되었고, 『악학궤범(樂學軌範)』, 『악장가사(樂章歌詞)』 같은 문헌에 수록되면서 정착되었으며, 한글로 기록된 최초의 민족시가가 되었다. 속요는 남녀상열지사(男女相悅之詞)를 내용적 특성으로 하는데, 민간의 노래가 궁중으로 유입되어 향유되고 기록되는 과정에서 상당한 변개과정(變改過程)을 겪었을 것으로 보이기도 한다.[1] 이러한 성격을 가지고 있는 속요는 그 동안 여러 논자들에 의해 다양한 각도에서 연구가 진행되어 왔다. 어석연구(語釋研究)에서 시작된 속요에 대한 연구는 작품군의 명칭에 대한 것, 내용과 형식에 대한

1 민간의 노래에서는 도저히 사용하기 어려운 것으로 보이는 표현들이 현전하는 속요에 들어 있는데다가, 임금의 만수무강을 송축하는 내용이 끼어 들어간 모습을 보여주는 작품들이 있다. 「動動」, ‘정석가’, 「處容歌」 등은 하나의 章이 頌禱로 되어 있으며, 「滿殿春」, 「思母曲」, 「履霜曲」 등은 마지막 부분에 頌禱의 내용이 들어가 있는 데서 이런 사실을 확인할 수 있다.

것, 향유와 수용의 계층에 대한 것 등으로 이어지면서 상당한 성과를 축적했다. 그러나 모든 연구의 핵심이며 기초라고 할 수 있는 어석연구에서 조차 아직까지 의미를 제대로 파악하지 못한 것들이 상당히 많은 것은 안타까운 일이다. 문헌자료의 부족과 함께 고어에 대한 연구의 부진으로 인해 상당수의 어휘에 대해 그 의미를 올바르게 파악하지 못하고 있는 것이다. 어석연구가 제대로 이루어지지 않으면 작품이 지닌 예술적 아름다움을 올바르게 평가할 수 없기 때문에 어석연구는 반드시 거쳐야 할 중요한 과정의 하나라고 할 수 있다. 이러한 점을 고려하여 이 글에서는 그 동안 논란이 많았으나 완전한 해결을 보지 못하고 있었던 '三同'의 의미를 정확하게 짚어봄으로써 '정석가'의 성격을 규명하는 데에 힘을 보태고자 한다.

'정석가'는 사랑하는 사람과 헤어질 수 없다는 화자의 의지를 매우 강하게 드러낸 작품이다. 여섯 개의 章으로 되어 있는 이 노래는 서장을 제외하고는 내용과 형식, 그리고 표현수법 등에서 완전히 일치된 모습을 보이고 있다. 내용상으로 볼 때 사랑하는 사람과 절대로 이별하지 않겠다는 것이 중심 주제이고, 형식상으로는 반복의 형태와 전렴(前斂)을 동반한 구조를 통해 화자의 정서를 강하게 표현하는 방법을 쓰는 것이 특징이다. 표현의 방법에 있어서는 실현 불가능한 사실에 빗대어 노래한 다음, 그것이 실현된다면 임과 이별하겠다고 노래함으로써 임과의 이별이 불가함을 강조하고 있다. '정석가'는 다른 작품보다 뜻을 정확하게 알지 못하는 어휘가 상대적으로 적은 편에 속한다. 지금까지의 연구결과를 보면, '정석가'에서 정확한 어석이 이루어지지 않은 것은 '딩아돌하'와 '三同' 정도인 것으로 보이기 때문이다. 물론 '삭삭기'나 '셰몰애'처럼 그 뜻이 불명확한 어휘도 있지만 어느 정도까지는 어석이 이루어진 것으로 볼 수 있기 때문에 가장 문제가 되는 어휘를 '딩아돌하'와 '삼동'으로 볼 수 있다는 것이다. 그런데, 이 두 어휘 중에서 '딩아돌하'는 노래의 제목에서 쓰인 '鄭石'이라는 말과도 밀접한 관련이 있는 것으로 여겨져서 그런지 상대적으로 많은 연구가 있었다. 그런데, '삼동'의 의미에 대해서는 작품을 해석하는 과정에서 가볍게 언급하는 정도일 뿐 그 의미를 심도 있게 다룬 연구가 거의 보이지 않는다는 점이 특이하다.

시가는 산문과 상당히 다른 성격을 가지고 있기 때문에 작품에 사용된 어휘의 의미를 해석함에 있어 일상적인 언어가 가지는 것으로만 해석해서는 시어의 의미를 올바르게 파악하기 어려울 수가 있다. 시가에서 쓰인 어휘는 그것이 가진 일상적인 의미와 함께 작품의 흐름 속에서 형성된 창조적 의미도 함께 파악해야 하는데, '삼동'에 대한 기존의 논의를 보면 어휘가 가진 일상적인 의미를 중심으로 어석을 시도했기 때문에 그것이 작품의 유기적 구조 속에서 형성되는 의미와는 상당히 거리가 멀다는 비판을 면하기 어려웠던 것으로 보인다. 또한 '삼동'을 한자어로 기록한 데에는 그에 상응하는 이유가 있을 것이라 생각해야 함에도 불구하고 글자의 뜻에만 집착하여 작품을 통해 표현하고자 하는 화자의 정서에는 전혀 맞지 않는 방향으로 해석하는 것 역시 바람직하지 않은 것으로 보인다. 이와 같은 한계를 극복하고 어휘의 정확한 뜻을 파악함과 동시에 작품의 유기적 관계에 맞도록 그 의미를 해석하기 위해 본고에서는 문헌 자료를 근거로 삼아 올바른 어석을 할 수 있는 기초를 마련함과 동시에 이를 바탕으로 작품이 지니고 있는 문학적 특성을 규명해 보고자 한다.

2. 기존연구의 검토

'삼동'에 대한 해석은 '同'의 의미를 어떻게 보느냐에 따라 여러 방향에서 이루어졌다. '삼동'에 대한 기존연구는 '三'과 '同'을 분리하여 '同'의 의미를 밝혀보려는 것이 중심을 이루었는데, 해석방법의 차이에 따라 크게 네 가지로 구분할 수 있다. 첫째, 숫자의 개념으로 파악하는 것. 둘째, 양적 단위의 개념으로 보는 견해, 셋째, 기록의 잘못으로 보는 견해, 넷째, 순환이나 공간개념으로 파악하려는 주장 등이 있다. 이 주장들은 모두 나름대로의 타당성을 가진 것처럼 보이지만 현재까지 뚜렷한 정설로 인정된 것이 없는 상태라고 할 수 있다.

2.1. 숫자의 개념으로 보는 견해

이런 주장을 한 논자는 양주동, 박병채, 김형규, 전규태, 최 철 등이 있다. 이들이 내놓은 주장들은 논자에 따라 약간씩의 차이는 있지만 '同'을 숫자의 개념으로 해석하는 점에서는 일치하고 있다.

양주동은 '삼동'의 의미에 대해 『麗謠箋注』에서 다음과 같은 의견을 제시한 바 있다.

> "석동, 한「동」은 '스물' 또는 '백'. 혹 「三冬」으로 봄은 지나친 생각인듯. 『樂章歌詞』 등 歌唱의 臺本에 불과하니만치 그 記寫는 사뭇 粗雜하야 正音의 誤綴이 만흔 것은 毋論, 漢字에도 同音類音字를 막우 使用하엿다. 例컨데 「翰林別曲」에서만도……中略…이는 『樂學軌範』에…中略…이 兩書는 毋論 「歌唱俗本」을 그대로 刻함에 起因된 것이나 由來同·類音字를 尋常代用함은 羅·麗를 通한 傳統的 慣習이엿다."[2]

2 梁柱東, 『麗謠箋注』, 乙酉文化社, 1955, 341~342쪽.

그는 김태준이 '삼동'을 '三冬'의 오기(誤記)로 본 것에 대해서 비판을 가하면서 '同'의 의미는 양(量)을 나타내는 단위로 쓰이는 우리말의 '동'으로 보았다. 그러면서도 『악장가사』 같은 창본(唱本)의 기록은 동류음자(同類音字)를 늘 대용해서 썼다고 주장함으로써 역시 『악장가사』의 표기가 잘못되었을 가능성이 있다는 주장을 폈다. 한자 표기가 잘못된 것으로 보느냐, 한글 표기가 잘못된 것으로 보느냐의 차이가 있을 뿐 오기로 보는 견해는 김태준이나 양주동이나 같다고 할 수 있다. 그 당시의 기록자들이 과연 아무 생각 없이 우리말을 한자로 썼을 것인가 하는 점을 생각해 본다면 양주동의 이 주장은 다시 고려할 필요가 있는 것으로 사료된다. 한자와 한문을 자유자재로 사용할 수 있을 정도였던 조선조의 사대부들이 우리말로 써야 할 부분을 과연 한자로 썼을 것인가 하는 점을 생각하면 이 견해는 아무래도 받아들이기 어려운 것이라고 할 수밖에 없기 때문이다.

김형규는 '同'의 의미를 우리말의 묶음, 혹은 다발의 한자어로 보고 '세 묶음'으로 풀이했다.

> 세 묶음. 同은 普通 十個를 말함.[3]

한자어인 '同'과 우리말인 '동'이 어떤 이유로 같이 쓰일 수 있는지에 대해서는 설명이 없는 상태에서 현재 우리가 사용하고 있는 양(量)의 단위인 '동'을 '同'과 같은 의미로 파악했다. 구체적인 언급은 없었으나 김형규 역시 우리말을 한자어로 표기할 때 오기(誤記)했을 가능성에 대해 인정한 것으로 볼 수 있다.

---

3 金亨奎, 『古歌註釋』, 白映社, 1955, 209쪽.

'삼동'에 대한 박병채의 어석은 초기의 것과 최근의 것이 상당한 차이를 보이고 있는 점이 특이하다. 1963년 판『高麗歌謠 語釋 硏究』에서는 '同'의 의미를 공간적 개념으로 파악하여 '방 삼 백리의 땅'으로 해석했었는데, 1994년 판『고쳐 쓴 고려가요 어석 연구』에서는 '꽃 삼백송이'로 풀이했다.

> 방삼백리(方三百里)의 땅이. 곧, '동'은 주대(周代) 지제(地制)의 면적 단위로 '방백리'의 땅을 말한다. 따라서 '삼동'은 '방삼백리의 땅'이며 '이'는 주격접미사.[4]

'同'은 백(百)을 뜻한다. 주(周)나라의 토지 제도의 면적 단위에서 '同'은 '사방백리'의 땅을 가리킨다. 同方百里(주예, 지관, 사도 주). 따라서 '삼동'은 '꽃 삼백송이'를 말한다. 만약 '同'을 '사방백리의 땅'으로 해석하면 뒤에 처격이 사용되어야 하나 '이'가 나타난 것으로 보아 '삼동'은 꽃 '삼백송이'로 해석함이 자연스럽다.[5]

앞의 견해에서는 '同'의 의미를 공간을 나타내는 개념으로 파악하여 '百里의 땅'으로 보았기 때문에 '삼동'을 '사방이 삼백리가 되는 땅'으로 해석했던 것이다. 이렇게 보면 '삼동'의 의미는 옥으로 새겨서 바위에 접주(接柱)한 연꽃이 사방 삼백리나 되는 땅에 가득 피어야만 임과 이별하겠다는 것이 된다. 연꽃이 피는 것을 강조하는 데 왜 하필 사방 삼 백리의 땅으로 표현했어야 하는지에 대해서는 설명이 없기 때문에 석연치 못한 점이 있다. 그런데, 이러한 해석은 시간적 영원성의 강조를 통하여 사랑의 영원성과 이별의 불가함을 나타내려는「정석가」의

4 박병채,『高麗歌謠 語釋 硏究』, 선명문화사, 1963, 266쪽.

5 박병채,『고려가요의 어석 연구』, 국학자료원, 1994, 270쪽.

시상과 배치된다고 생각했음인지 『고쳐 쓴 고려가요 어석 연구』에서는 '삼동'을 '꽃 삼백송이'로 해석함으로써 양주동의 주장을 수용하는 쪽으로 돌아섰다.

전규태의 주장도 위의 것과 흡사하다.

> 「석동」(세 묶음)의 뜻. 한 「동」은 열, 스물 또는 백 묶음.[6]

이 견해는 양주동, 박병채와 마찬가지로 '동(同)'을 숫자의 개념으로 보면서도 '삼동'을 해석할 때는 세 묶음으로 풀어서 앞뒤의 논리가 맞지 않는 느낌을 주고 있다.

최철의 해석도 양주동, 박병채의 견해를 따르고 있는 것으로 보인다.

> '삼백 송이 피어 있어야'로 양주동, 박병채는 어석했다. 그리고 그 근거를 다음과 같이 들었다. 三同에서 同은 백을 뜻한다. 周나라 토지제도에서 면적 단위에 同은 사방 백리를 가리킨다.[7]

이 해석은 특별한 이론이나 문헌에 바탕을 둔 것이라기보다는 양주동과 박병채의 주장을 수용한 것으로 보인다.

위에서 보는 바와 같이 '동'을 숫자의 개념으로 파악하여 '삼동'을 해석하려 한 주장은 주로 초기 연구자들에 의해서 이루어졌다. 그 중 '동'의 의미를 주대(周代)의 토지제도에서 찾으려 한 시도는 '삼동'에 대한 해석의 다양성과 문헌적 근거를 제시했다는 점에서 의미가 매우 큰 발견이라고 할 수 있다.

---

6 全圭泰, 『高麗歌謠』, 正音社, 1976, 141쪽.

7 최철, 『고려국어가요의 해석』, 연세대학교 출판부, 1996, 234쪽.

2.2. 양(量)을 나타내는 단위로 보는 견해

'동'은 수량을 나타내기 위한 단위라고 하여 우리말로 풀이하려는 김무헌, 최승영, 임기중, 이상보 등의 주장이 이에 속한다.

김무헌은 우리말 사전과 한자어 자전(字典) 등의 내용을 근거로 하여 '同'은 우리말의 '동'을 잘못 표기한 것이라고 하면서 세 동, 혹은 세 다발로 풀이했다. 이 견해는 '동'을 우리말로 보고, '삼'은 한자어로 본 것인데, 무슨 이유에서 그 당시 기록자들이 우리말과 한자어를 섞어서 써야 했으며, 기록할 때는 왜 한자어로 했는가 하는 점과 다른 작품에서도 이런 예가 있는지를 밝혀야 하는 문제점을 안고 있는 것으로 보인다.

> 三同 : 세 동(다발), 同(무리 동; 輩 모을 동; 會合), 동; 묶어서 한 덩이로 만든 묶음.(동이다. 동여매다)
> 三同 : 同을 冬이나 百으로 보아 三冬, 三百송이로 해독함은 잘못이다. 그러면서…[8]

'동'은 수량을 나타내는 단위인 우리말로 보아 '삼동'을 세 묶음으로 풀이하려는 주장은 최승영의 경우도 마찬가지라고 할 수 있다.

> 「동」을 수량의 단위로 보아 「삼동」을 「세 묶음」 정도로, 한 동(同)은 대개의 경우처럼 10개로 봄이 알맞다.[9]

이 주장 역시 뚜렷한 근거가 없는 상태에서 작품의 흐름에 바탕을 두지 않고 현대어에서 쓰이는 어휘의 뜻을 중심으로 '同'의 의미를 풀이하려 한 것임을 알 수 있다. 임기중과 이상보의 경우도 위의 견해와

---

8 金武憲, 『鄕歌麗謠敎育論』, 集文堂, 1997, 309~310쪽.

9 최승영, 「鄭石歌 硏究」, 『청람어문학』 Vol.9, 청람어문교육학회, 1993, 215쪽.

크게 다를 바가 없는 비슷한 주장으로 보인다.

석동이. 방 삼 백리의 땅으로 풀이한 이도 있다.[10]

> 이 뜻은 「세 묶음」이라는 뜻이니, 「동」은 묶어서 한 덩이로 만든 묶음, 또는 그 단위이니, 붓 十자루, 베(布) 五十필, 비웃 二千마리 따위를 일컬을 때에도 쓴다.[11]

위의 견해들이 보여주는 공통점은 '동'의 의미를 우리말과 연결시켜 해석하는 것이다. 이렇게 할 경우 위에서도 밝힌 바와 같이 앞의 글자인 '삼(三)'은 한자어로 표기하고, 뒤의 '동'은 우리말을 음이 같은 한자로 표기한 이유에 대해서 설득력 있는 설명이 있어야 할 것으로 보인다. 그리고 '새 묶음', 혹은 '석동'으로 풀이했을 때, 그것이 '정석가'의 전체적인 시상(詩想)이나 표현수법 등과 잘 어울릴 수 있을 것인가 하는 점에 대해서도 납득할만한 근거를 제시해야 할 것으로 생각된다. 의미가 서로 다른 말일지라도 같은 소리로 발음될 수 있는 것인데, 단지 발음이 같다는 것만으로 '동'과 '동'을 같은 것으로 볼 수는 없기 때문이다.

2.3. 기록의 잘못으로 보는 견해

김태준(金台俊)의 주장이 이에 속하는데, 여기에 대해서는 많은 논자들의 비판이 있었다.

---

10 임기중 편저, 『우리의 옛노래』, 玄岩社, 1993, 137쪽.

11 李相寶, 「'정석가'硏究」, 『韓國言語文學』, 創刊號, 韓國言語文學會, 19쪽.

三冬.[12]

특별한 설명 없이 추운 겨울, 혹은 겨울 석 달이라는 의미로 풀이를 하고 있는데, 추운 겨울을 나타내기 위한 표현이 무슨 연유로 '三冬'이 되지 않고 '三同'으로 표기되었는가에 대한 설명을 하지 않고 있는 점이 한계로 지적될 수 있다. 그러나 길고 긴 추운 겨울이라는 시간 개념으로 파악하려 한 것은 다른 논자들의 주장보다 뛰어난 착상이라고 할 수 있다. 왜냐하면 '정석가'는 노래 전체가 임과 이별하지 않고 영원히 함께 하고 싶다는 시간적 영원성을 강조한 작품이기 때문이다.

2.4. 순환이나 공간의 개념으로 보는 견해

순환의 개념으로 보아 '돌림'이라는 뜻으로 풀이해야 한다는 주장은 주로 북쪽의 것들이고, 공간 개념으로 보아 위, 중간, 아래로 보려는 것은 남광우의 주장이다.

세 돌림[13]
삼동…세 돌림[14]

어떤 이유에서 '同'을 '돌림'으로 풀이해야 하는지에 대한 구체적인 설명이 없기 때문에 정확한 내용은 알 수 없으나 세 번을 같은 상태로 피어야 한다는 의미로 해석해서 세 돌림이라고 했을 것으로 추정한다. 그러므로 여기서 풀이하는 '삼동'의 의미는 자연현상으로 보면 삼년이

---

12 金台俊, 『朝鮮歌謠集成』, 漢城圖書株式會社, 昭和9年(1934), 47쪽.
13 許文燮, 李海山編, 『고대가요 고대한시』, 북경, 민족출판사, 1968, 74쪽.
14 김상훈, 『가요집』, 문예출판사, 1983, 62~63쪽.

될 수도 있고, 종교적인 의미나 다른 측면에서 본다면 아주 오랜 세월을 지칭한 것으로 볼 수 있는 여지를 남기고 있다. '삼동'을 '세 돌림'으로 해석하려는 주장은 북쪽에서 발간된 여러 문학사에서 그대로 수용되고 있다.[15]

'同'의 의미에 대해서 가장 특이한 풀이를 한 논자는 남광우다. 그는 언어 연구자의 입장에서 '同'의 의미를 풀이했는데, 세 동강의 뜻으로 '삼동'이라는 말이 쓰인다고 하면서 이것을 위, 중간, 아래로 풀어야 한다고 주장했다.

> 이것이 語法上 그럴 수 없음을 지적하고 "석동이"로 풀이한 바 있다.…中 略……"세 동강"의 뜻으로 "삼동"이란 말이 있음을 보면, "삼동"이라는 말의 淵源이 오랜 것임을 알 수 있다. 그렇다면 "위, 가운데, 밑(아래)" 즉 "(上中下) 三同이"로 볼 수는 없을 것인가를 생각해 본다. "單으로도 피기 어려운데"(上中下) 三同이 피어서야"로 풀이하는 說 하나를 더 提示해 본다.[16]

이 주장 역시 '동강'의 의미를 지니는 우리말인 '동'이 어떤 연유에서 한자어인 '同'으로 표기되었는가 하는 점에 대한 설명과 '同'을 하필이면 상중하(上中下)로 풀이해야 하는지에 대한 설명이 없기 때문에 강한 설득력을 가지기 어려운 것으로 판단된다.

기존의 연구를 정리해보면 '삼동'의 의미를 풀이함에 있어서 작품의

---

15 정홍교, 박종원, 『조선문학개관』, 인동, 1986.
김대출판부, 『조선문학사』, 1982.
사과원, 『조선문학사』, 1989-1994.
과백원, 『조선문학사』, 1977.

16 南廣祐, 「高麗歌謠 語釋上의 問題點에 관하여」, 『高麗時代의 言語와 文學』, 大邱, 螢雪出版社, 1975, 90~91쪽.

흐름이나 구조적 특성에 맞추어서 그 뜻을 살펴보려는 시도는 거의 없었던 것으로 생각된다. 한편의 시가가 완성되면 그 작품은 스스로 유기적인 구조를 형성하기 때문에 그 속에 쓰인 어휘를 해석함에 있어서도 유기적 구성에 맞도록 해야 함은 말할 것도 없다. 바꾸어 말하면 작자가 작품을 만들 때 그 속에서 사용하는 어휘들은 모두 작품의 유기적 구조에 가장 적합한 의미를 가지는 말들을 사용하며 그런 쪽으로 의미가 형성되기 때문에 해석할 때도 이러한 관계를 무시해서는 안 된다는 것이다. 그러므로 작품 속에 사용된 어휘에 대한 해석은 그 말이 가지는 일상 언어로서의 의미와 더불어 작품의 유기적 구조 속에서 형성된 창조적 의미를 함께 해석하려는 자세가 매우 필요하다고 할 수 있게 된다. 유기적 관계 속에서 어휘의 의미를 파악하지 못한 점은 '同'의 의미를 우리말의 '동'으로 보아야 한다는 주장이나 숫자의 개념으로 풀어야 한다는 견해, 그리고 순환이나 공간개념으로 해석해야 한다는 견해들이 공통적으로 가지는 한계점이라고 할 수 있다.

3. '삼동'의 어석

3.1. 작품의 주제

「정석가」는 사랑하는 임과 절대로 이별하지 않겠다는 화자의 심정을 실현 불가능한 사실에 빗대어서 노래한 시가다. 작품의 원문을 보면 다음과 같다.

> 딩아돌하 當今에 계샹이다
> 딩아돌하 當今에 계샹이다

先王聖代예 노니ᅀᆞ와지이다

삭삭기 셰몰애 별해나ᄂᆞᆫ
삭삭기 셰몰애 별해나ᄂᆞᆫ
구운밤 닷되를 심고이다
그바미 우미도다 삭나거시아
그바미 우미도다 삭나거시아
有德ᄒᆞ신 님믈 여희ᅀᆞ와지이다

玉으로 蓮ㅅ고ᄌᆞᆯ 사교이다
玉으로 蓮ㅅ고ᄌᆞᆯ 사교이다
바회우희 接柱ᄒᆞ요이다
그고지 三同이 퓌거시아
그고지 三同이 퓌거시아
有德ᄒᆞ신 님 여희ᅀᆞ와지이다

므쇠로 텰릭을 ᄆᆞᆯ아나ᄂᆞᆫ
므쇠로 텰릭을 ᄆᆞᆯ아나ᄂᆞᆫ
鐵絲로 주롬바고이다
그 오시 다 헐어시아
그 오시 다 헐어시아
有德ᄒᆞ신 님 여희ᅀᆞ와지이다

므쇠로 한쇼를 디여다가
므쇠로 한쇼를 디여다가
鐵樹山애 노호이다
그쇠 鐵草를 머거아
그쇠 鐵草를 머거아
有德ᄒᆞ신 님 여희ᅀᆞ와지이다

구스리 바회예 디신ᄃᆞᆯ

구스리 바회예 디신ᄃᆞᆯ
긴힛ᄃᆞᆫ 그츠리잇가
즈믄ᄒᆡ를 외오곰 녀신ᄃᆞᆯ
즈믄ᄒᆡ를 외오곰 녀신ᄃᆞᆯ
信잇ᄃᆞᆫ 그츠리잇가

의미상으로 보아 여섯 개의 장(章)으로 이루어진 '정석가'는 첫째 장은 성군의 시대에 노닐고 싶다는 내용이고, 둘째 장은 구운밤이 움이 돋아 싹이 난다면 임과 이별하겠고 노래한다. 셋째 장은 옥으로 만든 연꽃이 피면 이별하겠다는 것이고, 넷째 장은 무쇠로 만든 옷이 헐어지면 이별하겠다고 했다. 그리고 다섯째 장에서는 무쇠로 만든 소가 철(鐵)로 된 풀을 먹으면 이별하겠다고 했고, 여섯째 장에서는 천년을 홀로 있어도 사랑하는 마음은 영원할 것이라고 노래했다. 그러므로 이 작품은 사랑하는 임과 이별하지 않고 영원하게 함께 있고 싶다는 화자의 생각을 시간적인 영원성과 결부시켜 노래한 작품으로 보아야 한다는 사실을 알 수 있다. 첫째 장과 마지막 장을 제외한 나머지 부분은 표현수법과 형태 등에 있어서 완전히 일치하고 있는 것을 쉽게 간파할 수 있다. 모래 벌에 구운밤을 심어서 싹이 나올 때 이별하겠다는 것과 옥으로 새긴 연꽃을 바위에 심어서 그 꽃이 핀다면 헤어지겠다고 하는 것, 그리고 무쇠로 만든 옷이 다 헐고, 무쇠로 만든 소가 철초(鐵草)를 먹는다면 임과 이별하겠다고 노래한 둘째 장부터 다섯째 장까지는 형태상으로도 일치할 뿐만 아니라 표현수법 또한 일치하고 있다. 현실적으로 실현 불가능한 것이 이루어진다면 이별하겠다는 식의 표현은 영원히 이별할 수 없다는 것을 강조한 것이다. 이 노래를 부르는 화자는 영원한 사랑을 간직하는 방법으로 시간적 영원성을 이용하고 있으며,

이것을 통해 사랑을 확인함과 동시에 그것을 지키고 싶어 하는 것이다. 그러므로 '정석가'는 시간적 영원성, 혹은 시간성과 아주 밀접한 관련이 있음을 알 수 있다.

'삼동'의 의미를 보다 정확하게 파악하기 위해 이 표현이 들어 있는 셋째 장과 같은 표현 수법을 쓰고 있는 다른 장을 분석해 보자. 시가에서 사용된 언어에 대한 해석은 그 어휘가 가지는 일상적인 의미에다 작품의 흐름 속에서 형성되는 창조적인 의미를 함께 파악할 수 있을 때만 정확하다고 볼 수 있기 때문에 하나의 어휘가 가지는 의미를 정확하게 파악하기 위해서는 작품의 구조적 특성이나 내용적 성격 등을 분석해 볼 필요가 있기 때문이다. 사각사각 소리가 나는 모래 벌에 구운밤을 심겠다고 하는 것은 임과의 이별 가능성을 봉쇄하기 위한 불가능성의 직접적인 표현이다. 그리고 그 밤이 움이 돋아서 싹이 난다면 임과 이별하겠다는 표현은 임과의 사랑이 오래가기를 갈구하는 화자가 마음속에 가지고 있는 사랑의 영원성에 대한 생각을 드러낸 것이라고 할 수 있다. 다시 말하면 이 표현은 구운밤을 모래 벌에 심는 가능한 행위를 통해 불가능성을 부각시키고, 그것에 움이 돋고 싹이 난다고 하는 실현 불가능한 사실을 통해서는 이별의 불가능성과 사랑의 영원성을 강조하기 위한 수법이 된다는 것이다. 이런 표현 수법은 다음 장에서도 그대로 이어지고 있다. 옥으로 새긴 연꽃을 바위에 심는 행위는 구운밤을 모래 벌에 심는 행위와 마찬가지로 가능한 행위를 통한 불가능성의 직접적 표현인데, 화자는 이러한 행위를 통해 이별의 불가능성을 부각시키고 있다. 옥으로 새긴 연꽃이 핀다는 것 자체가 영원히 불가능한 일이기 때문에 그 꽃이 '삼동'을 핀다면 임과 이별하겠다는 표현 역시 이별의 불가함과 사랑의 영원성을 나타낸 것으로 보아야 한다. 사랑에 대한 화자의 이러한 심정은 여기에서 끝나지 않고 다음 장으로 계속되는데, 무쇠로 옷을 만들어서 그 옷이다 닳아 없어지면 임과 이별하겠다고 노래하고 있다. 무쇠로 옷을 만드는 행위 역시 가능은 하지만 그렇게 만든 옷이 닳아 없어지는 일은 인간의 상식으로는 도저히 상상조차 할 수 없는 영원한 시간이다. 또한 무쇠로 큰 소를 만들어서 철수산(鐵樹山)에 놓는다는 것 역시 이별의 가능성을 봉쇄하기 위한 불가능성의 직접적 표현이다. 그 소가 철초를 먹어야 임과 이별하겠다는 표현은 이별의 불가함을 강조하고 사랑의 영원성을 갈구하는 화자의 심정을 나타내기에 가장 적합한 표현이다.

위에서 살펴본 바와 같이 '정석가'의 각 장은 가능성을 통한 불가능성의 부각과 불가능성을 통한 영원성의 강조가 날줄과 씨줄로 얽혀져서 이루어졌음을 알 수 있다. 이런 점에서 볼 때, 불가능성을 부각시키기 위한 공간적 가능성에서 불가능성을 확정짓는 시간적 영원성으로 옮겨가는 수법을 통해 이별의 불가함과 사랑의 영원함을 노래한 '정석가'야말로 속요 중에서 가장 정밀한 유기적 구조를 가진 작품이라고 할 수 있다.

3.2. '삼동'의 의미

가능성을 통한 불가능성의 부각과 불가능성을 통한 영원성의 강조를 날줄과 씨줄로 하여 이별의 불가함과 사랑의 영원성을 노래한 작품인 '정석가'에 대한 연구는 그다지 활발하게 이루어진 것 같지는 않다. 어석 연구에서 가장 문제가 되었던 것은 '딩아돌하'였는데, 악기의 소리를 나타낸 것으로 풀이하는 것이 가장 일반적인 해석이다. '딩아돌하'에 대한 연구가 '정석가'의 어석연구에서 중심이 되었던 이유는 작품의 명칭인 '정석(鄭石)'과 '딩아돌하'가 밀접한 연관이 있을 것이란 생각 때문이었던 것으로 보인다.

'삼동'의 의미에 대해서는 김태준과 양주동이 표기의 잘못일 가능성이 있다고 한 이래 우리말의 '동'을 한자로 표기한 것으로 보거나, 숫자의 개념으로 보는 정도로 언급이 되어 왔다. 그런데, '삼동'의 의미에 대한 기존의 연구를 보면 어휘가 가지는 의미 자체에 너무 집착해 있다는 느낌을 떨쳐 버릴 수 없다. 시어(詩語)는 작품 속에서 형성되는 의미가 매우 중요하기 때문에 일상어로서 가지는 의미만으로 작품의 어휘를 해석해서는 잘못되는 경우가 많다. 더욱이 일상어로서의 의미조차 정확하게 파악하기 어려운 경우 이것을 근거로 한 추론적인 해석이 작품의 흐름 속에서 행해지지 않고 방증 자료가 될 만한 것들이 미미한 상태에서 이루어질 때는 잘못될 가능성이 훨씬 더 커질 수 있다. '삼동'에 대한 기존의 해석이 이러한 한계점을 가지고 있다는 것은 위에서 살펴본 선행연구에 대한 고찰에서 충분히 알 수 있었다. 따라서 '삼동'의 의미에 대해서는 해석의 실마리가 될 수 있는 정확한 근거를 찾아내든지 아니면 작품의 유기적 관계에 맞도록 해석되어야 할 필요성이 절실하게 요구된다고 하겠다.

이러한 점을 염두에 두면서 '정석가'를 살펴보면 '삼동'에 대한 기존의 해석이 작품의 흐름과 매우 동떨어져 있음을 강하게 느끼는데, 한문을 아무런 불편 없이 사용할 수 있었던 그 당시 지배층들이 남긴 문헌을 확실한 근거도 없이 우리말로 해석해서는 안 될 것이라는 생각을 누구나 할 수 있게 된다. 기존 연구에서 보여준 '삼동'의 뜻으로 작품을 해석해서는 시상(詩想)의 흐름에도 역행될 뿐만 아니라 한자의 '同'과 우리말의 '동'이 같다는 증거를 어디에서도 찾아볼 수 없기 때문에 올바른 해석으로 인정하기 어려운 점이 한 두 가지가 아니다. 기존의 연구가 이런 오류를 범할 수밖에 없었던 것은 '삼동'을 하나의 어휘로 보지 못하고 '삼(三)'과 '동(同)'을 따로 떼어놓고 해석한 뒤에 그것을 갖다 붙이는 방식을 취했기 때문인 것으로 생각된다. 이렇게 놓고 보면 '삼'의 의미에 대해서는 전혀 문제 삼을 것이 없기 때문에 자연이 '同'의 의미에 초점이 맞추어질 수밖에 없게 되고, 그 결과 '同'을 한자어로 보는 입장에서는 중국의 주(周)나라에서 만든 지제(地制)에서 형성된 의미로 해석하게 되었고, 우리말로 해석하려는 입장에서는 묶음의 단위를 나타내는 '동'으로 해석하게 되었던 것으로 보인다. 그러나 작품을 자세히 살펴보아 전체적인 구조를 파악하고, 『악장가사』나 『악학궤범』 같은 문헌들이 궁중의 사대부들에 의해서 만들어졌다는 점을 생각한다면 '삼동'이 한자어로 기록된 데에는 그만한 이유가 있었을 것이란 점을 쉽게 짐작할 수 있다. 이렇게 생각해보면 우선 '삼동'은 두 글자를 각각 떼어서 해석할 것이 아니라 연결된 하나의 어휘로 해석하는 것이 가장 타당하다는 사실을 인지할 수 있게 된다.

'삼동'을 하나의 어휘로 보아 한자어로 해석해야 한다는 확실한 근거는 송대(宋代)에 주변(朱弁)이 지은 「곡유구문(曲洧旧聞)」에서 찾을 수 있다. 주변은 북송에서 남송 시대에 걸쳐 살았던 정치가인데, 무원(婺源) 사람으로 자(字)는 소장(少章)이었다. 그는 약관의 나이로 태학에 들어갈 정도로 뛰어난 인재였다. 건염(建炎) 초에는 금(金)나라에 잡혀가 있던 두 임금에게 문안사(問安使)를 보낼 것을 의론(議論)하였는데, 주변이 스스로 자청하여 가겠다고 까지 할 정도로 정치력과 재주가 뛰어난 사람이었다. 이에 길주 단련사(吉州 團練使)의 인끈을 빌려주어 통문부사로 삼았다. 운중(雲中)에 이르렀을 때 점한(粘罕)을 만나 인질로 잡혀 있는 북송의 두 임금을 모셔가겠다는 뜻을 절실하게 논의하였으나 점한이 이를 듣지 않고 오히려 관사에 나가 머물게 한 뒤 병사로 하여금 지키게 하였다. 금(金)나라의 꼭두각시 황제를 지낸 유예(劉豫)는 그를 핍박하여 벼슬로 회유하려 했으나 주변(朱弁)은 절의(節義)를 지켜 굴하지 않았다. 송이 금에게 신하의 예로 할 것을 약속하면서 화의가 성립되어 돌아왔는데, 봉의랑(奉議郎)의 벼슬로 옮긴 후 생을 마쳤다. 저서로는 『빙유집(騁遊集)』, 『서해(書解)』, 『곡유구문』, 『풍월당시화(風月堂詩話)』 등이 있다. 그는 옛날에 있었던 일들과 자신이 살았던 시대에 있었던 일들 중에서 세상에 교훈이 될 만한 이야기들을 묶어서 「곡유구문」이라는 것을 남겼는데, 이 속에 '삼동'이라는 말이 생기게 된 유래를 보여주는 고사를 실어 놓았다.

> 장자후와 비감벼슬을 한 조미숙은 같은 을해년에 태어나고, 둘 다 같은 해에 과거에 급제하고, 역시 같은 해에 관직에 나갔으므로 늘 서로 '삼동'이라고 불렀다. 원우년간에 자후가 지은 시에 '세 번을 같이한 조비감에게 붙이는 말'이란 바로 이것을 말한 것이다. 그런데, 소성년간에 자후가 재상이 되었다. 미숙이 그 설비와 펼치는 일이 너무 큰 것을 보니 금산에 함께 있을 때 말했던 것과 크게 달랐다. 이로 인하여 나아가서 자후를 만나보고 힘써 그것에 대해 간하였다. 자후가 화가 나서 미숙을 합 땅의 군수로 삼아 내쫓았다. 미숙이 친구에 대해서 일러 말하기를 '(옛날에는) 세 가지가 같았는데, 지금은 백가지가 다르다'고 했다.
>
> (章子厚與晁秘監美叔 同生乙亥年, 同榜及第 又同爲館職 常以三同相呼 元祐間子厚有詩云 寄語三同晁秘監 乃謂此也 然紹聖初子厚作相 美叔見其施設大與在金山時所言背違 因進謁力諫之 子厚怒黜爲陜守美 叔謂所親曰 三同今百不同矣)[17]

17 朱弁, 「曲洧旧聞」 卷五.

위의 글은 내용상으로 보아 두 부분으로 나누어진다. 앞부분은 '삼동'을 통해 이루어진 빈천지교(貧賤之交)의 소중함을 말한 것이고, 뒷부분은 입상(入相)한 뒤의 변절에 대한 의분(義奮)을 말한 것이다. 같은 해에 태어나서 같이 자라고, 같은 해에 과거에 급제했으며, 또한 같은 해에 벼슬길에 나갔다는 것은 여느 사람에게서는 일어나기 어려운 일들이며 세상에 교훈이 될 만한 훌륭한 귀감임에 틀림이 없다. 이런 연유로 인해 세 가지를 함께 했다는 의미로 '삼동'이라는 말이 생겼다는 것이다. 보통사람에게는 도저히 일어날 수 없는 불가능한 일이 두 사람 사이에 있었으니 당연히 절친한 친구 사이가 되었을 것이고, 서로가 그 뜻을 변치 말자고 맹세했을 것이다. 두 사람의 이러한 우정 관계는 주위 사람들뿐 아니라 세상 사람들에게 널리 알려지게 되었고 모두가 부러워했을 것이기 때문에 인구(人口)에 회자(膾炙)되었음은 말할 필요도 없다.

그런데, 많은 시간이 흘러 두 사람 중 한사람이 출세를 해서 재상(宰相)으로 되자 상황이 완전히 달라졌다. 한 나라의 재상이 되어 일인지하 만인지상(一人之下 萬人之上)의 자리에 오른 자후는 어려웠던 시절에 친구와 함께 했던 약속들을 모두 저버리고 엄청난 권세와 권력을 휘두르기 시작했다. 그것을 본 미숙이 참지 못하고 자후에게 충간(忠諫)했으나 오히려 화를 내면서 그를 내쫓았다. 가난했지만 순수했던 시절의 약속을 저버린 친구에 대해서 미숙은 '옛날에는 세 가지가 같았으나 이제는 백 가지가 다르다'고 말을 했다. 여기서 말하는 백 가지는 물론 모든 것을 의미하는 것으로 보아야 한다. 그리고 '삼동' 역시 단순하게 세 가지가 같다는 의미로만 볼 것이 아니라 모든 것을 같이 했다고 보는 것이 논리에 맞는다. 모든 것을 함께 했던 절친한 친구

사이가 하루아침에 모든 것이 달라진 완전한 타인으로 되었던 것이다.

이 글에서 주변이 강조하고자 했던 것은 '삼동'의 의미와 소중함이 아니라 세태에 휩쓸려서 친구와의 신의를 저버린 행위에 대한 의분과 경종(警鐘)이었다. 그러므로 이 글의 핵심은 '삼동'의 유래에 대한 것이 아니라 자후의 배신에 대한 비판이라고 할 수 있다. 그것은 주변이 살았던 시기가 북송에서 남송으로 바뀌던 어지러운 시대였다는 점에서 볼 때 좀 더 확실하게 느낄 수 있다. 적국(敵國)으로 생각하는 땅에서도 온갖 회유와 협박을 뿌리쳤던 주변의 입장에서 볼 때 자후와 미숙의 고사는 주변을 격분시키기에 충분했을 것이기 때문이다. 그렇기 때문에 주변은 이 글을 통해 이익과 권력을 좇아서 배신(背信)과 위약(違約)을 밥 먹듯이 하는 세상 사람들에게 경종을 울려주고 싶었던 것이다.

세태의 흐름에 따라 신의를 저버린 행위에 대한 경종으로 자후와 미숙의 고사를 이해할 때 여기서 나온 '삼동'이란 말이 과연 '정석가'에서 화자가 표현하고자 하는 정서에 부합할 수 있을 것인가 하는 의문이 생길 수 있다. 좀 더 구체적으로 말하면, '정석가'를 만들고 기록한 사람들이 배신과 위약에 대한 경종의 의미를 강조하려는 주변의 글에 기록된 자후와 미숙의 고사에 보이는 '삼동'이란 말을 사랑하는 임과 이별하지 않고 영원히 함께 하고 싶다는 마음을 표현하기 위한 의미로 사용했을 것인가 하는 점이다. 이 점에 대해서는 다음과 같은 설명이 가능하다.

자후와 미숙의 일을 기록한 주변의 생각은 이 고사를 통해 신의를 어겨서는 안 된다는 입장을 강조함으로써 후세 사람들에게 경종을 울리려는 것이 틀림없다. 그러나 세 번을 함께 했다는 의미를 지닌 '삼동'이란 말의 의미는 주변이 강조하고자 했던 뒷부분을 제외하고 앞부분만으로도 충분히 드러나고 있으며, 사람들은 이 부분만 가지고서도 세 번을 같이한 친구의 신의와 맹세를 찬양할 수 있었을 것이다. 그러므로 '삼동'이란 말은 주변이 이 글을 기록하기 이전부터 이미 널리 회자되고 있었다는 것을 짐작할 수 있게 된다. 이러한 사정은 그 둘이 늘 서로를 가리켜 말하기를 '삼동'이라고 했다는 점과 문헌의 제목을 「곡유구문」이라고 한 점 등에서 충분히 짐작할 수 있다. 이런 점에서 보면 '삼동'이란 말은 두 사람의 삶 속에서 세 번을 같이 했다는 정도의 의미뿐만 아니라 평생을 함께 한다는 의미가 더 강한 것으로 보는 것이 올바른 해석이라는 생각을 하게 된다. 그래야만 주변이 이 글을 통해 강조하고자 하는 바가 잘 드러나기도 한다. 즉, 「곡유구문」에 보이는 자후와 미숙의 고사는 빈천지교의 소중함을 강조한 뜻으로 세간에 회자되었던 '삼동'의 의미에 어지러운 시대일수록 신의와 지조를 중하게 여겨야한다는 주변의 생각을 잘 나타낼 수 있도록 기록되었을 가능성이 매우 크다는 것이다. 자후와 미숙의 고사에서 애초에 생긴 것으로 보이는 '삼동'이란 말은 영원성을 강조하기 위한 표현으로는 매우 적절한 것이라고 보아 아무런 문제가 없다.

'정석가'의 '삼동'을 자후와 미숙의 고사와 관련이 있는 의미로 해석할 때 생각해보아야 할 또 하나의 문제는 자후와 미숙이 살았던 시대가 고려와 시기적으로 그리 멀지 않은 북송 말기였고, 또한 공간적으로도 멀리 떨어진 곳에서 있었던 일인데 비록 중국에서 인구(人口)에 회자된 것이라 할지라도 그렇게 빠른 시간에 고려로 수용되어 노래의 표현으로 사용될 만큼 널리 퍼질 수 있었을 것인가 하는 점이다. 「곡유구문」에 나오는 연호(年號)는 원우(元祐)와 소성(紹聖)인데, 이것은 북송의 철종시대(哲宗時代)에 사용했던 연호다. 중국의 원우(1086~1094)

와 소성(1094~1098)대는 고려에서는 선종년간(宣宗年間)에 해당하는 때이다. 이때의 고려는 초조 팔만대장경의 완성(1087)과 더불어 의천(義天)에 의해 속장경(續藏經)이 완성(1097)되던 시기였다. 거란의 침입에 시달리던 고려가 불력(佛力)을 빌어서 외적을 물리치고자 많은 노력을 기울인 때라고 할 수 있다. 이때부터 고려는 서서히 중기로 접어들면서 내우외환에 시달릴 기미를 보이기 시작한다. 그리고 주변이 주로 활동했던 건염(1127)시대는 남송이 시작되어서 금(金)과의 사이에 화의가 이루어지던 시기였고, 고려에서는 이자겸의 난과 묘청의 난 등이 발생하여 국가적인 어려움이 시작되던 때기도 했다.

고려는 건국 초기에는 후주(後周)와 가까운 사이였으나 송(宋)이 천하를 통일한 뒤로는 송과 매우 친밀한 관계를 유지해왔다. 그리고 자후와 미숙이 살았던 시기와 주변이 활동했던 시기는 송나라가 어려움을 겪으면서 거란과 몽고의 침입에 시달리던 어려운 때이기도 했다. 고려가 불력을 이용하여 외적의 침입을 물리치고자 했던 시기라는 말은 달리 생각하면 바로 이 시기가 송과의 관계를 더욱 밀착시킨 때라는 사실을 쉽게 짐작할 수 있다. 그러므로 송의 문화는 고려에 직접적으로 전해졌을 것이며, 주변이 지었던 「곡유구문」 같은 문헌도 매우 빠른 시기에 고려에 전해졌으리란 추측은 어렵지 않게 할 수 있다.

그러므로 고려 말에 형성되어 조선조에 들어와 문자로 정착된 속요에 중국에서 형성된 '삼동'이란 표현이 쓰였다고 해서 문제될 것은 전혀 없을 것으로 보인다. 오히려 이러한 이야기들은 지배층을 중심으로 한 지식인층에서는 유행처럼 회자되었을 것으로 생각할 수도 있다. 또한 '정석가'에서 보이는 '삼동'이 「곡유구문」에서 쓰인 말과 밀접한 관련을 가진 것이라면 이것은 속요 연구에 대단히 중요한 단서 하나를 제공해주는 결과가 될 것으로도 보인다. 고사의 발생 연원과 시기, 그리고 문헌의 기록 시기를 확실하게 알 수 있는 문헌을 토대로 속요의 발생과 관련이 있는 연대 추정에도 한 몫을 할 수 있을 것으로 생각되기 때문이다.

4. 삼동의 뜻으로 본 정석가의 특성

'삼동'의 의미를 '평생 동안'으로 해석하는 것은 시간을 기반으로 하는 사랑의 영원성을 강조한 것이 바로 '정석가'가 되기 때문에 사랑하는 임과 이별하지 않고 영원히 함께 하려는 화자의 심정을 노래하고 있는 작품'의 주제와 전적으로 일치한다. 송도(頌禱)와 송축(頌祝)을 중심으로 하는 제1장과 다른 작품에서도 보이고 있는 내용으로 굳건한 믿음에 대해 노래한 마지막 장을 제외한 것을 '정석가'의 본 노래로 볼 때 이 작품은 실현 불가능한 사실에 빗대어 임과의 이별이 절대로 불가함을 강조하여 노래한 작품 볼 수 있기 때문이다. 화자가 지니고 있는 이런 정서는 시간적 순차에 의해 제시되고 강조되는데, 첫째, 실현이 가능한 현실의 상정, 둘째, 실현이 불가능 상황의 설정, 셋째, 실현 불가능한 현실의 가정적 실현을 통한 사랑의 영원성을 강조, 넷째, 이별의 절대 불가라는 순서로 표출되고 있음을 본다. '정석가'에서는 시간의 역행구조[18]가 아니라 순행구조가 사용되고 있는데, 자연적인 시간

18 시간의 역행구조는 이별의 아쉬움이나 이별 후의 그리움 등을 노래하는 작품에 잘 나타나는 표현수법이다. 향가 중에는 시간의 역행과 축약을 통해 화랑에 대하 그리움과 사모의 정을 노래한 '모죽지랑가'가 있으며, 자연현상과는 반대가 되는 현실을 대비시켜 시간의 역행구조를 만듦으로써 이별의 슬픔과 사랑의 영원성을 노래한 매

의 흐름에 맞추어 진행함으로써 이별이 없는 사랑의 영원함을 한층 강조하여 드러내기 위함인 것으로 보인다. '정석가'의 내용이 지니고 있는 이러한 특성은 아주 잘 짜인 형식적 특성에 의해 한층 빛을 발한다.

'정석가'의 형식적 특성으로는 첫째, 중첩대련(重疊對聯)의 구조, 둘째, 순차적 시간 배열의 구성, 셋째, 반복구조, 넷째, 렴의 특수성 등을 꼽을 수 있다. 연(聯)은 동일한 형태가 마주보는 것을 지칭하는데, '정석가'는 각 장 마다 두 개의 동일한 형태가 마주보면서 작품을 구성하고 있는 특징을 가지고 있다. 제2장을 예로 들어보자. 이 부분은 형태상으로는 두 부분으로 나누어지는 방식을 취하지만 내용상으로는 연결되어 있는 모습을 가지는데, 앞에서는 '삭삭기 셰몰애 별해나논'이 두 번 반복되면서 연(聯)을 구성하고 있으며, 뒤에서는 '그바미 우미도다 삭나거시아'가 앞의 것과 마주보면서 새로운 형태의 연을 만들고 있다. 연은 동일한 형태를 지니는 것을 기본적 성격으로 하기 때문에 내용까지 같은 필요는 없는데, 정석가에서는 장(章)의 맨 앞과 중간에 내용까지 동일한 형태를 반복하면서 연을 구성하는 모습을 가지고 있어서 매우 특이한 형태를 보인다. 이것은 동일한 형태의 단순한 반복이 아니라 내용적으로도 마주보는 연(聯)의 구성 방식을 따른 것으로 보이기 때문에 더욱 흥미롭다. '정석가'에서 동일 형태 반복 중 앞의 것은 화자의 외부에 존재하는 사물현상을 노래한 것이고, 뒤의 것은 화자의 내부인 마음에 존재하는 추상적 사물현상을 노래한 것[19]으로 볼 수 있기 때문이다. 이것은 자연의 시간과 연결시켜 화자가 지키고

창의 시조 등이 있다.

19 여기에 대해서는 아직까지 구체적인 논의가 이루어진 것이 전혀 없다. 그저 단순히 반복의 구조 정도로 볼 뿐이다.

싶은 사랑의 영원성을 강조하기 위한 수법으로는 매우 탁월하다고 할 수 있다. 연의 구성방식이 가지는 두 번째의 특징은 동일 형태의 두 행(行)이 한 층위가 높은 단계의 연(聯)을 이루기 위해 하나로 묶이면서 다음의 행과 연결되어 새로운 형태의 연으로 거듭난다는 점이다. '삭삭기 셰몰애 별해나ᄂᆞᆫ'과 '구운밤 닷되를 심고이다'는 실현이 가능할 것 같은 외부의 현실과 역시 실현이 가능할 것 같은 내부의 정서를 마주보도록 함으로써 특이한 형태의 연(聯)을 형성하기 때문이다. 이중의 이중이라는 이런 중첩의 대련 구조는 '정석가'뿐 아니라 '만전춘별사(滿殿春別詞)'의 1, 3, 5장에서도 쓰이고 있어서 속요의 형식이 지니고 있는 매우 중요한 특징 중의 하나임을 알 수 있게 된다.

'정석가'는 자연에서 나타나는 시간의 순서를 그대로 따르는 순차적 시간 구조를 가지고 있으면서 그것의 진행 순서에 따라 실현 가능과 실현 불가능을 배치한 다음, 그런 일이 만약에 실제로 일어난다면 임과 이별하겠다고 노래한다. 시간의 역행이 바로 사랑의 역행으로 이어질 수 있다고 믿는 '정석가'의 화자는 이상적인 어떤 것을 꿈꾸는 것이 아니라 지극히 현실적이면서도 영원한 사랑만을 갈구하기 때문에 그것에 역작용을 하는 어떤 존재나 상황도 도저히 용납할 수 없다. 모래벌-구운 밤- 심음-움이 돋움-싹이 남-이별의 순서로 되어 있는 제2장은 가능과 불가능, 실제의 현실과 가정의 현실, 순간과 영원이 맞물려 돌아가면서 이별의 절대불가를 통한 사랑의 영원성을 강조하는 장(章)으로 거듭날 수 있게 되는 것이다.

주술적인 기능을 기반으로 하는 반복은 화자의 의지를 강조하면서 가장 강력하게 전달하는 수법의 하나다. 말이나 글을 통한 반복은 주로 시가에서 일어나는데, 아주 오랜 옛날부터 신과 관련된 노래들에 예외 없이 이 구조가 활용되고 있는 점에서 이러한 사실을 확인할 수 있다. 우리 시가에 나타나는 반복은 음운(音韻)반복, 어휘(語彙)반복, 구(句)반복, 행(行)반복, 장(章)반복, 렴(斂)반복 등을 들 수 있는데, 속요에서 특히 다양한 형태로 존재한다. '정석가'에서는 각 장의 맨 앞부분과 중간 부분에 동일한 형태의 행 두 개를 반복함으로써 연(聯)을 이룸과 동시에 짝을 이루는 대(對)가 되도록 하고 있는데, 이것은 작품 안에서 전렴(前斂)의 구실을 하는 것으로 보인다. 이것을 렴(斂)으로 보는 이유는 동일한 형태를 가진 것이 각 장의 동일한 장소에서 주기적으로 사용되고 있으며, 강조기능(强調機能), 의미확장기능(意味擴張機能)[20] 등을 가지고 있기 때문이다. 또한 대부분의 속요 작품에는 동일한 형태를 지닌 여러 개의 장이 주기적으로 반복되는 현상이 나타나고 있다. 여러 개의 장을 통해 동일한 방식으로 표현하면서 노래의 대상을 바꿈으로써 강조와 풍자의 효과를 보이고 있는 '정석가'와 '쌍화점' 같은 작품들은 장의 반복을 통해 화자가 드러내려는 정서를 부드러우면서도 강력하게, 효율적이면서도 아름답게 표현하고 있다. 또한 '동동'처럼 시간의 흐름에 맞추어 13개의 장으로 나누어 표현하는 방식을 통해 이별의 아픔과 임에 대한 그리움을 절절하게 노래하는 작품도 있다. 특히 장(章)은 형태에 의해 나누는 기능을 하면서도 내용적으로는 연결이 되도록 하는 장치로는 아주 제격이기 때문에 화자의 정서를 강조하면서 나타냄과 동시에 여러 사람이 함께 참여할 수 있도록 하는 최적의 구성요소로 꼽힌다.

렴(斂)은 장(章)의 앞, 중간, 뒤[21] 등에 쓰여서 다양한 기능을 하는

---

20 손종흠, 『속요형식론』, 박문사, 2010, 289쪽.

21 前斂, 中斂, 後斂.

것으로 작품의 형태에 여러 가지 변화[22]를 줌과 동시에 많은 사람이 함께 할 수 있는 길을 열어주는 구실을 하는 중요한 구성요소다. 민족 시가 중에서는 속요가 가장 다양한 렴을 사용하고 있는 것으로 나타나는데, 민요로서의 성격과 궁중무악으로 성격이 동시에 존재하는 양면성 때문인 것으로 보인다. 민요에서 쓰이는 렴은 선후창[23]의 가창방식에 적합한 후렴이 중심을 이루며, 전렴과 중렴은 거의 쓰이지 않는다. 속요에서 쓰이는 후렴은 민요의 이러한 모습이 그대로 남아있는 흔적이라고 할 수 있다. 그런데, 속요에는 전렴과 중렴도 쓰이고 있어서 아주 복잡한 양상을 보인다. '쌍화점' 같은 작품은 장(章)의 중간 중간에 동일한 형태를 보이는 것들이 쓰이고 있으며, '정석가'와 '만전춘별사'에는 동일한 형태의 행(行) 두 개를 나란히 놓고 있다. 또한 '서경별곡'에서는 일상 언어의 의미를 지닌 구절과 감탄사가 결합한 형태를 첫 번째 행에 놓고, 동일한 형태를 지닌 또 하나의 행을 두 번째 행에 놓는 방식을 모든 장에 반복적으로 적용하고 있다. 이것들은 모두 작품 속에서 렴(斂)으로서의 기능을 충분히 해내고 있기 때문에 모두 중렴(中斂)이나 전렴(前斂)으로 볼 수밖에 없다.[24] '쌍화점'은 궁중에서 성

---

22 예를 들면 쌍화점에서는 장의 중간에 斂을 놓아서 남녀의 정사에 대해 소문이 나는 과정, 혹은 사실을 청자가 알 수 있도록 하는 장치로 활용하고 있으며, 정석가와 서경별곡 같은 작품에서는 장의 맨 앞에 렴의 구실을 할 수 있는 것을 놓아서 강조의 수단으로 활용하고 있는 점 등이다.

23 민요의 가창방식은 獨唱, 齊唱, 交換唱, 先後唱으로 나누어지는데, 선후창은 한 사람이 일상의 언어로 된 앞소리를 부르면 악기의 소리를 흉내 낸 것이거나 정확한 뜻을 알기 어려운 소리들을 일정한 위치에 주기적으로 반복시켜 나머지 사람들이 함께 참여할 수 있도록 하는 후렴이 매우 중요한 구실을 한다. 나머지 가창방식으로 부르는 민요에는 斂이 나타나지 않는다.

24 斂의 성격과 기능에 대해서는 손종흠, 위의 책 같은 부분 참조.

기(聲技)들에 의해 소리극의 형태로 불렸을 가능성이 매우 큰데, 이 경우 렴은 화자와 상대 남성의 부정한 짓에 대한 소문이 나는 것을 실감나게 보여줄 수 있는 장치가 된다. 장(章)의 맨 앞에 동일한 형태가 반복되는 형태인 전렴은 궁중무악으로 수용되면서 겪을 수밖에 없는 작품의 개편 과정을 통해 첨가되었을 가능성을 배제할 수 없다. 궁중에서 성기(聲技)들이 노래를 부르는 방식은 독창이나 제창,[25] 많은 사람이 먼저 부르고 혼자 부르는 사람이 나중 부르는 전도된 선후창 등이 중심을 이루면서 무용이 곁들여졌던 것으로 보이는데, 춤의 동작과 맞추기 위한 악곡의 경계 설정과 강조를 위한 새로운 형태의 창조 등을 통해 일정한 변화를 주기 위한 수단의 하나였던 것으로 생각된다.[26]

동일한 형태와 구성방식으로 임과의 이별이 절대로 불가함을 강조하여 노래하는 '정석가'에서 쓰인 '삼동'의 의미를 작품의 특성과 연결시켜보면 이 표현 하나가 얼마나 중요한 구실을 하는지 잘 알 수 있다. '정석가'는 순차적 시간을 기반으로 하는 자연현상과 화자의 정서를 연결시켜 사랑의 영원성과 이별의 불가함을 강조한 작품으로 볼 수 있는데, '삼동'이란 표현 하나에 이 모든 것이 담겨 있는 것으로 보아 크게 틀리지 않기 때문이다. 여성이 화자가 되어 노래하는 사랑의 영원성은 군신관계에서 발생하는 신하의 일방적 충성의 영원성과 밀접한 관련을 가지므로 '정석가'는 민간의 노래가 궁중무악으로 수용되기 위해 변개를 겪는 과정에서 특이한 형태의 렴을 사용함으로써 작품이 전달하고자 하는 바를 한층 효과적으로 나타낼 수 있는 작품이라는 점을 핵심적인 특성으로 지목할 수 있다.

---

25 악학궤범에는 이러한 가창방식에 대한 서술이 비교적 상세하게 되어 있다.

26 이 부분에 대해서는 앞으로 치밀하고 체계적인 연구가 뒤따라야 할 것으로 생각된다.

5. 맺음말

'삼동'에 대한 지금까지의 해석은 주로 글자가 가지는 의미를 바탕으로 한 것이었다. '동(同)'을 우리말의 '동'으로 보아 '묶음'이나 '돌림' 등으로 해석한 견해들이 있는가 하면, '동(同)'을 한자어로 보아 숫자를 나타내는 '백(百)'으로 해석한 견해들도 있었다. 그런데, 기존의 연구들이 갖는 공통적인 한계점은 이러한 해석 모두가 작품의 흐름과 맞지 않는다는 데 있었다. '정석가'의 모든 표현 수법이 불가능성과 영원성을 부각시킴으로써 임과의 이별이 불가(不可)함을 강조하기 위한 수단으로 사용되었다는 사실을 생각해 보면 이것을 쉽게 짐작할 수 있게 된다. 그런데, '삼동(三同)'을 '삼동(三冬)'의 잘못으로 보는 것, '백(百)'으로 보는 것, 묶음을 나타내는 우리말인 '동'으로 보는 것 등의 모든 해석들이 시간적 흐름 속에서 불가능성과 영원성을 부각시키고 강조한다는 작품의 흐름과 동떨어진 해석이 되었던 것이다. 기존의 풀이 중에서 '돌림'으로 본 해석이 유일하게 작품의 흐름에 배치되지 않는 것으로 볼 수 있으나 어째서 '동(同)'이 '돌림'으로 해석되어야 하는지에 대한 설명이 없기 때문에 이 역시 정확한 해석으로 보기 어렵다.

「곡유구문」에 보이는 '삼동'의 연원에 대한 고사는 두 가지 점에서 '정석가'의 '삼동'과 일치한다는 것을 보여주고 있다. 첫째는 같은 해에 태어나고, 같은 해에 급제하고, 같은 해에 벼슬길에 나가는 것이 가능한 일이기는 하지만 실제에 있어서는 실현되기 매우 어려운 현실이란 점에서 불가능성을 부각시켜 사랑의 영원성을 강조하고 임과의 이별이 절대로 불가함을 나타내려는 화자의 정서에 잘 부합한다. 다음으로 '정석가'의 모든 표현들이 시간의 흐름 속에서 영원성을 추구하려는 것을 중심으로 하고 있는데, 자후와 미숙의 고사가 바로 이러한 성격에 잘 맞는다는 것이다. 자후와 미숙이 서로를 '삼동'이라 부르고, 세상 사람들 또한 이들을 가리켜서 '삼동'이라고 했다는 것은 이렇게 아름다운 우정이 평생 동안 변하지 않기를 바라는 마음에서였을 것이기 때문이다. 이런 점에서 볼 때 '정석가'의 '삼동'은 자후와 미숙의 고사에서 평생 동안 영원히 변하지 말 것을 강조했던 것과 결합시켜 '평생 동안'으로 보아 작품이 지니고 있는 사랑의 영원성을 강조한 본질적 성격과 연결시키는 것이 가장 합당할 것으로 생각된다.

—이 글은 「'정석가(鄭石歌)'의 '삼동(三同)'에 대하여」, 『한국시가연구』 4집, 1998, 211~233쪽에 실린 논문을 수정·보완한 것임.

새롭게 풀이한 〈청산별곡〉

◉

박재민

1. 들어가는 말

고전문학의 올바른 이해는 여러 측면에서 시도될 수 있다. 작품을 생산한 시대적 배경을 통해 그 작품의 주제를 읽을 수도 있으며, 작품의 작자와 생애를 통해 그 작품의 은유를 읽을 수도 있으며, 작품 자체가 가진 구조나 수사를 통하여 작품의 미적 영역을 확장해 낼 수도 있다.

그러나 이러한 연구 활동의 저변에 공통적으로 자리하고 있는 것이 있으니, 그것은 바로 1차 텍스트의 정확한 어석(語釋)이다. 한시(漢詩)를 전공하는 이가 한자의 훈을 모르면, 영문학을 전공하는 이가 단어의 의미를 모르면 그 문학적 연구라는 것이 필연적으로 잘못된 결론에 다다를 수밖에 없듯이, 우리의 고전문학 역시 1차 어석의 잘못이 있는 경우 잘못된 결론에 도달할 수밖에 없음은 자명하다.

이러한 인식은 일반적인 것이기에 사실 이를 간과한 채 진행되는 연구는 거의 없다고 믿는다. 다음과 같은 연구 단계의 설정에서 항상 첫머리에 '객관적 어석'이 언급되는 것이다.

> 시작품의 올바른 해석을 위해 연구자들이 반드시 지녀야 할 기본적인 관점(觀點) 및 태도를 들어보면, …… 첫째, …… 언어는 일종의 사회적 약속이고, 시의 언어도 사회적 약속으로서 독자가 자의적으로 해석하거나 왜곡할 수 없는 객관적인 의미 범주를 지닌다. 시의 해석은 그 객관적 의미 범주(외연적 개념)에 대한 정확한 이해를 토대로 해서, 그 내포적 의미를 찾아 나가야 할 것이다.[1](방점은 필자)

그러나 문제는 이러한 진술에도 불구하고, 실제 우리 고전 연구에서 논의되고 있는 어석의 실제 현장을 보면, 여전히 합의안을 도출하지 못한 채, 당대 언어의 통용적 의미 범주와 무관하게, 가정적 어석을 바탕으로 백가쟁명의 문학적 논의가 이루어지는 경우가 있음을 볼 수 있다. 그리고 그런 현장은 관련 자료가 부족한 고대의 시가(高麗歌謠 – 鄕歌)로 올라갈수록 더욱 심한 양상을 띤다. 물론 이러한 과정을 통해 우리의 문학적 담론이 더욱 풍성해진 긍정적 측면도 있다. 그렇기에 이러한 과정은 보다 심도 있는 결론을 내리기 위한 왕성한 합의의 과정이라고도 할 수 있다. 그러나 여전히 중요한 것은 논의를 지탱하는 1차 문헌 자료의 확보이다. 그렇기에 본고는 위의 인용이 지적하고 있는 기본적인 관점에 적극 동의한다. 그리하여 이 논고를 빌어 1차 어석의 교정에 대한 실천적 논증을 해 보려 한다.

본고는 고전문학이 안고 있는 여러 어석의 미합의 현장 중, 「청산별곡」에 주목하려 한다. 청산별곡은 현전하는 고려가요 중 가장 많은 분석을 받았고, 가장 널리 애송되는 작품이지만, 여전히 해독상의 문제가 있어 작품의 이해를 방해받고 있다. 본고가 집중해서 다룰 부분은

---

1 성호경, 『고려시대시가연구』, 태학사, 2006, 359쪽.

다음 방점 친 두 부분이다.

1장 : 살어리살어리랏다靑山청산애살어리랏다멀위랑ᄃᆞ래랑먹고靑山청산애살어리랏다 〈樂章歌詞〉
8장 : 가다니비브른도긔설진강수를비조라조롱곳누로기ᄆᆡ와잡ᄉᆞ와니내엇디ᄒᆞ리잇고 〈上同〉

2. 어석의 실제

2.1. 살어리랏다 : (틀림없이) 살았으리라

살어리살어리랏다靑山청산애살어리랏다멀위랑ᄃᆞ래랑먹고靑山청산애살어리랏다

「청산별곡」의 '-리랏다'는 현대의 향유자들에게는 대체적으로 '-하리라(미래 의지)' 정도로 이해되어 있다. 노랫말의 의미에 대한 어학적 고찰이 시작되기도 전인 1933년에 이미 '-리라'라는 어말어미가 주는 직관에 의해 「금강에 살으리랏다」[2]란 현대 음악이 나타나기 시작하였고, 1947년에 이르러 지헌영[3]에 의해 학문적으로 공론화되기에 이르렀으며 그 후 많은 쟁쟁한 연구자들에 의해 다음과 같이 지지되면서 교육되었던 까닭이다. (방점은 필자)

---

2 이은상 작사, 홍난파 작곡의 "금강에 살으리랏다"(1933년, 조선가요작곡집)의 노랫말은 "금강에 살으리랏다, 금강에 살으리랏다. 운무 데리고, 금강에 살으리랏다. 홍진에 썩은 명리야, 아는 체나 하리오."와 같은데 문맥으로 보아 '살겠다'의 의미가 분명하다.

3 "살어리 - 살으리라, 살겟네." 지헌영, 『鄕歌麗謠新釋』, 정음사, 1947, 121쪽.

뜻을 간추리면 대개 다음과 같은 요지를 보이고 있다. 1연 청산에 살겠다. 머루랑 다래랑 먹고[4]

살어리> 살리로다, 살아갈 것이로다[5]

… 등의 해석은 정곡을 뚫은 것이라고는 볼 수 없다. 역시 바다로 가기보다는 청산으로 가서 '살으리로다. 살아갈 것이로다'로 이해하는 것이 합당하다.[6]

그러나 이런 대체적인 흐름에 대한 이의 또한 끊이지 않고 제기되었다. 이에 대해 적극적 이견(異見)을 낸 이는 정병욱이었다. 그는

"…리랏다"의 해석에서, 이 말을 종래에는 "…하고 싶다"로 풀이해 왔다. 그러나 조선 초기 문헌을 보면 이 귀절은 과거가정법임이 분명하다. 즉, "살어리랏다"는 "살리로다"가 아니라 "살았으며는 좋았을 것을"의 뜻이 된다. 이제 그 용례를 들 겨를이 없으나 ……[7] (방점필자)

이라고 하여 청산별곡의 제1장을 "과거에 내가 만일 좀 더 현명했더라면 청산 속에 들어가서 살았겠는 것을"[8]로 풀이한다. 이 풀이는 과거의 사실에 대한 반대 상황을 표현하였다고 본 것인데, 청산별곡의 첫머리가 '條件節이 생략된 형태'임을 명시하고 있다는 점에서 종래의

4 신동욱, 「<청산별곡>과 평민적 삶의식」, 『고려시대의 가요문학』(김열규 신동욱 編輯), 새문사, 1982, 1~34쪽.

5 박병채, 『새로고친 고려가요의 어석연구』, 국학자료원, 1994, 216쪽.

6 박노준, 「「청산별곡」의 재조명」, 『고려가요·악장연구』, 국어국문학회 편, 태학사, 1997, 164쪽.

7 정병욱, 『한국고전시가론』, 신구문화사, 1975, 106쪽.

8 정병욱, 상게서, 106쪽.

해석에 비해 진일보(進一步)한 것으로 평가된다.[9] 한편, 정병욱의 해석은 문학측 연구자로서는 첫 제안이었지만, 사실 이러한 입장은 몇몇의 어학자들에 의해 꾸준히 제기되고 있었다. 즉 '(~했다면) 살았겠는 것을'의 의미는 다음과 같이 양주동, 이인모 등에 의해 다음 (방점은 필자)

> 랏다. 感歎條件法助詞. …… 「닷다–랏다」의 「다–라」는 半過去(追敍)의 助動詞이니, 이로써 …… 그 語義는 「살아갈것이러라」의 感歎形.[10]

> 要컨대, {–리랏다}는, 반드시 條件節 뒤의 歸結節에 쓰여서 過去의 事實에 反對되는 假想의 {–었을 것이로다(–었겠도다)}와, 過去未來의 {–ㄹ 것이더구나(–겠더구나)』로 看做·解釋될 뿐인 것이다.[11] …… 결국, '…… 머루랑 다래랑 먹고 靑山에서 살았을 것이러다(살았겠도다 – 살았더라면 좋았을 것인데……)'로 풀이되는 것이다.[12]

과 같이 연속적으로 언급되었고, 이후로도 고영근, 장윤희 등에 의해 연속적으로 확인되었던 내용과 상통하는 것이다. (방점은 필자)

> 靑山에 살어리랏다 : '–어'는 확인법 '–거–'가 'ㄹ'아래에서 탈락된 것

---

9 '–리랏다'에 대해 정밀히 문증한 김두찬(「口訣 語尾 '羅叱多'(–랏다)에 대하여」, 『국어국문학』 96, 국어국문학회, 1986) 역시 정병욱의 견해에 다음과 같은 공감을 보낸다.
"이는 이제까지 볼 수 없었던 획기적이고도 적절한 '–리랏다'에 대한 新解釋인 것이다. 한 마디로 筆者가 以下 전개할 '–리랏다'의 풀이와는 너무도 흡사함을 부인할 수가 없다. 다만 '––했던들––했을 것이었다'에서 끝의 '–었–'이 결여된 형태만이 아쉽다고 하겠다."(김두찬 상게서, 147쪽)

10 양주동, 『麗謠箋注』. 을유문화사, 1956, 308~309쪽.

11 이인모, 「"靑山別曲" 內容의 再檢討」, 『국어국문학』 61, 국어국문학회, 1973, 118쪽.

12 이인모, 상게서, 120쪽.

이다. 과거에 어떤 조건이 충족되어 있었더라면, 기꺼이 청산에 살 수 있었을 터인데, 그렇지 못한 점을 아쉬워하는 의미가 함축되어 있다.[13]

> 중세어 어미의 통합체 '-리랏다'는 ……"만일 과거에 실현된 어떤 사실과 상반된 상황이 되었었다면, …했겠구나/살 수 있었겠구나." 정도의 의미로 해석된다.[14]

한편, 종래의 미래 의지, 양주동·이인모·정병욱의 가정법, 고영근·장윤희의 감동법적 풀이 외에 이를 '現在完了'로 인식하는 견해도 생겨나 있다. 최용수가 대표적인데 견해를 옮기면 다음과 같다. (방점은 필자)

> 전체적 내용 전개에서 보면 '살어리라짜'는 '살아 왔다'는 의미로 해석해야 온당할 것이다.…… 화자가 과거부터 현재까지 경험해온 사실을 강조하여 '살아 왔다'는 것으로 과거부터 현재까지 그 상태가 계속되어 왔음을 의미한다.[15]

결국 '살어리랏다'는 일반 독자들에게는 '살겠노라'로 풀이되어 왔지만, 학계의 이면에는 보다 다양한 풀이가 제기되어 있는 상황으로 정리된다. 그런데 이 풀이들은 「청산별곡」의 1편의 문맥만을 놓고 본다면 '청산에 살고 싶다(通說)·청산에 살았으면 좋았을 것을(이인모, 정병욱)·청산에서 살았겠구나(고영근, 장윤희)·청산에서 살아 왔다(최용수)'로 풀이되어 자체적 정합성을 가지지만, 문제는 이 네 종류의 견해가

---

13 고영근, 『표준 중세국어문법론』, 탑출판사, 1987, 247쪽.

14 장윤희, 「국어사 지식과 고전문학 교육의 상관성」, 『한국어교육학회지』 제108호, 한국어교육학회, 2002, 386~387쪽.

15 최용수, 「青山別曲攷」, 『語文學』 49, 한국어문학회, 1988, 294쪽.

동시에 참일 수는 없다는 것이다. '-리랏다'라는 하나의 어휘가 이렇게 다양한 의미로 사용되었을 가능성은 언어의 일반성으로 보아 지극히 낮기 때문이다. 그럴 때, 우리는 청산별곡을 제외한 다른 문헌에 나타난 '-리랏다'의 용례를 더 찾을 필요가 있게 되고, 이 용례들의 일반적 의미에 기반하여 청산별곡에 나타난 '-리랏다'의 의미를 추론하는 방법을 취할 수 있겠다. 이 과정에서 『두시언해(杜詩諺解)』의 다음 두 용례를 새로이 만나게 된다.

ᄆᆡ무ᅀᅳᆫ 사ᄅᆞ미 紅粉이 하니	結束多紅粉
歡娛호매 셴 머리ᄅᆞᆯ 슬노라	歡娛恨白頭
그듸옷 나그내를 ᄉᆞ랑티 아니ᄒᆞ더든	非君愛人客
그몸 나래 ᄯᅩ 시르믈 더으리랏다	晦日更添愁

〈두시초간 권15:31b〉

巫山앳 비 그츠락 니으락 ᄒᆞ더니	斷續巫山雨
하ᄂᆞᆯ 銀河ㅣ 오ᄂᆞᆯ 바ᄆᆡ 새롭도다	天河此夜新
프른 묏 부리엣 ᄃᆞ리 萬一 업더든	若無青嶂月
머리 셴 사ᄅᆞᄆᆞᆯ 시름케 ᄒᆞ리랏다	愁殺白頭人

〈두시중간 권12:2a〉

이 용례들 중 첫 번째는 「陪王使君晦日泛江就黃家亭子二首」에서 인용한 것으로, 두보가 그믐날 왕사군을 모신 채, 황가의 정자에서 잔치하며 느낀 고마움의 소회를 읊은 내용으로 되어 있고, 두 번째 용례는 「月」이란 제하의 작품에 나타는 것으로, 비 그친 밤 산 위로 솟은 달이 자신의 시름을 위로해 준다는 내용으로 되어 있다. 선행하고 있는 내용이 분명하고 이에 호응하여 '-리랏다'가 출현하고 있어 청산별곡의 '-리랏다'의 의미를 검증하기에 적절한 용례가 되고 있다.

기존 견해의 타당성을 검정하기 위해 현대어역을 넣고 代入해 본다. (①은 미래의지, ②는 현재완료 ③은 정병욱의 현대어역 ④는 고영근·장윤희의 현대어역임)

<table>
<tr><th>현대어</th><th>해당구절</th><th>현대어 해석</th><th>문맥 성립</th></tr>
<tr><td rowspan="4">그대가 나그네[杜甫]를 사랑하지 않았더라면 그믐날에 또 시름을</td><td rowspan="4">더으리랏다</td><td>① 더하리라.</td><td>×</td></tr>
<tr><td>② 더해 왔다.</td><td>×</td></tr>
<tr><td>③ 더했으면 좋았을 것을</td><td>×</td></tr>
<tr><td>④ 더했겠구나</td><td>○</td></tr>
</table>

<table>
<tr><th>현대어</th><th>해당구절</th><th>현대어 해석</th><th>문맥성립</th></tr>
<tr><td rowspan="4">만약 푸른 산부리에 달이 없었더라면, 머리 센 사람[杜甫]을</td><td rowspan="4">시름하게 ᄒᆞ리랏다</td><td>① 시름하게 하리라.</td><td>×</td></tr>
<tr><td>② 시름하게 해왔다.</td><td>×</td></tr>
<tr><td>③시름하게 했으면 좋았을 것을</td><td>×</td></tr>
<tr><td>④ 시름하게 하였겠구나</td><td>○</td></tr>
</table>

위의 비교표에 나타난 해석에서 성립하기 어려운 것은 ①, ②, ③의 세 경우가 된다. ②와 ③의 경우는 앞 절과 뒷 절이 전혀 호응되지 않고 있으며, ①의 경우도 뒷 절은 마땅히 현재 상황에 대한 판단이 나타나야 하는데, 미래에 대한 의지가 기술되고 있기 때문이다. 이에 반해 ④의 경우는 적절한 호응을 이루고 있음을 본다. 이로 우리는 그간의 '살어리랏다'에 대한 해독에 대한 왕성한 논의를 수렴시킬 하나의 근거를 얻게 되었다. 즉, '-리랏다'가 同時代의 문헌에서 '~하였겠구나·~하였을 것이다'의 범주로 나타난다는 점에서 청산별곡의 해당 구절도 '살았을 것이다'의 범주에 준하여 해독해야 함을 감지할 수 있는 것이다.

그런데, 위에서 옳은 범주의 해독으로 파악된 ④의 이해 '~하였겠구나·~하였을 것이다'는 범박한 현대어역으로는 무난한 이해라 할 수 있겠지만, 보다 자세히 살피면 그 정도의 의미에서 멈추는 것이 아닌 듯하다. '推測(might have p.p)'을 넘어 '確信(must have p.p)'의 뉘앙스가 짙기 때문이다. 위 두 용례는 물론 대체적인 범주에서 '그대가 나[杜甫]를 사랑하지 않았다면 오늘 시름이 더했겠구나·오늘밤 달이 없었다면 머리 센 사람[杜甫]을 시름하게 하였겠구나'로도 풀이 가능하지만, 보다 정확히는 '그대가 나를 사랑하지 않았다면 오늘 시름이 더했을 것이 틀림없다·오늘밤 달이 없었다면 머리 센 사람을 시름하게 하였을 것이 틀림없다'의 의미가 더 적절한 듯이 느껴진다. 그렇게 풀이될 때, '그대가 날 사랑해 준 것에 대한 고마움', '달이 떠 있는 상황에 대한 화자의 반가움'이 보다 선명히 강조될 수 있기 때문이다. 이 점을 다시 몇 용례를 통해 추가로 검토해 본다.

1

샹이 광의 주ᄅᆞᆯ 어드시고 대희ᄒᆞ야 ᄀᆞᆯᄋᆞ샤ᄃᆡ "착ᄒᆞᆫ 도어ᄉᆡ라 그러티 아니턴들 내 ᄇᆡᆨ셩을 주려 죽게 ᄒᆞ리랏다" ᄒᆞ시더라〈種德新編諺解 下:33b〉

2

네 한문漢文이 노ᄃᆡ露臺의 ᄇᆡᆨ금百金을 앗기며 ᄉᆞ랑ᄒᆞᄂᆞᆫ 바 부인夫人이 오시 ᄡᅡᄒᆡ ᄭᅳ을니디 아니ᄒᆞ고 경뎨景帝 능能히 니어 홍부紅腐ㅣ 서로 잉仍ᄒᆞᆫ 효험이 잇더니 무뎨武帝의 니로러 쓰기ᄅᆞᆯ 믈ᄀᆞᆺ티 ᄒᆞᆫ디라 고故로 ᄒᆡᄂᆡ海內 다 궤갈ᄒᆞ야 써 취렴聚斂ᄒᆞᄂᆞᆫ 거조의 니ᄅᆞ니 만일에 ᄀᆞ올ᄇᆞ람의 뉘옷ᄂᆞᆫ ᄆᆞ음이 업던들 쟝ᄎᆞᆺ 딘황秦皇과 ᄒᆞᆫ가디로 도라 가리랏다〈어제훈서:25〉

3

"올힌 쳔량이 간난ᄒᆞ고 셔울도 아ᄆᆞ란 홍졍이 업더라 마초와 내 아니 갈셔 왕ᄅᆡ ᄉᆡ쳔 리 ᄡᅡ해 뎨 가 석 ᄃᆞ리나 묵노라 ᄒᆞ야 집 삭 무러 ᄉᆞᆨ절업

시 허비ᄒᆞ리랏다", "닐오미 올타 아니 가니ᅀᅡ 도ᄅᆞ혀 즐겁도다" 〈번역박통사 : 53b-54a〉

4

丙子丁丑 亂離時예 訓鍊院坐 건너 붉은 복닥이 쓴 놈 간다
압픠는 蒙古요 뒤헤 可達이 白馬탄 眞達이는 사슈리 살 ᄎᆞ고
騮月乃馬 탄 놈 鐵鐵驄이 탄 놈 兩鼻裂이 탄 놈 아라마 쵸쵸 마리 베히라 가ᄌᆞ
어즙어 崔瑩곳 잇ᄶᅩᆺ쓰면 석은 풀치듯 ᄒᆞᆯ랏다 〈김수장, 『(주씨본) 해동가요』, 544번 작품〉

1의 경우, 왕굉의 선정을 들은 왕이 그의 공로를 칭찬하면서 하는 말이다. "만약 그대가 아니었다면, 백성을 굶겨 죽게 ᄒᆞ리랏다"라고 말하고 있는데 이 때 'ᄒᆞ리랏다'는 '죽게 했을 것이다'란 추측보다는 '죽게 했을 것이 틀림없다.'의 뉘앙스가 강하다. 문맥상 왕은 '大喜하며' 왕굉을 극찬하고 있는데, 극찬의 표현으로는 후자가 더 어울리기 때문이다. 2의 경우 역시 "武帝가 낭비를 하다가 가을 바람에 느낀 바가 없었더라면, 장차 秦皇과 마찬가지로 패망했을 것이다"란 의미보다 '패망했을 것임에 틀림없다'란 확신의 뉘앙스가 강하다. 이 글은 어제 훈서로 후왕에 대한 훈계와 경계를 담고 있는데, 후자로 해석할 때 단호한 경계의 어투가 잘 살아나게 된다. 3 역시 확신의 뉘앙스가 강하다. 두 사람의 대화에서 한 사람이 "서울 길 2천리 왕래하며 3달이나 묵으면서 숙박비나 속절없이 허비하리랏다"라고 말하자, 다른 사람이 "그 말이 옳다!"라고 맞장구를 치고 있다. 여기서 '허비ᄒᆞ리랏다'는 '허비할 것에 대한 추측'이 아닌 '허비할 것에 대한 확신'이다. 즉, 허비할 것임이 명백하다는 의미이다. 4의 시조에서 보이는 'ᄒᆞᆯ랏다'는 'ᄒᆞ리

랏다'의 축약형으로 보이는데, 역시 단순 추측이 아닌 '확신'의 문맥을 형성하고 있다. 전반부에서 병자호란의 실상을 묘사해 두곤, "'아라마 쵸쵸'의 머리를 베러 가자"고 제안하고 있다. 그리고 종장에서 麗末의 명장인 최영장군을 언급하고 있는데, 이때의 해석은 시의상 '어즈버 최영장군이 있었더라면 (적들을) 썩은 풀치듯 했을 것이다'보다는 강한 확신이 들어간 '최영장군이 있었더라면 (적들을) 썩은 풀치듯 했을 것임에 틀림없다.'로 이해되는 것이다.

그렇다면 '-리랏다'는 어떤 문법 요소에 의해 '틀림없다'는 확신의 뉘앙스를 나타낼 수 있는 것일까가 마지막 문제로 남게 된다. 이에 대하여 우리는 감동법 '-옷-'에 대한 고영근의 다음 통찰을 주목할 필요가 있다.(방점필자)

> 감동법[-옷-]은 느낌 이외의 주관적인 믿음을 표시하는 일도 있다. …… '니르시리라ᄉᆞ이다'는 '니르시 + 리러 + 옷 + ᄋᆞ이다'로 분석된다. 이곳에는 추측회상원칙법과 같이, 가상의 종속절(두던댄)을 이끌고 있다. 어떤 조건이 충족되었더라면 틀림없이 성취할 수 있었으리라고 아쉬워하는 의미가 파악된다.[16]

즉, 중세어에 나타나는 '-리랏-'은 추측의 '리', 회상의 '더', 감동의 '옷'으로 분석되는데, 이때의, 감동법 '-옷-'이 주관적인 믿음을 표시하며 '틀림없이'라는 의미를 내포하게 된다는 것이다. 본고는 위 논의의 과정에서 거례한 6회의 용례 - 더으리랏다·시름하게 ᄒᆞ리랏다·주려죽게 ᄒᆞ리랏다·도라 가리랏다·허비ᄒᆞ리랏다·석은 풀치듯 ᄒᆞᆯ랏다 - 와 논의 대상인 '살어리랏다'에 나타난 '-리랏-'은 모두 동일한 문법적

16 고영근, 『표준 중세국어문법론』, 탑출판사, 1987, 244~247쪽.

자질로 이루어져 있는 것으로 파악한다. 즉, '리(추측) + 더(회상) + 옷(감동) + 다(종결)'의 결합체들로 파악한다. 따라서 청산별곡의 첫 장은 다음과 같이 해석된다. "살았을 것임에 살았을 것임에 틀림없다. 靑山에 살았을 것임에 틀림없다." 이를 운율을 고려하여 현대어역하면 "(~했다면 틀림없이) 살았으리 살았으리라 靑山에 살았으리라."가 된다.[17]

---

17 한편, 고영근은 '살어리랏다'의 개별적 분석에 있어서, '살어-'를 '살거-'의 'ㄱ탈락형'으로 보는 입장을 취하고 있다. 장윤희(「국어사 지식과 고전문학 교육의 상관성」, 『국어교육』 108, 한국어교육학회, 2002)의 통찰 역시 같은 결론에 도달해 있다. 논의가 자세하므로 그의 논의를 인용하면 다음과 같다.
"'살+어(←거)+리+랏(←닷)+다'로 분석된다. '살-'은 어간, '-어-'는 확인법 선어말어미 '-거-'에서 'ㄱ'이 약화된 이형태, '-리-'는 추측법의 선어말어미, '-랏-'은 두 형태소의 융합형 '-닷-'(←더+옷)의 변이형, '-다'는 평서법 어미이다. ……이러한 구조의 문장은 "만일 과거에 실현된 어떤 사실과 상반된 상황이 되었었다면, …했겠구나/할 수 있었겠구나." 정도의 의미로 해석된다. ……'살어리랏다'에는 (2나)의 '-리랏다'앞에 확인법의 선어말어미 '-어-(←'-거-')'가 더 통합되어 있는데, '-거-'는 발화 사실에 대해 화자가 틀림없는 사실로 확인하여 제시하는 양태를 표시한다. 결국 '살어리랏다'에 포함된 형태소들의 의미를 종합해보면 이는 "(과거의 어떤 상황과 반대 상황이 되었더라면) 틀림없이 살았겠구나/살 수 있었겠구나." 정도의 의미로서 과거 사실과 반대 상황을 표현한 것이다.(장윤희, 상게서, 385~387쪽)"
고전문학과 국어학의 긴밀한 소통을 의도하고 있다는 점, '살어리랏다'의 전체적인 해석이 본고와 거의 동일하다는 점에서 반갑기 그지없는 논의가 되었다. 하지만 그의 분석이 본고와 다소 다른 점은, 본고는 '-리랏다'의 'ㅅ(←옷)'에 '틀림없다(믿음)'란 의미가 함유되어 있다고 보고 있으나, 그의 논의에서는 확인법의 '어(-거-)'가 포함됨으로써 '틀림없다'란 의미가 생겨난다고 보고 있다는 것이다. 본고는 그의 견해를 경청하면서도, 확인법의 '거'와 감동법의 '옷'이 동시에 나타난 문헌 용례를 여전히 기다리고자 한다. 그리하여 우선은 '살어리랏다'의 '어'를 여타 『악장가사』 소재의 고려가요에서 보이는 방점 친 다음
잡ᄉᆞ와 두어리마ᄂᆞᄂᆞᆫ〈上同書, 「가시리」〉
비오다가 개야아 〈上同書, 「이상곡」〉
호ᄆᆡ도 놀히언마ᄅᆞᄂᆞᆫ …… 아바님도 어이어신마ᄅᆞᄂᆞᆫ 〈上同書, 「사모곡」〉
西京이 셔울히마르는 〈上同書, 「서경별곡」〉
大同江 건넌편 고즐여 〈上同書, 「서경별곡」〉
이링공더링공ᄒᆞ야 〈上同書, 「청산별곡」〉

2.2. 설진 강술 : 자글자글 익어가는 된술

> 가다니ᄇᆡ브른도긔설진강수를비조라조롱곳누로기ᄆᆡ와잡ᄉᆞ와니내엇디ᄒᆞ리잇고 〈악장가사〉

'설진강술'은 청산별곡의 마지막 장에 나타나는 난해어구(難解語句)이다. 역시 연구초기부터 문제가 되어 제가들의 고심이 깊었던 구절이다. 김태준이 간명히 언급[18]했던 것을, 보다 구체화한 것은 양주동이었다. '설진 강수'로 끊어 읽은 후, 그는 '설진'에 대하여 다음과 같은 어석을 한다.

> 설진. 「술진」의 俗音綴. 「술지」는 「肥」의 原義, …… 「술진」(肥)을 本條와 같이 「술」의 形容詞로 쓴은 달리 所見이 업스나 아마 「濃度가 强한」의 義로 씀이겟다.[19]

이는 박병채에게 그대로 영향을 주어 역시 다음

> 「설진」은 '술진(肥)'의 변형으로 생각된다. …… (술)을 形容한 「설진」은 酒精의 强度를 말함인 듯하다.[20]

과 같은 어석이 나왔고, 이로 후학들에게 큰 영향을 끼치게 된다.[21] 하

泰山이 놉다컨마ᄅᆞᄂᆞᆫ 〈上同書, 「감군은」〉

요소들과 마찬가지의 것 정도로 보고자 한다. 즉, 시가에서 흔히 나타나는 隨意的 調音素들로 이해해 두려 한다.

18 "「설진강술」은 濃度의 酒", 〈김태준, 『한글』 2, 한글학회, 1934, 105쪽.〉

19 양주동, 『麗謠箋注』, 乙酉文化社, 1956, 328~329쪽.

20 박병채, 『高麗歌謠의 語釋硏究』, 二友出版社, 1968, 235쪽.

21 이후 그의 제자들에 의해 수정 보완되어 출판된 『새로고친 고려가요의 어석연구』(국학자료원, 1994)에서 "설진 〉 덜익은 : 동사어간 '설(未熟)'에 형용사화접미사

지만, 근래에 들어 이러한 이해에 대한 반성이 연달아 나타나게 되었고 이로 이 어구는 다시 논란의 중심에 서게 된다.

> 필자가 '설진 강수를'에 대해 의문을 가지는 것은 앞서 말했듯이 '설지-'와 '강술'이란 어형이 한 번도 문증되지 않았다는 데 연유한다. …… '설지-'란 어형이 다른 곳에서는 보이지 않는다는 점과 의미상으로도 술에 대해 '술지다'는 표현이 가능한가 하는 문제를 지적할 수 있다.[22](방점은 필자)

> 〈청산별곡〉 8연의 '설진'은 "티끌, 가루, 잔 부스러기" 등을 말하는 한자말 '설진(屑塵)'으로 읽고자 한다.[23]

필자 역시 연구 초기의 의미파악은 불완전한 것이라 본다. 그렇기에 후학들의 의욕에 찬 어의 규명 시도는 시도 자체로 연구사에 기여하는 바 있다고 여긴다. 하지만, 여전히 이 구절은 해석의 종점에 도달했다고 진단하기 어렵다. 위 인용한 두 연구자의 경우 대체로 "'설지-'란 말이 문증되지 않는다."란 전제에서 한자어 전환[24]으로의 과감한 추론

'지'와 관형사형 어미 'ㄴ'이 연결된 형."라고 하여 '설익은'으로 풀이하고 있는데, 이 또한 다수의 연구자들에게 지지를 받고 있다.

22 황선엽, 「고려가요 난해구 몇 구절에 대하여」, 『관악어문연구』 21, 서울대학교 국어국문학과, 1994, 421쪽.
이후 그는 "…… 이러한 문제를 바탕으로 필자는 '설진강수를'을 반드시 '설진 강수를'로 끊어 읽어야 할 당위성이 없는 것을 지적하고자 한다. ……(421쪽)"며 "'설진강수를 비조라'로 끊는 것이 타당하다고 본다."라고 하였다.

23 황병익, 「청산별곡(靑山別曲)〉 8연의 의미 재론」, 『민족문화논총』 45집, 영남대학교 민족문화연구소, 2010, 42쪽.

24 황선엽의 경우, 조심스럽긴 하나 다음과 같은 추론을 하고 있다. "'설진강'을 '설+진강'으로 나누어 볼 수 있다면, '설(元旦)'과 관련해서 설에 쓰이는 어떤 종류의 술이라 생각할 수도 있고, '진강'에 대해 '鎭江縣(경기 강화군에 있던 옛지명……)과

을 펴고 있는데, 실상은 그렇지 않기 때문이다. '설진'은 용언의 어간 '설지-'에 관형형 어미 'ㄴ'이 첨가되어 형성된 것인데, '설지-'는 희귀하긴 하지만 다음과 같이 옛 문헌에 나타나고 있는 것이다.

> ᄉᆞᆯ히 누르고 가치 설지고 목수미 실낫 ᄀᆞᆮ호라 肉黃皮皺命如線 〈두시중간3:50a-b〉

이 용례는 이미 사전류[25]에도 등재되어 있는 것이지만, 우리는 그간 이 어휘를 간과하거나 적극적으로 해석에 활용하지 못한 듯하다. 그렇다면 위에서 '설지다·皺'는 무슨 뜻인가? 관련 자료를 추가로 더 들어보면,

> 面皺 ᄂᆞᆺ체 살지다 〈역어유해補:22a〉, 面皺 ᄂᆞᆺ체 살지다 〈방언유석, 申部方言:19a〉皺 구굼살지다 〈몽어유해보:37b〉

와 같아, 대체로 '面이 자글자글하다'[26] 정도의 의미로 쓰이고 있다. 그렇다면 이 어휘는 후행하는 '강술'과 잘 어울릴 수 있는 말인가? 종래의 연구에서 '강술'은 주로 '강(强)한 술'의 의미로 이해되어 왔는데 이 역시 양주동과 박병채의 잇따른 다음 언급에서 비롯된다.

> 「강술」은 文獻에 所見이 업스나 「强酒」 곧 「濃度가 强한 술」일터이

관련시켜 진강현에서 나던 술이라 생각해 볼 수도 있을 듯하다. (황선엽, 상게서, 423쪽)

25 남광우, 『증보 고어사전』, 일조각, 1997.; 유창돈, 『이조어사전』, 연세대학교 출판부, 2000.

26 자글자글 : 2. 물체가 쪼그라들어 잔주름이 많은 모양. 〈국립국어원, 『표준국어대사전』〉

> 니 저 「젼술」(醱)이 아마 「全술」임과 仿似하다.[27]

> 「강술」은 「醱」을 「젼술」 즉 「全술」이라 함과 같이 「强술」을 뜻하는 것으로 생각된다.[28]

그리고 이 설은 최철[29] 등 많은 문학연구자들의 지지를 받으면서 현재까지 가장 유력한 풀이로 자리해 왔다. 그런데, 만약 '강술'이 현재까지의 견해와 동조대로 '强술'의 의미라면 필자가 앞서 제시했던 '설진 – 주름진, 면이 자글자글한'의 의미와 조화될 수 없을 듯하다. 즉, '설진'이란 것은 고체나, 걸쭉한 반고체 상태의 표면을 형용하는 말이지 맑은 액체 상태의 강주(强酒)를 수식할 수는 없는 말이기 때문이다. 이로, '표면이 자글자글한'과 '强술' 중 어느 하나는 잘못된 것이라 할 수밖에 없다. 그런데, 본고는 이 두 단어 중, 보다 확실한 근거를 가지고 있는 편은 '설진'이라고 본다. '强술'이 문헌에서 전혀 검증되지 않는 형태임에 비해, '설진·살진'은 '자글자글한'의 의미로 문헌에서 수차례 명확히 나타나고 있기 때문이다.

그렇다면 '강술'은 무엇일까? 후행하는 '빚다(釀)·누룩(麴)·밉다(烈)' 등의 어휘와의 호응성을 생각한다면 술의 일종일 것은 분명하다. 결국 모든 문제는 접두어 '강'의 의미로 귀결된다. 그런데 옛 문헌과, 현대어 중에서도 거의 사어(死語)화된 단어를 살펴보면 다음과 같이 '강'이 접두어로 존재함을 보게 된다.

---

27 양주동, 상게서, 329쪽.

28 박병채, 상게서, 1968, 235쪽.

29 "독한 술을 마시어 취하니" (최철, 『고려국어가요의 해석』, 연세대학교 출판부, 1996, 215쪽)

강반(糒) 乾飯 〈物譜〉
乾飯 된밥 〈방언유석〉
강반 ᄎᆞᆸᄡᆞᆯ 물에 ᄒᆞ로 다마 지여 찌되 〈규합총서:17a〉
강밥 乾食, 강풀, 강굴 石花 〈한불자전〉
강서리 : 늦가을에 내리는 된서리〈『표준국어대사전』, 국립국어원〉

위의 '강반·된밥·강밥'은 부기(附記)된 '糒·乾飯·乾食'으로 볼 때, '물기 없는 마른 밥'이란 뜻이고, '강풀'은 '물에 개지 않은 된풀', '강굴'은 '물이나 그 밖의 다른 어떤 것도 섞이지 않은 굴의 살'을 말하는 것이니, '강'은 '된·乾'의 의미를 띤 접두어임을 알겠다. 그렇다면, 혹 '강술'은 '된술·乾酒'의 의미가 아닐까?

그리고 이런 가정은 다음의 물명(物名)에서 구체적으로 확인된다.

苦果……一治凡諸瘡毒 用乾燒酒磨敷 卽能止疼痛 〈陶谷集 卷13, 雜識, 壬子燕行雜識〉
乾燒酒 건쇼쥬 〈방언유석, 戌部方言:1b〉
乾燒酒 된쇼쥬 〈역어유해 보2:30a〉

즉, 술의 한 형태로 '乾燒酒·된소주'가 전통적으로 존재했던 것이다. 이 술에 대해서는 자세히 알 수 없지만, '지게미를 거르지 않은 걸쭉한 상태, 즉 된 상태의 술'이었으리라고 짐작된다. 그리고 그 '된술', 즉 '강술'은 고체에서 액체로 변해가는 상태, 즉 술이 괴어가는 상태이기 때문에 표면이 '설진 상태, 즉, 자글자글한 상태'일 수밖에 없다. 마치 현대어의 '자글자글'이 다음 두 상태

자글자글 셜타 〈한불자전〉
자글자글 : 2. 물체가 쪼그라들어 잔주름이 많은 모양.

> 1. 적은 양의 액체나 기름 따위가 걸쭉하게 잦아들면서 자꾸 끓는 소리. 또는 그 모양. 〈이상, 『표준국어대사전』, 국립국어원〉

를 모두 겸하고 있는 것과 같이 '설진'은 '잔주름의 형용' 혹은 '걸쭉한 반고체의 표면을 형용'하는 의미였던 것이다. 이상, '설진 강술'는 '자글자글 익어가는 된 술'로 풀이된다.

3. 문학적 상상력

이상으로 살펴 본 어석을 반영하고, 여타의 어구에 간략한 주석을 달아 「청산별곡」을 현대어로 바꾸어 보면 다음과 같이 된다.

<table>
<tr><td>1
살어리 살어리랏다 青山애 살어리랏다
멀위랑 ᄃᆞ래랑 먹고 青山애 살어리랏다

살았으리 살았으리라 청산에 살았으리라[30]
머루랑 다래랑 먹고 청산에 살았으리라</td><td>現實否定</td><td>5
살어리 살어리랏다 바ᄅᆞ래 살어리랏다
ᄂᆞᄆᆞ자기[31] 구조개[32]랑 먹고 바ᄅᆞ래 살어리랏다

살았으리 살았으리라 바다에 살았으리라
해초(海草)와 굴을 먹고 바다에 살았으리라.</td></tr>
<tr><td>2
우러라[33] 우러라 새여 자고 니러 우러라 새여
널라와 시름 한 나도 자고 니러 우니로라[34]

울어라 울어라 새여 자고 일어나 울어라 새여
너보다 시름 많은 나도 자고 일어나 울며 살고 있노라[35]</td><td>悲嘆</td><td>6
어듸라 더디던 돌코 누리라 마치던 돌코
ᄆᆡ리도 괴리도 업시 마자셔 우니노라

어디에 던지던 돌인가 누구를 맞히던 돌인가?
미워할 이도 사랑할 이도 없이 맞아서 울며 살고 있노라.</td></tr>
</table>

30 운율적인 이유로 '살았으리라'로 간명히 적었지만, 뉘앙스는 "살았을 것임에 틀림없다"의 뜻이다.

31 나문재 : 海藻·海草 〈韓佛字典〉, 나문작이 : sea wrack 〈Korean-English Dictionary(J.S. Gale, 117쪽.〉

32 ‘구조개’를 흔히 ‘굴과 조개’라고 해석하나, 이는 ‘굴’의 異稱일 뿐이다. 청산에서 2종류의 열매가 선택되었으면, 호응상 바다에서도 2종류의 해산물이 선택되는 것이 자연스럽고, 또 옛 문헌에도 ‘굴’을 ‘구조개’라 칭한 기록이 남아 있다.
牡蠣甲 : 屈召介甲, 屈召介 〈향약구급방〉, 蠣 굴 려 〈훈몽자회〉

33 이를 ‘우는구나’라고 해석하는 경우가 있는데 ‘-어라/-아라’는 선초 용례를 볼 때, 반드시 명령형에만 쓰인다.

34 ‘우니로라’에서 ‘니’는 ‘진행’의 의미이므로, “울며 살고 있노라”의 의미로 풀어야 한다. 한편, 장윤희(「국어사 지식과 고전문학 교육의 상관성」, 『국어교육』 108, 한국어교육학회, 2002, 389~390쪽)는 이를 ‘운 이(사람)로다’의 의미로 풀었다. 원전의 표기가 誤植이 아니라는 전제에서 볼 때, 이 분석이 지닌 문법적 투명성은 인정된다. 하지만 ‘우니다’라는 말은 詩歌에서 흔히 쓰이는 관용어구인바, 그런 경우라면 ‘우니니로다(‘우닌 이로다’의 連綴)’로 표기되었을 법하며, 더구나 「청산별곡」이 수록된 『악장가사』에서 보이는 ‘ㄴ’과 ‘ㄹ’의 混用, 16-17세기의 당대 문헌들에서 보이는 ‘-노라’와 ‘-로라’의 혼용으로 볼 때, ‘우니로라’는 ‘우니노라’의 단순 誤植으로 판단하는 것이 오히려 당대 향유 정황에 부합하리라 생각된다. 아래에 『악장가사』에서 보이는 ‘ㄴ’과 ‘ㄹ’의 혼용 사례, 『두시언해 중간본』·『노계선생문집』에서 보이는 ‘노라 - 로라’ 혼용 사례를 간략히 들어 둔다.
하를해 〈『악장가사』의 「感君恩」〉 → ‘하ᄂᆞᆯ(天)해’의 誤植.
ᄒᆡ금을 혀거를 〈上同書, 「青山別曲」〉 → ‘혀거늘’의 誤植.
여ᄒᆡ므론 아즐가 여ᄒᆡ므논 〈上同書, 「西京別曲」〉 → 동일한 반복어구에서 보이는 ‘론’과 ‘논’의 混用.
바를도 실도 업시 〈上同書, 「處容歌」〉 → ‘바ᄂᆞᆯ(針)’의 誤植.
기피 ᄉᆞ랑ᄒᆞ논 ᄠᅳ데 셔셔 ᄇᆞ라로라 〈두시중간 권12:12b〉
君子ᄂᆞᆫ 다ᄆᆞᆫ인가 너기로라 〈獨樂堂, 노계선생문집 권3〉

35 이 장을 “즐겁게 노래하라 즐겁게 노래하라 새여!”로 해독하는 경우가 있으나(정병헌, 「〈청산별곡〉의 이미지 연구 서설」, 『국어교육』 49·50호, 한국국어교육연구회, 1984, 99쪽), 마지막의 ‘나도 우니노라’라는 구절에 의해 성립하기 어렵다. ‘나’는 화자, 즉 사람일 텐데, 우는 주체가 사람인 경우, ‘우니다’는 ‘泣’ 이외의 의미로 쓰일 수 없기 때문이다.

3 가던 새 가던 새 본다 믈 아래[36] 가던 새 본다 잉무든 장글란[37] 가지고 믈 아래 가던 새 본다 가던 새(鳥) 가던 새 보았느냐? 물속에 가던 새 보았느냐? 잉무든 장글란 가지고 물속을 가던 새 보았느냐?	幻覺幻聽	7 가다가 가다가 드로라 에졍지 가다가 드로라 사ᄉᆞ미 짒대[38]예 올아셔 奚琴(히금)을 혀거를 드로라 가다가 가다가 들었다. 애정지[39]를 가다가 들었다. 사슴이 짐대에 올라서 해금을 켜는 것을 들었다.
4 이링공 뎌링공 ᄒᆞ야 나즈란 디내와손뎌 오리도 가리도 업슨 바므란 ᄯᅩ 엇디 호리라[40] 이럭 저럭 하여 낮은 지내왔구나 올 이도 갈 이도 없는 밤은 또 어찌하려고 (오는가?)	갈등/안착	8 가다니[41] ᄇᆡ브른 도긔 설진 강수를 비조라 조롱곳 누로기 ᄆᆡ와[42] 잡ᄉᆞ와니 내 엇디 ᄒᆞ리잇고 갔더니, 배부른 독에 자글자글 익어가는 된 술을 빚었다. 조롱꽃 누룩香이 강하여 (나를) 잡으니, 내 어찌 하리오.

36 ‘물아래’를 강의 하류, 즉 ‘평원’으로 해석하는 일이 있는데, 지시적 의미 그대로 보면, ‘물 속’의 의미이다.

邛池ㅅ 龍이 ᄃᆞ외야 기픈 믈 아래 잇다니 〈월인석보 권2:50b〉

믈 아래셔 ᄯᅩ 龍도 입놋다 泓下亦龍吟 〈두시초간 권15:54a〉

고기 자ᄇᆞᆯ 사ᄅᆞᄆᆡ 그므른 ᄆᆞᆯᄀᆞᆫ 못 아래 모댓고 漁人網集澄潭下 〈두시초간 권07:03a〉

37 未詳. 일반적으로 ‘이끼 묻은 농기구, 무기’ 등으로 해석하나 ‘가지고’의 주체에 따라 전혀 다른 의미일 가능성이 있다. 즉, ‘가지고’는 ‘持’의 의미인데, 이 주체는 ‘새를 보는 화자’일 수도 있지만, ‘날아가는 새’일 가능성도 열려 있다. 일반적 용례 “目連이 밥 가지고 獄애 가니”〈월인석보 권23:89b〉의 통사적 구성을 볼 때 ‘날아가는 새’가 그 주체일 가능성이 높다. 본고 역시 그러한 의미로 판단한다.

38 ‘짒대’는 문헌상의 용례로 볼 때 ‘돛대·당간(幢竿)’의 의미이다. 다음과 같은 용례가 있다.

큰 萬斛실ᄂᆞᆫ ᄇᆡ 그르메 ᄒᆡᆫ ᄆᆞ지게 이어ᄂᆞᆫ ᄃᆞᆺᄒᆞ니ᄂᆞᆫ 짒대 셸 제 반ᄃᆞ시 쇼ᄅᆞᆯ 텨주겨 이반곡 돗ᄃᆞᆯ 제 모ᄃᆞᆫ 功ᄋᆞᆯ 뫼호ᄂᆞ니라 蕩蕩萬斛船 影若揚白虹 起檣必椎牛 挂席集衆功 〈두시초간 권25:15a〉

39 未詳. 양주동 이래 ‘부엌’의 의미로 이해해 오고 있으나, 성호경(『고려시대 시가연구』, 태학사, 2006, 368~369쪽)이 ① ‘韓歧 = 大庖’의 연관 관계, ② 현행어 ‘전짓대(끝이 갈라진 막대)’를 통하여 제기한, ‘갈림길’의 해석이 최근 들어 주목된다.

40 ‘ᄯᅩ 엇디 호리라’의 ‘호리라[하겠다])’는 형태적 측면에서 볼 때, 異常形態이다. 선

※ 5장과 6장은 대응구조를 고려하여 도치하였음.[43]

행하는 '또 어찌'에 호응할 수 있는 어형이 아니기 때문이다. 이러한 모순을 해결하기 위해 이현희(「『樂學軌範』의 國語學的 考察」, 『震檀學報』 77, 震檀學會, 199쪽)는 이 구절을 "'…… 올 사람도 갈 사람도 없는 밤은 또 어찌 하려고 하느냐" 정도의 의미를 가지는 것'이라고 하여 상위문의 'ᄒᆞᄂᆞ뇨'가 생략된 형태로 이해하기도 하였다. '호리라'가 誤植이 아니라는 전제에서 볼 때, 국어학의 이러한 세밀한 지적과 착안이 우리에게 시사하는 바는 크다. 'ᄒᆞ리' 등의 誤植일 가능성을 전적으로 배제할 수는 없지만, 만약 청산별곡의 '호리라'가 誤植이 아니라 한다면, 그의 지적대로 뒷부분에 상위문의 동사가 생략된 것이라 볼 도리밖에 없기 때문이다. 그럴 때, 그 상위문의 동사는 아마도 '오ᄂᆞ다?(來)' 정도의 의미구가 생략된 것이라 할 수 있겠다. 마치 다음과 같은 통사구조에서, 방점 친 부분이 생략된 것이라 할 것이다.
우러 녜ᄂᆞᆫ 뎌 시내야 므슴 호리라 晝夜의 흐르ᄂᆞᆫ다 〈윤선도, 「遣懷謠」, 『孤山遺稿 附錄』〉

41 '-다니'는 현대어로 '-었는데'의 의미이다.
녜 洞庭ㅅ 므를 듣다니 오ᄂᆞᆯ 岳陽樓의 올오라 〈두시중간 권14:13b〉
南塘ㅅ 길흘 아디 몯ᄒᆞ다니 이제 第 五 橋를 알와라 〈두시중간 권15:7a〉

42 '밉다'는 흔히 '술맛이 독한 것'을 형용하는 말로 사용된다.
釅酒 ᄆᆡ온 술 〈方言類釋, 戌部方言:01b〉, 酒淡 술 ᄆᆡᆸ지 아니ᄒᆞ다 〈方言類釋, 戌部方言:01b〉

43 5장과 6장은 순서를 교체하여 표에 넣었다. 김상억과 정병욱에 의해 꾸준히 지적되어 온 교체설은 근래 많은 연구자들에 의해 부정되고 있기는 하지만, 그 가능성을 일축하는 것 또한 반드시 옳지는 않다고 생각된다. 교체의 가능성이 없다고 보는 연구자들은 대체로 재구된 노래의 구조에 일면의 동의를 하면서도, 다음과 같은 이유를 결정적인 결함으로 꼽는다.
"이 설의 요지는 현전 「청산별곡」이 『악장가사』에 기록될 때 5연과 6연이 뒤바뀌어서 기사되었으리라는 것이다. …바다의 노래를 6-5-7-8연으로 交置시켜 놓으면 시 전체의 대응이 훌륭하리 만큼 정연해지고… 그 이하의 연들까지도 의미상 대응되어서 멋지게 조화를 이루게 된다는 것이다.… 이 설을 지지하는 연구자들이 언명하고 있듯 '놀라우리 만큼' 의미 연결과 형식미 구축이 이룩되었다는 인상을 어느 정도 받게 되는 것도 사실이다. 그러나 … 방증 자료도 전혀 없이 글자 하나도 아닌 두 개의 연을 서로 교치시켜 놓아도 과연 온당한 처리인지… 얼마만큼 설득력을 지닐 수 있는지 의문이라는 뜻이다." 〈박노준, 「「청산별곡」의 재조명」, 『고려가요·악장연구』, 국어국문학회 편, 태학사, 1997, 159~160쪽.〉
그런데 우리는 『악장가사』를 최대한 신뢰하면서도, 동시에 이 책이 완전무결한 책이 아님을 항상 인식하고 있어야 한다. 책에서 자주 보이는 誤字문제는 사소한 것이

3.1. ①·⑤장 : 현실 부정

「청산별곡」의 ①·⑤ 장은 파격적인 현실 부정으로 시작한다. 자신이 누구인지 자신이 어디에 있는지를 전혀 말하지 않은 채, '머루와 다래[해초와 굴]'를 먹으면서 청산[바다]에서 살았을 것임에 틀림이 없다'고 후회하고 있다. 청산[바다]에서 살았을 것이라 확언하고 있는 화자는 어떤 사람이었을까? 피비린내 나는 몽고의 침략에 시달린 유민이었을까?,[44] 소용돌이 치는 정쟁에 환멸을 느낀 정치인이었을까?,[45] 가혹한 수탈에 더 이상 견디지 못했던 농민이었을까?,[46] 사랑했던 님을 잃은 실연자일까?[47] 아니면 우연한 기회에 청산을 여행하며 자유로움

라 하더라도, 이 책이 만들어진 당대에 이미 이현보(李賢輔, 1467~1555)로부터 다음과 같이 「어부가」의 내적 구조 차원의 오류를 지적받은 바 있다.

"漁父歌兩篇 不知爲何人所作 …… 第以語多不倫或重疊 必其傳寫之訛 此非聖賢經據之文 妄加撰改 一篇十二章 去三爲九 作長歌而詠焉 一篇十章 約作短歌五闋 爲葉而唱之 合成一部新曲 〈『聾巖先生文集』「雜著」 卷3, 歌詞, 漁父短歌〉

그리하여 그는 『樂章歌詞』의 「漁父歌」를 정비하여 『농암집』에 수록하게 되는데, 「漁父歌」에서 이런 일이 있는 것이라면, 同書의 「청산별곡」에서 역시 동일한 錯亂이 없었으리라는 보장 또한 없는 것이다.

44 "난리에 쫓겨 청산과 바다로 헤매며 시대가 가져다 준 삶의 고통과 고뇌를 씹어야 했던 어느 감성이 풍부한 평민이 그가 겪은 생활과 정신의 체험 세계를 가식없이 그려낸 것이 「청산별곡」" (박노준, 상게서, 156쪽)

45 생육신의 한 사람이던, 남효온(南孝溫, 1454~1492)의 심정이 그러했을 것이다. "창을 열고 바다를 바라보니, 마치 신령이 기운을 일으키는 듯하여 정중과 자용이 크게 기뻐하였다. 정중이 「청산별곡(靑山別曲)」의 첫 번째 곡을 타니, 주지승인 성호(性浩)도 크게 기뻐하여 포도즙을 걸러 내와 우리들의 마른 목을 적셔 주었다. 나 또한 기뻤다. : 開囪望海 如有神靈作氣者 正中子容大喜 正中彈靑山別曲第一闋 主僧性浩亦大喜 漉葡萄汁 沃余輩渴喉 余亦喜比來山中之味無此比 〈秋江先生文集 권6, 雜著, 松京錄, 乙巳年(1485년) 9월 14일〉

46 "농토를 잃은 유민의 외로움과 괴로움을 토로한 노래" (신동욱, 「청산별곡과 평민적 삶의식」, 『고려시대의 가요문학』, 새문사, 1982)

47 "짝사랑의 哀想을 중심으로하야 맘둘곳업는 「生」의 悲哀를 노래한 것" (양주동,

에 매료되었던 여행자였을까?[48] 또는 청산[바다]에서 살다가 다시 속세로 되돌아온 사람일까? 우리에게 아무런 단서도 주지 않은 채 화자는 강한 확신의 어조로 노래의 첫 장을 연다.

하지만 이런 제한된 행간에서도 화자에 대한 정보는 다소 감지되고 있으니, 그 하나는 바로 ①·⑤장의 화자는 현재 청산이나 바다에 있지는 않은 사람이라는 점이다. 앞에서도 보았듯이 '-리랏다'는 어디까지나 '상상의 상황'에 붙는 어말어미체이기에, 결합된 용언의 어간 내용 - 살(居)-과는 항상 반대의 현실을 지칭하게 된다.[49] 서울에 사는 사람이 "내가 그 때 그랬으면 지금 서울에 살았을 것임에 틀림없다"라고 말하지 않듯이, 현재 청산[바다]에 사는 사람은 제 스스로 "청산[바다]에

상게서, 307쪽)

48 위 남효온의 경우는 여기에도 해당한다.

49 논의의 과정에서 든 용례를 검토해 보면 이 점은 더욱 뚜렷해진다. '-리랏다'가 붙은 용언에 대한 부정이 바로 현실의 상황이다. 도식화하면 다음과 같다.

그듸옷 나그내를 ᄉᆞ랑티 아니ᄒᆞ더든 ‖ 그몸 나래 ᄯᅩ 시르믈 더으리랏다 〈상게인용〉
　　상상 : (틀림없이) 시름을 더했을 것이다.
　　↕　　　　　　↕
　　현실:　　　　시름이 없음.

프른 묏 부리옛 ᄃᆞ리 萬一 업더든 ‖ 머리 셴 사ᄅᆞᄆᆞᆯ 시름케 ᄒᆞ리랏다 〈상게인용〉
　　상상 : (틀림없이) 시름하게 했을 것이다.
　　↕　　　　　　↕
　　현실 : 시름하게 하지 않음.

착ᄒᆞᆫ 도어ᄉᆡ라 그러티 아니턴들 ‖ 내 ᄇᆡᆨ셩을 주려 죽게 ᄒᆞ리랏다 〈상게인용〉
　　상상 : (틀림없이) 백성을 굶주려 죽게 하였을 것이다.
　　↕　　　　　　↕
　　현실 : 백성이 굶주려 죽지 않음.

(　　　?　　　) ‖ 청산에 살어리랏다
　　상상 : (틀림없이) 청산에 살았을 것이다.
　　↕　　　　　　↕
　　현실 : 청산에 살지 않음

살았을 것이 틀림없다"고 말하지 않는다. 그렇게 말하는 사람은 현재 그 곳에 거주하지 않은 사람일 수밖에 없다. 즉 화자는 청산과 바다의 반대편 세상에 사는 사람이다.

희미하게 비쳐지는 또 다른 화자에 대한 정보는 '틀림없이 살았을 것이라'라는 뉘앙스에 비례하여 느껴지는 '상처의 크기'이다. 현실의 상처가 어떤 종류인지는 여전히 장막 뒤에 있지만, 그 크기만큼은 '살어리'의 반복과 확신의 어미체 '-리랏다'로 선명히 드러난다. 그 크기는 화자가 자신의 삶의 터전을 '틀림없이' 포기하게 할 만큼 치명적인 것이 된다.

여기에 더하여 '머루·다래·해초·굴'이 주는 이미지 또한 화자의 指向을 짐작하게 한다. 동양의 문학관습에서 볼 때, 자연물은 '是非 없음·통치 영역의 밖'을 뜻할 때가 많다. "天地之間 物各有主…惟江上之淸風與山間之明月……取之無禁"(소동파, 적벽부)의 '風·月'에서 보듯 자연물은 아무리 소유해도 '是非를 걸며 禁하는 사람이 없는 것'이며, "義不食周粟, 隱於首陽山, 采薇而食之"(백이숙제)의 '고사리'에서 보듯 통치력의 바깥 영역에서 자라는 산물인 것이다.

그렇기에 '머루·다래·해초·굴'을 먹고 살았을 것이 틀림없다고 확신하는 이는 현재 '인간의 是是非非'에 상당한 환멸을 느끼는 사람이고, '통치의 영역'에서 심하게 시달리는 경험을 가진 사람이 된다.

3.2. ②·⑥장 : 삶의 비탄

현실에 크게 상처받았을 것으로 짐작되는 화자는 이 두 장에서 비탄의 감정을 직접적으로 노출한다. ②·⑥장의 문말에 공히 위치한 '우니노라'가 바로 그것이다. 단순히 '우는' 것이 아닌 '우니'고 있다는 점에서 이 감정이 현재 지속의 상태임을 우리에게 알린다. 무엇이 화자를 울게 한 것일까? 이에 대해서는 여전히 전 장들과 마찬가지로 정보를 주지 않는다. – 사실 「청산별곡」 내내 이 정보는 구체적으로 제시되지 않는다. – 그러나 그 원인이 화자를 둘러싼 외부에서 촉발된 것임은 '상징'과 '비유'를 통하여 제시된다.

⑥장에서 그 자극이 '돌'로 나타난다. 난데없이 나타난 돌. 이 '돌'이 물리적 돌은 아닐 텐데, 그렇다면 어떤 상황이 화자에게 '돌처럼' 느껴진 걸까? 인간의 생활은 너무도 복잡하기에 그것이 어떤 것인지 우리는 여전히 확답할 수 없다. '평안한 생활에 돌처럼 날아든 전쟁'일 수도, '조용한 관직 생활에 돌처럼 날아든 파직'일 수도, '아기자기 살던 백성에게 날아든 과한 세금'일 수도, '사랑하는 님으로부터 받은 갑작스런 이별 통보'일 수도 있다. 무엇인지 지목할 순 없지만, 그 '돌'이 예상치 못했던 상황에서 돌발적으로 던져진 고통을 뜻하는 것임은 분명하다.

②장에서는 외부의 자극이 '새의 울음'으로 나타난다. 물리적 공간에서 새가 지저귀는 것은 '놀람의 표현'일 수도, '기쁨의 표현'일 수도 '고통의 표현'일 수도 있다. 그러나 詩의 공간으로 넘어오면 그것은 반드시 듣는 심리와 관련 맺게 된다. 「청산별곡」의 새는 화자의 심리를 청각적으로 자극하는 역할을 하고 있다. 아침에 깨니 밖에서는 새 소리가 들리고 있다. 그리고 그 물리적 소리는 화자의 심리와 연관되어 울음소리로 느껴지게 된다. ⑥장의 돌이 화자의 삶에 날아 든 고통임과 마찬가지로, ②장의 새소리 또한 화자의 심리로 던져진 예리한 고통이 된다. 둘 다 비탄을 유발하는 외부의 자극이라는 점에서는 동일한 것이다.

한편, 2·6장의 공간적 배경은 '새'가 환기하는 이미지와는 달리, '靑山[바다]'가 아니다. 1·5장의 '틀림없이 靑山[바다]에 살았을 것이다'라는 언술이 전제하고 있는 것은 '괴로운 世俗 ↔ 도피처로서의 청산[바다]'이므로, 울음으로 가득찬 2·6장은 그 배경이 '괴로움으로 가득 찬 곳'일 수밖에 없다.

3.3. 3·7장 : 환각과 환청

3·7장은 환각과 환청이라는 공통점으로 묶인다.

그간 우리는 '물아래'를 '강의 하류·세속' 정도로 의역하여 이해하여 왔다. 하지만, 전술했듯이 '물아래'는 선초의 용례로 볼 때 모두 '물 속(水下)'의 의미로만 사용되고 있다. 우리는 이 사실을 외면해서는 안 된다. 물아래는 말 그대로 '물 아래'인 것이다.

새가 물속을 날아가는 것을 본 적이 있는가? 가마우지가 물속을 날듯이 헤엄치고, 펭귄도 물속을 날듯이 지나다니지만, 청산별곡의 화자가 그런 것을 묘사했을 법하지는 않다. 일반적으로 새는 하늘을 날지 물속을 지나다니지 않는다. 그걸 모를 리 없는 청자에게 청산별곡의 화자는 '새가 물아래로 날아가는 것을 보았느냐?'라고 묻는다. 이것은 비현실의 세계이다. 즉, 환각이다. 이와 평행한 환청이 7장에서도 나타난다. '짐대 끝에 올라 해금을 켜는 사슴'이 바로 그것이다. 사슴은 짐대를 올라 다니는 짐승이 아니며, 더구나 해금을 연주할 섬세한 손도 없는 짐승이다. 그런 사슴이 해금을 연주하는 것을 그는 듣고 있다. 이것은 환청이다.

3·7장이 환각과 환청이라 할 때, 이 속에 존재하는 '잉무든 쟝글 가진 채 물속을 날아다니는 새', '해금을 들고 짐대 끝에 올라 노래를

연주하는 사슴'은 무엇의 상징인가? 시가의 전통에서 '물 속'은 절망과 죽음의 상징이다. 「공무도하가」의 '물'이 그러하고, 「서경별곡」의 '대동강'이 그러하다. [3]장에서 보이는 물의 이미지도 마찬가지이다. '짒대(竿)' 또한 동양의 전통에서 볼 때 죽음의 상징이다. 백척간두의 '竿'은 위태로움의 상징이며, 이는 곧 죽음에 맞닿는다.

그렇기에 '죽음으로 날아갔던 새'와 '죽음의 끝에 올라간 사슴'은 '파멸의 꿈'을 향해 살았던 현실 속 화자의 상징으로 읽힌다. 화자는 비탄에 차 살면서 어느 날 문득 깨닫는다. '아 내가 예전에 꾸었던 꿈은 알고 보니 파멸로 끝날 운명이었더구나. 나의 모습은 어리석었고, 그것은 마치 물속을 향해 날아가고자 한 새, 짐대 끝에 올라 연주를 하려는 사슴과 마찬가지였더구나'라고. 결국 이 노래 전체를 관통하는 '비애'는 '꿈의 파멸'에서 비롯된 것이며, 실패한 꿈, 즉 죽음의 이미지가 '믈아래·짐대끝'으로 상징화된 것이다.

3.4. [4]·[8]장 : 고독과 안착

[4]·[8]은 공히 "어찌 해야 하나?"로 종결되고 있다. 그러나 '청산장'의 종결방식과 '바다장'의 종결방식은 다르다. '청산장'은 고독과 비탄이 여전히 이어지고 있으나 '바다장'은 새로운 안식처를 얻어내고 있다. 이런 현상은 바다장이 「청산별곡」 전체의 종결기능을 겸하고 있기에 생긴 것으로 풀이된다.

[8]장의 이해에 결정적인 영향을 미치는 구절은 '가다니'이다. 그간 우리는 이 구절을 '가다가 보니' 정도로 이해해 왔다. 그리하여 '청산으로 가는 도중에 술을 마시고 이상향으로의 탈출에 실패한다.' 정도로 결론 내렸다. 하지만, 당시 언어습관으로 볼 때, '가다니'로 그런 의미

를 나타내었으리라고는 결코 볼 수 없다. '가다니'는 앞에서도 간략히 예시했지만 '갔더니'의 의미이다.

그렇다면 화자는 어디에 도착했던 것일까? 그것은 [7]장에서 보이는 '에졍지 가다가'와 연관지어 파악할 수 있다. 우리는 그가 [7]장에서 에졍지를 걸어가고 있었고, 그 곳에서 '짐대 끝에서 사슴이 해금을 연주하는 것을 환청했던 것'을 기억하고 있다. 이것은 화자가 실패한 꿈을 환청하며 속세 밖의 세계를 향해 걸어 나갔던 것에 다름 아니다. 그 후 '갔더니'가 8장의 첫머리에 나타나고 있다. 그렇다면 도착한 이곳은 자명하다. 바로 산속, 속세와 단절된 곳, 즉 청산[바다]가 된다.

갔더니 아무도 없을 줄만 알았던 그 곳엔 '자글자글 익어가는 된 술'이 빚어져 있다. 그리고 매운 누룩향이 코끝을 스치며 화자를 마음을 사로잡는다. 이 과정에서 우리는 도연명의 '무릉도원'의 이미지를 떠올린다. 작은 길을 따라(山有小口 〈陶淵明, 桃花源記〉) 들어갔더니 사람들이 다투어 그를 초대해 술을 내어 주는 곳(餘人各復延至其家 皆出酒食 〈陶淵明, 上同〉). 그렇기에 이곳은 속세와 격절된 곳으로 이해된다. 청산에 살았을 것이 틀림없다던 화자의 현실 부정은 [8]장에 이르러서야 비로소 안착의 지점을 발견하게 된 것이다. 결국 청산별곡의 정조는 '현실의 부정([1]·[5])'에서 출발하여 '삶의 비탄 제시([2]·[6])', '환각과 환청을 통한 자신의 운명 자각([3]·[7])', '청산[바다]에 안착([4]·[8])'이란 여로를 따라 흐르고 있다.

4. 결론

이상, 고려가요의 난해구 중 「청산별곡」의 몇 구절을 취하여 이를 자료를 통해 어석하고 문학적 상상력을 펼쳐 보았다. 그 결론은 다음과 같이 요약된다.

1. '살어리랏다'는 두시언해와 여타 자료를 통해 살펴보았을 때, '(틀림없이) 살았으리라·(틀림없이) 살았을 것이다'의 의미로 확인된다. 이로 이 노래 ①·⑤장 화자의 현실은 '현재 청산[바다]에 거주하고 있지 않는 상황'으로 추정된다.

2. '설진강수'는 그간 대체적으로 '독한 강술, 설익은 강술' 혹은 '설진강 술' 등으로 이해되어 왔다. 하지만, '설지다(皺)'란 고어가 존재한다는 점, '皺(설지다)'는 '면이 자글자글하다'의 의미라는 점, 이 '자글자글'이 현대어에서도 '결쭉한 표면', '잔주름지다'의 의미를 공유하고 있음을 문증해 우선 '설진'이 '자글자글한'의 의미임을 밝혔고, '강술' 역시 '乾燒酒·된술' 즉, '괴어 가는 상태의 술'임을 밝혔다. 따라서 '설진강수'는 '자글자글 익어가는 된술'로 풀이된다.

3. 이를 감안하고 새로이 「청산별곡」에 문학적 상상력을 가미해 보았다. 우선 「漁父歌」에서 짐작되는 『악장가사』 수록 작품의 불완전성에 근거해 청산별곡의 ⑤·⑥장을 맞바꾸어 배치하였다. 그렇게 되면 ①·⑤장은 '현실의 부정', ②·⑥장은 삶의 비탄, ③·⑦장은 환각과 환청, ④·⑧은 고독과 안착이라는 범주로 묶일 수 있고, 이에 따라 새로운 문학적 향유가 가능함을 제기했다.

한편, 논의를 마치기 전에 두 가지 확인해 둘 사항이 있다. 본고는 '-리랏다'의 일반적 용례에 비추어 볼 때, '청산[바다]에 살어리랏다' 앞에 가정절이 생략된 것이고, 이 때 생략된 말은 '세상이 이렇게 괴로운 것인 줄 알았더라면' 정도의 내용일 것이란 견지에서 논의를 전개하였다. 그렇기에 ①·⑤의 화자를 '현재 청산[바다]에 살고 있지 않는 사람'

으로 파악하였다. 그러나, “(~했더라면) 틀림없이 살았을 것이다”의 통사 구조에서, 선행하는 가정절에 오는 내용에 따라 화자의 현재 위치가 ‘청산[바다]이 될 수도 있지 않는가?’란 의문이 제기될 수도 있다. 즉, ‘청산의 매력을 진작 알았더라면’ 정도의 말이 선행한다면, ‘매력을 진작 알았더라면, (좀 더 일찍부터) 청산에 살았을 것임에 틀림없다’ 정도로 해석되어 ‘청산에서 생활하던 어느 날 문득 깨달은 내용’으로 이해할 여지가 있게 되고, 그렇기에 화자는 청산에서 살아오고 있던 사람일 수도 있지 않겠는가라는 것이다. 본고는 그러한 가능성이 전혀 없다는 입장에 서 있지 않다. 그 가능성은 여타의 章에 대한 이해 방향에 따라 얼마든지 성립될 수 있다. 가령, 여타의 장이 ‘청산에서 사는 삶의 만족감’을 나타내고 있는 내용이라는 확신을 가진 연구 입장라면 그런 해석이 충분히 가능할 것이다. 중요한 것은 전자의 입장에 서 있든, 후자의 입장에 서 있든, 당대 문헌에서 ‘-리랏다’가 의미하는 바를 감안한 채 논의가 전개되어야 한다는 것이다.

이와 유사한 해석의 다양성은 ‘설진(皺) 강술’에서도 발생할 수 있다. 본고는 ‘皺’의 기본의미인 ‘표면이 자글자글하다’에 기반하여 ‘자글자글 익어가는 강술’이라 결론 내렸지만, ‘皺’는 詩에서 ‘잔물결의 형용’, 나아가 ‘술잔에서 일렁이는 술의 형용’으로 쓰이기도 한다.[50] 그렇기에 이 구절은 ‘찰랑찰랑이는 강(强) 술’로 이해될 여지도 있다. 하지만, 본고가 이러한 해석을 취하지 않는 이유는 ‘강술’이 ‘强한 술’이 아닌 ‘乾酒’일 것이란 해석이 여러 문헌 자료로 볼 때 더 적절하다 생각되었기 때문이다. 본고에서 堅持한 해석이든, 아니면 ‘찰랑찰랑’의 해석이든,

50 大液波紋皺鴨綠 〈續東文選, 권5, 七言古詩, 題李謫仙白蓮池乘舟圖〉
酒波浮動皺金鱗 〈『東國李相國全集』 권9, 古律詩, 謝知奏事相公見喚〉

중요한 것은 역시 '설지다'가 '皺'의 의미망 속에서 고찰될 때 보다 적절한 해석이 가능할 수 있다는 것이다.

고전시가를 둘러싼 그간의 논의에서 '자료의 不在'가 우리에게 준 제약은 컸다. 이 정황에서 우리의 논의가 '왕성하기도 했고, 빗나가기도 했음'은 서론에서도 언급한 바 있다. 옛 문헌을 검토하여 새로운 자료를 논의의 장으로 끌어들임으로써, 보다 다양한 토의가 진행될 여지를 마련하고자하는 것이 본고의 작은 의도이다.

― 이 글은 「청산별곡의 어석에 대한 재고」, 『한국시가연구』 32집, 2012, 191~221쪽에 실린 논문을 재수록한 것임.

〈이상곡〉, 누가 부른 노래인가

◉

김창룡

1. 거시적 관점에서

종래 〈이상곡(履霜曲)〉의 연구는 가사 자체가 지니는 어딘가 정녕 짙은 운무(雲霧) 낀 듯한 모호성 내지 다소 신비적 분위기로 인해 논자에 따라 해석의 방법도 자연 각양각색으로 나타났음이 사실이다. 그 이유는 불과 열두 줄 내외의 그 모호하기 짝없는 노래의 진실 규명을 노래 단독 가사 자체적인 한도 안에서만 어떻게든 해결을 보아야만 했던 까닭에, 동원 가능한 온갖 종류의 사상과 추측이 이에 만연한 데 있었던 것이다.

〈이상곡〉의 작자 문제도 새로이 대두된 바, 과연 이것이 특정한 개인으로서 채홍철(蔡洪哲)의 작이냐, 아니면 작자 모르는 여타의 여요(麗謠)와 한 가지 경우로 볼 것이냐에 있어 새로운 국면을 맞이했었다.

그런데 필자는 이 작품에 관한 한 지금까지 그래왔던 것처럼, 그 자체만으로 바투보고 두드리는 근시안적 방법으로는 더 이상 석출(析出)해 낼 일도 많지 않으려니와 신통한 효과를 기대하기 어려울 것으로 보았다. 다시 말해 〈이상곡〉 연구는 그 자체로써 내시경 들여다보기와 같은 방식을 유보할 이유가 커졌다는 뜻이다.

대개 여요라고 하면 향유층의 서민 주류를 우선 연상하게 되고, 따라서 그 창작의 주체 또한 불특정 다수라는 선입견이 무엇보다 강한 장르처럼 인식되어 있다. 그러나 여기서 향유자의 측면은 일단 차치하고라도 그 창작의 면을 돌이켜보면, 엄연한 여요의 일부로서 연찬되고 있는 〈도이장가(悼二將歌)〉·〈정과정(鄭瓜亭)〉 등은 오히려 왕자(王者)·사대부의 손길임이 분명하고, 뿐만 아니라 〈유구곡(維鳩曲)〉·〈청산별곡(靑山別曲)〉 같은 여요 또한 그와 같은 유식 계층에서 나왔으리라는 높은 개연성이 제고되어 왔다. 이러한 사실에 유의한다면 여요의 다른 작품들에서조차 창작의 주체 및 경위에 대한 일단의 고정관념은 자칫 곤란한 것일 수 있다.

지금 관심하고자 하는 이 〈이상곡〉에 있어서도 작자의 성별 및 신분에 대한 기존의 선입견을 일단은 중지시켜 두는 편이 나을 것 같다. 더욱이 근자에는 〈이상곡〉의 채홍철 창작설마저 대두되었던 마당인지라 그 증험의 필요성이 훨씬 고조된다.

그런데 〈이상곡〉을 포함한 여요 연구와 관련하여 여기 실로 중대한 문제 또 한 가지를 제요(提要)하지 않을 수 없다.

다름 아니라 특히 〈이상곡〉에 부딪혀서 더 강해진 생각이지만, 여요의 생성 경위를 고구할 때 기존 외래 문학의 개입 가능성에 대해 배제치 않는 일이 필요할 것 같다는 점이다. 아니, 단지 배제치 아니한다는 소극적인 차원 이상의 보다 적극적으로 확인하고 모색하는 일이 절실하다고 말해야겠다.

적지 않은 경우에 필자를 포함하여 논자들은 작품의 바투보기(近視的) 분석에 몰두한 나머지, 작품을 저만치 객관성 있는 위치에 두고서

대관(大觀)하는 멀리보기(遠眼的) 방식에 소홀하기 쉽다. 이는 다른 말이 아니라, 관심으로 삼은 한 작품의 기준에서 우리다운 독창성과 저 중국으로부터의 영향성을 항시 등거리 차원에 놓고서 사고하는 방식을 새삼 강조하는 뜻이다.

지금 〈이상곡〉 같은 경우도 입체적인 관점이 요긴하다고 생각하는 것이다. 곧 이것이 막연한 가운데 자생적인 풍토 안에서 문득 솟아나온 한 작품이 저 중원의 문학과는 전혀 무관한지에 대한 흔들림이 일었다. 환언하면 비교문학적으로 두드려 보지 않아도 무난할 것인지 못내 불안하던 가운데, 역시 예전 중국문학 전개의 과정에서 어느 특정한 작품의 문조(文藻)를 사뭇 본받아 이룩되어진 소산임으로 판단되었다.

이 글은 이에 대한 구체적인 실험과 진단의 장이 된다.

2. '이상(履霜)'의 출전

본래 '이상(履霜)'이란 말은 종래 유교 문화권 안에서 전혀 생경한 표현이 아니었다. 유가의 이른바 오경(五經)가운데 무려 세 가지 경전인 『시경』, 『주역』, 『예기』 안에 벌써 '履霜'이란 두 음절 어휘가 역력한 모양으로 제자리를 확보하여 있던 터였다. 우선 『주역』 곤위지괘(坤爲地卦)의 일절이다.

> 坤卦曰 履霜堅氷至 象曰 履霜堅氷 陰始凝也 馴致其道 至堅氷也
>
> 서리를 밟으면 꽁꽁 얼음의 계절이 닥친다. 상象에 이르되, 서리 밟으면 얼음 꽁꽁은 음기가 처음으로 뭉쳐서 자연의 도를 따라 단단한 얼음의 때에 이르는 것이다.

거듭 『주역』 문언전(文言傳)에도 '이상(履霜)'과 '견빙(堅氷)'의 문자가 나온다.

> 易曰 履霜堅氷至 蓋言順也
> 주역에 이르되, 서리를 밟으면 꽁꽁 얼음의 절기가 닥친다 함은 대개 順을 말함이다.

그 맥락을 '順'으로 풀었다. 순(順)은 '순도(順道)' 또는 '순리(順理)'의 뜻으로 이해된다. 조화 자연의 이도(理道)에 순응하여 따르는 것이라 하면 크게 벗어나지는 않는 듯싶다.

다음으로 『시경』 출원의 '履霜'은 위풍(魏風) 〈갈구(葛屨)〉 편 제1장의 제2구에 그 뚜렷한 면모가 보인다.

> 糾糾葛屨　성긴 칡 신발이면
> 可以履霜　서리를 밟을 만 해.
> 摻摻女手　가늘고 여윈 여자 손이면
> 可以縫裳　하의를 꿰맬 만 해.
> 要之襋之　허리 꿰매 옷깃 꿰매
> 好人服之　뉘에게든 입힐 것.

『모전(毛傳)』에 따르면 도량이 좁거나 땅 좁은 위(魏)의 옹색과 편협을 풍자한 것이라 했다. 그 반면에 주자는 바느질하는 노래로서 보기도 하였다.

또한 『시경』 소아(小雅) 곡풍지십(谷風之什) 〈대동大東〉 편 전체 7장 가운데 다음의 제2장 네 번째 구에서도 드러나 있다.

小東大東　크고 작은 동쪽 나라들
杼柚其空　길쌈 틀도 바닥이 났네.
糾糾葛屨　성근 칡 신발이면
可以履霜　서리를 밟을 만 해.
佻佻公子　경조부박한 공자들
行彼周行　저기 큰 길을 가네.
旣往旣來　오면서 가면서
使我心疚　내 마음 괴롭게 해.

각별히 여기 3, 4구는 하필 앞에 든 〈갈구〉 편의 "糾糾葛屨, 可以履霜"과는 단 한 자의 차이도 없이 그대로 이용되고 있음이 확인된다.

『모전』에서는 '〈대동〉은 난(亂)을 풍자한 것이라, 동국(東國)이 부역에 지치고 살림이 괴롭게 되니, 담(譚)의 대부가 이 시를 지어 그 괴로움을 알린 것(大東 刺亂也 東國困於役 而傷於財 譚大夫作是詩 以告病焉)'이라 했다. 북과 바디가 없어 허술하게 튼 칡신발로 언 서리 땅을 다녀야만 한다고 했다.

그러면 여기서 말하는 서리 밟음[履霜]은 일언이폐지하면 '생활고'를 알리는 구체적 형상화 표현이었다.

다음, 『예기』 안에서도 서리 밟음에 관한 문조(文彫)가 나타나 있었다.

霜露旣降 君子履之 必有悽愴之心 非其寒之謂也.
서리 이슬 내리니 군자가 밟는도다. 필경 처량코 슬픈 마음 생기지만 추워서 그런 것 아니어니.

'정현(鄭玄)의 주에 이르기를, 이것은 시절에 느꺼워 어버이를 생각함이라(鄭注云 感時念親也)'고 하였다.

이상 유가의 다섯 경전 가운데 시경·역경·예기의 세 가지 경전의 안에 '履霜' 즉 서리 밟음의 발상이 고대 중국에 진작부터 존재해 있었다는 사실을 확인하였다. 이로써 이 말이 그 이전에 아무런 필연성의 계기도 없이 전혀 우연한 상황 안에서 돌출해 나온 표현이 아니었다는 강한 증좌가 되고도 남음이 있다.

그런가 하면 '履霜'의 수사적 일례는 처음 경서뿐 아니라 실제 악부장르 중에 금곡(琴曲)이라는 가사의 안에서도 엿보이는 바가 있다. 주나라 때 길보(吉甫)의 아들 백기(伯奇)라는 이가 지었다는 〈이상조(履霜操)〉가 그것이다.

여기서의 '操'는 거문고 곡조, 곧 금곡의 명칭이다. 은나라 말기에 주(紂) 임금의 음일(淫佚)을 기자(箕子)가 간하였지만 듣지 않자 머리를 풀헤치고 거짓 미친 척 노예가 되었다가 결국 은둔하여 거문고 두드리며 스스로 설워했으니, 전해져 〈기자조(箕子操)〉라 했다[1]는 기록이 있다. 그리고 이야말로 '操'라는 것을 이해하기 위한 좋은 본보기가 될 만하다.

지금 〈이상조〉에 관해서도 『악부시집(樂府詩集)』 안에 그 배경설화가 전해져 있다.

> 琴操曰 履霜操 尹吉甫子伯奇所作也 伯奇無罪 爲後母讒而見逐 乃集芰荷以爲衣 採楟花以爲食 晨朝履霜 自傷見放 於是援琴鼓之 而作此操 曲終 投河而死.
>
> 금조琴操에 가로되, 이상조履霜操는 윤길보의 아들 백기가 지은 것이다. 백기가 죄도 없이 계모의 모함을 받고 쫓겨나자 마름 연 엮은 옷에

1 『사기史記』 권38, 송미자宋微子 세가世家 8에, "紂爲淫佚 箕子諫不聽 乃被髮佯狂而爲奴 遂隱而鼓琴以自悲 故傳之曰箕子操."

문배 열매 따서 먹고 이른 새벽 서리를 밟으며 쫓겨난 것을 홀로 괴로워했다. 그러다가 거문고 당겨 연주하면서 이 조操를 지었고, 곡이 끝나자 물에 투신하여 죽고 말았다.

그 곡의 가사는 이러하였다.

履朝霜兮採晨寒　아침 서리 밟으며 새벽 추위 쐬나니
考不明其心兮聽讒言　아버님 마음 밝지 못해 참언을 들으신 탓.
孤思別離兮摧肺肝　홀로 떨어졌단 생각에 폐부를 찌르나니
何辜皇天兮遭斯愆　무슨 죄 하늘에 지었기에 이 고초를 겪는가.
痛歿不同兮恩有偏　고통은 죽음만 같고 은애는 치우치니
誰說顧兮知我冤　누구라 내 원통함 알아주리오.

윤백기의 뜻을 의방(擬倣)하여 나름의 시취를 살린 당나라 문장가 한유의 동명 〈이상조(履霜操)〉가 있다.[2] 또한 일말 참작되는 바가 없지는 않으나 내용상 같은 맥락이기에 별도의 분석을 요하지는 않는다고 본다. 다만 여기서 한유가 바로 윤백기의 처지와 똑같이 계모에게 쫓겨나거나 하지는 않았어도, 역시 감정 이입 내지는 유감(類感)의 상태를 빌려 이를 문학화할 수 있었던 창작적 실정의 한 단면을 엿볼 수 있다.

그런데 '履霜'의 표현례가 이만 한 정도로 끊어진 것은 아니다. 이 표현이 문학상에 다시 나타나기로는 서진西晉 시대 반악(潘岳, 247~

2 본 작품은 『한창려전집』 1책 1권 고시古詩 금조琴操 10수 중에 들어 있다. 履霜操 : "尹吉甫子伯奇 無罪爲後母讒 而見逐自傷作"의 설명 아래 상세한 주석이 있은 뒤 작품 내용이 따른다. "父兮兒寒 母兮兒飢 兒罪當笞 逐兒何爲 兒在中野 以宿以處 四無人聲 誰與兒語 兒寒何依 兒飢何食 兒行于野 履霜以足 母生衆兒 有母憐之 獨無母憐 兒寧不悲."

300)이 지은 〈과부부(寡婦賦)〉 중 다음과 같은 대목에서였다.

自仲秋而在疚　중추 이래 앓던 가슴
踰履霜以踐氷　서리 밟던 계절 지나 얼음을 딛네.
雪霏霏而驟落　눈은 펄펄 휘몰아쳐 내리고
風瀏瀏而夙興　바람은 썬들썬들 새벽에 잠 깨네.

한편 이 〈과부부〉의 작가인 반악은 이 작품의 서문을 통하여 자신이 이것을 쓰게 된 동기에 대해 적어 놓았는데, 대의는 이러하였다.

'죽마고우인 임자함(名 : 任護, 子咸은 字)이 애통하게도 약관에 가고 말았다. 기막히게도 임자함의 아내는 다름 아닌 내 처와 자매간이다. 그녀는 어려서 부모를 잃고 겨우 시집 가 사는가 했는데 이제 또 하늘의 버림을 받았으니, 아 생민(生民)의 고통은 모질고 처절한 것이다. 그러므로 예전 위문제(曹丕 : 필자 주)의 〈과부부〉를 본따서 외로운 과부의 심사를 서叙하고자 한다.'[3]

독수공방하는 과부가 육신과 정신의 사이에서 어찌할 바 모르는 고통과 갈등의 심정을 여실히 묘사하고 있다.

반악의 이 작품 이전에 위문제의 동명 〈과부부〉가 있었는가 하면, 정의(丁儀)라는 사람의 부인의 입김으로 이루어졌던 또 하나의 〈과부부〉[4]가 있었다. 정의 처의 작품에서는 비록 '履霜' 두 글자를 나란히

---

3 樂安任子咸 有韜世之量 與余少而歡焉 雖兄弟之愛無以加也 不幸弱冠以終 良友旣沒 何痛如之 其妻又吾姨也 少喪父母 適人以所天又殞 孤女藐焉始孩 斯亦生民之至艱 而荼毒之極哀也 昔阮瑀旣歿 魏文悼之 並命知舊作寡婦之賦 余遂擬之 以叙其孤寡之心焉 其辭曰….

4 정이丁廙의 처로 적은 곳도 없지 않다. 『연감유함淵鑑類函』(247권, 人部, '寡婦·5' 門)에는 위문제魏文帝의 〈과부부〉, 왕찬의 〈과부부〉, 정이 처의 〈과부부〉, 반악

붙여 표출하지는 않았지만, 그 같은 이미지 전달의 유사적 효과는 어느 만큼 조출해낸 감이 없지 않다. 인용하면 이러하다.

自銜恤而在疚　슬픔 머금어 긴 병 된 이래
履氷冬之四節　언 겨울 지나 네 절기를 겪었네.
風蕭蕭而增勁　쓸쓸한 바람은 더욱 맵고
寒凜凜而彌切　싸한 추위 더욱 혹절하여라.
霜悽悽而夜降　썰썰한 서리 밤에 내리고
水溓溓而晨結　줄줄 물방울은 새벽녘 얼어붙네.

예외 없이 차디찬 계절에 상부(喪夫)한 과부의 유절한 한을 그렸다.

이 정의 처의 것은 애당초 여인 손길에 의함이었지만, 반악의 같은 제목 〈과부부〉의 작자 성별이 또한 같은 것은 아니었다. 전통적 한시에서 왕왕 발견되니, 여정(女情)에 가탁하여 생성되는 한 면모가 이에서 다시금 인지되는 바 있다.

그러고 보매 홀어미 곧 과부를 뜻하는 고상(孤孀)·상부(孀婦) 등 어휘 속에서의 '孀'의 한자어적 구조상 여인의 '女'가 서리 '霜'을 끼고 있는 회의(會意) 문자였다는 점에서 벌써 그 의미가 심상치만은 않았다.

지금까지 '履霜'의 조어를 중심으로 예시하였던 것들을 한눈에 조견

의 〈과부부〉 등을 각각 일정 부분씩 할애하여 소개한 것이 있다. 이 중 정이 처 〈과부부〉의 내용은 『문선文選』에 실린 반악 〈과부부〉의 주註에서 가장 빈번히 인용된 바, 여기서는 "丁儀妻寡婦賦曰"로 일관하고 있다. 정의丁儀와 그의 아우 정이丁廙는 조조의 아들 중에 조식을 편들다가 나중에 맏인 조비에 의해 죽임을 당했거니와, 형제가 모두 학문과 재주가 높았다 한다. 그런데 당고종과 당현종 대에 이룩되어진 『문선』의 주에도 치밀하지 못한 글자의 오류는 있고, 청대의 『연감유함』이 반악 〈과부부〉를 인용한 모양도 완전하다고는 볼 수 없는 바에 어느 것을 따를 것인지 곤란한 처지이나, 여기서는 보다 이른 시대의 자료 내용에 우선성을 두었다.

해 보이면 다음과 같다.

	출전	내용	주제
경전	주역	履霜堅氷至	자연의 이도에 순응함 (順理)
	시경	糾糾葛屨 可以履霜	옹색과 가난 (窮困)
	예기	霜露旣降 君子履之	자식의 어버이에 대한 그리움 (念親)
문예	履霜操(尹)	履朝霜兮採晨寒 考不明其心兮聽讒言	버림받은 자식의 원통함 (怨父)
	寡婦賦(丁)	履氷冬之四節 … 霜悽悽而夜降	과부의 인고 역정 (煢獨)
	寡婦賦(潘)	自仲秋而在疚 踰履霜而踐氷	과부의 인고 역정 (煢獨)
	履霜操(韓)	兒行于野 履霜以足	버림받은 자식의 원통함 (怨父)

일찍이 중국에서 '履霜'의 이 같은 쓰임새가 있고 난 다음에야 우리의 강역 안에 들어온 바, 이때 '履霜'이란 양개 글자가 들어가는 첫 번째 문예물로서 고려가요 〈이상곡〉이 있었다.

이는 당연히 여성 입장의 노래인 것으로만 오로지 인식되어 있고, 또한 상대방 이성을 지나치게 열모(熱慕)하는 뜻으로 말미암아 조선조 사대부에 의해 '음설지사(淫褻之辭)'로 지적 받던 내력과 함께 전승된 노래이기도 하였다.

그러면 이제 여요 가운데 이렇게 지적 받았던 〈이상곡〉과의 관계 맥락을 짓고자 하는 필요에 당해서 그 의미·곡절이 가장 상통하는 문예는 어느 것이었나? 그 대답은 절로 명백하다.

그 내용이 홀로 있는 여인의 심사와 구기(口氣)를 빌려 있으면서 역시 처절할 정도로 상대편 남성에 연연하니, 이른바 '남녀상열지사'의 뜻을 담고 있는 전대 중국의 전거로는 바로 그것, 정의 처와 반악의 〈과부부〉가 그러했던 것이다.

3. 〈과부부〉와 〈이상곡〉

이렇듯 〈과부부〉와 〈이상곡〉 사이에는 '履霜'이 주는 표현이 같을 뿐만 아니라, 그 안의 사연 곡절까지도 여인의 고독과 정한, 욕망과 그리움의 뜻이 통하고 있었다. 이 같은 사실 확인은, 양자 간에 모종의 수수 가능성에 대한 기대감마저 불러일으키는 희망적인 소득이 아닐 수 없다.

그러나 이것이 마침내 비교문학적으로 성공하기 위해서는 '履霜'이란 표현이 자아내는 의미 너머의 구체화된 심상 및 수사의 상통이 요청된다. 이를테면 초나라 굴원(B.C. 343~277?)의 〈초사(楚辭)〉와 조선조 송강 정철(1536~1593)의 〈사미인곡(思美人曲)〉 상호 간의 영향 관계를 밝히는 일과 같은 검토 방식이 요구된다는 뜻이다.

한편 〈과부부〉는 하필 반악(247~300)의 경우뿐만 아니라, 그의 이전에 이미 위문제 조비(187~226)의 〈과부부〉와, 역시 소개한 대로 정의 처의 〈과부부〉, 왕찬의 〈과부부〉 등이 기존해 있던 바 된다. 공교롭게도 이 세 작자는 다 같이 조조 집정 당시의 인물이다.

왕찬·조비 두 사람의 것은 전반적 문맥 위에서 검토해 본 결과 〈이상곡〉과의 관계가 직접적이지 못하거나 불투명해 보였다. 반면 특별히 서로 간에 관계적 긴장 요인, 혹은 영향 가능성을 상당 부분 함유하기로는 주로 정의 처와 반악의 작품에서 그러하였으니, 여기엔 분명 일관성 있게 나타나는 접맥의 요소들이 깔려 있다. 이에 양편 〈과부부〉와 〈이상곡〉을 비교문학적인 단계에 두고서, 고려 노래 가운데도 모호함 짙어 난해롭게 보이는 〈이상곡〉의 진실과 정체를 규명해 보이고자 의도하는 것이다.

이에 한·중 두 나라 문예 대조를 위해 『연감유함(淵鑑類函)』 권247 '과부(寡婦) 5'에 있으니 정의 처가 지은 〈과부부〉와, 『문선文選』 권16 '애상(哀傷)'의 안에 실린 바 반악이 지은 〈과부부〉 전문의 인용 및 해독이 무엇보다 선행되어야 할 일로서 요청된다. (뒤 논술의 편의상 행 순서에 따른 일련번호를 각 행의 앞에 매겨 두기로 한다.)

〈寡婦賦〉

丁儀 妻

1. 惟女子之有行	아아! 여자의 행실은
2. 固歷代之彝倫	진실로 역대의 떳떳한 도리어라
3. 辭父母而言歸	부모를 하직코 시집이라 와서
4. 奉君子之淸塵	남편의 맑은 자취 받들었네
5. 如懸蘿之附松	매달린 이끼가 소나무에 붙듯
6. 似浮萍之託津	부평초 여울물에 의지한 양 하였네
7. 何性命之不造	어찌타가 천명이 불행하여
8. 遭世路之險迍	세상길 험준함에 부딪고 말았네
9. 榮華曄其始茂	빛나던 나뭇잎 처음 푸르던 날에
10. 所恃奄其徂泯	내 하늘이 문득 쇠여디고 말았네
11. 靜閉門以却埽	조용히 문 걸고 찾는 손도 마다하며
12. 魂孤煢以窮居	의지할 데 없는 혼이 속절없이 지내네
13. 刷朱扉以向堊	붉은 빛깔 문짝 지워 흰 벽 만들고
14. 易元帳以素幃	원래 휘장 바꾸어 흰 천 둘렀네
15. 含慘悴以何訴	참담한 심정 뉘게 하소연하리
16. 抱弱子以自慰	어린 자식 안고서 스스로 달랠 뿐

17. 時翳翳以東陰　순간 어스레 동편이 저물고
18. 日亹亹以西墮　해는 뉘엿뉘엿 서편에 지네
19. 雞斂翼以登棲　닭은 날개 접어 홰에 오르고
20. 雀分散以赴肄　참새는 흩어져 제 터전 찾아가네
21. 還空床以下幃　텅 빈 침상 돌아와 휘장 내리고
22. 拂衾褥以安寐　이부자리 풀쳐내어 잠자리 들었네
23. 想逝者之有憑　가버린 이에게 기대이던 생각
24. 因宵夜之髣髴　그윽한 밤은 그때와 한가지련만
25. 痛存歿之異路　생사의 길 서로 다름이 가슴 아파
26. 終窈漠而不至　마침내 저승 사람 올 리는 없네
27. 時荏苒而不留　흘러 흘러 머무를 줄 모르는 시간 속에
28. 將遷靈以大行　영혼을 옮겨 드릴 큰 의식 맞았네
29. 駕龍轜於門側　문 옆에 용 상여 대어 놓고
30. 設祖祭於前廊　앞 낭청엔 행로신 제사를 차리인다
31. 彼生離其猶難　저 인간의 생이별도 외려 어렵거늘
32. 矧永絶而不傷　영영 단절인데 애끊지 아니랴
33. 自銜恤而在疚　슬픔 머금어 긴 병 된 이래
34. 履氷冬之四節　겨울 지나 네 절기를 겪었네
35. 風蕭蕭而增勁　쓸쓸한 바람은 거세어지고
36. 寒凜凜而彌切　쌀쌀한 찬 기운 더욱 혹절타
37. 霜悽悽而夜降　썰썰한 서리 밤에 내리고
38. 水溓溓而晨結　줄줄 물방울은 새벽녘에 얼어붙네
39. 瞻靈宇之空虛　바라보는 영혼의 집 공허키만 하고
40. 悲屏幌之徒設　애처론 병풍장막 덩그러니 차려 있네
41. 仰皇天而歎息　하늘 우러르며 탄식하니
42. 腸一日而九結　억장은 하루에도 아홉 차례 맺히네
43. 惟人生於世上　아아 사람이 세상에 산다는 건
44. 若馳驥之過櫺　치닫는 말이 저 격자창을 스쳐감 같아
45. 計先後其何幾　먼저와 나중은 그 차이 얼마나 될까

46. 亦同歸于幽冥　결국엔 다 저 세상 돌아갈 뿐인걸

〈寡婦賦〉

潘岳

1. 嗟予生之不造兮　아아 나의 생이 불행함이여
2. 哀天難之匪忱　애닯다 하늘 재앙은 미덥지 못하고나
3. 少伶俜而偏孤兮　어려서 홀앗이로 아비 잃은 신세가
4. 痛忉怛以摧心　근심과 슬픔 괴로움에 마음 상하네
5. 覽寒泉之遺歎兮　〈개풍凱風〉편 편모 섬긴 효자의 탄식 읽고
6. 詠蓼莪之餘音　〈육아蓼莪〉편 부모 여읜 여음을 읊음이야
7. 情長慼以永慕兮　긴 근심에 머언 그리움이여
8. 思彌遠而逾深　생각은 갈수록 아득코 깊네
9. 伊女子之有行兮　저 여자의 행실 갖추어
10. 爰奉嬪於高族　이에 높은 가문의 아녀자 노릇 받드네
11. 承慶雲之光覆兮　시부모님의 큰 감싸 덮음 받들고
12. 荷君子之惠渥　지아비가 쏟아 주는 사랑 입었네
13. 顧葛藟之蔓延兮　칡덩굴이 퍼져 벋어나는 양
14. 託微莖於樛木　굽은 나무에 가는 줄기 의지하네
15. 懼身輕而施重兮　하찮은 몸에 베푼 중한 은혜 두려워
16. 若履氷而臨谷　살얼음판 걷고 계곡에 처함만 같아
17. 遵義方之明訓兮　떳떳한 방도 밝은 계훈을 따르고
18. 憲女史之典戒　여자의 바른 규범을 지키고자
19. 奉蒸嘗以效順兮　제사 받들고 공순함을 효칙하며
20. 供洒掃以彌載　집안 청소 힘쓰면서 해를 보내네
21. 彼詩人之攸歎兮　지난날 시인이 탄식하였던 바는
22. 徒願言而心痗　부질없는 님 생각이 가슴 아프다 했지

23. 何遭命之奇薄兮 어이타 기박한 운명 부딪게 되었나
24. 遘天禍之未悔 뉘우칠 길 없는 하늘 재앙 만났네
25. 榮華曄其始茂兮 푸르른 초목이 처음 듬쑥한 날에
26. 良人忽以捐背 내 님은 홀연 등져 세상을 버리셨네
27. 靜闔門以窮居兮 조용히 문 닫고 막막히 있음에
28. 塊煢獨而靡依 우두커니 혼잣몸이 의지할 데 없네
29. 易錦茵以苫席兮 비단 깔개 거적으로 바꾸고
30. 代羅幬以素帷 비단 휘장 흰천으로 갈고
31. 命阿保而就列兮 유모더러 방 들어가 신위 진설케 하고
32. 覽巾箑以舒悲 두건 부채 살펴보매 슬픔이 여울지네
33. 口嗚咽以失聲兮 목이 메어 소리조차 잦아들고
34. 淚橫迸而霑衣 눈물 비껴 흘러 옷깃을 적신다
35. 愁煩寃其誰告兮 가슴 속 타는 원정 하소연 뉘게 할까
36. 提孤孩於坐側 곁의 어린 아이 붙들어 안네
37. 時曖曖而向昏兮 날빛 흐릿흐릿 저물어감이여
38. 日杳杳而西匿 해는 아스라이 서으로 감추오네
39. 雀群飛而赴楹兮 참새 떼 날아 기둥 편에 나아가고
40. 雞登棲而斂翼 닭은 둥지 올라 깃을 접누나
41. 歸空館而自怜兮 텅빈 집 돌아오니 스스로도 한심해
42. 撫衾裯而歎息 이불깃 어루만져 탄식이고나
43. 思纏綿以瞀亂兮 끝없는 생각에 아득하니 어지럽고
44. 心摧傷以愴惻 꺾이어 다친 마음 비참하고 처량타
45. 曜靈曄而遄邁兮 빛나는 해 빠르게 지나감이여
46. 四節運而推移 사시절은 그렇게 돌면서 옮겨가네
47. 天凝露以降霜兮 대기의 이슬은 응어리져 서리로 내리고
48. 木落葉而隕枝 나무에 지는 잎은 가지를 떠나 간다
49. 仰神宇之寥寥兮 우러르니 영혼의 방은 적막키만 하고
50. 瞻靈衣之披披 저만치엔 가신 님 옷만 펄렁펄렁
51. 退幽悲於堂隅兮 사당 귀퉁이 물러 나올제 속깊은 설움

52. 進獨拜於牀垂　　나아가 평상 앞에 홀로 절하네
53. 耳傾想於疇昔兮　　귀는 옛날을 기울여 듣는 듯하고
54. 目彷佛乎平素　　보이는 건 평소나 다름없어라
55. 雖冥冥而罔覿兮　　캄캄한 세계이라 뵐 순 없어도
56. 猶依依以憑附　　연연히 마음 부쳐 의지하네
57. 痛存亡之殊制兮　　삶과 죽음의 길 서로 다름 가슴 아파
58. 將遷神而安厝　　바야흐로 영혼 옮겨 편히 모시고자
59. 龍轜儼其星駕兮　　엄숙한 용 상여에 새벽 멍에 메게 하여
60. 飛旐翩以啓路　　나르듯한 깃발 펄럭이며 길을 밝혀라
61. 輪按軌以徐進兮　　수레바퀴 길을 따라 서서히 나아가고
62. 馬悲鳴而踟顧　　말은 높이 울며 멈칫 뒤돌아 보네
63. 潛靈邈其不反兮　　잠긴 영혼 아득하여 돌아올 수 없고
64. 殷憂結而靡訴　　은근히 맺힌 근심 하소할 길 없어
65. 睎形影於几筵兮　　영궤 자리에서 그 형체 그림자 바라다가
66. 馳精爽於丘墓　　님 계신 무덤가로 혼백은 달려가네
67. 自仲秋而在疚兮　　중추 이래 앓던 가슴
68. 踰履霜以踐氷　　서리 밟는 계절 지나 얼음을 딛네
69. 雪霏霏而驟落兮　　눈은 펄펄 휘몰아 지고
70. 風瀏瀏而夙興　　바람은 썰썰 새벽에 이네
71. 霤冷冷以夜下兮　　써늘한 낙숫물 밤중에 떨어지며
72. 水濂濂以微凝　　줄줄 물방울은 살짝 얼어붙네
73. 意忽怳以遷越兮　　마음은 홀린 듯 어찔어찔 흩어져나고
74. 神一夕而九升　　정신은 하루 밤도 아홉 번 들썽이네
75. 庶浸遠而哀降兮　　침착하려지만 애끈함이 내리고
76. 情惻惻而彌甚　　애틋한 정념 점점 심해만 가네
77. 願假夢以通靈兮　　꿈으로나 님의 넋 통해 보자 하나
78. 目炯炯以不寢　　또렷또렷 눈동자로 잠 못 이루네
79. 夜漫漫以悠悠兮　　긴긴 밤 느럭느럭 함이여
80. 寒凄凄以凜凜　　썬들썬들 한기 쌀랑하여라

81. 氣憤薄而乘胸兮　번민이 가슴을 타고
82. 涕交横而流枕　눈물은 어우러져 베개 위를 흐른다
83. 亡魂逝而永遠兮　사라진 혼백 영원으로 가셨는데
84. 時歲忽其遒盡　이 해도 저근덧 막바지로 가네
85. 容貌儡以頓顇兮　꼭두각시 형용 문득 초췌해 뵈니
86. 左右凄其相愍　곁의 사람들 애처롭고 민망해 하네
87. 感三良之殉秦兮　진목공 따라 죽은 세 신하 가슴 찡해
88. 甘捐生而自引　달겨 삶을 버리고 목숨 끊고자 하네
89. 鞠稚子於懷抱兮　그러나 품 안에 아이 기르는 몸
90. 羌低徊而不忍　애고 바장일 뿐 차마 하질 못하네
91. 獨指景而心誓兮　다만 저 광명 가리키며 마음에 맹세치만
92. 雖形存而志隕　비록 몸뚱이가 있을 뿐 뜻이야 죽은 것
93. 仰皇穹兮歎息　까마득 하늘 바라며 탄식하고
94. 私自憐兮何極　스스로 가엾음 그 얼마나 한가
95. 省微身兮孤弱　미천한 몸 생각자니 고아같은 신세
96. 顧稚子兮未識　어린아이 돌아보니 눈치 못 채는 양
97. 如涉川兮無梁　마치 내를 건넘에 다리 없음 같아
98. 若陵虛兮失翼　꼭 허공을 넘나는데 날개 없음 같아
99. 上瞻兮遺象　우러르면 가신 님의 여운
100. 下臨兮泉壤　굽어보면 저승의 땅
101. 窈冥兮潛翳　혼백은 으늑한 곳 감춰졌지만
102. 心存兮目想　내 마음에 남아 암암히 떠올리네
103. 奉虛坐兮肅清　텅 빈 자리 받들고 말끔히 치우매
104. 愬空宇兮曠朗　텅 빈 집 휑한 것에 문득 놀라네
105. 廓孤立兮顧影　휑뎅그레 혼자 서서 그림자 돌아보고
106. 塊獨言兮聽響　덩그러니 혼잣말에 소리가 울리는 듯
107. 顧影兮傷摧　돌아보니 그림자 애상이 복받치고
108. 聽響兮增哀　울리는 소리에 애끈함 더하네
109. 遙逝兮逾遠　멀리 가셨네 저 아스라이

110. 緬邈兮長乖　　아득한 생각은 저만치 먼 곳에
111. 四節流兮忽代序　　계절은 흘러 저근덧 절기 바꾸어 들고
112. 歲云暮兮日西頹　　저무는 세월 해는 서편 기울었네
113. 霜被庭兮風入室　　뜨락엔 덮힌 서리 바람은 방안에 들고
114. 夜旣分兮星漢廻　　밤은 또 바뀌어 은하수 돌아가네
115. 夢良人兮來遊　　님 찾아와 노니시는 꿈
116. 若閶闔兮洞開　　규처의 집문이 활짝 열리난 듯
117. 怛驚悟兮無聞　　흠칫 놀라 깨달으매 아무런 소리 없고
118. 超憿怳兮慟懷　　소스라쳐 가슴은 두근두근
119. 慟懷兮奈何　　흔들리는 심사 어찌할 길 없어
120. 言陟兮山阿　　올라가네 그 뫼 언덕
121. 墓門兮肅肅　　묘지문은 스산키만 한데
122. 脩壟兮峨峨　　훤쑥한 무덤 높기만 하고나
123. 孤鳥嚶兮悲鳴　　외로운 새 울음우네 그 슬픈 외침
124. 長松萋兮振柯　　긴 소나무 무성하여 가지를 흔드네
125. 哀鬱結兮來集　　울결한 슬픔은 응어리지고
126. 淚橫流兮滂沱　　비끼는 눈물은 철철 적시우네
127. 蹈共姜兮明誓　　공강共姜을 따르리라 그 밝은 맹서를
128. 詠柏舟兮淸歌　　〈백주柏舟〉편 읊으리라 그 맑은 노래를
129. 終歸骨兮山足　　결국은 뫼기슭에 빼지되 삭어딜 몸
130. 存憑託兮餘華　　사는 한 아름다운 절개에 뜻을 맡기리
131. 要語君兮同穴　　내 님과로 동혈하자 언약했거니
132. 之死矢兮靡佗　　죽을진정 다른 것은 없으리이다

위 두 작품의 우리말 풀이 또한 모두 글쓴이의 졸역이다. 정의 처 작품의 분량에 비하면 반악의 그것은 비교도 할 수 없을 만큼 길지만, 반악 〈과부부〉의 경우 전체 132행 가운데서 꼭 절반이 되는 1~66행까지는 〈이상곡〉과의 관련성을 거의 찾기 어렵다. 그 후반부인 67~132

행에 들어서면서 양자간에 비교성이 농후해짐으로써 관심을 제고시키고 있다.

그리고 이제 뒷 논술의 편의를 위한 하나의 요목이 필요할 듯싶다. 견지에 따라 구분을 달리할 수 있는 소지에도 불구하고, 두 편 〈과부부〉의 내용 맥락을 분단별 요약 정리하자면 대략 이러할 것이다.

정의 처 〈과부부〉	반악 〈과부부〉
	先歎(절규)
과부되기까지의 역정	과부되기까지의 역정
여름, 남편의 급서	여름, 남편의 급서
여름 저물녘 정경, 歸巢 독수탄식	歸巢, 영구안치(初喪)
장 례	장 례
	겨울 정경, 독수탄식
	죽음 결의, 미수
	남편에의 追想
	주야 정경, 몽환조우
겨울 정경, 무덤 앞 비탄	무덤 앞 비탄
슬픔 극복, 승화	슬픔 극복, 승화

드디어 이제 〈이상곡〉에 접근해 볼 계제가 되었다.

우선 〈이상곡〉은 그 행을 구분하는 문제서부터 의견이 분분하였다. 10행(유창균), 12행(이임수), 13행(박노준) 설 등.

그러나 한편으로 생각하면 이 같은 행 수의 파악에 대한 문제는 어쩌면 이렇다 할 의미가 없는 일일 수 있다. 우리가 지금 확인할 수 있는 그 면모란 것이 본래 고려 당년에 갖췄던 그 모습 그대로의 것으로 간주하기 어려운 국면을 생각 안 할 수 없는 까닭이다.

주지하는 대로 지금 우리가 상대하는 〈이상곡〉은 조선시대 성종 21년(A.D. 1490) 5월, 왕명에 따라 산개刪改 되어진 단계로서의 면모라는 점을 새삼 한 차례 더 상기할 필요가 있다.

> 壬申 受朝參 御經筵 先是 命西河君任元濬武靈君柳子光判尹魚世謙大司成成俔 刪改雙花曲履霜曲北殿歌中淫褻之辭 至是元濬等撰進傳曰 令掌樂院 肄習.
>
> 임신壬申일에 조례를 받고 경연經筵에 납시었다. 이에 앞서 서하군 임원준, 무령군 유자광, 판윤 어세겸, 대사성 성현들에 명하여 〈쌍화곡雙花曲〉·〈이상곡履霜曲〉·〈북전가北殿歌〉 중 음란하고 외설적인 가사를 깎아내거나 고치도록 하매, 이때에 임원준 등이 찬하여 올리었다. 왕이 전교하여 가로되 "장악원掌樂院으로 하여금 익히도록 하라"고 했다.

〈이상곡〉·〈쌍화곡(雙花曲)〉·〈북전가(北殿歌)〉의 가사가 음란하고 외설스럽기에 깎아내어 고치도록 시켰다는 것이고, 결국은 새로 지어 임금께 올렸음이다.

따라서 여기서 도무지 원 노래 모양의 유지 보전을 기대하기는 천만 어려운 것이요, 이 노래가 본래 몇 행인지 추적하는 일이 거의 불가능한 일이 된다. 그렇다고 하지만 산개의 이유가 '음설'에 있다고 하였으니, 조선시대 윤리 통념상 음설하다고 사료되는 부분 이외의 것에 관한 한 원판 내용의 본질까지 손상당할 만큼 큰 변개가 우려되어질 정도는 아니라고 본다.

그리하여 금인의 입장에서 오늘날 확인 가능한 성종조의 산개 작품 〈이상곡〉이나마, 검토 가능한 최대치로 놓고서 면밀한 접근을 시도할 밖에는 없긴 하다. 그럼에도 마침내 이것이 어디까지나 다시금 손보아진, 곧 산개되어진 나머지의 형상이라는 사실만큼 그 어떤 경우에도 망각될 수 없다. 분석의 시간 동안 이 뜻만은 분명히, 그리고 끝끝내 강조되어야 한다.

한편으로 이런 것은 생각해 볼 수 있다. 새로 손보았을망정, 이 방면

전문가들의 수고에 부쳐진 이상 그 다듬어진 품이 원가(原歌)에 못지 않게, 아니 어쩌면 그 이상 가는 체재의 갖추어짐과 윤색을 띠게 되었으리라는 생각도 든다. 임원준들이 새로 찬진한 것을 궁정 최고의 음악 기관인 장악원에 맡겨 연습시킬 정도였으니까.

그러면 앞서 〈과부부〉를 단락별로 요체 정리하였던 것처럼 산개를 본 〈이상곡〉 각 행을 차례로 분석해 보기로 한다. 당연히 필자 나름의 방식과 취지에 입각한 분단임이 물론이려니와, 원형 추적이 불가능한 바탕에서의 무리한 형식 탐구를 지양하고 오로지 내용 위주의 분석에 관심하였다. 그에 따라 원문 안에서 같은 내용으로 중복되는 행은 별도의 기호를 책정하지 않았다.[5]

A. 비오다가 개야 아 눈 하 디신 나래
B. 서린 석석사리 조ᄇᆞᆫ 곱도신 길헤
C. 다롱디우셔 마득사리 마득너즈세 너우지
D. 잠ᄯᅡ간 내니믈 너겨
E. 깃ᄃᆞᆫ 열명길헤 자라오리잇가
F. 죵죵 霹靂 生陷墮無間
G. 고대셔 싀어딜 내모미
　 죵죵 霹靂아 生陷墮無間
　 고대셔 싀어딜 내모미
H. 내님 두ᅀᆞᆸ고 년뫼ᄅᆞᆯ 거로리
I. 이러쳐 뎌러쳐 이러쳐 뎌러쳐 期約이잇가

5 위의 '고대셔~함타무간'이 그 본보기이다. 그럴 뿐 아니라, 이러쳐 뎌러쳐/이러쳐 뎌러쳐 期約이잇가/및, 아소 님하/ᄒᆞᆫᄃᆡ 녀젓 期約이이다/ 또한 노래 가사의 호흡에 맞는 배치와 형식미를 존중하자면 위와 같이 두 행으로 분단함이 타당할 것으로 믿으나, 내용상으로는 같은 의미 맥락 안에 있다고 보아 하나의 분류 기호 안에 묶었다.

J. 아소 님하 ᄒᆞᆫᄃᆡ 녀젓 期約이이다.

A행은 그 해석상에 이렇다 할 문제는 없는 양하다. 즉 '비오다가 개더니 아아, 눈도 많이 내린 날에' 정도의 의미망 안에 있다.

B행에 가서 "서린 석석사리" 부분이 다소 난해로운 듯한 중에도 대개 "서리어 있는 수풀[藪林]" 쯤으로 별다른 이견은 보이지 않더니,[6] 더 있다가 "서리[霜]는 버석버석"으로 풀고자 하는[7] 입장도 나오게 되었다.

필자의 생각으로는 〈이상곡〉의 난구(難句)에 임해 순 어학적인 견지에서만 진위를 가리고 판명하는 일은 자료의 제한이 문제시되는 현 단계에서 획기적인 진전을 기대하기 어려울 것으로 본다. 따라서 여기서는 그 제약을 조금이라도 극복할 만한 보완책의 일환으로, 전체 구조 안에서의 심상(心象) 체계를 통해 어의(語議)에 접근하는 방법을 더불어 강구하고자 한다.

이를테면 지금 B행 안의 난해구에 정도 이상 집착하는 대신, A행과 B행의 이미저리 구조가 여하한지 유의해 보는 것이다. 박노준도 필자에 앞서 논급한 적이 있거니와,[8] A와 B행은 필경은 서로 상대적 대칭

---

6 양주동, 『여요전주麗謠箋注』, 을유문화사, 1947, 350쪽.
박병채, 『고려가요의 어석연구』, 선명문화사, 1988, 288쪽.
이임수, 「이상곡에 대한 문학적 접근」, 『어문학』 41집, 1981, 113쪽.
박노준, 「이상곡과 윤리성의 문제」, 『한국학논집』 14집, 1988. 152~153쪽.
이외, 전체 논자들 사이에서 이 의견이 지배적이다.

7 장효현, 「이상곡의 생성에 관한 고찰」, 『국어국문학』 92호, 1984.12, 158쪽.
남광우, 「고려가요 해석상의 문제점에 관하여」, 『고려시대의 언어와 문학』, 형설출판사, 1975, 63쪽.

8 "그러나 당분간 양梁 등의 통설을 따르기로 한다. 그 까닭은 기후 조건에 관한 서술은 첫째 줄에서 일단 끝난 것으로 보고, 둘째 줄은 '길'의 상태, 즉 공간 조건을

관계를 이루고 있다.[9] 마치 한시에서의 대구(對句)를 연상시킴과 같은 관계성 위에 놓여 있다. 부언하여 A행에 나타나 있는 '비・개임・눈'이 주는 어휘들은 한결같이 기후적 조건, 즉 천후(天候)를 지칭한 표현들이다. 또한 B행에 나타나 있는 '서리어 있는 숲, 좁은 곱돌아가는 길'은 지리적 조건, 즉 지세를 지칭한 표현들이다.

그런데 이 어휘들은 그 어떤 일정한 이미저리를 표출해 내기 위한 목적 위에 긴밀히 조구(造構)되어 있다.

A행에서 비오다가, 개었다가, 눈오는 날이라고 하였던 바, 잦은 일기 변화를 알려 주는 이 점층법적 서술은 꽤 궂은 날씨구나 하는 느낌을 전하는 일에 결코 소홀됨이 없다. 표현의 삼단 변화가 험한 날씨라는 심상을 긴밀히 하는 일에 충실하다.

B행 역시 마찬가지이다. 서린 숲, 좁고 곱도는 길은 험난한 지형이라는 심상을 불러일으키는 일에 십분 봉사되어져 있다.

한마디로 A는 시간 개념으로서의 천시험(天時險)을, B는 공간 개념으로서의 지세난(地勢難)을 극명히 강조한 뜻으로 최종 집약된다. 공교롭게도 각 행의 말미는 각각 날(日・天 개념)과 길(路・地 개념)의 가장 핵심적 요어로써 매듭을 맺은 채 있다.

이제 필자는 "서린 석석사리"가 가장 기득권을 얻은 해석 그대로를

제시하고자 한 것이 화자의 진의라고 생각되는 바, 그러므로 여기에 다시 기상 상태와 유관한 '서리'가 개입될 이유는 거의 없다고 판단하는 것이 상식적인 해석이 될 수 있기 때문이다." (「이상곡과 윤리성의 문제」, 『한국학논집』 14집, 1988, 152~153쪽)

9 그러고 보니 이 두 행을 직접 음독해 볼 때, … 아 눈 하 디신 나래 / … 조븐 곱도신 길헤 / 각 행 끝의 어휘 '나래'・'길헤'의 래와 헤가 주는 상사相似 음운상의 유감類感이 벌써 심상해 보이지만은 않는다.

좇아 '서리어 있는 숲'이라 일단 수긍해 볼망정, "조븐 곱도신 길헤"에서의 '길'의 구체적 의미에 관한 한, 기존의 설과는 이해하는 방법이 같지 아니하다. 작품을 두드린 나머지 그 속의 주인공을 과부로 본 일부분 논자[10]도 있었거니와, 실로 작중의 "열명길", "년뫼"의 암시라든가 지금 〈과부부〉와의 관계 회동에서 보듯 고백의 주체는 당연히 과녀(寡女)였다. 그랬을 때 "조븐 곱도신 길"은 살아 있는 님 혹은 남편이 찾아올 수 있는 길이 못된다.

그것은 크게 나누어 볼 때, 자기와 죽은 남편 사이에 가로 놓여 있는 저승길이거나, 아니면 시묘 중의 여인이 영원 속에 잠든 남편의 무덤을 찾아가는 길의 험난함을 형용한 표현, 두 가지 중의 하나로 인식해야 마땅하다.

첫 번째로 '좁은 곱도신 길'이 님 가신 저승길의 형상화적 표현이라는 쪽의 접근.

전통적 죽음관에서의 저승길을 유추 상상해 볼 때 가능한 발상이다. 한 인간이 죽어 마지막 간다는 길이란 게 결코 넓거나 번화로운 이미지 안에 있지는 아니하다. 그것은 대개 망자와 저승사자의 고작 한 두 사람 정도 지날 수 있는 좁고 그야말로 굽이굽이 돌아가는 길로서 상념되어 왔다. 협애(狹隘)하고 위이(逶迤)한 길인 것이다. 이렇게 생각한다면 그 조금 뒷 행의 '아무려면 그 같은 열명길에 자러오겠는가'고 하는 자기 독백적인 내용과도 의미적 쌍관 맥락을 가지게 된다.

요언하면 앞 행의 '좁은 곱도신 길'은 뒷 행의(十忿怒明王이 감시하는

---

10 박병채, 앞에 든 논문, 262쪽.
이임수, 앞에 든 논문, 113쪽.
김광순도 『한국문화개설』(형설출판사, 1981)의 「별곡」 안에서 그렇게 설명하였다.

무시무시한) 열명길을 은유했을 뿐인 바 결국 동의어이나, 다만 동일적 표현의 반복을 피하기 위한 동의 이어(同意異語)가 아닐까 상도해 보는 것이다. 이 같은 문맥일 것 같으면 A행은 과부(生者)의 고행적 삶을, B행은 죽은 남편(死者) 사이에 가로놓인 험애한 길을 각각 은유적 형상화시킨 셈이 된다. 그러면 종국 B행의 의취는 '숲이 서려 있는 험한 저승길'로서 요량해 볼 수 있겠다.

두 번째로 주인공 여인이 망부의 묘소를 찾아가는 길의 형용으로서 또한 가당치 않다고 내몰 수만은 없는 바탕은 〈이상곡〉 H행 "내님 두숩고 년뫼를 거로리"(내님 놓아두고 어떤 뫼를 걷겠는가)와 같은 의미 맥락에 있다.

이 여인은 지금 남편을 시묘하는 중간에 있기 때문에 G행 "고대셔 싀여딜 내모미"와 같이 지금 당장은 그 무슨 이유 때문에—〈과부부〉의 전개에 따르면 철모르는 어린 아이 때문이다—죽지 못하지만 머잖아 죽어질 것이라는 말과 같이 죽음을 생각하고 있고, 그렇게 되는 날까지는 훼절하는 일 없이 오로지 일편단심, 돌아간 남편의 무덤자리만을 맴돌면서 살겠다고—이가 곧 H행의 개요이다—스스로에게 다짐하고 있는 것이다. 그렇게 시묘살이하는 그녀가 오늘밤에도 잠 못 이룬 채 뇌리 가득 그리는 그곳은 남편이 머무는 자리까지 상상으로 좇아 달리어간—늘 다녀 눈에 선한—그 길인 것이요, 그 길은 서려 있는 수림, 좁고 굽이굽이 돌아서 가야 하는 험한 길이었다.

이제 두 행에 연하는 천험(天險)·지난(地難)의 강조는 주인공 여인과 님과의 단절 이미지를 우선 연상시키는 것이지만, 이 같은 자연현상적 험과 난은 혹 그 안에 자기 신세적 험·난을 은유하려는 뜻조차 있었던 것은 아닐까? 이른바 고초만상(苦楚萬狀), 사람의 온갖 험난한 형상을 자연의 험난상에 비의코자 하는 작자적 저의가 펼친 형상화 표현이 아니었는지 일단 무릅써 볼만한 추론으로 세워 본다.

비오다가 잠깐 개는 듯하다가 다시 펑펑 눈 내리는 날은, 과시 변덕스럽고 궂은 날씨를 알리는 전형적 한 표현이 된다. 이를 사람살이에 비한다면 참으로 곡절 많고 얄궂은 운명일 테고, 역언하면 기구하고 곡절 많은 운명을 저 천기의 변화에다 끌어 부쳐 비유적으로 형상하고자 할 때 구사될 수 있는 문학성 표출인 것이다. 이 같은 관계 연상적 표현은 우리 생활 주변에서 그다지 어렵지 않게 찾아볼 수 있다. '하늘에는 예측할 길 없는 바람과 비가 있고, 사람에겐 조석으로 맞는 화와 복이 있다(天有不測之風雨, 人有朝夕之禍福)'는 말도 사람의 운명을 천기에다 비의한 좋은 본보기이다. '모진 풍상 다 겪었다'는 말도 인생의 고초를 천기 현상에 견줘 비유한 뜻이 담겨져 있다.

이는 반드시 동양적 사고에서만 그럴 뿐 아니라 서양식 개념에서조차 'rainy day' 같은 말이, 우선은 자연 현상으로서의 우천을 뜻함과 동시에 인간 현상으로서의 곤궁의 때를 지시하는 의미 역할까지 수행한다는 데 이해가 미치게 된다.

나아가 겉에 나타나 있는 문자적 의미(literal meaning) 이상 가는 문학적 의미의 기대폭 안에서는 또 다른 희망적인 해석의 가능성이 따를 수 있다. 곧 '비오다가 → 개야 → 아 눈 하 디신 날에'에 대한 해석은 두말할 나위 없이 이것이 하루 안의 일로서 감수(感受)됨이 우선적인 인식 반응이라 할 만하다. 그러나 또 다른 문학적 이미저리 중심 사고와 암시법의 체계 안에서는 이러한 발상도 가능하다. 즉 아래와 같이 이해되지 말란 법도 없으리라.

비오다가 개야 아 눈 하 디신 나래
~~~~~ ~~~ ~~~~~~~~~~~
여름 가을 겨울

'비오는 것'의 이미저리는 가장 먼저 여름 날씨와 통하고, '갠[晴] 날씨'는 가을의 맑고 높은 하늘로부터의 연상어 도출이 가능하며, 세번째의 '아 눈 많이 내린 날'이란 역시 전형적인 겨울날의 천공(天空) 되기에 부족함이 없다. 그러면 이는 곧 여름 보내고, 가을마저 왔다가는 가서, 이제는 눈 펑펑 쏟아지는 겨울의 한 가운데에 서 있는 주인공의 처지거나 신세를 암시적으로 나타낸 함축의 표현은 아니었던가 추측하여 보는 것이다.

뒷부분 가서 논의될 사항이나 당겨서 언급하면, 〈이상곡〉은 필경 청춘 과수의 고독과 비애를 노래한 것인데, 그렇다면 남편 돌아간 뒤의 과부가 이루 겪어야만 했던 괴로움의 시간에 대해서 깊이 유념해야 할 바가 있다. 그 고통은 시간의 약을 빌어 얼마 지나면 사그라져 망각될 수 있는 그런 성격의 것과는 조금 다르다. 곧잘 잊고 사는 것 같다가도 생각지 않은 삶의 어느 부분들에서, 혹은 계절의 어느 길목에서 문득문득 존재적 외로움과 고통이 고개 드는 그런 것이리라. 사람이 겪는 일상의 다른 고통들에 비해 그 시간성에서 훨씬 길다. 고통들 가운데도 그 후속적인 여운이 꽤 연면한 축에 들어가는 바, 바로 그 시간적 길이로 인해 그것은 그대로 한(恨)이란 말로 표현되기도 한다.

연암 박지원의 〈열녀함양박씨전烈女咸陽朴氏傳〉을 보면 과부의 그 같은 괴로움이 꽤 긴 시간성 위에서 지속되는 정한이 잘 묘파되어 있다.

이제 '과부'란 고독에 살며, 슬픔으로선 지극할 것이 아니냐. 그리고
~~~~~

> 혈기는 때를 따라 왕성한즉 어찌 과부라 해서 정욕이 없겠느냐. 가물가물한 등불이 외로운 그림자를 조상하는 듯이 고독한 밤은 새지도 않더구나. 또는 저 처마 끝에 빗방울 소리가 처렁처렁할 때나, 창에 비치는 달이 흰빛을 흘리거나, 오동잎 하나가 뜰에 나부끼거나, 외기러기 먼 하늘에서 낄낄 울거나, 먼 마을에 닭 우는 소리 없고, 어린 종년은 코를 깊이 고는데 가물가물 졸음도 없는 그 깊은 밤에 누구에게 나의 고충을 하소연하련고. 내 그제야 이 돈을 끄집어내어 굴리기 시작하여 두루 방안을 모색해보면 둥근 놈이 잘 달음질친다 하더라도 자릿굽을 만나면 그치곤 하는 거야. 내 이를 찾아서 다시금 구을려 하룻밤에 늘 대여섯 번이나 구을리고 나면 날도 역시 먼동이 트더구나. 그리하여 십년 사이에 해마다 그 번수가 감해졌고, 십년 이후면 혹 닷새 밤을 걸러 한 번씩 구을리기도 하고, 혹은 열흘 밤을 지나 한 번씩 구을리기도 했고, 혈기가 이미 쇠진해지매 나는 다시금 이 돈을 구을리지 못했던 거야. 그러나 나는 오히려 이 돈을 열 번이나 싸서 간직한지도 벌써 스무남은 해를 지난 것은 그 공을 잊지 않을뿐더러 가끔 역시 이것으로써 스스로 깨우치곤 하는 거야.[11]
>
> (이가원 역)

이렇듯 과부의 고통이며 정한에 대한 표현은 기나긴 시간성과 밀접한 관련을 맺고 제휴를 이루는 가운데 그 애처한 경상(景狀)을 극진하기가 십상인 것이다.

그러면 이제 '비오다가, 개었더니, 아 눈 많이 내리는 날'이란 역시

---

11 이가원, 『이조한문소설선』, 민중서관, 1975, 260~261쪽. 그 원문은 이러하다. "寡婦者 幽獨之處 而傷悲之至也 血氣有時而旺 則寧或寡婦而無情哉 殘燈吊影 獨夜難曉 若復簷雨淋鈴 窓月流素 一葉飄庭 隻雁叫天 遠雞無響 穉婢牢鼾 耿耿不寐 訴誰苦衷 吾出此錢而轉之 遍摸室中 圓者善走 遇域則止 吾索而復轉 夜常五六轉 天亦曙矣 十年之間 歲減其數 十年以後 則或五夜一轉 或十夜一轉 血氣既衰 而吾不復轉此錢矣 然吾猶十襲而藏之者 二十餘年 所以不忘其功 而時有所自警也."

바뀌는 계절 따라 끊어짐 없이 야기되는 고사(苦思)의 천연세월(遷延歲月)을 가장 함축미 있게 나타낸 말은 아닌지. 환언하면 하·추·동 세 절기 흐름을 최대한으로 축약시킨 시어(poetic diction)라고는 천만 볼 수 없는지 하는 뜻이다.

이것을 반악 〈과부부〉의 다음 부분과 대조하여 본다.

25.	榮華曄其始茂兮	초목이 처음 푸르던 날에	夏
26.	良人忽以捐背	내님은 홀연 등져 세상을 버리셨네	
…			
67.	自仲秋而在疚兮	중추 이래 앓던 가슴	秋~冬
68.	踰履霜以踐氷	서리 밟던 계절 지나 얼음을 딛네	
69.	雪霏霏而驟落兮	눈은 펄펄 휘몰아 지고	
70.	風瀏瀏而夙興	바람은 썰썰 새벽에 이네	

여름날, 홀연히 당한 상부(喪夫)의 격정이 "비오다가"(이는 느닷없는 삶의 빗줄기이다)와, 중추(仲秋)에 그 격정이 사뭇 가라앉은 듯한 형용이 "개야"와, 서리 얼음에 눈 펄펄 지는 날씨가 "눈 하 디신 날"과 이미지 대응 면에서 부합 안 되는 바는 아니다.

그 다음 행인 공간 개념으로서의 "서린 석석사리 조븐 곱도신 길" 또한 마찬가지다. 전언한 대로 문면 그대로를 좇아 풀어버리는 것 이외, 해석의 또 한 가지 방식은 문면의 내포를 짚는 일이다.

여기서 "서린 석석사리"의 진의가 어디 있든 간에, 이 행의 골자는 역시 '평탄한 길'에 맞서는 개념으로서의 '험난한 길'이란 의미의 강조 위에 놓여 있다. 그리고 이 행로난은 바로 앞 행의 경우와 마찬가지로 글 표면에 드러난 문자적 의미에서 잠깐 문학적 용례로 들어서면, 문득 '인생길 험한 역정'을 비유하는 어의로 요해(了解)될 수 있는 여지가 너끈한 것이다. 순탄한 삶의 여정을 '탄탄대로'에 비한다거나, 험난한 삶의 역정을 험한 산길의 뜻인 '기구(崎嶇)'에 비의하는 일, 일의 진행을 가로막는 장애나 난관 걸림새를 본디는 좁고 험난한 길의 뜻인 '애로(隘路)'에다 맡겨 표현하는 일, 선택하지 않으면 안 되는 삶의 어떤 국면을 본래 갈림길의 뜻인 '기로(岐路)'란 말에 부치는 일, 세상사는 어려움을 '세상길 험한 파도'라 할 때처럼 주어진 상황을 시각적으로 은유화하는 일 등등, 그 본보기는 이루 헤아릴 수 없이 많고도 많다.

그러면 이 B행의 "곱도신 길"도 순로(順路) 아닌 모진 역정, 삶의 행로난을 간접적으로 암유한 문예적 표현에 다를 것이 없는, 또 하나의 개연성이 자리 잡게 된다. 이 경우 A행이 삶의 고초를 시간에 비유하여 문학화 했음과 대응하여, B행은 삶의 고초를 공간에 비유하여 문학화한 결과로 되어진다.

다만 "서린 석석사리"의 뜻풀이는 기존설인 '서리어 있는 수풀'과 연결하여 의미의 불통을 초래하게 된다. 사실은 '서리어 있는 수풀'이라 함도 어학적으로 반드시 튼튼한 견해는 아니고, 어디까지고 연상 가능한 하나의 가설일 따름일진대, 이 마당에 "서린 석석사리"의 의미는 새로 가늠 잡아야 마땅하다.

따라서 지금처럼 "조븐 곱도신 길"을 '기구한 삶의 길'로 풀었을 때 거기 상응하여 "서린 석석사리"에 대한 일단의 가설로서 '(가슴 속에) 서려 있는 석석한 (공방)살이'를 한 가지 안으로 세울만하다. 이때, "서린(서리다)"의 의미는 '(일정한 생각이) 마음 속 깊이 자리 잡아 간직되다'[12]로 생각하는데 무리함이 없겠으나, 가장 큰 난관은 역시 "석석사

12 "서리다", 『새우리말큰사전』, 신기철·신용철 편저, 삼성출판사, 1985.

리"에 있다.

이 "석석사리" 경우에서의 사리는 벼슬살이, 더부살이, 막살이, 드난살이, 애옥살이, 시집살이 할 때처럼 오늘날 '(살림)살이'에 해당하는 말로서 조심스레 접근해 본다. 기실은 조선조까지만 해도 '살이'라는 말보다는 '사리'란 말을 썼던 듯싶다. 『이조어사전』 안에서만 본대도 '살이'가 들어간 낱말은 『역어유해보(譯語類解補)』 출전의 "겨으살이(冬青子)" 하나일 뿐이요, 그 나머지는 모두 '사리' 일색이다.

> 가야ᄆᆡ 사리 오라고 (月印千江之曲, 170)
> 山僧의 사리ᄂᆞᆫ 茶 세 그르시라 (眞言勸供, 12)
> 城 싸 사리ᄅᆞᆯ 始作ᄒᆞ니라 (月印釋譜, 44)
> 生計 사릿 이ᄅᆞᆯ (內訓, 初刊2·下7)

'석석'은 종내 미상이다. 다만 '석석하다'에 대한 사전적 어의는 "거침없이 가볍게 비비거나 쓸거나 하는 소리 또는 모양"[13]으로 되어 있으나, '사리'와 합하여 별반 순조롭지 못하다. 굳이 부합시키고자 한다면 혼자서 외롭게 살아가는 삭막한 삶, 거칠고 부석부석한 삶이라고나 할까. 혹 그 뜻이 아니고, 정녕 지금 와 찾아낼 길 없는 고어라 하더라도 그 대의는 필경 과부의 처절히 외로운 삶을 변죽 올린 표현인 것만큼은 틀림없다.

그러면 결국 A행이거나 B행이거나를 막론하고 한결같이 남편을 잃은 후 혼자서 기막히게 살아가는 자신의 신세 정황을 돌려 표현한 언어들이라는 결론에 이르게 된다. 또한 반악 〈과부부〉에 대응하여 볼

---

13 "석석하다", 위에 든 책.

것 같으면 제67~72행까지 해속시킬 수 있고, 크게는 제1행 이하 76행까지에 이르는 내용들이 모두 이 두 행을 잔뜩 부연시켜 놓은 듯한 숱한 사연들일 터이다. 역으로 말하면 76행에 달하는 낱낱한 사항들을 축약 표출해 낸 바가 〈이상곡〉 제1, 2행이라 할 것이다.

다음, 〈이상곡〉 최대의 난해구는 C행, "다롱디우셔 마득사리 마득너즈세 너우지"에 있었다. 주문 같기도 하고 중간 염(斂) 같기도 한 이 부분을 두고 일찍이 양주동은 "아마 범어진언(梵語眞言)의 해학적 의어(擬語)"[14] 정도로 보았다. 그 이래 대부분 논자들 또한 이 이상 어떤 특정한 유의미성 언어의 발견을 거의 기대하지 않았던 듯싶다. 이를테면 "눈을 밟는 의성어로 험하고 어려운 산길의 분위기를 심화하기 위하여 쓰인 여음으로"[15] 풀이하는 정도. 그러다가 더 나중에 이를 유의미어로 간주하여 가로되, "어우러져 모이어 온통 너저분한 모습에"[16]로 해석한 견해도 나왔다.

고려속요에 있어서 "국면이 전환될 때 의미 없는 여음구가 끼어들"[17] 수 있는 바가 아주 없진 않으나, 동시에 여요 전반을 두루 조감하여 볼 때는 반복성도 없는 중렴이 엄연한 독립성을 고수한 채 느닷없이 한 행을 점거해 있는 유례가 쉬운 것인지는 암만해도 석연치가 않다.

그리하여 본 고구에서는 이것을 유의미성 언어 쪽에 일단 입각해 보고자 한다. 그런 가운데 필자 또한 나름의 가설을 덧붙이는 번거로움을 무릅쓸 용의가 있다.

"다롱디우셔" 만큼, 예컨대 "다롱디리"가 "악성(樂聲)에 의(擬)한 무

14 양주동, 앞에 든 책, 351쪽.
15 이임수, 앞에 든 책, 113쪽.
16 장효현, 앞에 든 책, 159쪽.
17 박노준, 앞에 든 책, 153쪽.

의미한 사설"[18]일 수 있듯이, 역시 "악음에 의한 사설"[19]로 이해하는 양주동의 견해에 동감한다.

"마득사리"야 말로 만만치가 않다. 곧 전행 "석석사리"가 한갓 무의미한 사설이 아니라 필경은 딸리어 있는 유의미 개념으로 인식하자고 하다면 이것과는 비상한 상관적 유대를 가지지 않을 수 없다는 뜻이다.

앞에서 "석석사리"는 '석석'과 '사리'(살이)의 합성어로 간주, 이것을 거칠고 삭막하게 살아가는 형편으로 유추해 보았거니와, 같은 논법에서 '마득'과 '사리'(살이)의 합성어 기능으로서의 "마득사리"(마득살이)라면 대관절 어떤 모양으로 살아가는 형편, 즉 어떠한 살림살이를 말함인가.

'마뜩하다'는 말이 있다. "제법 마음에 들다. 제법 마음에 마땅하다"[20]의 뜻이다. 혹 '마득'과 '마뜩' 사이에 무슨 관련이라도 없는 것인지, 억측이 될망정 일단의 접근마저 경계할 필요는 없겠다. 그리하여 '마득'이 만약 시간의 변천에 따라 '마뜩'으로 경음화 되었다고 가정할 경우, 마득살이는 '(꽤 마음에) 마땅한 살이(삶)'로 될 것이다. 뒤의 "마득 너즈세 너우지"도 고어 자료의 한계 때문에 우선 당장 천명하기가 어려울 뿐, 반드시 무언가 유의미 언어로 판단된다.

"마득사리"를 그렇게 생각한 바탕 위에서 본다면, A·B행의 깊은 탄식의 뒤에 그래도 이같이 마땅치 않은 사람살이지만 애오라지 마땅한 살이로나 여기면서 살아야지 (어쩌겠나) 하는 심경의 유추가 있다. 아이러니컬한 반상(反想)에 따른, 자기 위안적인 상념이 깃든 또 하나의 넋두리가 아니겠는가 하는 것이다.

---

18 양주동, 앞에 든 책, 50쪽.

19 양주동, 앞에 든 책, 350쪽.

20 "마뜩하다", 『새우리말 큰사전』, 신기철·신용철 편저, 삼성출판사, 1985.

사실은 그 겨우 못 이겨서 살아가는 꼴이란 게 당연히 마뜩찮지 어찌 마뜩하겠는가마는, 그리해 본댔자 더 이상 아무런 소용도 될 리도 없는 바에야 차라리 돌려 생각이라도 조금 고쳐먹되, 그래도 이만한 정도면 마뜩한 살이가 아니겠나 하며 스스로 달래는 정상(情狀)으로 말이다.

그러나 이는 고어학적 자료가 뒷받침되어 주지 못하는 상태 하에서의 유추인지라 조심스럽기 그지없다.

다만 한 가지, 거듭하여 큰 확신으로 강조하고 싶은 일은 B행의 "석석사리"를 정녕 무의미 성운(聲韻)이나 의음(擬音)으로 보지 않는 이상에는 C행의 "마득사리" 또한 반드시 일정 의미를 띤 어휘라는 점이다. 환언하여 "마득사리"가 무의미 악성(樂聲) 의어(擬語)라면 B행 "석석사리"도 필시 의미 없는 성조에 불과하다는 뜻이다. 의미가 확인되기 어려운 언어가 곧 의미 없는 언어를 뜻하는 것은 분명 아닌 것이다. 이 둘 사이에는 결코 혼동될 수 없는 엄청난 차이가 있다.

D행, "잠ᄯᅡ간 내니믈 너겨" 어구는 일부 특이한 해석도 없지는 않지만[21] 대부분은 '나의 잠을 빼아간, 곧 잠 못 이루게 한 내 님을 생각하여'의 뜻 안에 있었다. 여기서의 'ᄯᅡ간(ᄯᅡ다)'은 틀림없이 "摘了"[22]라든가 "掐取"[23]의 개념 밖에서는 생각이 곤란하였다.

E행, "깃ᄃᆞᆫ 열명길헤 자라오리잇가"의 요체는 자러 오는 당사자가 누구인지에 있다. 특별히 주인공 여인이 남편 쪽에 기울이는 입장을

---

21 "슬그머니 잠겼다가 간 우리님을 생각하여" (지헌영, 『고려가요해석』)
"자고서 가신 내 임을 생각하오니" (김사엽, 『국문학사』)

22 ᄯᅡ다[摘了], 『동문유해同文類解』· 상 2.

23 ᄯᅡ다[掐取], 『한청문감漢清文鑑』.
여기의 도취掐取란 '꺼내 가지다'의 뜻이다.

동침과 같은 말로 완곡히 표현한 정도로 본 견해[24]도 없지 않았으나, 대체로는 자러 오는 주체를 님으로 당연시했다. 곧 내 님이 주인공 여인에게 자러 오는 개념으로 풀이하였다. 이 문제는 역시 "곧이 곧대로의 어학적인 접근보다는 융통성 있는 문학적인 접근에 의존함이 마땅하다."[25]

과연 간혹은 어학적인 설명의 구구함보다는 소위 융통성 있는 문학적 접근이 문제 해결의 관건이 되는 때가 많다. 그리고 이런 경우 거의 연구자 개별적인 직관에 의존할 수밖에는 없다. 그런데 그 직관이라는 것도 직관자 개성에 따라서는 언제나 같다고는 볼 수 없고, 그렇기 때문에 앞서 이임수와 같은 전혀 역상적(逆想的)인 추론 방식도 마저 나타날 수 있는 것이다.

그리하여 이제 D·E행의 의미적 진실은 어학적인 석명보다, 또 문학적인 직관보다 사뭇 효과적이고 보다 확실한 단서가 주어지기라도 한다면 더할 나위가 없겠는데, 역시 그 희망적인 실마리는 탈연히 비교문학적인 시야의 확대 안에서 가능성이 기약된다. 다름 아니라, 앞에 소개한 반악과 정의 처의 두 편 〈과부부〉를 일컫는 뜻으로, 바로 이 안에서 요득(料得)할 수 있는 방안이 약여(躍如)히 드러나게 된다.

우선 반악 〈과부부〉와의 결코 무시될 수 없는 의미상의 맥락을 연결 대조해 보이기로 한다. 먼저 "잠싸간 내니믈 너겨"를 연상 가능케 하는 〈과부부〉 중의 단락을 보자.

---

24 이임수는, "남편을 위하여 수절하여 그러한 열명길에, 즉 남편이 묻혀있는 산길, 현재의 어렵고 힘든 고통의 생활을 해야겠습니까? 누가 그런 생활을 하겠는가? 이는 너무나 참기 어려운 외로운 생활에 대한 여인의 탄식으로 원망의 사辭라 하겠다"(앞에 든 책, 114쪽)고 했다.

25 박노준, 앞에 든 책, 153쪽.

77. 願假夢以通靈兮　꿈으로나 님의 넋 한데 통해 보자 하나
78. 目炯炯以不寢　　또렷또렷 눈동자로 잠 못 이루네
79. 夜漫漫以悠悠兮　긴긴 밤 느럭느럭 함이여
80. 寒凄凄以凜凜　　썬들썬들 한기 쌀랑하여라
81. 氣憤薄而乘胸兮　번민이 가슴을 타고
82. 涕交橫而流枕　　눈물은 어우러져 베개 위를 흐른다

이것이야말로 일언이폐지하여 '잠 뺏아간 내 님을 여겨'가 아니고 달리 무엇이겠는가. 곧 한쪽이 다른 한쪽에 비해 더욱 부연된 묘사로 인한 행수의 차이만을 나타내 보였을 뿐, 그 요지에서 한껏 동일하다. 님 생각으로 잠 못 이룬다고 하는 그 취지의 이상도 이하도 아니란 의미이다.

77~82행을 요약 압축해 낸 결정이 〈이상곡〉의 D행이라 하겠고, 역언하면 D행을 부연·확충시킨 노과(勞果)가 반악 〈과부부〉 77~82행이라고 볼 만하였다.

이는 마치 저 초나라 삼려대부 굴원(B.C. 343~285)의 〈사미인(思美人)〉 어느 부분에 대한, 조선조 송강 정철(1536~1593)의 〈사미인곡(思美人曲)〉 어느 소절의 관계에 비할 만하였다. 대략 아래와 같은 설명이 이바지되는 바 있을 것이다.

> 이상(제1단~제4단 : 필자 주)의 비교에서 작품 전편에 흐르고 있는 우국충군이 충만한 시상이라든가, 다같이 소명召命의 생을 몹시 갈망하고 있다는 점, 간신에 아부하기를 싫어한다는 점, 유배지가 남방이라는 점, 특히 종구에서 최후 소원을 표시한 수법 등이 닮았다고 본다. 이 외에도 미인(님) 용어의 우의성이 군주라는 점, 소외 유배 이유가 반대파의 참소로 인한 점, 남방에서 제작되었다는 점 등 많은 유사성을 발견할 수 있다. 이로써 본다면 송강의 사미인곡은 굴원의 사미인을 모방한 것으로,

이른바 환골탈태의 작품이라 하겠고, 속미인곡은 별반의 영향 없이 된 창작이라 본다.[26]

그러나 〈사미인〉 : 〈사미인곡〉의 관계에서보다 〈과부부〉 : 〈이상곡〉의 그것이 상호 긴밀성의 정도에서 훨씬 응집력이 강한 것으로 글쓴이는 사료한다. 그 이유는 이미저리 전개의 세세한 족적(足跡)까지를 〈과부부〉의 것 그대로 〈이상곡〉은 좇아 따르고 있기 때문이었다.

이제 차행인 E "깃둔 열명길헤 자라오리잇가" 또한, 반씨 〈과부부〉의 뒷부분 어느 행들과의 지울 수 없는 연상작용을 불러일으킨다. 〈과부부〉의 이 여인은 그리움에 지쳐 잠들었다가 문득 님이 찾아든 꿈을 꾸었다.

115.	夢良人兮來遊	님 찾아와 노니시는 꿈
116.	若閶闔兮洞開	규처의 집문이 활짝 열리난 듯
117.	怛驚悟兮無聞	흠칫 놀라 깨달으매 아무런 소리 없고
118.	超惝怳兮慟懷	소스라쳐 가슴은 두근두근

꼬박 정말로 님이 찾은 것으로만 느끼며 희열에 차 있었는데, 다음 순간 놀라 깨보니 일장허몽이었다는 허탈 처측(悽惻)한 심경을 함축시켜 묘사했다. 정녕 꿈인 줄 몰랐던 환희의 경계가 깨지고 그것이 한갓 환상이었음을 깨닫는 다음 순간, 탄식처럼 발하는 허망한 일성, '아무려면 그 같은 험한 저승길 건너 자러 오실 리 있으랴….' 이의 다른 표현이 바로 "깃둔 열명길헤 자라오리잇가"인 것이다.

이제 정의 처 〈과부부〉의 이미저리는 〈이상곡〉 두 행과 대응하여

---

26 서원섭, 「사미인곡계 가사의 비교연구」, 『경북대학교논문집』 11집, 1967, 10쪽.

더욱 절실하였다.

23. 想逝者之有憑	가버린 이에게 기대이던 생각	잠싸간 내니믈 너겨
24. 因宵夜之髣髴	그윽한 밤은 그때와 한가지런만	

25. 痛存歿之異路	생사의 길 서로 다름이 가슴 아파	깃둔 열명길헤 자라오리잇가
26. 終窈漠而不至	마침내 저승사람 올 리는 없네	

이로써 〈과부부〉 23행과 24행을 합한 나머지의 개념적 요체가 〈이상곡〉 D행이요, 〈과부부〉 25행·26행을 합한 나머지의 개념적 요체가 〈이상곡〉 E행이라 함은 사실상의 췌언이 불필요한 사항이 되었다. 자허自許컨대, 비교문학적으로 〈이상곡〉의 원류가 과연 어디에 있었는가를 알리는 가장 확실하고 분명한 발견처가 바로 여기일 것이다.

24행은 시간으로서의 한밤중 묘사이다. 23행은 그 같은 밤에 돌아간 님을 생각하며 의지하는 심정이다. 자야만 하는 밤중에 잠은 오지 않고 가신 내님(逝者) 너기면서(想) 기대이는 정황, 곧 "잠싸간 내니믈 너겨"의 정상(情狀)이다.

25행의 서로 다른 생사의 길 및 26행 요명(窈冥)(적막한 길)이란 결국은 저승길을 가리킴이고, 그 길은 역시 십분노명왕이 감시하여 무시무시하다는 열명길에 다름이 없다. 몸에 염광이 치성하고 분노와 공포의 붉은 눈에 송곳니를 한 모습으로 손에는 크고 날카로운 칼을 붙들고 있는 분노의 왕이 지키는, 이승과 저승으로 갈라진 길(存歿之異路), 어둡고 으슥한(窈漠) 무시무시한 그 길을 가장 압축하여 열명길 외에 달리 무엇이라 할 건가. 그 같은 길이고 보매 마침내 자러 올 리 없고(終不至), 이러한 사실은 아무리 스스로 반문해 본대도 생각할수록 가슴 아픈[痛] 일인 바, 한마디로 "깃둔 열명길헤 자라오리잇가"의 경계(境界)인 것이다. 상고해 보건대 우리나라의 문예적 조예 있는 이가 뜻은 뜻대로 살리는 가운데 함축미 있는 자국어로 탈태시키고자 했다면 표현될 수 있는 그러한 언어들이었다.

그런데 〈이상곡〉의 위 두 행을 두고 논란거리 삼았던 한 가지가 있었다. D행의 내 님을 여기는 주체와 E행 잠자러 오는 주체가 누구인지 하는 문제가 그것이었다. D행의 주체는 주인공 1인칭이지만 E행의 그것은 3인칭 님이라는 기존의 상식설에 대하여, 그 주체가 한결 주인공 1인칭이라는 설[27]이 대두된 바 있었다. 그렇거니와 이 역시 〈이상곡〉과 나란히 내용상 똑같은 흐름 맥락을 고유하여 있던 〈과부부〉 23~26행 독해와 더불어 절로 판명되어진다.

〈과부부〉 23행에서 가버린 이를 생각(想逝者)하는 주체는 당연히 주인공 자아(과부녀)이지만, 26행의 어슴프레한 길 오지 않는(不至) 당사자는 문득 그녀의 죽은 님이 주체되어 있음에 유의할 일이다. 말하자면 26행의 주체는 23행의 주체를 승계함이 없다.

이 같은 앞뒤 불일관성이 얼핏 혼동을 초래할 것 같아도 결코 그렇지는 아니하다. 행위의 주체자를 일일이 나(과부)로, 님으로 별도 강조해 밝히지 않더라도 그때그때의 전후간 문맥으로 당연히 이해되면서 넘어갈 뿐이다. 사실은 이 같은 문제야말로 구구한 설명 이전의 사항이다. 독서의 과정상 문맥 흐름에 따라 자연스런 연상과 우선 떠오르는 인식으로 파악하는 것인 바, 지나친 해부가 도리어 오도의 폐를 가져올 수 있다.[28]

---

27 이임수, 앞에 든 책, 114~115쪽 참조.

28 다음 견해가 이에 보익됨이 있다. "문학작품을 문법 등에만 구속되어서 풀이하려

이 바탕에서 〈이상곡〉 D·E행은 더 이상 의아해 하며 문제 삼을 나위가 없는 것으로 된다.

관련하여, 혹 지금처럼 행위 주체의 혼선을 잠깐 야기할 수 있었던 이유가 있다면 그것은 〈이상곡〉이 내유하고 있는 언어의 지나친 압축과 절제 때문으로 본다. 주어·목적어를 과감히 생략하는 언어의 압축이며 절제는 한문 문장의 가장 큰 특징이다. 이는 다름 아니라 그 작품의 작가가 한문적 사고에 익숙한 사람이라는 사실을 또 한 차례 시사해 주는 번연한 증거가 된다. 그러면 그러한 그가 〈과부부〉 정도를 소재로 삼아서 자국어 노래로 탈화시킬 수 있는 능력이 있고 없고는 불문가지의 일이다.

F행, "죵죵 霹靂 生陷墮無間."

여기서 '죵죵'은 역시 한자어 '種種'으로, '가끔' 또는 '때때로'의 뜻에 제일 가깝다.

다만 여기서의 벽력은 천후 현상으로서의 벽력이 아니라, 심중의 벽력을 비유하는 뜻으로 보인다.

벽력의 이미지는 우천의 여름날과 관련 있다. 그런데 A행 말에 "눈하 디신 나래" 밤잠 못 이루어 전전불매하여 있으니 그 곧 겨울밤의 경상을 나타냄인데, 느닷없이 명백한 하절기의 표상어인 실제 천기상

할 때 많은 경우 실패하거나 아니면 손도 못대는 국면을 맞게 되는 점 상기할 필요가 있다. 이런 정신 하에서 이 부분을 현대어로 해독한다면 '잠 앗아간 내 님을 (내가) 그리워한들 그 같은 열명길에 (님이) 자러 오시겠습니까'로 된다.…생략법·압축법 등이 얼마든지 활용되는 시가의 풀이에서 이 정도쯤의 융통성은 허용되어야 한다는 점 다시 강조해둔다. 장효현의 해독도 필자의 이러한 발상에 근거를 둔 듯한데 평가할 만하다."(박노준, 앞에 든 책, 153쪽)

의 '벽력'a peal of thunder이란 말은 전혀 돌연한 노릇이다. 만일 그런 말이 돌출될 수 있다면, 그것은 속절없는 모순일 밖에 없다.

그러므로 이 '벽력'은 역시 시적 은유법상의 언어로 봄이 옳겠다는 취지인 것이다. 우리는 생활 속에서 실제 하늘 위로부터 벽력(벼락) 치는 일 없이도, "뜻밖에 일어난 사변이나 타격을 비유하여 청천벽력"[29]이라고 말한다. 또 생벼락이라고 하면, "①아무 죄도 없이 뜻밖에 당하는 벼락"을 뜻하기도 하지만, 그 이면에는 "②뜻밖에 만나는 애꿎은 재난"[30]을 비유적으로 나타낼 경우에조차 이 표현을 쓴다. 그 상용의 빈도 면에서 결코 ②가 ①에 뒤지지 않을 뿐더러, 어쩌면 보다 많이 사용되는 말일 듯싶다.

하물며 〈이상곡〉은 그 존재 이유를 문학에서 찾고 있는 엄연한 문학작품인 바에야, 반드시 ①이 고집되어야 할 하등의 필연적 근거도 주어져 있지 않은 것이다.

그렇게 보았을 때의 '種種 霹靂' 곧 때때로의 벼락이란 과거의 삶의 도정에서 이따금씩 일어나는 애꿎은 수난을 일컫는 표출로서 인식된다.

과부가 살아가는 중간 중간 겪어야만 했던 설움의 삶을 암유적으로 표출한 표현에 다름없는 말일지니 그 바로 뒤의 표현 "生陷墮無間", '생은 무간지옥(阿鼻地獄)에 떨어지고'가 이를 강력히 뒷받침하여 준다. 자신의 삶이 마치 아비지옥에 떨어져 있는 것과 같다고 했으니, 요언하면 '아비지옥으로 떨어진 것 같은 내 삶이'의 의미이다.

그러므로 F행 전체로서 가로되, '이따금 겪는 모진 (애꿎은) 시련에 아비지옥으로 떨어진 듯한 내 삶이여!'로 풀이된다.

---

29 "청천벽력", 『새우리말큰사전』, 신기철·신용철 편저, 삼성출판사, 1985.

30 "생벼락", 위에 든 책.

이 같은 모진 시련, 지옥 같은 삶의 표백, 이것만큼은 〈과부부〉의 어느 특정 행만을 짚어 말하기 어려울 듯하다. 〈과부부〉의 전편에 걸쳐 시종일관되는 처절한 경상의 어느 행인들 지옥 같은 삶, 처절한 고통의 독백 아닌 것이 있으랴. 〈과부부〉 전체의 가사를 한마디로 끊는다면 바로 지옥 같은 삶 그 자체가 되겠기 때문이다.

반악 〈과부부〉에 펼쳐지는 사연인 바, 남편의 급서(23행~36행), 사후감장(死後監葬) 및 창황한 장례(37행~66행), 독수공방 속 처절한 몸부림(67행~82행), 견디다 못한 자살 결의, 하지만 품안 자식으로 인한 불이행(83~92행), 님과 동침하는 환희의 꿈에 빠졌다가 문득 깨달아 허망한 현실로 돌아왔을 때의 그 참혹함(115행~118행), 이러한 상황들은 모두 가다금 일어나는 마음의 큰 벽력인 것이다. 흔들리는 가슴을 진정코자 님 계신 무덤가에 호젓이 찾았을 때의 그 울결한 슬픔과 비끼는 눈물(119행~126행)…, 이것은 곧 죽지 못해 살아 존재하는 이의 삶[生]의 지옥이 아닐 수 없었다.

정의 처 〈과부부〉 역시 마찬가지.

7행~16행의 남편의 급서, 21행~26행 독수공방 처절한 몸부림하며, 과부의 원정을 펼쳐 내는 최종 단계로서의,

41. 仰皇天而歎息　　하늘 우러러 탄식하니
42. 腸一日而九結　　가슴은 하루에도 아홉 차례 맺히네

에서 더는 갈 데 없는 마당에 이른다. 여기야말로 과부 원(冤)의 일종 정점(climax)이라 일컬을 만하다.

그리고 F행, "좋좋 霹靂 生陷墮無間"은 그 앞의 행(A행~E행)의 경험까지 포함하여 비록 일일이 다 말할 수는 없었으나, 자신이 겪은 바

의 온갖 애처로운 사연이며 실상을 최대한 집약시켜 표현한 가장 핵심적인 요체(要諦)라고 할 수 있는 것이다.

F행에 이르러서 과부의 원정(冤情)은 가장 큰 심화를 보이면서 더는 갈 수 없는 막바지에 이르렀다.

F행은 바로 그 다음 G행 "고대셔 싀어딜 내모미"와는 한 끈에 묶인 것과 같은 연계 위에 놓여 있다. 곧 본래 『악장가사』 기록이 보여 주는 바는 "죵죵 霹靂 生陷墮無間/고대셔 싀어딜 내모미/죵 霹靂아 生陷墮無間/고대셔 싀어딜 내모미"와 같이 두 번 반복을 통한 긴밀한 결속의 형상이다. 따라서 F행과 G행은 합쳐 의미의 맥락을 보장 받는 접속구문 안에서 이해해야만 하지, 각각 별개의 독립구문으로 이해해서는 곤란할 듯싶다.

"고대셔 싀어딜 내모미"는 '이내 사라져 버릴 내 몸이'의 뜻이다. 그러매 F·G를 한 데 묶어 말하면, '이따금 겪는 모진 시련이 흡사 아비지옥에 떨어진 것 같은 나의 삶, 하지만 이내 사라져 버리고 말 나의 육신'이 된다. 전자는 님이 없는 까닭의 '괴로운 삶'을 나타낸 말이고, 후자는 '그 괴로움이 길 수만은 없는 유한성'을 강조한 말이다.

결국 F, G는 가장 짧게 압축시키면, '(님 없어) 괴롭지만 곧 끝맺을 육신이'로 요약될 수 있는 뜻인 것이다. A~E까지의 점층법을 통한 절망의 독백이 F에 들어서면서 문득 심리 전환의 계기가 돌올(突兀)한다. 이제까지의 육신적이고도 정동적(情動的)인 몰두에서 일순간 이성적 체관으로의 돌아섬이 엿보인다. 이는 종교적 체관이라 해도 좋지만,[31]

31 다만 종교적이라 한다면 그때는 반드시 불교적인 것이 된다. 사실은 바로 앞의 E행이 보여주는 언어-生陷墮無間-의 이미지도 한가지였다. 그러므로 이 작품은 당연히 불교의 가치관에 대해 긍정적인 사고를 지니고 있는 이의 손길에 의한 것이다.

반드시 따지지 않더라도 무방하다. 불교 위주로 생각한다면 이승의 삶에 대한 허무주의적 체관이 깃든 말이고, 그저 세속적으로 생각하면 인생의 짧음과 무상이 어려 있는 말이다.

이러한 것은 정의 처 〈과부부〉에서 일대 심기전환의 종결부(43행~46행)로 들어서는 처음 두 행,

43. 惟人生於世上　　아아, 사람이 세상에 산다는 건
44. 若馳驥之過櫺　　치닫는 말이 저 격자창을 지나침 같아

의 발상과 심상(心像) 면의 공통성을 내포하여 있다. 또한 보다 직접적으로는 반악 〈과부부〉의 결말부인,

127. 蹈共姜兮明誓　　공강共姜을 따르리라 그 밝은 맹서를
128. 詠柏舟兮淸歌　　〈백주柏舟〉를 읊으리라 그 맑은 노래를
129. 終歸骨兮山足　　결국은 뫼기슭에 뼈 되어 석어딜 이 몸
130. 存憑託兮餘華　　살았을 제 아름다운 절개에 뜻을 맡기리

가운데 129행 '결국은 뫼기슭에 뼈 되어 석어딜 이 몸'이 "고대셔 석어딜 내모미"란 표현에 대한 발신자다운 역할 수행으로서 조금도 손색이 없는 구어(句語)였음을 감히 천명할 수 있다.

위에서 '공강(共姜)의 맹서'와 '백주(柏舟)의 노래' 운운은 〈과부부〉가 『시경』으로부터 우선 끼쳐 받은 직접 전거로서 남는 부분[32]이다.

32 공강共姜은 위나라의 태자였던 공백共伯의 아내로서, 태자 일찍 죽으매 그녀 부모는 재가를 시키고자 했으나 수절하여 다시 시집가지 않은 여인이었다. 그녀가 〈백주柏舟〉를 지었다 한다. 동일한 제목의 시가 『시경』 패풍邶風과 용풍鄘風의 맨 선두에 각각 나타나 있다. 패풍의 것은 다소 분명치 않은 국면이 있는 반면, 용풍의

H행, "내님 두숩고 년뫼를 거로리"는 주부(主部) G행에 이은 술부(述部)에 해당된다. 지금껏 '내님 두옵고 다른 뫼를 걸어가랴'의 풀이에 별 이의가 없다.

여기서 '뫼'의 의미는 그 하나에 '뫼' 즉 '산山'의 뜻이 있고, 다른 하나로 '무덤·산소' 곧 '묘(墓)·묘혈(墓穴)'의 뜻이 있다. 어떻게 하든 뜻이 안되는 바는 아니나, 무덤[穴] 쪽이 보다 적실한 것 같다. '년뫼'를 한자어로 하면 '異穴'이니, 해로동혈(偕老同穴)할 때의 '同穴동혈'과 상반된 뜻으로 쓰여진 것이리라 한다.

또한 무덤[穴]은 죽어서 가는 길이다. 그러므로 여기서의 무덤 또한 한갓 가시적 무덤(tomb)의 뜻으로서 보다는, 비유적인 개념으로서의 '죽음의 길'로서 이해되는 편이 온당할 것 같다. 그러기에 그 길을 걷는다고 했을 것이다.

내 님을 두고서 다른 무덤에 묻혀갈 수 없다는 이 말은 홀로 된 여인의 개연한 절조를 스스로의 앞에 굳게 다짐한 뜻이다.

그리고 반악 〈과부부〉의 대단원부가 그대로 이 뜻이다.

131. 要語君兮同穴　　내님과로 동혈하자 언약했거니

것은 필경 과부의 절개를 노래했다고 알려져 있다. 따라서 과부와 수절의 문제가 다루어진 최고편의 하나였던지라, 참고가 되겠기에 제1장 다섯 행을 이에 인용한다.

汎彼柏舟　둥둥 뜬 저 측백나무 배
在彼中河　저 물 가운데 있네
髧彼兩髦　늘어진 두 가닥 더펄머리
實維我儀　진정한 나의 짝이어니
之死矢靡他　죽어도 딴 데 아니 가리

여기의 "之死矢靡他"가 공강의 이른바 '自誓之詞'인 것이니, 〈과부부〉 127행에 "蹈共姜兮明誓"(공강을 따르리라 그 밝은 맹서를)의 그 맹서란 바로 이 부분을 지적한 뜻이다.

132. 之死矢兮靡佗 죽을진정 다른 뜻 없으리이다

마지막 I, J행, "이러쳐 뎌러쳐 기약이잇가, 아소 님하 ᄒᆞᆫᄃᆡ 녀졋 기약이이다"로 끝맺는다.

사실은 〈정과정〉의 분행 방식에 대한 연상과 함께 형식을 따져서 행을 나누기로 한다면 "이러쳐 뎌러쳐/이러쳐 뎌러쳐 기약이잇가/아소 님하/ᄒᆞᆫᄃᆡ 녀졋 기약이이다"와 같이 4행 구분이 온당하다 보겠으나, 내용 위주로 나누면 이렇게 두 행이다. 동시에 이 부분은 〈이상곡〉의 대단원이자 최 종결부가 된다.

I행과 J행에 대한 현대역 또한 논자들 사이에 크게 상이를 보이지는 않았다. J행은 〈정과정〉과도 그 사의(詞意)가 통하고, 그 뜻 또한 절로 명백하였다. 다만 I행의 경우 별도의 이견[33]이 없지는 않았으나, 여타는 거의 대동소이하였다. "이러쿵 저러쿵 이러쳐 더러쳐 무슨 기약이옵니까"(지헌영), "처음 만날 때 이리할거나 저리할거나 하고 망서려치려던 그러한 우리들의 기약이었던가"(김사엽), "이러하고저 저러하고저 이럴까 저럴까 망서리던 그러한 우리들의 기약입니까"(전규태), "이렇게 저렇게 이렇게 저렇게 하고저 하는 기약이야 더욱 있아오리까"(박병채), "이러하자는 저러하자는(어찌하자는) 기약이겠습니까"(장효현).

그런데 I, J행은 바로 〈정과정〉의

니미 나를 ᄒᆞ마 니ᄌᆞ시니잇가
아소 님하 도람 드르샤 괴오쇼셔

33 이임수가 그러하였던 바, 이렇게 풀었다. "이렇게 저렇게 생각해봐도 인연인가요/아 님이시여 함께 묻힐 운명인가 봅니다."(앞에 든 책, 117쪽)

와 같은 결구 맥락이다. '님이 나를 차마 잊으신 것이오니까. 마옵소서 님이시여, 내 간곡한 충정 다시 들으시고 사랑해 주옵소서.' "아소 님하"를 중심으로 한 앞과 뒤가 서로 상반된 문맥을 띠고 있음이다. 곧 님이 나를 잊음과 같은 부정적 불행한 상황과, 나를 다시 사랑해 주심 같은 긍정적 다행한 상황이 "아소 님하"의 전후에서 대척(對蹠)의 관계를 이루고 있다는 사실인 것이다.

〈이상곡〉의 '아소' 또한, 단순한 '아아!'의 뜻 아닌, 금지사로서의 '아서라',[34] '(그리)마오', '(그리)마십시오'의 의미로서 타당하다.

"ᄒᆞᆫᄃᆡ 녀졋"도 타 여요에서 이미 사용례가 나타나 있는 바이다.

> 넉시라도 님은 ᄒᆞᆫᄃᆡ 녀져라 아으 (鄭瓜亭)
> 百種 排ᄒᆞ야 두고 니믈 ᄒᆞᆫᄃᆡ 녀가져 願을 비ᅀᆞᆸ노이다 (動動)

그런데 위 예문을 통해 보았을 때, 〈정과정〉에서의 '녀다' 어의는 그 앞에 있는 '넉'(넋)이라는 개념에, 〈동동〉에서의 '녀다' 어의는 죽은 이에게 드리는 백종(百種), 즉 백중(白中)이라는 전체적 개념 안에서 긴밀히 결부된 채 쓰여지고 있다.

넋이란 죽음 뒤에 남을 수 있는 것이고, 백중(제) 역시 죽은 이에 대한 명복과 궤흏을 위함이니, 하나같이 죽음과 관련 있다. (살아서 육신은 함께 하지 못하였지만) 죽어 혼백이라도 같이 하겠다는 의미를 담고 있다.

지금 〈이상곡〉의 최후 대목 "ᄒᆞᆫᄃᆡ 녀졋 期約"도 살아생전의 기약이 아니라 과부된 여인이 죽은 뒤를 다짐하는 사후 기약의 표명인 것이다.

그러므로 이제 마지막 두 행을 한데 풀어 가로되,

---

34 양주동, 앞에 든 책, 222쪽.

> 이렇게 저렇게 때를 따라 달리 하자는 기약이오니까?
> 그리 마옵소서 님이시여, 언제든 함께 가자던 기약이나이다.

로 요해된다. 이는 언뜻 대하면 가버린 님에로 향해 문득 재발된 야속과 원망의 표현처럼 보일 수 없지 않다. 생전에 기껏 언제든 함께 하기로 다짐을 했건만, 어이해서 먼저 가시어 이 같은 처절한 신세로 남게 만들었는가의 뜻.

그러한 전제라면 이제야말로 〈과부부〉와 〈이상곡〉 사이 비교문학적 견지에서 정서상의 서로 다른 특징의 발견이 처음 가능해지는 때이다. 곧 정의 처의 〈과부부〉에서 보이는 슬픔의 운명론적 극복과 승화 내지 반악의 〈과부부〉에서 보이는 도덕적 승화를 지양하고, 〈이상곡〉에서는 오히려 극복 대신 다시금 감정의 분출과 방임으로써 맺음하는 양상이 된다.

그러나 돌이켜 생각하면 이는 자신의 수절에의 신념과 의지가 흔들리지 않으려 자기 앞에 거듭 확인하고 채찍질하는 독책의 결사(結詞)로서 궁극적인 이해가 가능한 것이다. '이럴때 이렇게 저럴때 저렇게 하자던 우리들의 기약이 아니었지 않습니까. 그러니 님이시여, 행여 날 흔들리게 내버려두지 마십시오, 끝끝내 함께 가자고 하던 기약이었으니까요.'

이것은 스스로한테 걸고 들어가는 맹서의 사(自誓之詞)가 아니랴. 동시에 이는 '죽어도 맹세컨대 내게 다른 사람은 있을 수 없어(之死矢兮靡佗) — 이 곧 반악 〈과부부〉의 마무리 결사이기도 하다 — 와 의맥에서 상통하고 심상에서 직결되는 것이다. 일찍이 『시경』의 〈백주〉와 반악 〈과부부〉가 맹서와 서약으로 매듭지었듯, 지금 〈이상곡〉의 결사가 또한 맹서와 서약으로 끝맺음되고 있다.

결국 〈이상곡〉은 그 내용의 흐름이 첫 탄식{A행, B행}, 육체적인 갈등{C행, D행, E행}의 상승, 다시 탄식 체념{F행, G행}의 전환적 고비를 겪다가, 정신적인 승화{H행, I행, J행}에 이르는 얼개를 갖추고 있었고, 이는 중국의 3세기 반악 및 정의 처가 지은 애절한 과부 노래인 〈과부부〉의 후반부 상당부에 이미 기약돼 있는 공식과도 같은 구조이었다.

4. 채홍철과 중국 문예의 여운

이제 〈이상곡〉의 연천(淵泉)이 저 중국의 2~3세기 부(賦) 문학에 있었노라 했을 때, 부 문학의 이해라든가 활용은 중국의 사인(詞人) 그룹에서 당연히 그랬을 뿐 아니라, 우리의 옛 문학적 풍토 안에서도 특별히 사대부·식자층 사이에서 전적으로 가능한 일이었을시 분명하다. 한문학적 조예를 제대로 갖춘 이의 능력 한도 안에서 감평(鑑評) 및 응용(應用)이 자유자재하던 영역이었다.

그러면 지금까지 〈이상곡〉의 작자 논의를 두고서 병와(甁窩) 이형상(李衡祥)의 『병와선생문집‘(甁窩先生文集)』(권8, 答學子問目)에서 지남(指南)한 바의 채홍철 설을 그대로 신빙하여 따르는 입장과, 불신하는 입장, 혹은 전래가요의 부분 수정설 등 의견이 각각 같지 않았거니와,[35] 이 글에서는 구태여 강변하지 않더라도 그 취지가 벌써 한 곳에 향해 있음이다.

35 장효현, 앞에 든 책, 157쪽 참조.

채홍철이 〈이상곡〉 작품을 지었으리란 가능성에 관한 검토는 이미 장효현[36]과 박노준[37]에 의해 꽤 설득력을 얻은 상태이나, 지금 이 글은 비교문학적인 측면에서 이 작품의 지식인 수적(手跡)을 크게 용인(容認)해 온 입장이었던지라, 무엇보다 여말의 사대부 문인이었던 채홍철이 이것을 지었을 수 있는 개연성에 대해 부인하고 들어갈 길은 처음부터 끊어져 있던 셈이다.

식자층 문사라고 해서 반드시 그 당사자가 채홍철이 되라는 법은 없다손 치더라도, 사방 다른 누구도 거론되지 아니한 바탕에서 유별 여요가 진행되고 있던 시대의 채홍철이 지목 잡혀 있었다면 최우선 그쪽으로 수긍을 돌리지 않을 수 없는 처지인 것이다.

다만 이 작품의 주제 논의에 들어서서 위의 두 논자가 추론하였던 바 신자(臣者)의 연주지사(戀主之詞)로 본 견해만큼은 유예하는 입장이다. 대신, 이는 문면에 나타난 그대로 순수히 과부지탄사(寡婦之嘆詞)임을 믿어 의심하지 않는다.

만일 이 노래가 과연 〈정과정〉 또는 조선시대 정송강의 〈사미인곡〉 개념의 충신연주지사(忠臣戀主之詞)를 나타낸 노래라고 하자. 그토록 당대에 지명도가 높았던 채홍철의 다른 작품, 예컨대 〈자하동(紫霞洞)〉·〈동백목(冬栢木)〉 등은 『고려사』 악지 속악조에 진즉 실려져 있음[38]으

---

36 장효현, 앞에 든 책, 158~173쪽 참조.

37 박노준, 앞에 든 책, 160~178쪽 참조.

38 〈동백목冬栢木〉에 관하여는 『고려사』 권71, 지志 25 악樂 2 속악조에, "忠肅王朝 蔡洪哲以罪流遠島 思德陵 作此歌 王聞之 卽日召還 或曰 古有此歌 洪哲就加正焉 以寓己意." 〈자하동紫霞洞〉에 관하여는 역시 같은 속악조에, "洪哲就紫霞洞 扁其堂曰中和 日邀耆老 極懽乃罷 作此歌 令家婢歌之 詞皆仙語 盖托紫霞之仙 聞耆老會中和堂 來歌此詞也"의 기록이 있다.

로 해서 세상에 널리 공표되어 오던 마당이다. 〈동백목〉은 그 배경설화로 미뤄볼 때 필시 덕릉, 곧 충선왕에 대한 연주지사임이 분명하다.

그러면 같은 연주지사일진대, 어찌 하나는 세상에 전파된 일면, 하필 다른 하나 즉 〈이상곡〉—박노준은 이것도 충선왕 넓게는 충숙왕까지에 대한 일편심을 나타낸 것이라 했다[39]—만이 유독 초망(草莽) 사이에 묻혀 자취 없었겠는가 하는 의문이 남는다. 더군다나 기로(耆老)의 연석상(宴席上)에서 불려졌다는 잔치 노래 〈자하동〉 같은 작품도 오히려 『고려사』 악지에 실리는 혜택을 받았다. 그런데 하물며 〈정과정〉·〈동백목〉과 더불어 임금에 대한 충성의 사(詞)일 것이라는 〈이상곡〉이 그 안에 나란히 끼는 혜택을 입지 못하였다면 이 곡절을 어찌 설명해야 옳을 건가.

그러나 무엇보다 가장 결정적인 것은 이 노래가 당초부터 고려속요의 자격으로서만 끝끝내 불려 왔을 뿐이요, 더하여 조선시대 성종 때를 당해 가악 정리 단계에서조차 관련 사대부들에 의해 음사·상열지사로서 지목받았던 데 있다. 그리고 이후로도 내내 어디까지나 음설지사로만 취급되어 왔던 역사적·문화사적 진실 안에서 이 작품이 마침내 충신연주지사하고는 거리가 멀었음이 강력 명증된다. 이런 종종의 이유로 해서 암만해도 〈이상곡〉은 그 같은 군신 관계 안에서 불리워진 노래일 것 같지는 않다는 것이다.

대신 그것이 한갓 과부의 애절한 심사를, 이를테면 채홍철이 잘 대변하여 표출시킨 노래였다는 전제에서는, 그렇듯 나중까지 세상에 익명으로 전파될 소지는 얼마든지 가능하다.

---

39 박노준, 앞에 든 책, 180쪽.

그 임작(臨作)의 때가 언제인지는 못내 확지할 길은 없어도, 대개 "충렬왕조에 … 나가 장흥부를 지킬 새 혜정(惠政)이 있었으나 얼마 후에 관을 버리고 한거하기를 무릇 14년에 스스로 중암거사(中庵居士)라 호(號)하고 불교의 선지(禪旨)와 금서(琴書)를 조합하여 일용으로 삼았다"[40]던 그 때일 수도 있고, 혹은 충숙왕에 의해 원도(遠島)에 내쳐졌을 때 "한공, 홍철, 광봉 등이 해도에 들어가지 않고, 모두 홍주(洪州)의 경계에 모여 민간을 요란케 함은 가히 다 기록할 수 없다"[41]던 1년 3개월 짧은 기간 동안이 아니라고도 단정 짓기 어렵다. 그가 민간에 있으면서 여염 백성들과의 접촉이 가장 긴밀하였던 상황 안에서 가능성의 비중을 높게 잡아 보는 뜻이다.

또, 이렇게 볼 수도 있다. 『고려사』 채홍철 열전의 말미에, "사람됨이 문장에 정교하고 기예에 모두 그 능력을 다 하였으며, 더욱 석교(釋敎)를 좋아하여 일찍이 집 북쪽에 전단원을 짓고 항상 선승(禪僧)을 기르고"[42] 하던 개인적 성향의 표출 안에서 〈이상곡〉 표현 중 '열명길'과 '함타무간(陷墮無間)' 등 불교어 개입의 개연성을 인지하게[43] 된다. 나아가 진정 이렇듯 불교에 꽤 매료되어 '열명길'도 '함타무간'도 구사하기 쉬운 이 시기에 민간 여염의 간접적 체험을 입어 이 노래를 구상했

---

40 『역주고려사譯註高麗史』 제9, 동아대학교고전연구실, 1982, 235쪽. 『고려사』 권108, 열전 21 채홍철 조의 원문은 이러하다. "忠烈朝…出守長興府 有惠政 已而棄官 閑居凡十四年 自號中菴居士 以浮屠禪旨琴書 劑和日用."

41 『역주고려사』 제10, 동아대학교고전연구실, 1982, 329쪽. 『고려사』 권125, 열전 38 간신 1 유한공 조의 원문은 이러하다. "漢功洪哲光逢等 不入海島 皆聚洪州界 擾民間 不可勝紀."

42 『역주고려사』 제9, 236~237쪽. 역시 『고려사』 열전 채홍철 조 원문은 이러하다. "爲人精巧於文章 技藝皆盡其能 尤好釋教 嘗於第北 構栴檀園 常養禪僧."

43 박노준, 앞에 든 책, 166쪽.

을 가능성마저 배제하지는 않겠다. 마치 저 조비의 〈과부부〉 및 반악의 〈과부부〉가 비록 직접 자신의 체험은 아니었을망정 자기 주변 친지로 있는 여인이 창졸간에 홀어미 신세로 되고, 가까이서 그 기막힌 경상을 차마 보기 안타까운 나머지, 홀어미의 서정과 구기를 빌어다가 그 낱낱한 정상을 문자 위에 조구해 나갔던 것처럼 말이다.

조비나 반악이 그들의 〈과부부〉 마지막 대단원 부분에다 승화된 일편심을 묘출했을 때야 어디 충군(忠君)·연주(戀主)를 연상했을 건가. 어디까지나 망부에 대한 일편빙심(一片氷心) 만을 간곡히 그려냈을 뿐이다.

이러한 작문적 행위는 지극히 사사로운 인정에서 발단된 것이다. 그들의 입장에서는 이 같은 제재가 당시의 보편성이나 객관성을 띤 비중 있는 주제[44]라고 인식하여 이런 것을 지었다고 보기 어렵다. 그보다는 문장 경영하는 문장가 본무(本務)의 다른 일각에서 잠시 다른 쪽 성향도 할애해 보고자 했던 창작 행위로 보여진다.

그러했던 때문이었나, 역시 이 〈과부부〉들이 같은 부(賦) 작품일지라도 보다 규모 있거나 보편성을 띤 사대부적 관심 소재를 다룬 다른 부 작품들에 비해 인지도가 사뭇 적다. 예컨대 경도(京都)를 다룬 좌사(左思)의 〈삼도부(三都賦)〉, 전렵(畋獵)을 다룬 사마장경(司馬長卿)의 〈자허

---

44 같은 서정적인 것을 다룬 작품일지라도, 그 창작 및 감상의 보편성에 있어서 차이가 없을 수 없다. 이를테면 『문선文選』이 주제별로 유합類合해 놓은 부賦의 제작諸作 중에서 같은 '애상'의 주제 속에 포함시킨 작품일지라도 사마장경 〈장문부長門賦〉 및 강문통의 〈별부別賦〉, 반안인의 〈회구부懷舊賦〉·〈과부부寡婦賦〉와는 사대부 진신搢紳들이 가지는 바 관심의 비중이 같다고 보기 어렵다. 또한 주제가 비록 '정情' 안에 포함되어 있다고 할망정 조자건의 〈낙신부洛神賦〉, 등도자의 〈호색부好色賦〉, 송옥의 〈신녀부神女賦〉는 그 인지의 폭이 상대적으로 큰 것들이다.

부(子虛賦)〉, 물색(物色)을 다룬 유신(庾信)의 〈춘부(春賦)〉, 정(情)을 다룬 송옥의 〈고당부(高唐賦)〉 등에 비해 문학사에서 거의 언거됨이 없고, 따라서 보다 덜 알려질 수밖에는 없었던 것이다.

그러면 지금 과부의 정한을 그려낸 〈이상곡〉이 비록 한 사람 작가의 손을 거쳐 나왔을망정, 이것만큼 어느 결엔가 원작자를 잃고 말았다고 했을 때는, 그 이유 역시 상기한 바와 동일선상에서 사유 가능할 것으로 믿는다.

한편으로 채홍철이 중국의 부(賦) 문학을 배워 〈이상곡〉 한 작품을 묘출해 내었다는 의미일진대, 대저 부라는 것이 채홍철의 고려 당년에 과연 문학의 한 형태로서 수행되었던 장르였던 것인지 의아하다. 혹 그렇다고 한다면 어느 정도의 비중을 차지했던 장르였는지 하는 면에 대한 궁금증도 따르게 된다. 그러나 이 문제는 그리 어려운 것 같지는 않다.

고려가 처음 과거제도를 마련하게 된 광종 9년(A.D. 958) 이래 부는 제술과(진사과)의 중요한 비중을 차지하는 한 과목이었다. 대개 제술업의 과목은 경의(經義)·시(詩)·부(賦)·송(頌)·책(策)·논(論) 등이 있으나, "제술업의 과목 중 시, 부, 송, 책, 논의 4과목은 다 보는 것이 아니라, 때에 따라 시·부, 혹은 시·부·송 또는 시·부·책을 보았다"[45]고 했으니, 부야말로 시와 더불어서 어느 경우에나 반드시 들어가는 필수적 과목이었음을 알 수 있다. 더 나중에 조선시대의 과거제를 보더라도 진사시(進士試)는 부 1편과 고시(古詩)·명(銘)·잠(箴) 중 1편을 짓게 했고, 문과 초시(初試)·제술시(製述試)와 무과 복시(覆試)에 이 과목이

45 "과거科擧", 『한국학대백과사전 ①』, 을유문화사, 1972.

설정되어 있었으니, 여한(麗韓) 양 시대에 걸쳐 부에 대한 치중의 정도를 가히 짐작할 만하다.

그러나 어떻다 해도 그 전성의 때는 조선에서보다 고려에서 더 했을 것으로 보인다. 조선조 서거정의 『동인시화(東人詩話)』 하권 벽두에서도 그러한 분위기를 읽을 수 있다.

> 高麗光顯以後 文士輩出 詞賦四六 穠纖富麗 非後人所及.
> 고려 광종과 현종 이후 문사들이 쏟아져 나왔으니, 그들이 지은 사·부·사륙문 등은 그 농섬穠纖·부려富麗함에서 뒷사람이 따를 바 못되었다.

또한 계속해서, 사부(詞賦)의 비중과 역할에 대해 언급하였다.

> 高麗光宗始設科 用詞賦 睿宗喜文雅 日會文士唱和 繼而仁明 亦尙儒雅 忠烈與詞臣唱酬 有龍樓集 由是俗尙詞賦 務爲抽對…高麗中葉以後 事兩宋遼金蒙古强國 屢以文詞見稱 得紓國患 夫豈詞賦而少之哉 厥後作者 各自成家 不可枚數矣.
> 고려의 광종이 처음으로 과거를 설치한 바, 사부詞賦를 활용하였다. 예종은 문장文章·풍아風雅를 좋아하여 매일같이 문사들을 모아 놓고 시문을 창화唱和하였으며, 뒤를 이어 인종·명종 역시 유아儒雅를 숭상하였다. 충렬왕이 글하는 신하들로 더불어 창수唱酬한 『용루집龍樓集』도 있었다. 이로부터 일반 사람들도 사부를 숭상하여 대구對句 맞춤에 힘썼다. … 고려 중엽 이후 북송·남송·송·요·금·몽골 등의 강국을 섬기었으되 누차 문사로써 칭송을 받았고, 말미암아 나라의 환란을 붙들어 맬 수 있었으니, 대저 사부를 어찌 작게 볼 수 있겠는가. 그 뒤의 작자들은 각기 자성일가自成一家하였으니, 이루 그 수를 헤일 수가 없다.

여기서의 사부가 과연 윗 인용문에서와 같이 사(詞)·부(賦) 장르를 이름인지 아니면 운자를 쓰는 한시의 총칭인지 명백하지는 않지만, 바로 앞 인용문의 "詞賦四六사부사륙"의 표현을 생각하면 반드시 시뿐 아니고, 고려조 과거 시험의 양대 장르였던 부 문학도 포괄하여 말한 뜻으로서 타당해 보인다.

사실 우리의 『동문선』을 펼쳤을 때 제일로 먼저 나타나는 것이 사와 부이다. 제1권의 첫머리에 이인로의 〈화귀거래사(和歸去來辭)〉를 필두로 한 10편의 사 문학이 선정되어 있다. 뒤미처 김부식의 〈중니봉부(仲尼鳳賦)〉, 〈아계부(啞鷄賦)〉를 위시해서 여말·선초에 이르기까지 총 35편의 부 작품이 3권에 걸쳐 소개되어 있다. 이를 통해 신라 때까지만 해도 영성(零星)한 느낌을 주던 부 장르[46]가 고려 때 크게 기운을 폈음을 너끈히 인지해 볼 수 있다.

그러면 과연 여대에 학부(學賦)의 귀감으로 삼았던 부의 총집(總輯) 격은 어떤 책이었을까.

물론 일찍부터 『문선』이란 것이 수입되어 삼국시대 이래 문장 수업의 가장 초석 역할을 담당하였음과 동시에 이 책 첫머리에 부 양식을 최우선적으로 배열하였다. 금상첨화격으로 〈이상곡〉과의 연계를 이루고 있는 반악의 〈과부부〉 한 조품(藻品)도 제16권의 '哀傷애상' 주제 일곱 작품 안에 들어 있기까지 하였다. 하지만 유감스럽게도 이 작품

---

46 "우리나라에서는 신라시대까지만 해도 부작(賦作)은 아직 문사간에 유행되지 않았다. 그러던 것이 여조 광종시 과거 시험에 부(賦)를 시과목(試科目)으로 과하게 되자, 시문학이 발연히 홍성해졌음과 같이, 부 문학 제작 활동도 제법 활발하게 일어났다."(문선규, 『한국한문학사』, 정음사, 1997, 146쪽)
"부에 있어서도, 나말에 빈공제자들이 당에서 명성을 얻고 있었으니, 당대에 유행하던 율부(律賦) 같은 것이 있음직하지만은 별로 없다. 물론 기록의 연멸로 생각할 수도 있지만, 최치원의 부 한편이 그의 문집에 전한다." (이종찬, 『한문학개론』, 이우출판사, 1985, 87쪽)

과 더불어 〈이상곡〉에 강한 연계를 시사해 주고 있는 정의 처의 〈과부부〉 존재는 이 안에서 막연키만 하였다.

채홍철이 〈이상곡〉을 구상하는 과정에서 필경은 정의 처의 그 작품과도 관계 맥락이 비상했던 것일진대, 지금 이 『문선』만 가지고는 이 관계가 잘 충족되지 않는다. 각별히 부에 관해 더 큰 폭의 수록을 담당했던 나머지, 반악의 것은 물론이고 정의 처의 것까지를 망라할 수 있던 책이라야만 하였다. 채홍철의 참작에마저 크게 역할하고 이바지할 수 있었던 참고 서적의 존재가 궁금한데, 그것이 무엇인지 이제와 따로 상고한다는 일은 그 일이 좀처럼 쉽지 않다.

사실은 "『태평어람(太平御覽)』, 『태평광기(太平廣記)』, 『책부원귀(冊府元龜)』와 함께 송사대서(宋四大書)를 이루며…양나라 소명태자의 『문선』을 계승할 목적으로 양말부터 당말까지의 시문 중 그 정화(精華)를 골라, 『문선』을 본떠 부(賦)·시(詩)·가행(歌行)·잡문(雜文) 등 37개의 문체로 분류하고 배열한…지금까지 전해지지 않은 시문집에서 뽑은 것이 많기 때문에 남조·당나라 문학 연구에 귀중한 자료가 되고 있"[47] 다는 책, 이 땅에는 고려 선종 7년(A.D. 1090)에 들어온[48] 『문원영화(文苑英華)』의 개권 첫 번째 장르인 부의 무리들 안에도 이 작품이 들어있지는 않았다.

하지만 꼭 이러한 등서(等書)가 아니라도 시 장르와 더불어 가장 왕성하여 과거 시험의 필수적 과목으로 중시되기까지 했던 부였던지라, 고려의 문인들이 항용 참조의 바탕으로 삼은 부 문예의 총람 역할을 한 문적(文籍)이 필시는 있었을 것이다. 그것은 반드시 이 〈과부부〉뿐

---

47 "문원영화(文苑英華)", 『동아세계대백과사전』, 동아출판사, 1983, 4.

48 『고려사』 권10, 세가 10 선종 7년 12월 조에, "宋賜文苑英華"라 한 기록으로 있다.

아니고 중국문학에서 자주 언급되곤 하던 많은 부작(賦作)들이 꼭 『문선』이라든가 『문원영화』 만을 기다려 그 안에 다 포함된 것은 아니라는 점에서 더욱 그러하다.

그런데 고려 시가문학이 중국 부 작품과의 상관성은 하필이면 〈과부부〉와 〈이상곡〉 안에서만 한정되는 정도의 별스럽고 생경한 현상은 아니었다고 생각한다. 고려 사조(詞藻)의 적지 않은 부분들에서 중국 부 문학으로부터의 영향 받은 편린들을 찾아볼 수 있다는 사실이 있다.

아래는 〈동동〉 노래 9월령 가사이다.

九月九日애 아으
藥이라 먹논 黃花
고지 안해 드니
새셔가 만ᄒᆞ얘라

이에서 "새셔가 만ᄒᆞ얘라"는 종래 '歲序가 晩ᄒᆞ얘라'와 '歲序 가만ᄒᆞ얘라' 사이에 논란이 있었으나, 이 역시 중국편 원류 추적에서 그 답을 구할 수 있다. 이것의 수사적 발원은 멀리 『시경』 소아(小雅)의 〈소명(小明)〉 편에 '세율운모(歲聿云莫)' 같은 데서 연상되는 근거가 처음 잡히고 있다. 하지만 그보다는 더 나중 시대에 바로 반악 〈과부부〉의 제111, 112행,

四節流兮忽代序
歲云暮兮日西頹

에서 한층 근사한 모양을 제시해 주고 있었으니, 마침내 그 관계적 연상을 그냥 끊어버릴 수 없이 되었다.

고려 예종이 지었다는 〈유구곡(維鳩曲)〉의 경우, 저 중국 문인 가의의 〈복조부(鵩鳥賦)〉, 장무선의 〈초료부(鷦鷯賦)〉, 예정평의 〈앵무부(鸚鵡賦)〉 등과 더불어 그 비교문학적 관계가 또한 검토될 수 있으리라 한다.

특히 고려 사인士人 정지상(鄭知常, ?~1135)의 이른바 〈송인(送人)〉 또는 〈대동강(大同江)〉 등으로 알려진 저 유명한 회자(膾炙)의 명시,

雨歇長堤草色多	비 개인 긴 둑에 풀빛 더욱 짙은데
送君南浦動悲歌	그대를 남쪽 포구로 보내는 노래 구슬퍼.
大同江水何時盡	대동강 물이 어느 때나 마를 것인가
別淚年年添綠波	이별 눈물 해마다 푸른 파도 덧치는 것을.

가 전혀 이 나라 시인 단독의 조자(調子)요, 고유의 시상인 줄 알았더니, 저편 중국 남조시대 강엄(江淹, 444~505)의 〈별부(別賦)〉 거의 끝마무리 부분,

春草碧色	봄풀은 푸르르고
春水淥波	춘강은 맑은 물결.
送君南浦	그대 남포로 보내는
傷如之何	애달픔을 어이리.

의 절연(截然)한 탈태인 것을 누구도 쉽게 물리쳐 부인할 수 없을 것이다.

이제 최종 마무리할 계제에 들어섰다.

한 편의 문학 작품은 그 자체 만으로서의 집중적인 내용 분석도 중요하지만, 내용 본질적인 실정을 바로 파악하기 위해서는 무엇보다 비교문학적인 확인이 선요(先要)되는 경우가 적지 않다. 특히 그 내용이

얼핏 영문 몰라 난해로워 보이는 것일수록 구극(究極)의 대안으로서 한·중비교문학적인 방면으로 눈 돌려보는 일이 절실하다고 본다. 설령 그 과정에서 실효를 얻기 어려울 때가 있을 수 있음에도 불구하고, 이는 끝까지 촉각을 늦추기 어려운 문제이다. 지금 이 〈이상곡〉 같은 경우에서 그 가장 두드러진 본보기를 찾을 길 있다.

이 글에서는 이 작품이 전혀 독자적 혹은 자생적인 바탕에서 발생되어진 것이 아님을 비로소 천명하였다. 그 내용의 주제가 과부 노래임은 물론이려니와, 내용 흐름의 체계가 저 중국의 위진시대에 몇몇 문인들이 과부의 비애를 다룬 부 형식의 몇 종 작품과 문득 닮아 있다는 깨달음을 실마리로 하여, 궁극적으로는 저 위진남북조의 반악 및 정의처가 지은 〈과부부〉에 그 연원이 있음을 최종 인지하였다.

—이 글은 『한국노래문학의 의혹과 진실』, 태학사, 2010, 243~303쪽에 실린 글을 보완한 것임.

〈쌍화점〉 제2연 '삼장ᄉᆞ'와 '그뎔샤쥬'의 정체

◉

신명숙

1. 머리말

본고는, 고려시가에서 불교적 숭고미를 찾을 수 없는 이유를, 심각하게 고민하는 데에서 출발한다. 고려 중기를 기점으로 전후기 문학사상의 차별성을 인정한다 해도, 후기시가에서 전기시가에 나타나는 불교적 성향이 별로 나타나지 않는 이유를 찾기 어렵다. 특히 원복속기를 전후한 고려후기는 고려속요가 활발하게 유통되던 시기이다. 원이 불교를 배척한 것도 아니고, 의종 이후 다소 세력을 잃은 종단의 활동도 다시 활발하게 전개되었다. 이런 이유로, 이 시기 고려속요에서 불교와의 상관성을 도외시할 수는 없다.

특히, 불교 용어나 소재를 쓴 〈이상곡〉이나 〈쌍화점〉의 경우는 불교적 배경을 고려해 이해할 필요가 있다. 그런데, 대표적인 남녀상열지사로 지목된 두 곡 가운데, 〈쌍화점〉은 유독 '삼장사'라는 구체적 지명이 원문에 나타난다. 게다가, 삼장사 주지는 등(燈) 공양 온 화자의 손을 잡는 패도(悖道)한 인물이다. 물론, 〈쌍화점〉 4연의 구조틀 안에서 삼장사의 역할은 남녀상열이 행해지는 현장일 뿐이다. 또한, 삼장사를 불교를 지칭하는 개념으로 이해하여, 쌍화점(1연), 드레우물(3연), 술풀집(4연)과 동궤에 놓고 볼 수도 있다. 그러나 〈쌍화점〉 2연이 고려는 물론이고 조선에까지 널리 유통된 점, 충렬왕이 원의 극문화를 애호하고, 황음에 빠져 잔치를 그치지 않은 왕이지만, 재위 기간 내내 사찰을 찾고, 각종 도량을 베푼 호불왕(好佛王)이었다는 점을 염두에 둔다면, 〈쌍화점〉 전체에서 2연은 별도로 논의될 자격이 있다.

그러려면, 남녀상열지사인 〈쌍화점〉에서 2연을 꺼낼 수 있을 것인가에 대한 고민이 필요한데, 이것은 이 시기 불교계의 동향과 충렬왕의 행적 등을 통해 밝혀낼 수 있다. 그 과정에서, '삼장ᄉᆞ'와 '그 뎔 샤쥬'의 실체를 찾아갈 수 있는데, 동 시대 기록을 찾아 꼼꼼히 읽어 내려가면, 배후 인물을 유추해낼 수 있다. 그 결과, 〈쌍화점〉 2연은 패도한 승려를 통해 고려 불교의 문제를 지적한 고발문학에서 출발해, 궁중무악으로 개찬된 속요작품임을 밝혀낼 수 있다.

2. '남녀상열'에서 〈쌍화점〉 2연 꺼내기

고려시가는 향가의 유풍이 남아있던 고려 전기시가와 속요와 경기체가, 소악부로 대표되는 고려 후기시가로 나눌 수 있다. 무신정권의 출현과 친원(親元) 왕조의 영향으로 고려문화가 뚜렷하게 이분화 되었기 때문이다. 그런 가운데서도, 불교한시는 끊임없이 생산되어 조선조 문헌에도 수록될 정도의 양적 성장을 이루고 있었다. 조선이 고려불교를 여러 가지 이유에서 배척했지만, 불교 교단이 위상 추락을 방관했을 리도 없고, 방관할 수밖에 없을 만큼 무력하지도 않았다.

문학의 주된 담당층이 신흥사대부로 넘어가고, 왕실에는 신성(新聲)만이 넘쳐나는 세태에서 불교의 입지는 흔들릴 수밖에 없었다. 교단은 백련사 계열의 자정운동(自淨運動)과 원의 세력을 업고 영화를 누린 무리로 양분되었다. 분열된 불교가 고려사회 전반에 여전히 영향력을 행사하는 상황이었다.

학계는 〈쌍화점〉을 고찰할 때, 몇 가지 문제에 집착한다.

i) 이 노래가 불려진(또는 창작된) 시기는 언제인가
ii) 오잠 등은 〈삼장〉(내지 〈쌍화점〉)의 작자인가
iii) 〈삼장〉은 과연 독립가요로 존재했는가
iv) 〈삼장〉과 〈쌍화점〉의 관계는 어떤 것인가[1]

i)의 문제는 〈쌍화점〉이 연행된 충렬왕 후기를 기점으로, 이전으로 볼 것인가 이후로 볼 것인가, ii)의 문제는 개인 서정가요인가 기층민의 민요인가, iii)과 iv)의 문제는 유독 〈삼장〉이 〈쌍화점〉에서 분리돼 향유된 이유는 개별성 때문인가 대표성 때문인가로 귀착된다.

그런데, i)에서 유념해야 할 것은 충렬왕 때 불린 노래는 〈쌍화점〉이 아니라, 〈삼장〉과 〈사룡〉이라는 사실이다. 고려 때 문헌자료는 『급암선생시집(及庵先生詩集)』(1370)뿐인데, 민사평(閔思平 ; 충렬왕 21년(1295)~공민왕 8년(1359))은 충선왕 5년(1313)에 봉선고판관(奉先庫判官)이 되었으니, 충렬왕 관련 행적은 들어서 알거나, 읽어서 알았을 뿐이다. 아마도, 이제현(李齊賢 ; 충렬왕 13년(1287)~공민왕 16년(1367))에게 소악부 저작 의도를 듣고 소악부를 읽으면서 전해 들었을 가능성이 크다. 이 때문에

1 윤성현, 「삼장 논의를 통해 본 쌍화점의 성격」, 『속요의 아름다움』, 태학사, 2007, 290쪽.

충렬왕 25년(1299)에 묶일 필요는 없다.

그렇다면, ii)처럼 오잠 등이 〈삼장〉의 작가인가. 소악부가 표기수단을 갖지 못한 구전의 속요를 칠언절구의 시 형식을 빌려 재현한 것[2]이라면, 기층민의 노래로 보아야 옳다. 하필 〈삼장〉을 채록한 것은, 이때까지 〈삼장〉이 〈쌍화점〉의 틀 안에 들어가지 않은 채였기 때문일 것이다. 이렇게 이해하면, iii)과 iv)도 개별 노래 〈삼장〉을 〈쌍화점〉 2연에서 분리해 읽어도 무관하다는 결론이 나온다.

〈쌍화점〉은, 등가의 가치를 가진 장이 병렬하는 구조이며, 속된 욕망이 표출되는 공간을 제시하고, 욕망을 부추기는 주체가, 시적 화자의 손목을 잡는 동일 행위를 반복하는 구조이다. 음란한 현장이 달라질 뿐, 욕망 표출의 방식은 한결같고, 시적 화자의 대응법도 한결같다. 거부하기는커녕 현장을 들켜 소문이 날까 걱정할 뿐이다. 그래서 소문을 낼 수 있는 대상을 현장 가까이에서 찾는다. '삿기광대', '동자', '싀구비', '두레박'이 두려움의 대상인데, 1, 2연의 대상이야 실체가 있어서 충분히 소문을 낼 수 있지만, 3, 4연의 대상은 실체도 없다. 감추어진 실체가 있지 않고서는, 소문을 낼까 두려워할 이유가 없는 것이다. 누구나 부연하고 부연해서 늘려나갈 수도 있고, 반대로 한 연 한 연을 분리해서 향유할 수도 있다.[3]

---

2 이우성, 「고려말기의 소악부 -고려속요와 사대부문학」, 『한국한문학연구』제1집, 한국한문학회, 1976, 9쪽.

3 윤성현, 앞의 논문, 2007, 306쪽. "윤성현은, 1) 충렬왕 때 이미 널리 유행한 민간노래, 이른바 '삼장'이 궁중에 유입되었다. 2) 오잠 등이 이 노래 〈삼장〉을 남장별대에게 새로운 악곡형식인 신성으로 교습하였다. 3) 이 〈삼장〉은 강력한 자장으로 같은 구조의 돌림노래인 쌍화점, 우물, 술집을 낳았다. 4) 이들 장의 순차가 고정되지 않은 상태에서 훗날 속악의 정리자 내지 편찬자에 의해, 편찬 당시 더 큰 세를 얻었던 〈쌍화점〉을 앞세우며 지금의 순서로 정착되었다고 가설을 세웠다."

그래서 시적 화자가 보이고 있는 임에 대한 열정은 범용적 적응력(汎用的 適應性)을 보여주어, 조하(朝賀)의 장에서는 군주에 대한 신하의 불변하는 충성으로, 제향(祭享)의 장에서는 신에 대한 인간의 애절한 간구로 정조(情調)가 전환될 수 있기에 표층적 의미는 남녀상열이지만, 정착 전승과정에 다른 의미가 있을 수 있다는 논의[4]도, 농염한 성을 그대로 드러냄으로써 풍요를 기원하는 제의에서 유용하게 쓰였을 가능성이 있다는 논의[5]도, 번영과 왕의 복을 축원하는 기원요로 추정하는 논의[6]도 유효성이 있다.

그러나 그것은 〈쌍화점〉 전반에 대한 논의이지, 〈쌍화점〉 2연 (이하 〈삼장〉)에 국한된 논의가 아니라는 점에서 한정적이다.

그럼, 〈삼장〉의 문면에 국한해 논의를 전개하면 어떤 이해관계가 성립될 수 있을까.

12세기 후반 불교계의 변화 중 주목되는 것은, 기존 문벌체제와 결탁된 불교계에 대한 자각 반성운동의 성격을 띤, 신앙결사가 전개된 것이다. 지눌(知訥)이 개창한 정혜결사(定慧結社), 요세(了世)의 백련결사(白蓮結社)는 사상적 차이를 가지지만, 불교개혁운동이라는 출발 동기는 같았다.[7] 백련결사가 기층민을 포용하는 사상운동을 펼친 것과 달리, 지눌의 정혜결사는 상층 지식인 중심의 사상운동을 펼쳤다. 그

---

4 김문태, 「고려속요의 조선조 수용양상 –성종·중종조의 고려속요 비판을 중심으로–」, 『한국시가연구』 제5집, 한국시가학회, 1999, 181~184쪽.

5 이도흠, 「高麗俗謠의 構造分析과 受容意味 解釋 – 「쌍화점」과 「동동」을 중심으로」, 『한국시가연구』 창간호, 한국시가학회, 1997, 366~378쪽.

6 강명혜, 『고려속요·사설시조의 새로운 이해』, 북스힐, 2002, 96~105쪽.

7 채상식, 「고려후기 불교사의 전개양상과 그 경향」, 『고려 중후기 불교사론』, 불교사학회, 민족사, 1986, 246~248쪽.

러나, 상이한 두 계층의 지원을 받은 양대 결사의 움직임은 역설적이게도 당시 불교의 부패가 극심했음을 입증하는 자료이기도 하다.

이러한 불교 사회의 타락은 원의 오랜 전쟁 이후에 고려가 급속하게 멸망해 가는 또 하나의 요인으로서 노래 형성의 주요 기반이 되었을 것으로 추측된다. 그러한 현실을 문학적으로 반영하고 있는 것이 〈삼장〉이다. 대장경의 심오한 뜻을 갈고 닦아야 할 불교 교단에서 실상은 그렇지 못한 현상들이 횡행하고 있었다는 점 때문에 이와 같은 노래가 풍자적으로 생성될 수 있었을 것이다. 그러한 〈삼장〉에 '그 자리에 나도 자러 가겠다'는 비속한 풍자의 문맥이 덧붙여진 〈쌍화점〉의 경우야말로 혼탁했던 당대 불교 사회의 모습을 충실하게 반영했던 사례라 하겠다.[8]

한편으로, 고려선시의 영향력은 억불이 팽배했던 조선시대에도 발휘될 만큼 세련되지만,[9] 그 세계 밖에서 그 세계를 바라본 기층민은 당장 그들에게 가해지는 폭력에 풍자로 저항할 수밖에 없는 것이다.[10] 그래서 우리말로 되어서, 남녀상열지사라서 배척된 〈쌍화점〉이 버려지지 않았던 것이다.[11]

---

8 나정순, 「고려가요에 나타난 성과 사회적 성격 -〈쌍화점〉과 〈만전춘별사〉를 중심으로」, 『한국고전여성문학연구』 6, 한국프랑스학회, 2002, 414~415쪽.

9 김상일, 「역대 시선집 소재 승려시 연구」, 『불교문학과 불교언어』, 이회, 2002, 135~160쪽. "충지(冲止, 圓鑑國師), 천책(天頙, 眞靜國師), 혜문(惠文), 굉연(宏演) 등 다수 선승(禪僧)의 한시가 여러 시선집(詩選集)에 수록되어 있다."

10 서철원, 「고려불교시(高麗佛教詩)에서의 소통, 수용 문제와 종교시사(宗教詩史)의 단서」, 『한국시가연구』 제31집, 한국시가학회, 2011, 82쪽. "1) 객관적 교리의 전달 : 개념 또는 배경지식에 대한 설명이나 해설. 2) 내면적 깨달음의 표현 : 1)을 수용 또는 부정하기 위한 모색을 거친 주체의 '깨달음'을 표출. 3)교감을 통한 깨달음의 공유 : 2)의 성과를 다른 존재와 교감하기 위한 의도의 산물."

11 『성종실록』 21. 5. 21. "刪改雙花曲履霜曲北殿歌中淫褻之辭 至是元濬等撰進"

논의를 정리하면, 〈쌍화점〉은 남녀상열의 노래이다. 그러나, 〈삼장〉은 남녀상열의 틀 안에서 분리해 읽어내야 다른 논의가 가능하다. 기층민의 세태 풍자적 노래가 궁중으로 유입되는 과정에서, 본래 〈삼장〉이 가진 불교 세태 고발의식이 묻혀버린 것이다. 때문에, 〈쌍화점〉에서 〈삼장〉을 꺼내서 도대체 '삼장ᄉᆞ'와 '그 뎔 샤쥬'는 누구인데 불교 개혁운동이 활발하게 전개되던 시기에 비판의 대상이 되었는지 살펴볼 필요가 있다.

3. '삼장ᄉᆞ'와 '그뎔샤쥬'의 정체

『고려사절요』에 따르면 〈쌍화점〉의 가창 시기는 충렬왕 25년(1299) 5월, 궁중 이입 시기는 그 이전 22년(1296) 7월 이후이다.[12] 그러나, 엄밀하게 얘기하면, 〈쌍화점〉의 가창 시기가 아니라, 〈삼장〉과 〈사룡〉 가창 시기가 맞다. 이로써 〈삼장〉 논의에서 불교 전성시기에 형성된 고려 국어가요의 성격을 불교사상과 연계시켜 논의함으로써, 고려 국어가요에 불교적 성격이 어떻게 투영되었는지, 노랫말에 쓰여진 불교 용어에 대한 검증도 필요하다는 지적[13]의 타당성은 검증이 된다.

행신(倖臣) 오잠(吳潛), 김원상(金元祥), 석천보(石天輔), 석천경(石天卿) 등이 채록한 노래가 〈쌍화점〉 그대로 일 리는 만무하다. 가악에 맞춰 변개의 과정을 거치면서, 청자의 기호뿐만 아니라, 고려 왕실의 자존감도 고려했을 것이다. 하물며, 우물용이 왕이고, 당시 사회현실

12 박노준, 「〈雙花店〉의 재조명」, 『高麗歌謠의 硏究』, 새문사, 1990, 168~174쪽.

13 최철, 「고려시가의 불교적 고찰 -처용가, 동동, 이상곡, 정석가, 쌍화점을 중심으로-」, 『동방학지』 96, 연세대학교 국학연구원, 1997, 122쪽.

을 구제할 독보적 종교로 여겨졌던 불교계가 음탕한 무리에 편입되어 있다면, 민중의 소리를 은폐해야 할 그들의 처지로 봤을 때, 오히려 제거해야 마땅한 가사가 아닌가. 그래서 〈쌍화점〉 연구에서 반드시 집고 넘어가야 할 점은, 왕이 한낱 사석에서 즐기며 불렀던 노래를 다음 왕조에서 문제 삼아 상소를 올리는 일이 상식적으로 생각할 때 가능한가에 대한 것이다. 후에 〈쌍화곡〉이란, 왕을 송축하는 노래로 새롭게 개작되었다는 것도 이 노래가 단순히 사적으로 즐기기 위해 불린 노래가 아님을 반증한다는 견해[14]에 전적으로 동의한다. 반드시 고려시대에 채택되거나 지어진 노래라고 단정할 수도 없다.[15]

三藏寺애 브를혀라 가고신ᄃᆡᆫ	三藏精廬去點燈
그뎔 社主ㅣ 내손모글 주여이다	執吾纖手作頭僧
이말ᄉᆞ미 이뎔밧긔 나명들명	此言若出三門外
다로러거디러	–
죠고맛간 삿기上座ㅣ 네마리라 호리라	上座閑談是必應
더러둥셩 다리러디러 다리러디러 다로러거디러 다로러	–
긔자리예 나도 자라 가리라	–
위 위 다로러거디러 다로러	–
긔잔ᄃᆡ ᄀᆞ티 덦거츠니 업다	–

『악장가사』 소재 〈쌍화점〉 2연과 민사평의 『급암선생시집』 소재 소

14 강명혜, 앞의 책, 2002, 105쪽.

15 물론, 『고려사』의 기록을 신뢰하지 않는 자세도 올바른 것은 아니다. 하지만, 조선에 와서 기록된 고려의 역사를 어디까지 믿을 수 있는가에 대한 물음은 가져야한다고 본다.

악부 〈삼장〉이다. 여음을 제외한 유의미구(有意味句)의 행이 6행에서 4행이 되었을 뿐이다. 전반 4행만 한역한 경우는, 이제현의 〈정과정〉에도 나타난다. 축약이 아니라 삭제돼버린 2행은, 제3자의 개입으로 일련의 상황을 정리하는 내용이고, 동시에 〈쌍화점〉의 음란한 상황을 정화하는, 오히려 동참을 부추기는 내용이다. 〈쌍화점〉이 수용 가능성을 확장한다면 〈삼장〉은 독자 지향성을 축소한 것이다. 이런 경우, 〈삼장〉은 작가가 전달하고자 하는 바, 주제의식을 부각한 것으로 이해할 수 있다. 다시 말해, 모두 4연 구조로 동일 상황을 재현하는 〈쌍화점〉에서 유독 2연은 작가의 (적어도 소악부의 작가) 의지를 읽어내야 한다.

이런 상황은 『고려사』 소재 〈삼장〉도 마찬가지다. "三藏寺裏點燈去 有社主兮執吾手 倘此言兮出寺外 謂上座兮是汝語"를 보면, 몇 글자의 대체만 있을 뿐, 급암 소악부와 차이가 없다. '삼장사'에 초점을 맞춰 이해한다면, 모름지기 사찰에서 일어날 수 없는, 일어나서는 안 되는 상황을 환기하고, 이를 상좌의 헛소리로 정리하는 것이다. 중요한 것은 상좌의 '閑談'은 흥미를 유발해서 웃음을 유발하는 정도지만, 상좌 '汝語[네 말]'은 단언이라는 점이다.

한편, 서포는 "三藏寺裡燒香去 有社主兮執余手 倘此言兮出寺外 謂上座兮是汝語"에 "바깥사람의 말일랑 걱정하지 말라. 차 나르는 사미승은 한 집안 사람이니(不愁外人說長短 傳茶沙彌是一家)"라고 덧붙이고 있다.[16] 적어도, 서포의 눈에는 〈삼장〉이 불교의 폐단을 고발한 노래이고, 폐단의 극치는 제 집안 감싸기로 곪아버린 불교사회에 있다는 의미로 이해되었다는 사실이다.

---

16 『西浦集』 권2, 樂府.

그래서, 〈쌍화점〉이 경계적(警戒的)인 의미의 풍자성도 함께 갖추고 있는 노래로 연행[17]된 것이고, 〈삼장〉은 특히 불교의 폐단을 '성적 문란'으로 환치한 노래가 된다. 각 연의 노래는 각각의 화자가 겪은, 겪어서는 안 될 상황과 대처법을 노래했다. 만약 동일 화자가 이 상황을 겪었다면, 절망과 희망의 쌍곡선을 무려 네 차례나 겪은 것이다.

임과의 사랑을 사수하려는 욕망이 있어야 이별의 한도 갈등도 생긴다. 〈쌍화점〉 화자가 오로지 손목 잡히는 상황이 외부에 발설되는 상황을 걱정하는 것은 이별에 대한 갈등으로 볼 수는 없다. 때문에, 〈쌍화점〉을 고려속요 전반의 이별노래로 볼 수도 없다. 만약, 그런 맥락으로 본다면, 화자 1인의 경험적 사실로 진술된 것이 아니다. 그렇다면, 작가의 의도는 무엇인가.

(장소)에, (목적)하러, 가고신딘	1차 조건	화자의 행위 목적
(인물1)가, 내손모글 주여이다①	2차 조건	임의 행위 목적
이말ᄊᆞᆷ미 (장소)밧긔 나명들명②	3차 조건	숨겨진 진실 유출
(인물2), 네 마리라 호리라③	4차 조건	(약자에게) 책임 전가
긔 자리예 나도 자라 가리라④	5차 조건	청자 뜻밖의 해석
긔 잔ᄃᆡ ᄀᆞ티 덦거츠니업다⑤	6차 조건	화자의 오류 정정

장소[현장]를 중심으로 안팎에서 사건①과 사건의 유포②가 발생한다. 인물1이 일으킨 사건을 인물2에게 전가③하지만, 둘 사이의 관계는 주종의 관계로, 일방적으로 인물2에게 불리하다. 정작, 이 사건을 청자에게 진술한 사람은 화자 자신이다. 그래서, 청자는 그럴 수 있다면, [책임을 전가할 대상만 있다면] 나도 시도해보겠다고 한다.④ 화자는

---

17 이도흠, 앞의 논문, 1997, 369~370쪽.

못 할 노릇이라고 딱 잘라 말한다.⑤

'죠고맛감 삿기상좌'를 '트릭스터(장난꾸러기)'이며, 화자에 반하는 역할을 하는 인물로서 사건을 진행·고조시키는 기능[18]을 한다고 볼 수 있지만, 오히려 사건의 진실을 우회적 방법으로 고발하는 정의로운 인물로서 허위를 진실로 정정하여 전달하는, 부조리한 시대의 야경꾼 노릇을 한다고 볼 수 있다. '삿기상좌' 덕분에 진실이 들춰졌지만, 고발자에게 책임이 전가되고, 오히려 연이어 불린 〈사룡〉을 보면, 그것은 모두 거짓이고, 진실은 따로 있다는 화자의 발명에 사기꾼으로 몰린다. 이유야 어찌되었든 화자는 그 절 사주와 부적절한 관계를 맺었다. '삿기상좌'의 고발이 없었다면, 필경은 묻혀버렸을 진실을 고발한 그에게, 화자나 임에게는 반동적 인물일지라도, 작가의 따뜻한 시선을 느낄 수 있다. 작가의 반어적 표현방식은 아닐까 싶다.

그래서, 〈삼장〉이 고발하려고 했던 것은 무엇인지를 찾아내는 작업이 필요하다. 『익재난고』에는 〈도근천(都近川)〉이 수록되어 있다.[19]

도시 부근 하천에 제방이 터져	都近川頹制水坊
수정사 마당까지 물이 넘치네	水精寺裏亦滄浪
상방엔 오늘밤 선녀를 숨겨두고	上房此夜藏仙子
절 주인이 도리어 뱃사공이 되었네	社主還爲黃帽郎

이제현이나 민사평은 당대의 승려들과 교류가 빈번했던 인물이다. 그런데 둘 다 불교의 폐단을 지적한 소악부를 남겼다. 유가(儒家)의 불교에 대한 대응과 반감은 고려 왕조 내내 있었던 일이다. 이런 맥락에

18 강명혜, 앞의 책, 2002, 102쪽.

19 『益齋亂稿』 卷 4, 詩.

서 본다면, 작자는 아닐지라도, 적어도 채록과정에 이들의 불교에 대한 의식이 투영되었음을 짐작할 수 있다. 그렇게 우호적이지는 않았으리라 예측이 가능하다.

3.1. '삼장ᄉᆞ'

삼장사는 고려시대 개경에 있었던 사찰로, 왕이 덕 있는 승려로 하여금 주지를 삼은 곳이다. 그런데, 오잠 등이 삼장사에서 이런 저런 사건이 있었노라 꼭 집어 고하는 〈쌍화점〉을 연악(宴樂)으로 사용할 수 있었을까. 불가능한 상황이다.

그렇다면, 두 가지 문제를 생각해 볼 수 있다. 삼장사가 전혀 다른 의미를 가진 상징어일 수 있다. 실재 존재한 삼장사로 볼 것이 아니라, 불교 전반으로 보자는 것이다. 그래도, 굳이 동명(同名)의 사찰이 있음에도 지칭어·대표어를 삼장사로 정할 필요는 없다. 그렇다면, 충렬왕 때 노래를 불렀다는 기사 자체에 대한 신빙성을 의심해야 할 것이다. 빠른 문헌이 급암의 〈삼장〉이고, 『고려사』, 『악장가사』 등의 기록이 있다. 애당초 노래가 불린 상황을 『고려사』의 기록을 신뢰하여 충렬왕 25년으로 볼 수는 있지만, 노랫말이 『악장가사』 기록과 동일할 것이라고 단정할 수 없다. 그렇다면, 왜 『고려사』는 삼장사라고 꼭 짚어 말하게 되었을까. 혹 소악부 〈삼장〉에서 끌어온 것은 아닐까. 그럼 민사평의 〈삼장〉에서 '삼장'은 어디이고, 누구인가.

삼장사의 현장성은 4연 구조의 〈쌍화점〉에서 뚜렷하게 나타난다. 〈쌍화점〉에서 분리된 2연 〈삼장〉이 먼저 존재했다면, 이것은 신흥사대부 의식 안에서 불교계의 폐단을 지칭하는 구체적 인물이나, 지명이

될 수 있다. 이렇게, 2연의 내용이나 인물 설정이 비교적 현실적인 상황에 가깝다고 간주하면, 1연의 가상과 연결하여, 3연 가상, 4연 현실, 가상과 현실을 교차하면서 인물과 사건을 설정하고 있다는 논의[20]도 일정 부분 인정할 수 있다.

충렬왕이 왕위에 오른 1274년 9월 이후 거론된 사찰은 20곳이 있다.[21] 복을 비는 제의는 빈번했다. 그런데, 거론된 사찰 가운데 '삼장사'는 없다. 삼장사가 불교사찰 일반을 대표하는 현존했던 사찰이 아니라, 가공의 명칭임을 추측할 수 있는 부분이다.

그런데, '삼장사'는 고려에 존재했던 사찰이며, 충렬왕이 만항(萬恒)이라는 승려를 삼장사에 있도록 명한 기록도 있다.[22] 그래서 어느 정도 이름이 알려져 있던 사찰이었던 것으로 보이지만, 국가적인 불교행사가 열린 기록이 없는 것[23]으로 보아, 중요한 의미를 지니던 사찰은 아니었던 것으로 추측된다. 다만, 왕이 명망이 높은 승려를 주지로 삼은 곳이라면, 불덕(佛德)이 깊다고 인정받은 사찰이었을 것이다. 그럼에도 불구하고, 오잠 등이 충렬왕 앞에서 삼장사 주지가 여인의 손목을 잡았다는 노래를 부를 용기가 있었으리라 보기는 어렵다. 국가적으로 주요사찰은 아니지만 당대인들이 인지하고 있던 사찰을 소재로 부도

---

20 나정순, 앞의 논문, 2002, 398~399쪽.

21 "現聖寺·普濟寺·興王寺·王輪寺·天孝寺·旻天寺·東深寺·德泉寺·玄化寺·靈通寺·吉祥寺·廣明寺·孝信寺·妙蓮寺·龜山寺·神孝寺·福靈寺·肅陵寺·八巓寺·慈雲寺"

22 『東文選』 卷 118, 「海東曹溪山脩禪社第十世別傳宗主重續 祖燈妙明尊者贈謚慧鑑國師碑銘 幷序」.

23 김창현, 「원간섭기 고려 개경의 사원과 불교행사」, 『인문학연구』 32, 충남대학교 인문과학연구소, 2005, 89~126쪽.(황보관, 「〈雙花店〉의 시상구조와 소재의 의미」, 『한국고전연구』 19집, 한국고전연구학회, 2009, 317쪽 재인용)

덕한 상황을 연출한 것은, 성적인 호기심을 유발하기 위해 실제 존재하는 사찰을 제시한 것[24]으로 이해하기도 어렵다. 털어서 먼지를 일으킬 필요는 없기 때문이다. 그런 이유로, 실재한 '삼장사'는 〈삼장〉의 '삼장ᄉᆞ'로 볼 수는 없다.

3.2. '그 뎔 샤쥬'

그래서 다시 '삼장'과 관련된 당시의 용어를 찾아본 결과, 충렬왕 대 세력가였던 조인규(趙仁規)의 아들 의선(義旋)이 원 황제로부터 삼장법사(三藏法師)라는 칭호를 받았다는 사실을 찾았다.

조인규 가문은 묘련사(妙蓮寺) 계통에서 활약한 의선과 여러 명의 천태종 승려를 배출한다. 당시 불교계의 단면과 변질된 백련사 결사를 규명할 수 있는 단서를 가지고 있다.[25]

의선에 대해서는 비교적 풍부한 자료도 있다. 호는 순암(順菴)이며, 생존 연대는 조연수(趙延壽, 1272~1323)의 동생이며 조위(趙瑋, 1287~1348)의 형이지만, 조위보다 늦게까지 생존했다는 점으로 미루어 1284년(충렬왕 10)경에 출생하여 1348년 이후에 죽은 것으로 추정된다.[26] 부친 조인규와 원(元) 황실과의 유대를 배경으로, 원의 황제로부터 '삼장법사'의 사호(賜號)를 받았다. 의선은 원에서 체류하다가 1336(충숙왕 복위 5)에는 강향사(降香使)의 자격으로 고려에 나와 왕궁에 무상으로 출입하며 세력을 확장했다. 의선이 원의 수도인 연경의 대천원연성사

24 황보관, 앞의 논문, 2009, 317~320쪽.

25 蔡尙植, 「高麗後期 天台宗의 白蓮社 結社」, 『高麗後期佛教展開史研究』, 불교사학회, 民族社, 1986, 289~290쪽. "混其, 義旋[子], 普解[孫], 妙慧[曾孫]"

26 閔賢九, 「조인규와 그의 가문」, 『진단학보』 43, 진단학회, 1977, 10쪽.

(大天源延聖寺)와 대보은광교사(大報恩光教寺)에 주지하였던 사실에서 그가 승려로서의 정치적인 역량이 상당히 컸다는 점과 특히 대천원연성사가 라마교(喇嘛教)의 대찰(大刹)이라는 점으로 미루어 고려 천태종과 라마교의 접촉 계기를 만들었다는 추측이 가능하다. 이와 같이 의선은 집안의 정치적인 배경에 힘입어 원과 고려를 왕래하면서 '정혜원통지견무애삼장법사주천원연성사겸주본국영원사복국우세정명보조현오대선사삼중대광자은군(定慧圓通知見無礙三藏法師住天源延聖寺兼住本國瑩原寺福國祐世靜明普照玄悟大禪師三重大匡慈恩君)'이라는 사호를 받고, 특히 승려로서 '자은군(慈恩君)'으로 봉군되는 과정에서 정치적 기반을 얻게 된 것이다.

이러한 정치적 배경과 교권의 장악을 바탕으로 의선은 차츰 경제적인 부의 축적까지도 이루게 된다.

> (1) 공은 비록 머리를 깎았으나 의관(衣冠)을 갖추고 비단옷을 입는 습관이 있고, 공이 비록 명예를 피하나 조정에서 포양하고 존중하는 칭호가 있고, 나오면 궁중의 특별한 총애를 받아 경상(卿相)들과 교제하고, 들어가면 선비와 중들의 손과 벗의 즐거움이 있으며, 부엌이 풍족하고 깨끗하고 마루와 문이 맑고 조용하여 혹 참선하고 염불하는 여가에 향을 피우고 차를 달이며 좌우에 도서를 쌓아 놓고 고금의 일을 헤아려 생각하고 고증하며, 흥이 나면 큰 글자를 말[斗] 만하게 쓰고 시를 써서 종이에 가득하며, 인사하는 것과 얘기하고 웃고 하는 데까지도 인정에 맞도록 힘써서 화한 기운이 풍기는 곳마다 모두 만족하여 얻은 것이 있는 것 같으며, 손 중에 마시기를 좋아하는 자는 문득 술로 취하게 하기를 여산(廬山)의 옛 일과 같이 하니, 비록 세상의 부귀를 누리고 일을 좋아한다고 일컫는 자라도 이보다 더할 수는 없다. 허정(虛淨)이란 것이 어디에 있는가.

(2) 저 빈 것은 가득 찬 것의 상대이고, 깨끗한 것은 더러운 것이 변한 것이다. 모든 물건의 이치가 가득 찬 것에서 빈 데에 이르고, 더러운 것으로 말미암아 깨끗한 데로 나아가지 않는 것이 없다. …… 오직 통달한 사람이어야만 물(物)에 구애되지 않고 사실에 얽매이지 않고 자연 그대로 맡겨서 그 극진함을 기다린다. 극진하면 변하지 않는 것이 없지마는 그 참으로 빈 것과 참으로 깨끗한 것은 그 속에 있지 않음이 없으니, 공이 바로 그 사람이다.

(3) "외물이 없어진 후에야 빈 것이 되고 때가 없어진 뒤에야 깨끗한 것이 된다고 하여 반드시 성시(城市)를 멀리하고, 기한(飢寒)을 참아서 자디잘게 힘을 쓰고 급급하게 마음을 닦는다면 내가 알기에는 그 도(道)와의 거리가 더욱 멀어질 것이다." 하고, 손에게 말하고 나서 이어 집 벽에 쓰노라.[27]

이곡의 〈허정당기(虛淨堂記)〉는 의선이 편액을 '허정(虛淨)'이라 한 것에 대한 손님의 문제 제기(1)와 이곡의 답(2), 의선의 말을 인용해, 의선이 '빈 것이 되고 때가 없어지는[虛淨] 도리'에 부합하는 인물임을 확언하는 갈무리(3)로 구성되어 있다. 그런데, 손님의 문제 제기는 상당히 구체적인 반면, 이곡의 변은 추상적이고 궁색하다. ① 머리를 깎고도 의관을 갖추고 비단옷을 입는 습관이 있고, ② 조정에서 칭호가 있고, 실권자들과 교제하는 즐거움이 있으며, ③ 부엌이 풍족하다. 비판의 맥락은 승려의 본분에 벗어나고, 권력을 따르며, 재물을 축적하는 의선의 태도를 맹렬히 비판하는 것이다. 이곡의 답은 더하다. 가득 차야 비우고, 더러워야 깨끗하니, 자연 그대로 맡겨 극진하면 통달할 수 있다는 것이다. 일찍이 의선이 승려의 본분은 ① 왕을 축원하고,

27 『稼亭先生文集』 권4, 「虛淨堂記」.

② 산문(山門)을 회복하고, ③ 효를 다하는 겨를에, ④ 보시하는 것이니, 세상과 단절하고 공적에 매이는 자는 모르는 이치라고 말했으니, 의선의 행위는 마땅히 '虛淨'하다는 것이 이곡의 궁색한 옹호이다.

의선의 이런 생활은, 일부 부원세력가(附元勢力家)와 정치 권력자들에게만 한정된 것이었으며 기층사회의 민중과는 동떨어진 세태의 단면이라 하겠다. 이는 비슷한 시기에 활동한 천태종 출신 무기(無寄)와 너무나 대조적이며,[28] 무기선사가 『석가여래행적송(釋迦如來行蹟頌)』을 쓴 이유로 승려임에도 올바른 경(經)의 원리를 모르는 불제자를 깨우치는 데에 있다고 언급한 것과도 관련된다.

막강한 권력과 재력을 가진 아버지의 덕택으로 일찌감치 원에서 활동하고, 돌아와서도 그 권력을 당당히 유지했던 인물. 의선이 〈삼장〉의 '그 뎔 샤쥬'로 지칭된 인물은 아닌가하는 조심스런 추측을 해본다. 적어도 그런 행태를 일삼은 승려를 대표하는 인물로 의선의 이중성을 고발할 수는 있었을 것이다.

물론, 〈삼장〉과 〈사룡〉이 연행된 시기에 의선은 연경에 있었을 가능성이 크다. 조인규가 죽은 1308년, 충렬왕도 죽고, 조인규의 2남 충숙(忠肅)만 고려에 있고, 나머지는 연경에 있었기 때문이다. 그러나, 비록 원에 있었다고는 해도 의선은 고려왕실과는 밀접한 관계를 맺고 있었다. 충렬왕 때 원은 수차례에 걸쳐 황제를 위해 사경(寫經)작업을 수행할 승려의 징발을 요구한다. 의선이 원에 있었든, 고려에 있었든 빈번한 원의 요청에 개입했을 가능성이 크다. 비록 이곡이 의선 가문과 상호관계를 맺고 있었다고는 하나, 원의 세력을 업고 행해지는 부당한

---

28 蔡尙植, 앞의 논문, 1986, 289~293쪽.

일들을 묵인하기는 어려웠을 것이다.

> "저 한도인(閑道人)은 공부도 아니 하며, 하는 일도 없다. 이것은 큰 복전(福田)이니, 삼장사라 하는 것이다. 비단 도포에 분홍색 모자, 어찌 먹물 옷을 입을 필요 있는가. 괴상한 행동도 하지 않으며 시대에도 위배되게 하지 않는다. 황제와 임금이 돌보아주시며 부처님도 여기에 귀의하도다. 외모를 보면 그렇건마는 마음을 아는 사람 누구이더냐. 아."[29]

이런 상황이라면, 불가피하게 의선과 인연을 맺고 있는 몇몇 인물들 중에 볼멘소리가 나올 수도 있었을 것이고, 민중은 민중대로 막강한 불교세력을 앞세워 민중을 속박하고, 국고를 축내는 의선과 같은 승려의 무리에 대한 반감이 대단했을 것이다.

일련의 논의에서 '삼장'이나 '삼장사'를 불교를 대표하는 지칭어로 본 것도 일리는 있다. 그러나, 앞서 언급한 바, 충렬왕의 면전에서 현존하는 삼장사 주지의 불의를 굳이 노래할 필요는 없었다는 점, '삼장법사'라는 법명을 가진 의선의 이중적 생활을 지켜본 이곡의 글에서 풍자와 비판의 흔적을 찾을 수 있다는 점에서 각별한 의미를 도출할 수 있으리라 생각한다.

일단, 이제현의 〈趙三藏·李稼亭의 神馬歌에 차운하다〉는 이곡과 의선이 서극(西極) 불랑국(拂郎國)에서 헌납한 신마(神馬)을 보고 읊은 시를 차운한 것이다. 둘 사이의 표면적 관계를 알 수 있고,[30] 원을 통해 새로운 문물을 접할 기회를 쉽게 가졌을 의선의 생활관도 엿볼 수 있다.[31]

---

29 『東文選』 卷 51, 「順菴眞贊」.

30 『稼亭集』 卷 18, 〈次三藏韻〉. "因今乘馹去 憶昔棄繻來 爲報郵亭吏 書生豈小哉 三藏馱經去 吾今送曆來 授時幷布敎 王事更欽哉"

민사평의 〈順菴 三藏에 곡하다〉는 의선의 죽음을 탄식하며, 그의 뜻을 예찬한 노래이지만, 외짝 신발만 관에 남겨 둔 인물로 그를 그려낸다.[32] 승려라면, 세상에 남길 것이 하나 없어야하기에 다비식을 한다. 그런데, 그는 관을 썼다. 다비식을 하고 부도를 썼다고는 해도, 일체 세속 인연을 끊어낸 승려로서 관을 쓸 이유가 없다.

이색도 의선의 부귀가 장안 호걸을 압도했다는 시문을 남길 만큼, 승려의 신분임에도 막대한 재력을 갖춘 의선을 은연중에 풍자했다.[33] 한편, 이색은 그의 제자 희암공(熙菴公)에 대해서 묘한 평가를 내렸는데, 의선과 연결해 이해할 때 홍미로운 점이 있다.[34]

일련의 기사가 가리키는 방향은 승려지만, 승려의 길을 가지 못한, 당시 불교의 폐단을 보여주는 인물로 삼장법사란 법명을 가진 의선에 맞춰져 있다. 때문에 '삼장ᄉᆞ 샤쥬'를 삼장법사의 배후에 가려진 또 다른 이름으로 지목할 수 있다.

이상을 정리하면, 〈쌍화점〉에서 〈삼장〉을 꺼내 '삼장ᄉᆞ'의 실체에 접근해보면 실재했던 사찰로 볼 수는 없다. 그렇다면 '삼장'이 가진 대표성은 무엇인가. 마침 원 세력을 업고 막강한 권력을 행사한 조인규의 4남 의선의 법명이 '삼장법사'이다. 그런데, 그는 충렬왕 시기에 원

31 『益齋亂稿』 卷 4, 〈趙三藏 李稼亭神馬歌次韻〉.

32 『及菴詩集』 卷 4, 〈哭順菴三藏〉. "年齊九秩大師翁 於教於禪無異同 隨業漂流憐有報 觀心禮念勸加功 愛他曾不揮陶令 誡我毋多酌次公 怊悵更難聞警策 空留隻履在棺中"

33 『牧隱稿』 II, 卷 20. "柳巷門生開酒席 賀公重拜簽書也 僕與廉東亭承招赴席 天台判事懶殘子亦被請而至 坐談妙蓮三藏時事亹亹不已 醉中聞之 樂其有舊俗遺風 既醒錄之 三藏風儀照妙蓮 簽書警句動賓筵 當時富貴傾豪傑 共道前身是義天"

34 『牧隱稿』 II, 卷 26. "虛淨堂中老順菴 得師青也出於藍 會三歸一終成默 顯實開權却費談 天子蒙塵嘉上謁 國王懷舊許重參 世間榮辱今如掃 雲在晴空月在潭"

에 있었다. 충선왕 때에 돌아왔지만, 이미 여러 차례 연경을 드나들었던 유사(儒士)들과의 친분도 두터웠고, 고려왕실과 원 황실 사이에서 직간접적인 실권을 행사했을 가능성도 커서 전혀 생소한 인물이었으리라 생각할 수 없다. 당시 인물들의 글을 종합해 볼 때, 이중적 평가가 대종을 이루는데, 그의 승려답지 않는 생활을 풍자하는 부분에서 특히 두드러진다. 불교의 폐단을 극복하려는 노력과는 무관한 그의 행위는, 분명 비판의 대상이 되었을 것이지만, 그의 가문이 누대에 걸쳐 권력을 누렸기 때문에 쉽사리 꼬집어 말할 수는 없었을 것이다.

이때, 대중의 노래에 얹어 '삼장ᄉᆞ'로 치환하고, '그 뎔 샤쥬'로 인격을 부여하여 부조리한 행위를 들춘 노래가 〈삼장〉이다. 혹여 발고자로 지목해도 상관이 없다. 그 발고자는 곁에서 일거수일투족을 샅샅이 지켜본 '죠고맛간 삿기상좌'라고 책임을 미뤘기 때문이다. 그런데, 이 말을 들은 삼장은 '萬人各一語 斟酌在兩心'하라고 변명할 지도 모른다. 아니면, 〈삼장〉의 진실이 참인지는 각자 알아서 생각하라는 일침일 수도 있다.

4. 맺음말

고려의 미의식은 불교와 깊은 관련성을 갖고 있다. 다만, 고려가요에서 관련성을 찾기 어렵다는 것이 문제다. 그 이유를 조선의 억불숭유 정책에서 찾는 것도 궁색하다. 『시용향악보』에는 불교적 노래가 다수 존재할 뿐 아니라, 세종이 〈월인천강지곡〉을 편찬했다는 사실 등을 참조할 때 불교 기피를 이유로 들 수 없기 때문이다.

이런 경우, 고려속요 가운데 불교적 성격을 띤 작품을 찾아야 하는데,

〈이상곡〉은 '陷墮無間' 때문에, 〈쌍화점〉은 2연 '삼장ᄉᆞ'와 '그 뎔 샤쥬' 그리고 '上座' 때문에 거론될 수 있다. 그래서 〈쌍화점〉 2연에 주목해 논의를 펴보았다. 그런데, 문제의 핵심은 〈쌍화점〉과 소악부 〈삼장〉을 어떻게 이해할 것인가에 따라 작품을 보는 시각이 달라질 수 있다는 점에 있었다. 충렬왕이 아무리 문란한 왕이었을지라도, 당시 사상적 배경을 고려할 때, 2연을 대수롭지 않게 넘길 수 없었을 것이라는 점이 걸렸다. 그래서, 〈삼장〉이 실린 최초 문헌인 『급암선생시집』과 당시 고려불교의 사적전개를 살펴보니, 〈쌍화점〉과 함께 남녀상열지사로 볼 것이 아니라, 그 자체로 완결된 노래로 보아야한다는 결론이 내려졌다.

그 결과, 〈삼장〉을 분리하고, 고려후기 불교의 사적 전개과정을 고려해 '삼장ᄉᆞ'와 '그 뎔 샤쥬'의 정체를 밝히기 위해 자료를 검토했다. 고려 개경에 '삼장사'가 실재한 사실, 그리고 충렬왕이 주지를 임명한 사실을 보면, 실제 있었던 사건을 실마리로 〈삼장〉이 창작된 것은 아닌가 의심해 보았다. 그러나, 의심을 확증할 정보를 찾을 수 없는 가운데, 의선이란 승려를 찾을 수 있었다. 그는 원 세력을 업고 성장한 통역관 조인규의 아들로 원 황실에서 '삼장법사'란 법명을 받은 인물이다. 비록 충렬왕 재위기에 원에 있었다고는 하지만, 왕실이나 지식인층 인물과는 빈번한 교류가 있었던 인물이며, 측근도 그에 대해 이중적 평가를 하고 있음을 발견했다. 그리고 이런 모습은 당시 불교 내부에서 활발하게 진행된 개혁운동에 반하는 모습이어서 불교종단에서도 비호하기 어려웠을 것이다.

의선에 관한 정보를 종합해 볼 때, '삼장ᄉᆞ'는 의선의 법명을 바로 부를 수는 없지만, 정체를 은연중에 밝히는 것이고, '그 뎔 샤쥬'로 인격을 부여하면, 원 세력에 기대어 권세를 누린, 머리는 깎았지만, 비단

옷을 걸친 삼장법사 의선을 지목한 비판적 노래가 〈삼장〉임을 알 수 있다. 민사평의 소악부는 당시 유가가 불교에 대응하는 방식과도 일맥상통하는데, 불교의 문제점을 지적하면서도 마땅히 대체할 현실종교의 기능을 하지 못한 유교의 불교비판이란 의미를 찾을 수 있다. 그렇게 대중의 노래라는 힘을 안고, 불교의 폐단을 지목한 노래가 사회 전반의 문제를 비판하는 유사한 노래와 함께 엮이고, 동일 후렴구를 얻어 연행된 것이 조선에 와서 『악장가사』에 실린 〈쌍화점〉이 된 것이다.

그런 까닭에 〈쌍화점〉 전체를 남녀상열로 간단히 정리할 것이 아니라, 고려사회의 폐부를 하나하나 지목한 노래로 보아야 옳을 것이다. 〈쌍화점〉은, 적어도 1연에서 3연까지는, 원 세력에 짓눌려 정상적 기능을 하지 못한 원복속기 고려왕실의 문제점을 비판한 사회고발의 성격이 농후한 작품으로 볼 수 있어서, 다른 시각에서 논의를 개진할 필요가 있다.

—이 글은 「고려후기 불교사로 본 '삼장ᄉ'와 '그뎔샤쥬'의 정체」, 『국문학논집』 제22집, 2013, 125~148쪽에 실린 논문을 수정·보완한 것임.

〈정과정〉의 성립 과정과 주제 전개 방식

◉

윤덕진

1. 들어가는 말

〈정과정〉은 대표적인 충신연주지사(忠臣戀主之詞)로서 조선조 선비들에 의하여 우리말 정격시가의 조종으로서 추숭되었다. 『양금신보(梁琴新譜)』서문에서 "현행 만중삭 대엽이 모두 과정 삼기곡 가운데에서 나왔다(時用大葉慢中數皆出於瓜亭三機曲中)"고 언급한 것은 조선조 시가를 연행하는 악곡의 연원으로서 〈정과정〉의 위치를 확인함이다. 궁중 악장으로서 가무악(歌舞樂)을 수반하는 종합예술 형태가 아니라 거문고 반주 가악으로서 개인 연행을 지향한 면이 사대부 가악 연원으로서의 자격을 가지게 하였다. 고려조로부터 조선조에 이르기까지의 많은 〈정과정〉 제재 한시들은 개인 연행과 그에 상응하는 개인 수용을 기반으로 하고 있다. 특히 사대부가 직접 연행자가 됨으로써 가악 향유의 새로운 국면이 열린 데에서 한시의 착상이 비롯하고 있는 것을 볼 수 있다.

여말 민사평(閔思平)의 〈정중승이 달 아래 거문고를 어루만짐(鄭中丞月下撫琴)〉[1]을 보면 "知音"과 같은 악곡 연행과 향유에 관한 관용어를 사용하고 〈광릉산(廣陵散)〉 이라는 악곡명을 사용하면서 원작자인 정서(鄭敍)의 면모를 탄금자로서 부각시키고 있다. 정추(鄭樞)는 민사평과 함께 좌주(座主)인 익재(益齋) 이제현(李齊賢)의 韻에 화창할 때에 〈정중승이 동래에 귀양 가 살 때에 달이 밝은 때면 거문고를 뜯다가 밤을 밝히다(鄭中丞謫居東萊每月明彈琴達曙)〉[2]를 지어서 〈제견곡(啼鵑曲)〉이라는 가명으로 〈정과정〉을 재해석하였다가, 공민왕 때 신돈의 횡포를 폭로하여 동래 현령으로 좌천당한 뒤에 지은 장시 〈동래 회고(東萊懷古)〉[3]에서는 직접 〈정과정〉에 동화된 정서를"내 이곳에 와서 옛날 터를 찾으니, 과정곡이 내 마음을 아프게 하네(我來此地訪前古。瓜亭一曲傷我情)"이라 표출하였다. 이처럼 악곡을 통하여 동화되는 모습은 조선조의 김시습(金時習)에 이르러서도 발견된다. 〈정중승이 동래에 귀양 와 살며 달을 보고 거문고를 어루만짐(鄭中丞謫居東萊。對月撫琴)〉[4]에서 낙백한 처지에서 이루어진 악곡을 통한 동화감을 드러내고 있다.

한편, 〈정과정〉의 전승에는 주제적 측면에서의 비중도 작용했으니, "충신연주지사(忠臣戀主之詞)"로서의 가치를 조선조에서부터 거론해왔거니와, 근래에 이가원 선생은 뒷날의 〈美人曲〉 연원으로서 충신연주 주제를 흥기시킨 점을 강조하면서, 시상 전개의 핵심이 되는 "접동새(子規)" 제재에 초점을 맞추어 〈정과정〉의 머리 부분을 "내 임을 그리

---

1 蟾影圓流露桂枝。夜深斗覺爽襟期。世人誰是知音耳。一曲廣陵空自知。(『及菴先生詩集』卷之二 律詩「東國四詠。益齋韻。」)

2 雲盡長空月在天。橫琴相對夜如年。啼鵑曲盡思無盡。誰把鸞膠續斷絃。啼鵑中丞所製曲名(『圓齋先生文稿』卷之上 詩「東國四詠 座主益齋侍中命賦」)

3 『圓齋先生文稿』卷之上 詩.

4 旅魂羈思正堪憐。身落南荒瘴海邊。落魄此生誰肯唁。多情明月照繁絃。(『梅月堂詩集』卷之二 詩「詠東國故事」)

워서 울고 있더니/ 산 접동새여 나는 임 모습이 의희하외다"[5]로 풀어 읽었다. 여기서 "의희(依稀)"는 물론 "이슷하요이다"의 번역인데 어세겸(魚世謙)의 역시(譯詩) 가운데 "산중의 촉나라 혼백이 나는 비슷합니다(山中蜀魄我依稀)"에서 따 왔다. "의희(依稀)"는 두 가지 의미가 있으니 하나는 "비슷하다"요, 또 하나는 "뚜렷하지 않은 모습"인데 여기서는 뒤의 의미를 강조하였다. 충신연주지사로서 "님을 여읜 안타까운 심정"이라는 주제에 이 작품 해석의 초점을 맞추었다. 이와 같은 주제 측면의 접근은 작품의 해석에 있어서 일정한 경로를 마련한다는 의미 외에 작시 과정에서 작자의 원의가 형성되는 원리를 풀어내는 단서를 찾는 중요함을 가지고 있다. 한 작품에 대한 모든 전승자들의 여러 가지 전승 행위는 결국 원작자의 본의로 귀일하는 것이기 때문에 형식 문제를 주로 다루는 본고와 같은 경우에도 주제 측면을 소홀히 할 수는 없다.

본고는 〈정과정〉이 어떠한 악곡적 조건 아래에서 일정한 시 형식을 가지게 되었는가를 규명하는 것을 주 임무로 하기 때문에, 〈정과정〉의 악곡 구조에 관한 여러 가지 정보를 세심하게 재검해야만 한다. 이 정보 가운데에는 악보를 통하여 연행의 실상을 알려주는 실제적인 자료가 선행해야겠지만, 악곡으로서의 〈정과정〉이 향유되는 과정에서 전달된 일반적인 인상- 예컨대 이 노래의 애원처창(哀怨悽悵)함을 계면조(界面調)라는 악조로 규정하거나, 연행이나 감상에 있어 정서의 극대화를 드러내는 모습 따위-도 중요한 자료로 활용해야 한다. 특히, 계면조의 원류라는 지적을 그 악조의 창안만을 가리킴이 아니라, 궁중

5 이가원, 「鄭瓜亭曲 硏究」, 『韓文學硏究』, 탐구당, 1969년 초판본, 23쪽.

악장의 집단 수용에서 사대부 개인 수용으로 전환하는 가악사의 신국면에 대한 것임도 고려해야 할 것이다.

이제 위의 세 가지 측면, 곧 사대부 정풍 가악의 원류로서의 위치를 점검하면서, 그 작시 원의를 포착하는 감상에 있어서 주제적 측면이 차지하는 역할을 가량하고, 실질적인 악곡 구조에 관한 정보를 그 점검 결과에 맞추어보는 일을 차례로 진행하면서, 궁극적으로 향가와 사대부 시가 사이에서 〈정과정〉이 어떠한 매개의 역할을 하였는가를 밝히는 또 하나의 시도를 해 나가고자 한다.

2. 〈정과정〉의 성립 과정

2.1. 악곡 구조

현재 『악학궤범(樂學軌範)』에 전하는 악조 표시로 보건대, 〈정과정〉은 삼강팔엽(三腔八葉)이라는 11가지 악조의 배합으로 이루어진 복합적인 성격의 악곡으로 파악된다. 이런 방식의 악조 배합은 〈용비어천가(龍飛御天歌)〉를 연행하는 〈치화평(致和平)〉 같은 악곡에서 확인되면서, 〈처용가(處容歌)〉나 〈정읍(井邑)〉 등등 「학연화대처용무합설(鶴蓮花臺處容舞合設)」조(條) 라는 큰 단위의 연행물에 가담하는 악곡들이 공통으로 지니는 악곡 구조로서, 뒤의 〈서호별곡(西湖別曲)〉의 악조 표시에서 볼 수 있는 것처럼, 가사의 연행에도 적용된 조선조 가악의 기본적인 악조 구성 방식임을 알 수 있다.

논자에 따라서는, 대엽조(大葉調)의 원류가 〈정과정〉의 대엽·부엽 부분에서 파생하였다고 보기도 한다.[6] 이런 시각은 고려가요가 가곡의 원류가 된다는 가설을 유지하기 위한 전제로 활용되고, 나아가 향가로까지 그 소원을 올려보는 시도로까지 발전하였다. 그러나, 이런 시도는 그 가운데에 "향가 10구체- 〈정과정〉 11단(결구 차사 위치의 유사함까지 포함)- 가곡의 삼강팔엽 악조 배합"과 같은 시기적 건너뜀을 수반하는 유추 과정을 두어서 실질적인 확증을 세우지 못하는 결함이 있는데, 향가 당대의 악곡에 관한 정보이면서 세 단계에 지속적으로 적용될 수 있는 자료로써만이 이 간극을 해소할 수 있다.

다행히, 일본에서 보존되어온 삼국시대의 악곡인 〈최마악(催馬樂)〉(SAIBARA)이 향가에서 가곡·가사에 이르는 지속적인 연계를 가능하게 하는 정보를 지니고 있어서 이에 대한 검증이 시급한 실정이다. 어떤 악곡이 동일 악곡이라는 증좌는 동일한 박자뿐만 아니라 동일한 선율까지 공유하고 있어야 마련되는데, 동일 선율의 조건이 충족되지 않더라도 같은 박자 구조에 의지하고 있다면, 이들 악곡은 적어도 같은 계통의 같은 종류 악곡이라고 판정할 수 있다. 이혜구 선생이 검증한 바와 같이, 〈최마악〉의 박자 붙임이 한국 가곡의 초삭대엽 8박이 편(編)의 5박으로 변환하는 방식과 유사한 박자 붙임에 의존하고 있을 뿐만 아니라, 한국 음악의 구두(句頭) 박자 시작이나 초두(初頭) 공박자(空拍子) 놓음, 하향종지형(下向終止型), 선율 마침이 일정한 자리에 고정되지 않고 불규칙한 점, 결구부에 차사 가짐, 전여음(前餘音)을 수반하는 점 등등[7] 여러 가지 면에서 한국 고가악(古歌樂)의 면모를 지니고 있다면, 〈최마악〉을 한국 고가악의 도래로 보는 일이 가능할 수 있다.

---

6 황준연, 『조선 전기의 음악』, 『한국음악사』, 대한민국 예술원, 1985, 254~256쪽.

7 이혜구, 「催馬樂의 五拍子」, 『정신문화연구』 16권 3호(통권 52호), 한국학중앙연구원, 1993, 143~144쪽.

〈최마악〉에 대한 관심은 이혜구 선생처럼 〈최마악〉의 특징을 가곡과 대비하는 일 외에는 주로 〈최마악〉 자체의 특징을 소개하는 데에 모아져 왔다. 이지선은 일본에 남아있는 관계 문헌을 중심으로 〈최마악〉의 악곡적 특징을 정리하였다.[8] 최정선은 고려속악과 〈최마악〉의 성격을 대비하는 연구를 통하여 아속의 경계가 융합되면서 궁중가악이 형성되는 경로를 둘 사이의 공통 요인으로 파악하였다. 그리고, 〈최마악〉의 남녀 상열이 신과의 합일을 바라는 원시신앙의 확장이라면, 고려속가는 충신연주지사로서 응용이 가능한 중세적 왕권 중심주의를 표방한다는 구분을 둠으로써 조선조 시가까지 이어지는 주제 수용의 전통을 밝혔다.[9] 〈최마악〉이 한국 고·중세 가악과 연계되는 통로를 찾아내는 일은 일실된 향가문학의 실체를 밝히는 데에 큰 발전 계기가 될 것으로 보인다. 이 문제는 본고에서 당장 다루기에는 어렵고 다른 연구자들의 관심을 불러일으키는 선에서 만족하고자 한다. 본고는 〈최마악〉이 〈정과정〉에 연계되는 경로를 직접적인 연계는 불가능하더라도 〈최마악〉-〈정과정〉-가곡 3자간의 관계 대비를 통해 모색하는 첫걸음을 시도해 보고자 한다. 곧, 기존 연구에서 밝혀놓은 〈정과정〉과 가곡의 대비를 통해 〈최마악〉과 〈정과정〉의 관계를 규명할 수 있는 단초를 찾아보고자 한다.

〈정과정〉과 가곡의 대비는 국문학계와 국악계에서 여러 각도로 시도한 결과가 있다. 양태순은 〈정과정〉의 대엽·부엽 부분을 만대엽, 중대

---

8 이지선, 「사이바라의 율과 려의 특징」, 『한국음악사학보』 제29집, 한국음악사학회, 2002.

9 최정선, 「고려속가와 일본 최마악 비교」, 『동아시아 고대학』 제30집, 동아시아고대학회, 2013.

엽과 가곡 초삭대엽에 대조함으로써, 특히 중대엽과 제 3대강에서 악곡이 시작되는 특징을 공유하고 있으며, 3음보 시가에서 4음보 시가로 전환하는 계기가 이들 사이의 발전 과정에 내함되어 있다는 결론을 내렸다.[10] 근래, 문숙희는 「진작류 악곡의 리듬 해석과 음악」[11]에서 리듬의 가장 기본적인 박자인 "기본박"을 기준으로 진작류 악곡인 〈봉황음(鳳凰吟)〉, 〈자하동(紫霞洞)〉, 〈횡살문(橫殺門)〉, 〈이상곡(履霜曲)〉과 『세종실록』 악보 〈치화평(致和平)〉 그리고 『시용향악보(時用鄕樂譜)』의 〈내당(內堂)〉, 〈성황반(城隍飯)〉, 〈잡처용(雜處容)〉을 분석하여 『양금신보』에 만·중·삭대엽이 정과정 三機曲(진작)에서 나왔다고 한 것으로 보아서 〈진작1〉의 시김새와 어단성장(語短聲長) 등이 가곡의 근원이 된 것임을 짐작할 수 있다고 밝혔다.[12] 또, 평시조의 퇴성(退聲), 요성(搖聲), 전타음(前打音)이 모두 나타나는 것이 〈진작1〉류인 〈봉황음1〉, 〈횡살문〉에서 선율이 처음 두 글자를 낸 다음 일직선으로 쭉 뻗고 또 선율의 굴곡도 가곡에 비해 적으며, 대부분 두 글자씩 붙어서 어단성장을 이루고 있는 것과 유사한데, 이와 같은 〈봉황음1〉, 〈자하동1〉, 〈횡살문〉의 선율 및 시김새는 훗날 시조에 근원적인 영향을 준 것으로 생각된다고도 밝혔다.[13]

어떤 악곡의 개성은 독자적인 선율과 유형화된 박절에 의하겠지만, 그 노래다움의 전체적인 인상을 결정짓는 최종적인 요인은 그 노래만

---

10 양태순, 『고려가요의 음악적 연구』, 이회문화사, 1997, 342~346쪽.

11 문숙희, 「진작류 악곡의 리듬 해석과 음악」, 『한국음악연구』 제50집, 한국국악학회, 2011.

12 문숙희, 위의 논문, 104쪽.

13 문숙희, 위의 논문, 105쪽.

이 가진 고유의 분위기-색깔이라고 할 수 있는데, 악곡에 있어서는 이 색깔을 결정짓는 것이 조(key)라고 할 수 있다. 한국 음악은 평조와 계면조의 양대 조로 대별되는데, 〈정과정〉을 계면조의 시원으로 언급한 사실을 주목하여 〈정과정〉의 개성을 읽는 일도 그 노래의 형성 과정을 이해하는데 크게 기여할 것이다.

우리 음악의 악조는 낙시조(樂時調), 우조(羽調), 평조(平調), 계면조(界面調), 하림(河臨), 최자(嗺子), 탁목(啄木), 눈죽(嫩竹) 등등으로 잡다하였지만, 본래 이원적 체계로 된 것으로 세종대의 박연(朴堧)에 의하여 궁조(宮調)와 우조(羽調)라는 이름으로 거론되었고, 세조대에 이르러 평조와 계면조로 불리어졌다. 곧, 평조와 계면조가 연원이 오랜 대표적인 두 향악조이다.[14]

계면조는 고려 시대 악곡에도 쓰였던 것을 볼 수 있는 만치 연원이 오랜 악조로서, 대체적으로 매우 슬프고 감상적인 성격으로 파악되었다. 〈정과정〉의 악조에 대한 언급이라고 할 수 있는 『성호사설(星湖僿說)』의 기록을 보면, 제작 경위와 아울러 "그 듣는 자가 눈물을 흘려 얼굴에 금을 그어서 그렇게(界面이라) 불리었다고 한다. 그 소리가 슬프고 원망하여……"라고 하여 확연하게 평조와 대립되는 성격을 드러내고, "상간복상(桑間濮上)의 음악"(亡國의 음악)이라는 폄하를 덧붙였다.[15]

---

14 황준연, 『한국전통음악의 악조』, 서울대학교 출판부, 2012, 59~63쪽.

15 지금 사람들이 계면조(界面調)를 대단히 좋아한다. 이것은 고려 때 정서(鄭敘)가 지은 것으로서 일명 과정곡(瓜亭曲)이라 하기도 하는데, 이는 듣는 자가 눈물이 흘러 얼굴에 흔적을 이루기 때문에 그렇게 말하는 것이다. 그 소리가 슬프고 원망스러우니 곧 상간 복상(桑間濮上)의 여류(餘流)이다. 만일 사광(師曠)으로 하여금 듣게 했다면 반드시 귀를 가리고 듣지 않았을 것이다. 성세(聖世)가 융성하게 일어나는데, 사연(師涓)의 미미지음(靡靡之音)이 무슨 소용이 있는가?(국역 『성호사설』제13권 「인사문」 "국조악장" 조. 고전번역원 DB)

성호에게는 중국 악부에 대한 존숭이 앞서기에 계면조의 〈정과정〉에 대한 폄하를 이해할 수 있으면서도, 한편 여기에서 계면조야말로 향악의 오랜 연원을 지닌 고유 악조라는 사실을 확인하게 된다. 이 사실은 계면조의 특성을 분석하는 연구자들이 공통으로 지적하는 사항으로서, 특히 정악보다는 민속악의 계면조가 향악의 고유성을 잘 보존하고 있는 것으로 판정 되었다.[16]

〈정과정〉이 계면조의 시발 작품인 듯한 언급은 악조의 창안에 대한 것이 아니라 이미 존재하는 계면조의 재인식을 통한 개발에 대한 것으로 보인다. 특히, 중국 대성악이 수입되던 단계에서 향악의 고유성을 새롭게 부각 시킨 점에 대한 지적이 "지었다"는 표현으로까지 확대된 것으로 보인다. 계면조라는 악조 개념은 이처럼 유동적인 성격을 가지고 시대에 따라 다르게 적용되었던 것이기에, 고악의 복원을 모색하던 이형상(李衡祥, 1653~1733)의 조선 후기에도 민속악의 계면조와는 다른 정악 계면조에 대한 관심이 남아 있었던 것으로 보인다.

위와 같이 〈정과정〉의 성격을 윤곽 지으면서, 확인해야할 사항은 과연 어떤 악곡적 특징에 의해 향악적 고유성을 지닌 계면조의 재창안 작품으로 평가 받았던가 하는 점이다. 앞서 『성호사설』의 언급을 통하여 본 것처럼, 계면조는 "애원처창(哀怨悽悵)"을 일반적인 성격으로 가지는 것으로 파악하여 왔다. 고악(古樂) 지향이라는 공통 요인을 가지는 가집들에서 계면조에 대하여 풍도형용(風度形容)한 사항을 보면,

16 계면조의 향악적 고유성에 대한 논의는 황준연, 앞의 책과 김진희의 「이형상의 〈지령록〉 제6책에 쓰인 '평조·우조·계면조'의 의미」를 주로 참고하였다. 김진희 논문의 계기가 된 것은 계면조에 대한 이형상의 "和平 正大"라는 언급이었는데, 이 언급에서 민속악과는 다르게 계면조를 수용한 정악 계면조에 대한 관심이 출발하였다.

"계면조는 원망한다. 정영위가 나라를 떠난 지 천 년 만에 비로소 돌아오니 늘어난 무덤 앞에 사물은 그대로이나 사람은 그렇지 않다.(界面調 怨 令威去國 千載始歸 纍纍塚前 物是人非)"(『古今歌曲』)[17] "왕소군이 한나라를 떠나 호 땅에 들어갈 때에 눈은 날리고 바람이 차니 소리 가락이 흐느껴 슬프다(王昭君辭漢入胡時 雪飛風寒 聲律嗚咽悽愴)"(『海東歌謠』)[18] "계면조는 슬피 원망하여 처량하고 비창하니 충신의 넋이 강에 잠기어 남은 한이 초나라에 가득하고, 정영위가 나라를 떠난 지 천 년 만에 비로소 돌아오니 늘어난 무덤 앞에 사물은 그대로이나 사람은 그렇지 않으며, 왕소군이 한나라를 떠나 호 땅에 갈 때에 흰 눈이 흩날리는데 말 위에서 비파를 뜯으니 소리 가락이 흐느껴 슬프다 (界面調 哀怨悽悵 忠魂沈江 餘恨滿楚 令威去國 千載始歸 壘壘塚前 物是人非 王昭君辭漢往胡時 白雪紛紛 馬上彈琵琶 聲律嗚咽悽悵)"(『金玉叢部』)[19]와 같이 "애원처창(哀怨悽悵)"을 중심으로 기술되어 있다.

그렇다면, 〈정과정〉에서 이 계면조 "애원처창(哀怨悽悵)"을 야기하는 악곡적 요인은 무엇일까를 생각해 볼 차례이다. 문숙희의 「진작류 악곡의 리듬 해석과 음악」으로 되돌아 가보면, 〈진작1〉류인 〈봉황음1〉, 〈자하동1〉, 〈횡살문〉의 선율 및 시김새는 훗날 시조에 근원적인 영향을 주었다고 하였는데, 시조의 악조 전반을 계면조로 일컫는 현행 시조계의 관습을 참조하면서 계면조 "애원처창(哀怨悽悵)"의 맥락이 잡힐지도 모르겠다. 시조를 "시절가조(時節歌調)"의 준말로 보면서 직접 시조를 감상한 소회를 표명한 이학규(李學逵, 1770~1835)의 잘 알려진

17 윤덕진·성무경 편, 『고금가곡』, 보고사, 2007, 236쪽.
18 김삼불 교주, 『海東歌謠』, 정음사, 1950, 25쪽.
19 김신중 역주, 『금옥총부』, 박이정, 2003, 54쪽.

시구를 읽어보면,

> 誰憐花月夜。時調正悽懷。(누가 꽃 피는 달밤을 아쉬어 하는가? 시조가 바로 마음을 슬프게 하는구나!)
>
> 旹調。亦名旹節歌。皆閭巷俚語。曼聲歌之。(시조는 또한 시절가라고도 부른다. 모두 시정 거리의 일상어인데 소리를 길게 늘이어 노래한다)[20]

와 같이 "애원처창(哀怨悽悵)"의 분위기를 가득 내보이고 있다.

여기서, 이 "애원처창(哀怨悽悵)"의 분위기를 가능하게 하는 악곡 요인이 무엇일까를 생각해 보기로 한다. 시조 한역시의 경우 시조를 듣는 정황을 시제에 제시하고 있는 작품이 있는데, 〈밤에 이웃집의 노래를 듣고 그 소리를 따라서 장난삼아 새 노랫말 3결을 짓다(夜聞鄰歌倚其聲戱爲新詞三闋)〉(南有容, 『雷淵集』)나 〈밤에 일어 일어앉아 노래를 듣고 붓 가는대로 번사하여 기록하다(夜坐聞歌漫筆飜錄)〉(任珽, 『巵齋遺稿』)와 같이 시조를 듣는 정황이 밤을 배경으로 하고 있는 것은 "화조월석(花朝月夕)"과 같은 시조의 작시·향유 정황과 합치되는 것으로서, 앞의 이학규 시에 대한 본주에서 "소리를 길게 늘이어 노래한다 (曼聲歌之)"라고 했을 때의 "曼聲"– 곧, 소리를 늘이어 길게 부르는 가창 방식에 가장 적합한 배경으로 밤이 제시되었다고 할 수 있다. 점점 여려지면서 길게 이어지는 소리를 감지하는 데에는 시각이 제한된 밤이 적합하다는 점이 반영된 배경 설정이라고 할 수 있다.

시조창의 이러한 악곡적 특징에 대한 아래와 같은 직접적인 묘사가 그 점을 이해하는 데에 참고가 된다.

---

20 『洛下生集』冊十八, 『洛下生藁』上「觚不觚詩集」〈感事三十四章〉.

"초장 첫 머리부터 꿋꿋하게 밀어 나가다가 제 3박에서 점약(漸弱)으로 되면서 목을 떨고 4박에 가선 목을 꺾어가지고 E로 내려뜨린다. …(중략) … 제 3박에서 목을 떠는 것은 소리의 힘이 차차 약하여간 뒤에 여운같이 자연지세(自然之勢)로 그렇게 되는 것이지 결코 함부로 아무데서나 떠는 것이 아니다. 음이 강할 때에는 떨 여지가 없고 약하여진 때에 떠는 것은 전기(前記) 송풍(松風)의 음악에서도 그리하여 이것이 자연의 이치에 맞는 것이라고 생각한다. 또, 1박 – 2박은 긴장하였다가 3박에서 이내 이완으로 흘러버리지 않고 가사 관계로나 음세로 보아서 제 4박에서 한번 살짝 부딪혔다가 즉, 꺾었다가 이완으로 흘러가는데 이러한 현상은 이 대목에서만 맛볼 수 있는 특색이다. 이와 같이 소리에 힘을 넣고 빼는 것 즉, 다이내믹(dinamic)은 시조의 생명이요, 멋인 것이다."[21]

위와 같은 시조 창법의 특색을 다시 〈정과정〉의 악곡 형식인 진작류에 대입시켜 이해하는 자료를 찾아본다.

〈진작1〉에서 가장 눈에 띄는 것은 가사붙임의 불균형이다. 처음 두 글자는 한 기본박 안에 빨리 붙는 반면, 음보의 끝 글자는 6박 정도 길게 끌고 있다. 이와 같은 것을 어단성장(語短聲長)이라고 한다. 이렇게 두 글자가 한 기본박 안에 붙기도 하고 또 6박 정도의 거리를 두기도 하는 어단성장은 오늘날의 가곡과 시조에 많이 나타난다.[22]

소리를 늘이어 길게 부르는 시조의 가창 방식은 시조가 "애원처창(哀怨悽悵)"의 분위기, 곧 계면조를 유지하는 중요한 요소이고, 이 요소의 소원은 〈정과정〉에 있다는 관계를 파악하게 되면, 〈정과정〉과 가곡·시조의 연계성은 어느 정도 잡힌 것으로 볼 수 있다. 지금까지가

21 이혜구, 『한국음악연구』(보정판), 민속원, 1996, 156쪽.

22 문숙희, 앞의 논문, 100쪽.

악곡의 특성을 기준으로 〈정과정〉의 선후 맥락을 잡아본 것이라면, 다음 문제는 노랫말의 배분을 통하여 이 맥락을 확인해 볼 차례이다.

2.2. 가사 배열

노랫말의 구조는 작은 단위로 한 행을 이루는 방식과 그 행들을 큰 단위(章 혹은 闋)로 조합하는 방식 두 가지로 나누어진다. 한 행을 이루는 음보 형식은 전자에 해당되고, 향가의 10구체나 3구 6명, 그리고 시조의 3장 6구 같은 개념들은 후자에 해당된다. 확증이 빠른 시조시의 경우부터 살핀다면, 전자에 대한 사항은 4마디 전·후 2구 시행으로 요약될 수 있다. 이 방식이 〈정과정〉이나 향가까지 소급 적용되는가가 노랫말 배분을 풀어나가는 첫 번째 관문이 될 것이다.

〈정과정〉은 외견상 3마디 시행이 우세한 것으로 드러나지만, 11악절에 해당하는 11개 시행의 어떤 곳에서는 다른 시행보다 현저히 적은 양적 배분을 보이며 1마디로 읽히기도 하고, 반대로 4마디나 5마디로 읽히는 부분도 있다.

(大葉) 넉시라도 님은 ᄒᆞᆫᄃᆡ 녀져라 아으
(附葉) 벼기더시니 뉘러시니잇가
(二葉) 過도 허믈도 千萬 업소이다
(三葉) ᄆᆞᆯ힛마러신뎌
(四葉) ᄉᆞᆯ읏브뎌 아으
(附葉) 니미 나ᄅᆞᆯ ᄒᆞ마 니ᄌᆞ시니잇가
(五葉) 아소 님하 도람 드르샤 괴오쇼셔

강(腔) 악단의 4행을 제외한 나머지 엽(葉) 악단의 7행에서 띄어쓰기

한 대로 음보를 규정해 본다면, (大葉)5음보 (附葉)2음보 (二葉)4음보 (三葉)1음보 (四葉)1음보 (附葉)4음보 (五葉)5음보와 같은 불균정한 방식으로 정리된다. 이것들을 조작된 방식으로 모두 3음보로 조정하기도 하지만, “넉시라도 님은ᄒᆞᆫᄃᆡ 녀져라 (아으)”처럼 의미상의 분절을 억지로 붙이거나, “ᄆᆞᆯ힛 마러 신뎌”처럼 합체될 것을 일부러 떼어 놓는 것은 소리 지속 시간의 양적 배분과 의미상 질적 배분의 조합을 이루어야 하는 운율 형성의 일반적인 조건을 크게 벗어나는 것이 된다. 다만, 악곡의 조건을 고려하여 노래 불리는 관습이 운율에 개입하는 것을 참작할 수는 있지만, 이 경우에도 〈정과정곡〉은

	前腔		中腔	
	初頭	二頭	初頭	二頭
제 1 구	내님	믈	산졉	동새
제 2 구	그리	ᅀᆞ와	난이	슷
제 3 구	우니	다니	ᄒᆞ요	이다.

(황준연, 「三機曲의 사설 붙임에 관한 연구」, 『정신문화연구』 제7권, 1984, 174쪽)

와 같이 2음보 내지는 4음보로 읽히는 모습을 보여준다.

요컨대, 4음보 시행의 출현 가능성을 〈정과정〉에서부터 볼 수 있으며, 이 출현은 특정한 작품이나 갈래를 전제하는 것이 아니라, 우리 시가의 태생적 조건으로서 지속되어 온 점을 재고해야 할 차례에 이르렀다. 4음보 시행은 연원이 가장 오랜 것으로부터 내려온다면, 무가에서 시원했다고 할 수도 있고, 속담의 대구 구조에서도 같은 문장 구성 방식을 찾아볼 수 있다. 이런 접근 방식은 너무 소원한 범위에서 이루어져서 문제를 희석할 염려가 있으므로 차치하고 향가에도 4음보 시행 율독의 가능성이 있느냐가 적절한 범위 설정이라고 할 수 있다.

이에 관하여는, 기존의 향가 3음보설을 재검토하는 차원에서 어석을 시도하여 2음보설을 확정한 최근의 논의[23]를 앞세울 만하다. 고려 향가 〈보현시원가〉 10수 110행의 율독 결과는 88행이 2음보로 구성되어 있음을 검증한 것이다. 이 결과 수치는 시조와 가사를 같은 방식으로 검토할 때에 나타나는 것과 대등하기 때문에 향가의 4음보격 성향이 시조와 가사의 4음보격에 이어진다는 가설을 뒷받침 할 수 있다.

4음보격의 지속태에 관한 논의는 진작에 정병욱[24]에 의해 선도되어 김대행의 운율론[25]에 있어서 한국시가 운율의 보편 유형으로까지 발전되었다. 박재민의 향가 4음보격에 관한 검증은 이러한 전대 논의의 계승선상에 있다고 하겠으며, 그가 고려가요의 47% 가량으로 잡은 4음보격 시행에 관한 검토까지 아울러서 한국시가 운율이 4음보격 중심으로 이끌어져 나오는 맥락을 추출해 낼 수 있을 것이다. 〈정과정〉 시행의 4음보 율독 가능성은 이 작업에 중요한 계기를 마련해 주리라고 생각한다.

3. 〈정과정〉의 시가사상 위치 – 향가와 가곡의 연계 구실

〈정과정〉이 지어진 시기를 기준으로 시가사의 정황을 살펴보면, 12세기 초에 宋의 휘종(徽宗)이 보낸 대성(大晟) 아악(雅樂)에 의해 고려

23 박재민, 「향가 음보율고」, 『번역시의 운율』, 연세대 근대한국학 연구소 편, 소명출판, 2012.

24 정병욱, 「용비어천가의 구조」, 『한국고전시가론』(증보), 신구문화사, 1983.

25 김대행, 『한국시가구조연구』, 삼영사, 1976. 이 책 35, 81, 82쪽 등지에서 2음보 대응 연첩으로서의 4음보격 시행의 사례를 제시하면서 2음보 대응을 한국시가의 정형 양식으로 파악하였다.

의 음악 문화가 새로운 양상으로 전개되면서, 통일신라의 음악문화를 전승하여 발전시킨 향악(鄕樂), 통일신라의 당악이란 터전 위에 송나라 교방악(敎坊樂)을 수용했던 당악(唐樂), 그리고 대성아악의 세 가지 주류로 나뉘어졌다. 〈정과정〉이 귀속되는 향악은 통일신라 시대의 향악 전통을 전승하여 그 터전 위에 새로운 향악기를 첨가하고, 향악의 악조및 향악정재(鄕樂呈才)를 발전시켰다. 또한, 5음 음계로 구성된 평조와 계면조라는 두 악조가 고려 향악의 음악적 양식을 형성하였다.[26]

이러한 환경 가운데에 실제로 지어진 향악의 노래를 점검해보면, 향가 형식인 광종(光宗) 대 균여(均如)의 〈보현시원가(普賢十願歌)〉와 같은 시기에 현화사(玄化寺) 낙성식에 참여한 11인에 의해 지어진 〈경찬시뇌가(慶讚詩腦歌)〉, 예종(睿宗)이 건국공신 김락(金樂)·신숭겸(申崇謙)을 기리며 지은 〈도이장가(悼二將歌)〉, 윤언민(尹彦旼)이 4언체의 한어시가(漢語詩歌)인 게송(偈頌)과 함께 지은 "향가일결(鄕歌 一闋)" 등등의 향가계 노래들이 있다. 『高麗史』樂志에 실린 것으로는 〈정과정〉을 비롯해 예종이 군신의 무사안일을 경계하고 적극적인 정치 참여를 촉구하며 '개언로(開言路)'의 취지를 담아 지은 〈벌곡조(伐谷鳥)〉, 진주읍인(晉州邑人)이, 기녀에 미혹되어 아내를 죽게 한 사록(司錄) 위제만(魏濟萬)을 풍자한 〈월정화(月精花)〉 등등이 있다.[27]

이 시기에 광종이 송나라에 당악기와 악공을 요청했던 사실에서 알 수 있는 것처럼,[28] 중국 음악 중심의 아악(雅樂; 大樂) 체제를 세우려는

---

26 송방송, 『한국음악통사』, 일조각, 1984, 145~146쪽.

27 임주탁, 『고려시대 국어시가의 창작·전승 기반 연구』, 부산대학교 출판부, 2004, 11쪽.

28 임주탁, 위의 책, 21쪽.

움직임이 있는 가운데에 광종 자신도 향악에 탐닉하여 간언을 들을 만치 향악의 영향 세력이 강하게 남아있다고 할 수 있다. 이러한 음악 문화의 환경 속에서 향악의 새로운 노래를 만들고자 한 정서(鄭敍)의 의도는 그의 정치적 행보와 맞물려 있다고 볼 수 있다. 〈정과정〉이 '신성(新聲)'으로서 대악곡(大樂曲)으로 부상하는 시기를 정중부 집권 이후로 보면서, 정중부가 무속적 성격이 강한 나례(儺禮) 공연에 참여한 사실을 바탕으로 〈정과정〉의 음악적 바탕을 무속적인 것으로 보는 견해[29]는 이 사실을 좀 더 구체화 한 것이다.

시송류(詩頌類)의 대악에 편성되는 것은 그 악곡의 향유자가 정치권의 중심에 서있느냐의 여부와 직결되는 것이 유교 중심의 정치체제로 선회하려는 그 당시 가악 향유의 실상이었다. 정서(鄭敍)는 의종(毅宗)의 모후(母后) 공예태후(恭睿太后)를 중심으로 대령후(大寧侯) 경(暻)을 영수로 하며 인종대로부터의 명신인 최유청(崔惟淸), 이작승(李綽升), 김이영(金貽永) 등등과 결연한 "외척파"의 핵심 세력으로서, 정함(鄭諴), 김존중(金存中)을 요인(要人)으로 하면서 고조기(高兆基), 왕식(王軾), 이원응(李元膺) 등등의 조관(朝官)과 왕광취(王光就), 백자단(白子端) 등등 궁노(宮奴)와 소인배가 추종하는 "궁중파"의 축출 목표가 되었음은[30] 〈정과정〉의 노랫말 가운데에 참소에 대한 변해(辨解)가 들어 있는 것으로 반영되었다.

정서(鄭敍)의 인물에 대한 폄평은 개인에 대한 객관적 평판이라기보다 양 세력 간의 알력에서 비롯한 편향된 시각으로 빗어진 것으로 보아야겠다. 정치적 편당이 표면화되는 기재가 악곡에 놓여있는 당대의

---

29 임주탁, 위의 책, 194쪽.

30 정무룡, 『정과정 연구』, 신지서원, 1996, 98~116쪽 참조.

사정으로 볼 때에, 〈정과정〉이 향악 쪽이라는 사실은 외척파의 정치적 지향도 궁중파의 중국 중심·유교 중심과는 다른 면을 지향하였다고 볼 수 있게 한다. 정서가 정치권의 중심에서 떨어져 나간 상태에서 최종적으로 선택한 악곡이 향악이었으며 〈정과정〉의 작시 의도가 결구에 표명된 대로 다시 정치권의 중심으로 회귀하고자 하는 데에 있다는 맥락을 정치적·음악적 양 측면에 대입하여 보아야 하는 이유가 이런 사정에 놓여 있다.

정서(鄭敍)는 〈정과정〉이 보여주는 예술혼의 주체로서 현실과 타협하지 못하였고 끝내 불우한 처지에서 생을 마감하였다. 이러한 정서(鄭敍)의 면모를 조선조의 송강(松江) 정철(鄭澈)에 비겨 볼 수 있음은 16세기 조선조의 정치적 조건이 붕당으로 악화되었을 뿐만 아니라, 송강(松江)도 결코 현실적 조건에 굴복하지 않는 이상 지향의 예술혼을 지니고 있기 때문이다. 이 두 작가의 유사성에 관한 논의는 뒤로 미루고, 신라 시대 개인 서정요의 출발로 보기도 하는, 악곡의 형성과 관련된 유사한 경우를 먼저 들어보기로 한다.

정서(鄭敍)가 거문고를 연주하며 노래 부르는 정경은 『삼국유사』 권5 「피은(避隱)」 제8 물계자(勿稽子) 조의 주인공과 흡사하다. 공을 세우고도 모함에 의해 인정받지 못하는 억울한 조건이 모함에 의해 축출되는 〈정과정〉의 경우와 유사하기도 하지만, "머리를 풀어헤치고 거문고를 메고 사체산(師彘山)에 들어갔다. 대나무의 성벽(性癖)을 슬퍼하고 그것에 비유하여 노래를 짓고 졸졸 흐르는 시냇물 소리에 의하여 거문고를 타고 곡조(曲調)를 지으며 은거(隱居)하여 다시 세상에 나오지 아니하였다."[31]는 마지막 구절에서 슬픈 정서를 새로운 악조로 표출하는 모습이 〈정과정〉의 형성과 유사한 면모를 보인다. 흔히, 〈비죽수가(悲

竹樹歌)〉로 명명하기도 하는 것처럼 비탄의 정서를 정서 이입의 대물적 감흥으로 이끌어나간 면에서는 집단 정서 표출의 다른 신라 가요와는 구별되는 성향을 지닌 것으로 파악된다. 이 노래를 개인 서정요의 출발로 보는 까닭이 거기에 있다.

여기서 잠간, 〈정과정〉의 형성과 관련된 기사와 대조하여 보기로 한다. "정서가 동래에 가 있은 지 오래 되었으나 소환 명령은 오지 않았다. 그래서 거문고를 어루만지며 노래 불렀는데 그 가사가 극히 처량하였다"[32] 『고려사』 「악」지의 이 기사는 "그 가사가 극히 처량하였다(詞極悽惋)"에 초점을 맞추어, 「악(樂)」지의 다른 노래들의 경우와 마찬가지로 주제적 측면을 강조하였다. 『고려사』 「악(樂)」지의 기술 의도는 충효와 같은 유가적 덕목을 함양할 수 있는 효용론적 견해에 놓여 있으니, 〈정과정〉도 임금에게 버림 받은 신하로서의 변치 않는 충절을 강조하는 방향에서 수용하였다. 덧붙인 이제현의 소악부시가 다룬, 〈정과정〉 전반부의 강조(腔調)에 해당하는 내용도 거기에 부합됨은 물론이다.[33]

이러한 언급이 『성호사설』의 "그 소리가 슬프고 원망스러우니 곧 상간복상(桑間濮上)의 여류(餘流)이다."로 옮겨가서는 계면조 원류로서의 특징을 부정적으로 평가하는 데에로 발전하였다. 성호의 견해는 "즐거움되 넘치지 아니하고 슬프되 원망하지 않는다[樂而不淫 哀而不傷(怨)]"의 경지를 추구하는 유가적 가악관에 의거한 것으로서 "망국지음(亡國

31 乃被髮荷琴, 入師堯山, 悲竹樹之性病, 寄托作歌, 擬溪澗之咽響, 扣琴制曲, 隱居不復現世.(출처 : www.krpia.co.kr)

32 敍在東萊日久召命不至乃撫琴而歌之詞極悽惋(『고려사』 제71권, 「지」제25 악2. 출처 : www.krpia.co.kr)

33 憶君無日不霑衣 政似春山蜀子規 爲是爲非人莫問 只應殘月曉星知

之音)"으로서의 폄평은 정대한 고악(古樂)에 대하여 계면조의 비탄하는 악조를 지양하는 입장에서 이루어졌다.

앞서 〈물계자가(悲竹樹歌)〉의 성립에 관한 기사 중, "졸졸 흐르는 시냇물 소리에 의하여 거문고를 타고 곡조를 지으며(擬溪澗之咽響, 扣琴制曲)" 부분을 보면, 새로운 개인 악조의 창안을 시냇물 소리의 모의에 의했음을 알 수 있다. 자연물의 특징을 악조 창안에 반영하는 모습은 우리 음악의 여러 경우에 나타나지만, 앞서 인용한 시조창의 경우, 송풍(松風)의 강약부동(强弱不同)으로 변화하는 가락에 적실하게 어울리는 것을 본 것처럼, 가창물의 경우에 특히 자연 현상이 반영되는 모습이 두드러진다. 이는 가창의 진행이 일정한 선율과 변화하는 리듬 추이를 기반으로 하면서 반복되는 박절 단위에 의해 조절되는 특징을 가지는 것이 일정한 주기에 의해 반복되는 가운데에 시시로 변화하는 일기와 같은 자연 현상의 반영물이기 때문일 것이다.

전제 군주 지배의 고대 사회에서 모든 문화 현상이 왕권의 영향 아래 들어 있을 때에 이에 상대되는 다른 갈래의 문화는 오로지 대자연적인 것만이 허용될 수 있었다. 물계자나 정서가 개인 악조의 창안에 적합한 조건을 가지게 된 것은 타의에 의하여 왕권으로부터 멀어진 상태에서 가능하였다. 모든 규범과 관습의 지배로부터 벗어났을 때의 순전한 개인으로서 자연의 변화를 가감 없이 수용하면서 새로운 악조의 창안도 이루어 낼 수 있었다. 한편, 집단 가무악(歌舞樂)의 상태에 종속되어 있던 가창물이 독자적인 성악곡으로서 존립하게 되었을 때에 악곡과의 관련도 달라져서, 노랫말 중심의 악조 운용이 요청되었을 것이다. 〈정과정〉의 삼강팔엽(三腔八葉) 악단 편성은 매 단락에 해당하는 노랫말이 시상 전개에 따라 배분되어 있음을 보여주고 있다. 특히, 결구인 오엽(五葉), "아소 님하 도람 드르샤 괴오쇼셔"는 전체 시상을 종결하는 기능을 가지면서 이 성악곡이 완결된 전체로서 독립된 구조를 지닐 필연성을 가리키고 있다. 10구체 향가의 차사로 이끌어지는 마지막 결구도 같은 성격이었을 터인데 이 성격이 집단 가창물에서 순수 개인 서정요로 전환하는 표지라고 볼 수도 있다. 집단 가창이 윤창, 교환창, 선후창 등등의 가창 방식에 적합한 반복 악태를 요건으로 하기에 연속체로서의 성격이 두드러져 서두부나 결구와 같은 독립된 부분을 필요로 하지 않는 데에 반하여, 서·본·결의 개체를 결합하여 전편을 완성한다는 의식은 아무래도 사적인 정서를 반영하는 개인적인 차원에 해당하는 것이기 때문이다.

개인 서정이 개인적 발화를 위주로 하는 양식에 접합하는 일은 양반 사대부 시조와 가사에 이르러 이루어졌다. 양반 사대부는 실질적인 사회의 지도층으로서 왕권을 견제하기 위해 출사를 스스로 조절할 수 있는 자율적인 역할을 수행하였다. 염결(廉潔)한 처신을 기반으로 하는 양반 문화는 그 처신의 능동적 주체인 양반의 정신을 표상하는 담담한 색조를 띄우는 가운데 실질적인 내용을 담고 있었다. 정서(鄭敍)의 소외된 처지는 스스로를 조절하는 정신력을 필요로 하였고, 이를 표출하는 예술 양식은 자기를 지키는 염결한 정신을 주 내용으로 하게 되었다. 〈정과정〉을 충신연주지사의 시초로 파악해온 내력은 왕권 수호의 맹종이 아니라, 실은 자기를 지켜내는 사대부 개인 처신의 염결성에서 말미암았다.

이런 맥락으로 조선조의 충신연주지사들이 〈정과정〉에 이어지는 모습을 가려내보면, 『성호사설』에서 폄평한 것처럼 슬프고 원망스러운 편향을 벗어나, 오로지 우군충정(憂君衷情)으로 조정되는 방향이 없지 않지만, 충신연주 주제를 강화하기 위한 수사적 장치들– 특히 여성화자의 채택–은 서정성의 강도를 높이는 효과를 극대화하고 있다. 여성화자의 탈은 실제를 왜곡한 것이다. 이런 왜곡이 현실을 전경화하기 위한 전략이라고 한다면, 전경화의 의도가 일반적으로 현실 재구성에 있듯이 당쟁 정국의 조정에 그 전략의 목표가 두어져 있다고 하겠지만, 그에 앞서 충신연주 주제의 강조라는 문학적 효과를 위한 서정성의 강화라는 측면을 돌아보아야겠다.

조선조 충신연주지사는 송강 정철의 〈미인곡(美人曲)〉에 이르러 완성되면서, 많은 후속 모의작을 낳게 하였다. 많은 후속 작가 가운데에 송강을 뛰어 넘는 〈미인곡〉을 의도한 이로는 북헌(北軒) 김춘택(金春澤)을 들 수 있다. 그는, 제주 유배시에 지은 〈별사미인곡(別思美人曲)〉에 대한 발문에서 그 의도를 다음과 같이 드러내었다.

> 〈별사미인사〉 라는 것은 내가 지은 것인데 언문으로 썼다. 대개 송강의 전후 〈사미인사〉를 추숭하여 화작한 것인데 세 노래가 모두 군신을 남녀에 비유하였으니 대개 〈이소〉의 남긴 뜻에 기탁한 것이다. 그러나 천한 신하와 송강은 또 다름이 있어서 노래를 달리하였다.[34]

여기서 "송강(松江)과 다름이 있음"은 그의 다른 글에서 다음과 같이 부연되었다.

> 그 (노래)말은 송옹에 비해 더욱 완곡하고 그 가락은 송옹에 비해 더욱 고뇌스러우니 곧 천한 신하가 오늘날 만난 재앙이 그러한 것이다.[35]

---

34 別思美人詞者。吾所製。而以諺爲之。盖追和松江前後思美人詞也。三詞皆以君臣取譬男女。盖託於離騷之遺意者。而然賤臣之與松江。又有不同。故別詞。(『北軒集』 권3, 「囚海錄」詩)

"다름이 있음(有不同)"을 표명한 의도는 새로운 경지의 〈미인곡〉을 지어내고자 하는 문학적 욕구가 있음을 드러낸 것이다. 노랫말의 완곡함과 가락의 고뇌스러움은 충신 연주 주제의 강화에 기여하고, 곧 서정성의 증폭을 야기하게 된다. 송강의 〈미인곡〉이 지어지던 정황을 〈미인곡〉 작품에 대입하여 이해하던 단계를 넘어서는, 새로운 시기의 새로운 〈미인곡〉으로서 북헌의 〈별사미인사〉가 요청되었던 것처럼, 〈정과정〉은 기존의 충신연주 주제 표출의 관례를 깨뜨린 새로운 방안을 마련해야했다. 그 방안을 악조 전환에서 찾았다는 점은 음악사적으로 향악 정립과 개인 성악곡이 요청되는 시대적 조건에 부응한 것으로 볼 수 있다.

이제 향가 〈물계자가〉와 〈정과정〉, 그리고 가곡류로서의 〈미인곡〉을 연계하여 충신연주 주제의 시가 표출이 이어져 내려온 맥락을 요약해 본다면, 다음과 같겠다. 〈물계자가〉는 10구체 정격 향가의 성립 기반이라고 할 수 있는, 집단 서정에서 개인 서정으로 전환하는 향가 서정성의 추이를 잘 반영하고 있는 작품이다. 특히, 개인에 의한 악조 창안이라는 관례를 세움으로서 〈정과정〉의 개인 창작 계기를 마련해 주었다. 〈정과정〉의 차사 수반 11단위 시행 성립은 10구체 향가에서 유래함을 추정할 수 있을 뿐만 아니라, 〈물계자가〉가 집단 서정 중심의 악장류 향가들에서 자립한 것처럼 고려 시기 불찬류 향가(〈보현시원가(普賢十願歌)〉)나 추송류(追頌類) 향가(〈도이장가(悼二將歌)〉)에서 벗어나 순수 개인 서정요로서 따로 서서 뒤에 사대부 시가의 자립에 중요한 계기를 마련하였다.

35 其辭比松翁益婉。其調比松翁益苦。卽賤臣今日所遭罹者然也(『北軒集』 권16, 「論詩文」)

그러나, 이런 이탈과 자립의 궤적이 전혀 다른 시가 영역으로의 전환은 아닌 것이, 위의 세 시기 양식들의 가창에 동원되는 악곡들은 기본적으로 "어단성장(語短聲長)"과 같은 가창 방식을 전승하며, 악조상으로도 계면조 중심의 곡태를 유지해 왔다. 이런 동질성을 가리키는 개념이 음악적으로는 "진작류(眞勺類)"와 같은 용어에 해당할 터이지만, 문학적으로는 "충신연주지사" 또는 좀 더 좁혀서 〈미인곡〉이라는 통칭을 쓸 수 있겠다.

4. 남는 말

이 글의 목표는 〈정과정〉을 중심으로 향가와 가곡의 연계성을 밝히는 데에 있었다. 향가 자료가 망실된 조건 가운데에 마침 일본에 전승되는 삼국시대의 가악인 〈최마악〉의 존재는 이 연계성 구축에 중요한 단서가 된다. 이미 국악계에서 〈최마악〉이 가곡과 유사한 악곡이라는 지적이 있었으나 향가와의 관련까지 적극적으로 검토하는 데에는 미치지 못하였다. 최근 동아시아 고대 문화 교섭의 여러 측면을 밝히는 일이 빈번해지는 가운데에 음악사의 교류 규명도 국악계에서 어느 정도 성과를 보였다. 한국 고대시가를 논의하는 마당에는 필연적으로 이런 성과를 원용하게 되겠지만, 아직 국문학계에서 적극적으로 이 작업이 이루어지지는 않고 있다. 해독의 착종 가운데에 점점 미궁으로 빠지는 듯한 향가 연구의 출구가 이 작업에 있지 않을까 기대한다.

〈정과정〉의 악곡 구조에 관한 연구는 『대악후보(大樂後譜)』악보를 근거로 하여 상당한 진전을 이루었지만, 이 작품이 계면조의 원류라는 사항에 대하여는 직접적인 관심이 베풀어지지 않았다. 본고에서 가악

풍도형용이나 시조계의 관습을 원용하여 이 문제에 접근하여 보았으나, 여전히 악조의 인상을 확인하는 선에 머물렀다. 선율 분석이나 다른 작품이나 다른 갈래와의 대비를 통한 구체적인 규명이 더 가해져야 할 필요가 있다.

한편, 악곡 구성 방식상으로 보아 〈정과정〉이 무악 계통의 악곡이리라는 지적[36]도 사회정치사적인 맥락에서 〈정과정〉의 음악적 바탕을 무속적인 것으로 보는 견해[37]와 연계하거나 무악의 일반적인 특징을 대입시켜 보거나 하는 구체적인 작업을 통하여 발전시켜 나가야 할 것이다. 이런 작업은 결국에는 삼국시대의 가악을 무악 성향이 강한 것으로 보는 국악계의 연구 성과와 결합될 것이므로 향가와의 관계 규명에도 크게 도움을 줄 것으로 보인다.

마지막으로 제안할 점은 이 논문에서는 연구 가능성만을 제시한 〈최마악〉과 향가의 관련이 일본과 중국을 포함한 고가악 자료의 재배열에 의하여 규명되리라는 전망이다. 이를 위해서는 이미 많은 연구 성과를 축적해온 국악계의 선도가 필요하며 시가학계의 고조된 관심이 뒤따라야만 한다.

— 이 글은 「〈정과정〉의 성립 과정」, 『한국고시가문화연구』 제34집, 2014, 251~275쪽에 실린 논문을 수정 · 보완한 것임.

---

36 양태순, 「후전진작과 북전에 대하여」, 『고려가요의 음악적 연구』, 이회, 1997, 165쪽.

37 앞의 주 29번 참조.

언어문화학습교재로 읽는 〈동동〉

◉

길태숙

1. 서론

외국인을 대상으로 한 언어 교육에서 문화 교육에 대한 중요성은 이미 여러 연구자들에 의해서 많이 논의되고 있는 부분이다. 언어를 배우고 소통한다는 것이 그 언어의 문법 구조에 맞추어 번역하는 것 이상의 것을 의미하는 것은 주지의 사실이다. 곧, 언어의 소통은 그 언어를 사용하는 인간집단의 생활양식과 의식, 정서에 대한 이해를 바탕으로 하고 있기 때문이다. 이는 외국인을 대상으로 한 한국어 교육에서도 마찬가지이다. 그런데 이러한 입장에 찬성한다 하더라도 외국어로서의 한국어교육이라는 관점에서 한국문화 중 무엇을 어떻게 가르칠 것인가라는 문제가 남아 있다. 본고에서는 이러한 문제의식을 가지고 외국어로서의 한국어교육에 있어서 문학교재 자료로서 〈동동〉이 가지는 가치에 대해 고찰하고자 한다. 이를 위하여 외국인을 위한 한국어 교육에서의 한국문화교육의 방향과 주제를 살펴보고, 그를 바탕으로 외국인을 위한 학습교재 자료로서 〈동동〉의 가치에 대해 조명해 볼 것이다.

〈동동〉은 고려사 71권 속악조에 그 기록이 남아 있고, 악학궤범 권 5 아박조에 그 연행 모습과 한글 가사가 수록되어 있으며, 대악후보 권7에 그 악보가 실려 전한다. 고려사악지와 악학궤범의 기록에 의하면 〈동동〉은 음악과 노래가사, 춤으로 구성된 궁중 가무악으로 고려 때에는 '동동'이라는 이름 아래 공연되었고, 조선 시대에는 '아박'이라는 이름 아래 연행되었다.

지금까지의 〈동동〉에 대한 연구에 대해서는 크게 세 가지 측면으로 나누어 볼 수 있다. 먼저 '송도', '선어', '남녀상열지사'의 기록을 바탕으로 한 해석이다.[1] 동동사에 대한 이해를 고려사에서의 송도지사에 무게를 두어 해석하거나 조선시대 중종 때의 기록인 남녀간 음사에 중심을 두어 논의한 것으로, 연가와 송도지사 사이의 간극에서 비롯된 해석의 차이에 따라 여러 견해가 나타난다. 둘째로 '궁중연희' 및 '민간음악'의 측면에서 논의한 것이다.[2] 〈동동〉의 연희양상과 전승양식, 동동사에 나타난 세시풍속에 주목한 논의들로서, 연등회나 팔관회와 같

---

1 박병채, 『고려가요의 어석연구』, 이우출판사, 1980.
박노준, 「동동의 한 이해」, 『고려가요의 연구』, 새문사, 1990.
양희찬, 「고려가요 동동의 미적 짜임과 성격」, 『고시가연구』 22, 한국고시가문학회, 2008, 159~184쪽.
윤성현, 『속요의 아름다움』, 태학사, 2007, 110~116쪽.
조규익, 「송도모티브의 연원과 전개양상」, 『고전문학연구』 32, 한국고전문학회, 2007, 35~57쪽.

2 최미정, 「동동의 풀이와 짜임」, 『한국고전시가작품론』, 집문당, 1993.
허남춘, 「동동과 예악사상」, 『고려가요연구의 현황과 전망』, 집문당, 1996.
이연숙, 「동동의 제의적 성격 연구」, 『한국민족문화』 25, 부산대학교 한국민족문화연구소, 2005, 1~37쪽.
황병익, 「고려속가의 연행상황과 연행상의 변화연구」, 부산대학교 박사학위논문, 2001.

은 국가적 불교행사뿐 아니라 무속제의와도 연관 지어 논의하고 있다. 셋째 고려가요 〈동동〉의 외연적 확대에 주목한 연구이다.[3] 위의 두 논의가 〈동동〉의 작품 이해를 중심으로 한 것이라면 외연적 확대에 대한 논의는 〈동동〉의 공시적 통시적 영향 관계에 대한 논의로써 장르 교섭, 교육 방법, 콘텐츠적 활용에 대한 논의를 포함한다.

본고는 세 번째의 논의에 속하는 것으로써 앞의 두 논의에서의 연구 결과를 포괄한다. 고려와 조선 때의 기록과 연구 결과를 통해 알 수 있듯이 〈동동〉은 고려 때부터 조선에 이르기까지 향유된, 송도지사의 의미를 내포하고 있으면서 남녀의 애정을 노래하고 있고, 민간의 세시풍속의 내용을 담고 있으면서 궁중 연희에서 불린 작품으로, 문학이며, 음악이고, 무용이며 공연이다. 두 왕조에 걸쳐 연행된 〈동동〉의 이러한 특징이 한국문화교육의 주제적 측면과 어떠한 연계성을 가지는지 살펴봄으로써 외국인을 대상으로 한 한국어 교육 교재로서의 가치에 대해 주목할 것이다.

---

3 김세종, 「한국음악속의 동동」, 『고시가연구』 19, 한국고시가문학회 2007, 23~46쪽.

양민정, 「외국인을 위한 고전시가 활용의 한국어 / 문학 / 문화의 통합적 교육 – 동동을 중심으로」, 『외국문학연구』 29, 2008, 한국외국어대학교 외국문학연구소, 237~261쪽.

최정삼, 「동동의 지역축제 연출 가능성과 그 개발방안」, 『고시가연구』 18, 한국고시가문학회, 2006, 345~369쪽.

장정용, 「한중세시풍속과 가요의 비교 고찰 – 동동과 돈황곡을 중심으로」, 『한국민속학』 29, 한국민속학회, 1997, 409~413쪽.

2. 외국인을 위한 한국어교육 측면에서 문학 교육의 내용과 방향

2.1. 한국어 교육에서의 문학 교육

외국어 학습에서의 문학교육의 의미는 주로 문학 텍스트를 통한 사회문화의 이해와 그를 바탕으로 한 의사소통의 신장의 측면에서 접근하고 있다. 카터와 롱[4]은 문학교육의 모형으로서 문화모형, 언어모형, 인간성장모형을 제시하는데 문학을 통해 얻게 되는 다양한 지식이 배경지식을 형성하여 언어능력을 향상시킨다고 주장한다. 윤여탁[5]은 외국인을 위한 한국어 문화 교육의 한 방향으로 문화 관련 정보를 소개하는 차원을 극복하고 문학작품 속에 녹아있는 문화를 가르침으로써 한국인의 사고방식, 언어관습, 문화관습 등을 익힐 수 있도록 해야 한다고 하였다. 김대행[6]은 언어문화교육이 상대적으로 높은 언어교육 효과를 나타낼 수 있다는 점을 지적하였다. 외국인 학습자에 대한 문학교육은 한국 문화의 내용, 정체성에 대해 깊이 있게 이해하고 경험케 함으로써 한국어를 습득하고 활용하는데 도움이 된다는 것이다.

김정우[7] 또한 문학작품을 통한 한국어 교육은 한국 문화교육의 일환이면서 한국인의 사고방식과 언어문화가 잘 반영된 실제적 텍스트로 이루어진 언어교육이라고 하고, 문학 교재 선정의 기준을 '학습자의

---

4 Carter, Ronald, and Michael N. Long. *Teaching literature.* New York : Longman, 1991.

5 윤여탁, 『외국어로서의 한국문학교육』, 한국문화사, 2007, 87쪽.

6 김대행, 「언어교육과 문화인식」, 『한국언어문화학』 5(1), 국제한국언어문화학회, 2008, 1~62쪽.

7 김정우, 「고급 한국어 학습자를 위한 문학교재가발방향」, 『한국언어문화학』 6(2), 국제한국언어문화학회, 2009, 1~30쪽.

목적', '작품의 수준'의 요소를 고려하여 살펴보았다. 한국어 교육에서의 문학작품의 선정 기준을 언어적 기준, 문화적 기준, 문학사적 기준으로 나누고 학습자의 수준에 따라 고급 초기의 경우 교재 선정의 기준은 언어적 기준이 우선하며, 고급 중 후기의 경우, 문화적 기준이 우선하고, 한국문학전공자인 경우 문학사적 기준이 중요한다고 하였다. 한국 문학 전공자를 제외한 일반 고급학습자를 위한 작품선정에 대해서는 전통적인 한국문화와 현대 한국인들의 삶과 사고방식을 두루 접할 수 있는 작품들이 선정될 필요가 있다고 하고, 구체적으로 중학교 교과서에 실린 시와 산문을 제시하였다.

양민정[8]은 한국어를 배우는 외국인 학습자에게 한국문화교육은 한국인의 사고방식, 현대 문화를 이해하기 위한 배경으로서의 전통문화, 가치관을 이해시키고 외국인 학습자가 한국생활의 여러 영역을 잘 이해하고 적응할 수 있는 삶을 살 수 있도록 하기 위해 필요하다고 하고, 고전문학은 한국문화교육을 위한 가장 효율적인 문학텍스트라고 하였다. 고전문학은 한국인의 전통문화적인 요소뿐 아니라 현대적 삶의 여러 양상들의 원형적 맥을 계승하고 있기 때문에 한국인의 문화와 가치관, 사고, 표현의 원리 등의 학습에 적절한 텍스트라는 것이다.

이소영과 고경민[9]은 한국어 교육에서의 문학작품 교재로서의 적절성을 '언어교육적 측면'과 '사회문화적 측면'으로 나누어 판단하였다. 언어교육적 측면에서는 학습교재의 수준, 작품의 난이도, 말하기, 듣

8 양민정, 「외국인을 위한 한국문화 교육 방안 연구-한국 고전문학을 중심으로」, 『국제지역연구』 9(4), 국제지역학회, 2006, 101~125쪽.

9 이소영·고경민, 「한국어교재에 수록된 문학작품의 적합성 판단과 기준-한국어 연수생의 문학작품수업을 바탕으로」, 『우리말교육현장연구』 5(1), 우리말교육현장학회, 2011, 85~118쪽.

기, 읽기, 쓰기 등의 언어기능과의 통합교육 활용도를 중심으로 문학 교재의 수준이 학습자의 언어 수준과 적절하게 부합하고 있는지에 따라 교재로서의 적절성이 판단된다고 하였다. 사회문화적 측면에서는 문화요소 반영도의 항목 중 생활문화 요소와 정신문화요소의 반영도를 살펴 작품의 적절정의 기준을 삼았다. 이소영과 고경민의 경우도 김정우의 의견과 마찬가지로 문학작품의 선정시 학습자의 언어수준과 문화 요소의 반영도가 고려되어야 하는 사항임을 강조하였다.

한국어 교육에서의 문화교육의 방향은 한국의 모습에 대해 단순한 흥밋거리를 제공하는 차원이 아니라 정신, 예술, 생활, 제도 등 문화의 제 영역의 과거와 현대의 모습을 이해할 수 있도록 제시되어야 할 것이다. 연구 결과를 통해 드러난 바와 같이 문학 교재를 중심으로 한 언어문화교육은 단순한 문화정보제공의 차원을 넘어서는 학습방법의 하나로서 한국어 교육 효과를 높이는데 일조할 것임은 분명하다. 문제는 어떠한 작품이 한국어 교육에 있어서 효과적인가 하는 것이다.

2.2. 한국어 교육에서의 문화 교육의 내용

앞서 말한 것처럼 외국어 학습에서의 문학교육의 목표는 사회문화 환경에 대한 이해를 통해 자국민과의 의사소통의 능력을 신장시키는 데에 있다. 이는 언어 교육 교재에 실리는 문학 작품의 경우 그 예술적 특성도 중요하지만 교재가 추구하는 문화 교육의 학습 내용 및 목표와의 연계성이 필요하다는 것을 의미하는 바이기도 하다. 그리고 그러할 때 더욱 높은 교육효과를 기대할 수 있을 것이다. 때문에 문학교육교재의 선정에 있어서 한국어 교육에서 문화교육의 구체적인 항목과 주제를 짚어보는 일은 중요하다.

강현화와 홍혜란[10]은 문화교육항목의 선정을 위해 제2언어 교수에서 다루어야 할 문화교육의 내용을 시대별(전통문화와 현대문화) 문화유형별(성취문화, 행동문화, 정보문화)[11]로 범주화하여 114편의 선행연구와 54권의 한국어교재 자료를 대상으로 한국문화교육의 세부적 항목을 추출하였다. 그 결과 문화유형별 제시항목의 분포는 성취문화가 25.7%, 정보문화가 17.2%, 행동문화가 57.1%로 나타났고, 시대별 제시항목의 분포는 전통문화가 21.7%, 현대문화가 78.3%로 나타났다. 〈표 1〉은 강현화·홍혜란이 제시한 선행연구의 숙달도 단계에 따른 고빈도 문화제시 항목[12]이다.

〈표 1〉 선행연구의 숙달도 단계에 따른 고빈도 문화제시 항목

구분	성취문화	행동문화	정보문화
초급	대중문화, 복식	경어법, 교통수단, 복식, 생애(경조사), 쇼핑, 식생활, 식사예절, 여가생활, 인사예절, 주거생활, 초대 / 방문 예절, 호칭, 화행	경제생활, 날씨와 생활, 생활정보, 지역명소
중급		명절과 세시풍속, 식생활, 여가생활, 학습 어휘	

10 강현화·홍혜란, 「한국문화교육항목선정에 관한 기초연구-선행연구, 교재, 기관 현황 조사 자료의 비교를 통하여」, 『외국어로서의 한국어교육』 36, 연세대학교 언어연구교육원 한국어학당, 2011, 1~35쪽.

11 강현화·홍혜란은 논문에서 Hammerly(Hammerly, H. "Synthesis in Language Teaching: An Introduction." Blaine, WA : Second Language Publications, 1982)의 의견에 따른 것이라 하였다.

12 강현화·홍혜란, 위의 글, 27쪽.

고급	대중문화, 전통공예, 전통무예, 문화유산, 복식, 현대문학	명절과 세시풍속, 식생활, 학습어휘	지역명소, 경제 현황, 생활정보, 지역축제

강현화와 홍혜란의 연구 결과에 따르면 문화유형별로는 행동문화가 문화교육항목에 높은 비중을 차지하고 있고, 시대적으로는 전통문화에 비해 현대문화가 매우 높은 비중을 차지하고 있다. 그런데 숙달도 단계에 따른 고빈도 제시 문화항목에 대해 비교할 경우, 고급단계에서는 문화유형별로는 상대적으로 초급과 중급에 비해 성취문화와 정보문화의 비중이 높아져 유형별 균형을 이루고 있으며, 시대별로는 전통문화항목의 비중이 높아짐을 알 수 있다. 곧, 일상생활 언어 소통이 원활해지는 고급단계에 이르러서는 성취업적과 관련된 문화요소와 사회, 지리, 역사, 가치관 등의 정보와 관련된 문화요소에 대한 학습이 요구되며, 또한 각 문화 요소들을 역사적 맥락 하에 이해할 수 있도록 하기 위해서 전통문화적 요소에 대한 학습이 강화되고 있는 것이다.

김정남과 장소원[13]은 외국인을 위한 한국문화 교재 17권을 대상으로 한국문화교재에서 다루고 있는 주제를 통계적으로 고찰하고, 그중 비중 있게 다루어지고 있는 주제를 추출하였다. 〈표 2〉는 김정남과 장소원이 제시한 9회 이상 나타나는 고빈도의 한국문화주제 항목들의 주제어와 8회부터 4회에 걸쳐 나타나는 중빈도의 주제어를 본고에서 다시 시대적 측면을 고려하여 분류한 것이다. 사회문화적 현상이 조선시대 이전부터 있었던 것일 경우 '조선 이전(전통문화)'의 항목에, 조선 시대 이후 나타난 사회 문화적 현상일 경우 '조선 이후(근현대문화)'의 항목

13 김정남·장소원, 「외국인을 위한 한국문화 교재의 주제 분석」, 『텍스트언어학』 31, 한국텍스트언어학회, 2011, 33~65쪽.

에, 시대성을 밝히기 어려운 사회문화적 현상일 경우 '기타'의 항목에 포함하였다.

〈표 2〉 빈도수별 시대별 한국 문화 주제

빈도수	주제어		
	조선 이전(전통문화)	조선 이후(근현대문화)	기타
4회	차례, 절기, 고인돌, 강강술래, 사물놀이, 효 사상, 발해, 율곡, 이황, 공동체문화, 석굴암	아파트, 조기유학, 사교육, 정책, 분단, 노래방, 광복절, 어린이날, 노령화, 한국 시,	식사예절, 밥, 떡, 삼계탕, 나물, 인사, 인사동, 제주도, 설악산, 종교, 체면,
5회	한옥, 온돌, 제사, 고조선시대, 이순신, 세계문화유산, 종묘제례, 단오, 동지, 수원화성, 무교(무속), 판소리	대통령, 드라마, 일제강점기,	불고기, 비빔밥, 생일, 한국어, 경어법, 호칭, 여가, 여행,
6회	세배, 정월대보름, 민간신앙, 경복궁, 유교, 고려시대, 통일신라시대	학제, 기독교, 한류,	교육, 기후,
7회	회갑, 추석, 삼국시대, 단군신화, 조선시대	태극기,	가족주의,
8회	한복, 설날, 불교, 장례, 백일, 돌, 명절, 창덕궁	대한민국,	
9회	세종대왕		김치, 서울,
10회			결혼
11회			
12회	한글		

〈표 2〉를 통해 전체적으로 전통문화와 관련된 주제어가 근현대 문화 관련 주제어보다 많이 다뤄지고 있음을 살필 수 있다. 또한 비교적 높은 6-8의 사용 빈도수를 보인 주제어의 경우 전통문화와 관련된 주제어가 상대적으로 현대문화의 주제어에 비해 많이 다뤄지고 있음을

알 수 있다. 이러한 결과는 전통문화 주제와 관련된 학습이 외국인을 대상으로 한 언어문화교육에 중요한 것임을 말해주고 있는 것이다.

한국어교육에서 제시 활용되는 이러한 문화 요소와 관련하여 학습자의 언어수준에 맞춰 문학교재가 제공된다면 보다 높은 학습 효과를 기대할 수 있다. 특히, 현재 일상적으로 경험하기 어려운 전통문화요소의 경우 학습될 전통문화 내용 및 주제와 상관성이 높은 문학 교재를 제공한다면 학습자는 문학적 상황과 맥락을 통해 문화를 이해하고 경험함으로써 한국어에 대한 이해와 활용의 폭을 넓힐 수 있을 것이다. 〈표 3〉은 두 연구에서 제시한 문화항목과 주제어 중 비교적 전통문화와 관련된 것을 종합한 내용이다. 이러한 항목과 주제어는 문학교재 선정 시 고려되어야 할 중요한 요소 중 하나라고 할 수 있다.

〈표 3〉 전통 문화 제시 항목 및 주제

<table>
<tr><th>구분</th><th>문화 제시 항목</th><th>문화 주제</th><th>빈도수</th></tr>
<tr><td rowspan="7">성취문화</td><td rowspan="7">고대역사, 전통공연, 전통공예, 전통무예, 전통놀이, 문화유산, 복식,</td><td>고인돌, 강강술래, 사물놀이, 발해, 율곡, 이황, 석굴암</td><td>4회</td></tr>
<tr><td>한옥, 온돌, 고조선시대, 이순신, 세계문화유산, 종묘제례, 수원화성, 판소리</td><td>5회</td></tr>
<tr><td>경복궁, 고려시대, 통일신라시대</td><td>6회</td></tr>
<tr><td>삼국시대, 단군신화, 조선시대</td><td>7회</td></tr>
<tr><td>한복, 창덕궁</td><td>8회</td></tr>
<tr><td>세종대왕</td><td>9회</td></tr>
<tr><td>한글</td><td>12회</td></tr>
<tr><td rowspan="5">행동문화</td><td rowspan="5">생애(경조사), 명절과 세시풍속,</td><td>차례, 절기, 공동체문화</td><td>4회</td></tr>
<tr><td>제사, 종묘제례, 단오, 동지</td><td>5회</td></tr>
<tr><td>세배, 정월대보름</td><td>6회</td></tr>
<tr><td>회갑, 추석</td><td>7회</td></tr>
<tr><td>설날, 장례, 백일, 돌, 명절</td><td>8회</td></tr>
</table>

정보문화	한국인의 종교, 지역축제	효사상	4회
		무교(무속)	5회
		민간신앙, 유교	6회
			7회
		불교	8회

2.3. 한국어 교재내의 문화항목과 문학작품과의 연계성

한국어 교재에 실린 문학 교재의 현황을 살펴보기 위해 고급 한국어 교재 4종 14권을 대상으로 수록된 문학 작품을 조사하였다. 조사대상으로 삼은 14권의 한국어교재는 개발되어 사용 중인 많은 한국어 교재에 비하면 매우 적은 사례이다. 그러나 오랫동안 외국인을 대상으로 한국어 교육을 담당했던 두 기관에서 발행한 교재와 전문가를 중심으로 유학생을 대상으로 개발된 교재를 통해 한국어 교재에 실린 문학교재의 장르와 특징의 대강은 파악할 수 있다.

① 연세대학교 한국어학당 편, 연세 한국어 읽기 5, 6권, 연세대학교 대학출판문화원 2007.
② 연세대학교 한국어학당 편, 100시간 한국어 4, 5, 6권,
③ 고려대학교 한국어문화센터, 재미있는 한국어 4, 5, 6,권, / 재미있는 한국어 Workbook 4, 5, 6,권
④ 이채연 외, 유학생을 위한 톡톡 튀는 한국어 4, 5, 6권

〈표 4〉 한국어 교재 내의 문학 작품

구분	제목	권	문학 작품	
			고전	현대
①	연세 한국어 읽기	5		사전을 찾아가며 읽는 즐거움(수필), 정독의 시간(수필), 머피의 법칙(수필), 누구든 천재처럼 될 수 있다(수필), 동주형의 추억(수필), 가슴은 한국에 시야는 세계에(수필), 국화 옆에서(시), 귀천(시), 즐거운 편지(시), 광화문연가(대중가요), 거위의 꿈(대중가요), 풍선을 샀어(소설)
		6		또 다른 시작(수필), 로스트로포비치 선생님과의 만남(수필), 자화상(시), 이 시대의 죽음 또는 우화(시), 남해금산(시), 다람쥐를 위하여(시), 엘리베이터에 낀 그 남자는 어떻게 되었나(소설), 우리들의 행복한 시간(소설), 거꾸로 강을 거슬러 오르는 연어처럼(대중가요)
②	100시간 한국어	4		해바라기의 그대 내게 행복을 주는 사람(대중가요), 이준기의 바보사랑(대중가요), 난타(비언어극), 점프(비언어극), 명성왕후(뮤지컬)
		5	단군신화(신화), 태산이 높다하되(시조) 이고진 저늙은이(시조) 동기로 세몸되어(시조)	버스에 대한 짧은 명상(수필), 난장이가 쏘아올린 작은 공(소설), 내 마음은(시), 꽃(시), 라디오와 같이 사랑을 끄고 켤 수 있다면(시)
		6	신데렐라류(설화)	낙엽을 태우며(수필)
③	재미있는 한국어	4	속담	
		5	단군신화(신화), 속담	진달래꽃(시), 서시(시), 꽃(시), 승무(시), 나무(시)
		6		봄봄(소설), 누가 해변에서 함부로 불꽃놀이를 하는가(소설)
	재미있는 한국어 (Workbook)	4	속담	
		5		풀(시), 낙화(시), 국화 옆에서(시), 나의 사랑하는 생활(수필)
		6		별(소설)
④	유학생을 위한 톡톡 튀는 한국어	4	선녀와 나무꾼(설화), 해와 달이 된 오누이(설화), 견우와 직녀(설화) 토끼전(판소리소설)	은전 한 닢(수필), 극락조(수필), 하늘을 닮은 소리(동화), 국화 옆에서(시), 귀천(시), 유리창(시) 놀부전(희곡)[14]
		5	토끼전(판소리소설)	소나기(소설), 진달래꽃(시), 님의 침묵(시), 가난

				한 사랑노래(시), 낙화(시), 사랑(시), 눈물의 미학(수필), 어느 날의 단상들(수필), 방망이 깍던 노인(수필), 국물이야기(수필), 댈러웨이의 창(소설)
		6	황조가(한역시) 시집살이 노래(민요), 강강술래(민요)	서시(시), 즐거운 편지(시), 그 여자네(시), 봄봄(소설), 황소와 도깨비(소설), 여덟 개의 모자로 남은 당신(소설), 맹진사댁 경사(희곡)

〈표 4〉를 보면 한국어 교재에 실린 고전문학작품은 설화, 속담, 판소리, 민요, 한역시, 시조 등이 있는데, 설화와 속담, 민요 등의 구비문학류가 대부분을 이루고 있다. 세 편의 시조와 판소리계 소설이 눈에 띄긴 하지만 앞 단원의 〈표 3〉에서 제시한 문화항목 및 주제와 연관하여 학습에 활용할 수 있는 고전문학 작품은 매우 부족하다. 이를 통해서는 '한국어 문화 교육의 한 방향으로 문학작품 속에 녹아있는 문화를 가르침으로써 한국인의 사고방식, 언어관습, 문화관습을 익히고',[15] '한국 문화의 내용, 정체성에 대해 깊이 있게 이해하고 경험케 함으로써 한국어를 습득하고 활용하게 하며',[16] '외국인 학습자에게 한국인의 사고방식, 현대 문화를 이해하기 위한 배경으로서의 전통문화, 가치관을 이해시키고 외국인 학습자가 한국생활의 여러 영역을 잘 이해하고 적응할 수 있는 삶을 살 수 있도록 하고',[17] '한국인의 사고방식과 언어문화가 잘 반영된 실제적 텍스트로 이루어진 언어교육'[18]을 실현하기에는 어려움이 있다. 이러한 현실은 한국어 교재에 실릴 고전문

14 고전문학을 바탕으로 하고 있다는 점에서 고전문학의 분류에 포함시킬 수 있지만 홍보전에 대해 현대적 의미로 재해석한 '희곡'이라는 점에서 현대문학에 포함하였다.

15 윤여탁, 앞의 책, 87쪽.

16 김대행, 앞의 글, 1~62쪽.

17 양민정, 앞의 글, 101~125쪽.

18 김정우, 앞의 글, 1~30쪽.

학 교재의 발굴과 평가를 위해 언어문화교육의 관점에서 문학 작품에 대한 분석이 이루어져야 함을 시사하는 바이기도 하다.

3. 한국어교육의 관점에서 살펴본 〈동동〉의 의미

3.1. 고려시대 노래로서 한글로 전해진다

〈동동〉은 고려시대부터 조선에 이르기까지 향유된 노래로서 한글로 전해진다. 〈동동〉이 고려의 노래라는 점은 작품이면 가지고 있는 시대적 성격을 나타내는 바이지만 〈동동〉이 고려의 시대성을 어떻게 담아내고 있는 노래인가를 문학적 어학적 측면에서 살피는 일은 언어문화교육의 관점에서 이 노래가 교재에 실릴 만한가의 선정 기준의 하나를 제공한다는 점에서 중요하다.

〈동동〉은 고려사 71권 속악조에 그 기록이 남아 있고, 악학궤범 권 5 아박조에 그 연행모습과 가사가 수록되어 있으며, 대악후보 권 7에 그 악보가 실려 전한다. 고려사에 실린 〈동동〉 관련 기사는 다음과 같다.

[예문 1] 고려사악지에 실린 동동 관련 기사

고려의 속악은 여러 악보를 참고하여 실었다. 그 중에서 동동 및 서경 이하의 24편은 모두 우리말(俚語)을 사용하고 있다.[19]

동동지희(動動之戱)는 그 가사의 많은 부분이 송축하는 말로 구성되어 있는데, 대체로 선어를 본받아서 그러한 것이다. 그러나 그 가사가

19 高麗俗樂考諸樂譜在之 其動動及西京二下二十四篇皆用俚語(고려사 권 71, 지 25, 악).

우리말(俚語)이라 싣지 못한다.[20]

고려사악지 속악조는 [예문 1-①]에 보인 서문에 이어 악기, 무고, 동동, 무애의 기사가 실려 있다. 무고, 동동, 무애에 대해서는 각각의 음악과 노래, 춤에 대해 기록되어 있고, 이후에 실린 속악들은 노래 이름과 노래의 배경, 한자로 된 노랫말이 실려 있다. 무고는 노래 정읍사에 맞춰 연행되었고, 무애는 무애사에 맞춰 춘 노래와 음악, 춤을 가리키는 말이지만 그 가사가 불가어와 방언으로 된 것이다. 곧, 고려사악지의 속악은 크게 노래와 춤, 음악의 연희적 성격이 강한 곡과 노랫말의 성격이 강조된 것의 두 유형으로 나눠 볼 수 있을 것인데, 이중 우리말 가사와 음악, 춤에 대해 기술된 속악은 바로 〈동동〉 하나이다.

〈동동〉 및 〈서경〉 이하의 우리말 가사로 된 24개의 노래는 〈대동강〉, 〈오관산〉, 〈양주〉, 〈월정화〉, 〈장단〉, 〈정산〉, 〈벌곡조〉, 〈원홍〉, 〈금강성〉, 〈장생포〉, 〈총석정〉, 〈거사련〉, 〈처용〉, 〈사리화〉, 〈장암〉, 〈제위보〉, 〈안동자청〉, 〈송산〉, 〈예성강〉, 〈동백나무〉, 〈한송정〉, 〈정과정〉이다. 이 중 작가가 있다고 기록된 곡으로는 〈오관산〉, 〈정산〉, 〈벌곡조〉, 〈원홍〉, 〈총석정〉, 〈거사련〉, 〈장암〉, 〈제위보〉, 〈예성강〉, 〈동백목〉, 〈정과정〉 등이 있고, 이외 〈서경〉, 〈대동강〉, 〈양주〉, 〈장단〉, 〈금강성〉, 〈장생포〉, 〈처용〉, 〈사리화〉, 〈송산〉 등의 곡들은 백성들이 지은, 그 지역의 풍속과 관련된 민요의 성격을 띠고 있다. 작가가 있거나 없거나 고려사악지의 기록을 통해서 고려가요는 일반 백성에서부터 귀족, 왕족에 이르기까지 같이 즐긴 노래라는

20 動動之戲其歌詞多有頌祝之詞盖效仙語而爲之 然詞俚不載(고려사 권 71, 지 25, 악, 속악, 동동).

점을 알 수 있다. 그 시적 감흥도 민요와 유사한 면이 많이 있다. 그러나 현존하는 고려속악은 궁중 연회에 불릴 수 있도록 그 가사와 음악이 정재되고 춤과 어우러진 곡이라고 할 때 민요와는 전혀 다른 감성을 드러내는 노래이기도 하다. 정병욱[21]은 고려가요는 나례, 잡희 백희 등의 무대적 성격을 가지며, 후렴구가 발달하였고, 여러 연이 일률적으로 중첩되는 구성을 가진 노래로 순진하고 솔직하며 관능적인 수사법을 사용함을 통해 몽고군의 침범, 무신의 집권, 강화천도 등의 역사적 조건 아래에서의 순간적인 향락 추구와 퇴영적인 생활감정을 드러내고 있다고 하였다.

〈동동〉은 형식적으로 기구를 포함하여 모두 13연이 '아으 동동다리'라는 후렴구를 중심으로 중첩되어 있는 곡이다. 내용적으로는 세상에 없는 님 혹은 여인을 떠난 님에 대한 사랑과 님을 못 잊는 연모의 정을 솔직하게 표현하고 있다. 그러나 [예시 1]에서 보인 바와 같이 '송도지사'의 의미를 내포하고 있다고 평가 받는 곡이기도 하다. 송도란 송축하고 축복하는 뜻을 담고 있는 것으로써 남녀간의 사랑을 그 주제로 담고 있지만 신하와 아들이, 임금과 아비에게, 아내가 남편에게 바치는 노래라는 것이다.[22] 이처럼 〈동동〉은 고려시대의 가요가 갖는 일반적인 특성을 잘 나타내주는 곡의 하나라고 할 수 있다.

그런데, 언어학적으로 〈동동〉은 아직까지 해독하기 어려운 부분이 남아있다는 문제를 가지고 있다. 그럼에도 고려 때부터 우리말로 불렸고 한글창제 이후 한글로 그 가사가 기록되고 현재에까지 전해지고 있다는 점에서 〈동동〉은 고려 당대, 적어도 조선시대 악학궤범에 실릴

21 정병욱, 『한국고전시가론』, 신구문화사, 1988, 97~124쪽.

22 최철·박재민, 『석주 고려가요』, 이회, 2003, 11~12쪽.

당시부터의 언어와 문화 및 그 안에 녹아있는 사고를 경험케 할 수 있다는 장점을 지닌다. 〈동동〉의 단어 중 명사를 노랫말 순서대로 나열하면 〈표 5〉와 같다.

〈표 5〉 동동의 단어

연	단어	뜻	비고
1연	德	도덕적·윤리적 이상을 실현해 나가는 인격적 능력 혹은 공정하고 남을 넓게 이해하고 받아들이는 마음이나 행동[23]	
	福	삶에서 누리는 좋고 만족할 만한 행운. 또는 거기서 얻는 행복[24]	
	곰ᄇᆡ	덕의 발원과 관련한 공간 개념어[25]	미상
	림ᄇᆡ	복의 보유한 공간에 대한 지칭어[26]	미상
2연	정월	1월	
	나릿물	나리는 내[川]의 고형(古形)으로 나릿물은 냇물을 의미함	
	누리	세상의 옛말	
	가온ᄃᆡ	가운데	
3연	보ᄅᆞᆷ	15일	
	燈ㅅ블	등불	
	즛	모습이나 모양의 옛말	
4연	滿春	만춘(晩春)으로 늦봄을 의미함	
	ᄃᆞᆯ욋곶	진달래꽃[27]	
5연	곳고리새	꾀꼬리 새의 옛말	
	錄事님	고려 시대에 각급 관아에 속하여 기록에 관련된 일을 맡아보던 하급 실무직 벼슬아치.	
6연	수릿날	단오를 지칭하는 고유어	
	아ᄎᆞᆷ	아침의 옛말	
	즈믄	천(千)의 옛말	

23 국립국어원, 표준국어대사전 http://stdweb2.korean.go.kr/search/List_dic.jsp
24 위의 책.

7연	별ㅎ	수애(水涯)로 물가 언덕을 의미함	
	빗	머리를 빗을 때 사용하는 도구	
8연	百種	백중날을 달리 이르는 말이기도 하고 온갖 음식을 의미하기도 함	
9연	嘉俳날	한가위를 의미함	
10연	黃花	국화	
11연	ᄇᆞᄅᆞᆺ	'보로쇠', '고로쇠', 혹은 '보리수'로 추정하나 정확하지 않음	미상
12연	봉당	안방과 건넌방 사이의 마루를 놓을 자리를 흙바닥 그대로 둔 곳[28]	
	汗衫	궁중에서 속적삼을 이르던 말[29]	
13연	분디남ᄀᆞ	산초나무	
	盤	소반	
	져	젓가락	
	손	다른 곳에서 찾아 온 사람, 지나가다가 잠시 들른 사람	

〈표 5〉에 제시된 단어 중 덕과 복, 자연과 관련된 명사와 그에 대한 감정 이입은 외국인을 대상으로 한 학습에서 주목할 것들이다. 신년을 시작하면서 혹은 일을 새롭게 시작하면서 나누는 한국인의 '덕'담 중 최고의 것은 '복'일 것이다. 〈동동〉의 기구에는 덕과 복을 나란히 하여 노래를 시작함으로 정재의 시작과 더불어 송축의 의미를 표현하고 있다. 〈동동〉의 기구에 표현된 덕과 복은 임금을 향한 덕과 복이고, 또한 연회에 참여한 사람들에 대한 덕과 복이며, 일 년의 시작인 정월 노래에 앞 선 새로운 시작을 이끄는 덕과 복일 것이다. 그런데, 복을 덕과 나란히 하여 송축함으로써 전통적으로 한국인이 가진 '복'의 의미가 무

25 최철·박재민, 앞의 책, 16쪽.

26 위의 책, 23쪽.

27 위의 책, 53쪽.

28 위의 책, 92쪽.

29 국립국어원, 앞의 책.

엇인지 제시하고 있다. 곧, 〈동동〉의 기구에 나타난 덕과 복의 의미를 통해 새해 혹은 일의 시작에 나누는 '복'이 단순히 개인의 성취와 욕망을 앞세운 복이 아니라 덕을 베풀고 받는 가운데서 얻어지는 것이라는, 복에 대한 생각을 읽어낼 수 있다.

자연과 관련된 단어로는 시냇물, 만춘, 진달래꽃, 꾀꼬리, 국화 등이 있다. 〈동동〉을 비롯한 고려가요에서의 자연은 인간의 생활이나 감정과 깊이 연관되어 있다. 〈동동〉에 나타난 자연은 그 아름다움이나 양태에 대한 시적 표현이라기보다 인간의 관조와 사색을 거친 주관화된 자연의 세계이다.[30] 날씨에 따라 얼었다 녹았다를 반복하는 정월의 시냇물을 작중 화자의 외로움과 대비시킴으로써 여성화자의 변치 않는 홀로 된 상황을 변치 않을 것 같이 얼었던 시냇물이 얼었다 녹았다 하는 변화를 통해 전달된다. 마찬가지로 4월이 되어 돌아오는 꾀꼬리 소리를 통해 님으로부터 오지 않는 소식에 대한 아쉽고 서러운 마음이 표현되고 있다. 이처럼 자연이 인간적으로 주관화된 방식을 이해하는 것이야말로 바로 한국문화와 정서를 이해하는 길이라고 할 수 있다.

3.2. 궁중의례이다

외국인을 위한 한국어 교재에서 궁중의례와 관련된 항목과 주제는 전통공연 및 문화유산과 경복궁, 종묘제례, 창덕궁, 세계문화유산 그리고 수원 화성[31]이다. 대부분 조선시대의 문화재 및 문화와 관련된 항

---

30 정병욱, 앞의 책, 295~299쪽.

31 세계문화유산는 그 중에 종묘, 종묘의례가 포함되어 있다는 점에서 궁중의례와 관련이 있다. 수원 화성의 경우 정조의 화성행차와 관련이 되는 공간이라는 점에서 궁중의례와 관련이 깊다.

목이지만 조선시대의 궁중의례는 고려 시대와 연계성을 가지며 이어졌으며, 이는 악기에서 비롯된 악(樂)의 근원이 사람의 마음과 통하며, 백성을 다스리고 조화롭게 하는 도리와 관련이 된다는 것에 대한 맥락적 이해가 선행되어야 할 항목들이다.

악기에서 '악(樂)'에 대해 '사람의 마음이 외물에 감응하여 움직이면 성(聲)으로 드러나고 성이 서로 호응하여 변화를 이루면 그를 음(音)이라 일컫고, 음을 나란히 안배하고 구성하여 악기로 연주하고 간과 척과 우와 모를 쥐고 춤을 추면 악이라고 한다'[32]고 정의하고 있다. 또한 '예(禮)는 백성의 뜻을 이끌고 악(樂)으로 백성의 소리를 조화롭게 하며, 정(政;법률)으로 백성의 행실을 가지런히 하고, 형(刑; 형벌)로 백성의 간악함을 막는다'[33]고 하여 음악이 백성의 마음을 다스리고 세상을 도리를 실현하는 제도임을 밝히고 있다. 곧, 악은 단순히 음악 연주가 아니며, 그 구성을 조화롭게 하여 간과 척과 우와 모를 쥐고 추는 춤을 모두 일컬어 악이라는 것이고, 임금이 세상을 바로 다스리는 것과 밀접하게 관련이 되어 있다는 것이다. 이러한 의미는 그대로 고려와 조선시대로 이어진다. 고려사악지에는 '악이란 풍속과 교화를 수립하고 공덕을 형상하는 것이다'[34]라고 기술함으로써 예악형정(禮樂刑政)의 의미를 강조하였다. 조선 초 태종 때에는 예악을 '신과 인간을 다스리고 상과 하를 화합하게 하는 것(治神人和上下)으로 인식하고[35] 예악을 통

32 感於物而動, 故形於聲, 聲相應 故生變 變成方 爲之音 比音而樂之 及干戚羽毛爲之樂 (樂本 第一篇, 김승룡 편역주, 『악기집석』, 청계, 2002, 75쪽).

33 故禮以道其志 樂以和其聲 政以一其行 刑以防其姦 禮樂刑政 其極一也(樂本 第一篇, 김승룡 편역주, 위의 책, 98쪽).

34 夫樂者所以樹風化象功德者也 (고려사 70권 지 24 악1)
http://www.krpia.co.kr/pcontent/?svcid=KR&proid=1

해 왕도정치의 이념을 실현하고자 하였다.

때문에 궁중에서 음악을 향유할 때에는 그 격식과 절차도 중요하였다. 고려사의 속악을 사용하는 절차에 의하면 고려시대 때 속악은 원구(園丘), 사직(社稷)에 제사할 때, 태묘(太廟), 선농(先農), 문선왕묘(文宣王廟)에 제향할 때, 왕비, 왕태자, 왕자, 왕녀를 책봉할 때, 왕태자에게 관례(加元服) 시키는 의식에서 손님이 휴계실로 나가서 휴식할 때와 빈주(賓主)를 인도하여 신과 홀(笏)을 제거하고 나와서 정한 위치에 섰을 때, 그리고 연등회와 팔관회 때 불리었다.[36] 이러한 기록에 준해서 본다면 고려사악지 속악조에 실려 있는 〈동동〉은 아악 및 당악과 더불어 이러한 국가의 의례에서 격식과 절차에 준하여 불린 노래라는 것을 알 수 있다.

---

35 태종실록 권2 1년 11월 16일 기사.

36 원구(園丘), 사직(社稷)에 제사할 때와 태묘(太廟), 선농(先農), 문선왕묘(文宣王廟)에 제향할 때에 아헌(亞獻), 종헌(終獻), 송신(送神)에 모두 향악을 교주한다. 왕비, 왕태자, 왕자, 왕녀를 책봉할 때와 왕태자에게 관례(加元服) 시키는 의식에서 손님이 휴계실로 나가서 휴식할 때와 빈주(賓主)를 인도하여 신과 홀(笏)을 제거하고 나와서 정한 위치에 섰을 때에는 모두 영선악(迎仙樂)을 주악한다. 문종 27년 2월 을해일에 교방(教坊)에서 아뢰기를 "여제자(女弟子) 진경(眞卿) 등 13명에게 전습시킨 도사행(蹈沙行) 가무를 연등회(燃燈會)에 사용하기를 바랍니다"라고 하니 왕이 그 의견대로 시행할 것을 명령하였다. 11월 신해일에 팔관회(八關會)를 베풀고 왕이 신봉루(神鳳樓)로 거동하여 교방악(教坊樂)을 감상하였다. (祀圜丘社稷享太廟先農文宣王廟亞終獻及送神並交奏鄕樂 冊王妃王太子王子王姬王太子加元服賓就幕歇引賓主去靴笏出就位並奏迎仙樂. 文宗二十七年 二月 乙亥 教坊奏女弟子眞卿等十三人所傳踏沙行歌舞請用於燃燈會 制從之 十一月 辛亥 設八關會御神鳳樓觀樂教坊) (고려사 71권 지 25 악2 속악을 사용하는 절차)
http://www.krpia.co.kr/pcontent/?svcid=KR&proid=1

[예문 2] **악학궤범 5권 성종조 향악정재도 아박**

악사가 동영을 거쳐 들어와 전중의 좌우에 아박을 놓으면 무기 2인이 좌우로 갈라 나아가 꿇어앉아서 아박을 집어 들었다가 도로 놓고 일어서서 염수 족도하고 꿇어 엎드린다. 음악이 동동 만기를 연주하면 두 여기가 머리를 조금 들고 기구(起句)

德으란 곰ᄇᆡ예 받ᄌᆞᆸ고 福으란 림ᄇᆡ예 받ᄌᆞᆸ고 德이여 福이라 호ᄂᆞᆯ 나ᅀᆞ라 오소이다 아으 動動다리

를 부르고 끝나면 꿇어앉아 아박을 집어서 허리띠 사이로 꽂고 염수하고 일어서서 족도한다. 제기(諸妓)는 가사

正月ㅅ 나릿므른 아으 어져 녹져 ᄒᆞ논ᄃᆡ 누릿 가온ᄃᆡ 나곤 몸하 ᄒᆞ올로 녈셔 아으 動動다리

를 부르고 두 여기가 춤을 춘다. 음악이 동동 중기를 연주하면 제기는 여전히 가사

二月ㅅ 보로매 아으 노피 현 燈ㅅ블 다호라 萬人 비취실 즈ᅀᅵ샷다 아으 動動다리

三月 나며 開ᄒᆞᆫ 아으 滿春 달욋고지여 ᄂᆞᄆᆡ 브롤 즈ᅀᅳᆯ 디녀 나샷다 아으 動動다리

四月 아니 니저 아으 오실셔 곳고리새여 므슴다 錄事니ᄆᆞᆫ 녯나ᄅᆞᆯ 닛고신뎌 아으 動動다리

五月 五日애 아으 수릿날 아ᄎᆞᆷ 藥은 즈믄힐 長存ᄒᆞ샬 藥이라 받ᄌᆞᆸ노이다 아으 動動다리

六月ㅅ 보로매 아으 별해 ᄇᆞ룐 빗다호라 도라보실 니믈 젹곰 좃니노이다 아으 動動다리

七月ㅅ 보로매 아으 百種 排ᄒᆞ야 두고 니믈 ᄒᆞᆫᄃᆡ 녀가져 願을 비ᅀᆞᆸ노이다 아으 動動다리

八月ㅅ 보로ᄆᆞᆫ 아으 嘉俳 나리마ᄅᆞᆫ 니믈 뫼셔 녀곤 오ᄂᆞᆳ낤 嘉俳샷다 아으 動動다리

九月 九日애 아으 藥이라 먹논 黃花 고지 안해 드니 새셔 가만ᄒᆞ얘라 아으動動다리

十月애 아으 져미연 ᄇᆞᄅᆞᆺ 다호라 것거 ᄇᆞ리신 後에 디니실 ᄒᆞᆫ 부니 업스샷다 아으 動動다리

十一月ㅅ 봉당자리예 아으 汗衫 두펴 누워 슬ᄒᆞᆯ ᄉᆞ라온뎌 고우닐 스싀옴 녈셔 아으 動動다리

十二月ㅅ 분디남ᄀᆞ로 갓곤 아으 나ᅀᆞᆯ 盤잇 져다호라 니믜 알ᄑᆡ 드러 얼이노니 소니 가재다 므ᄅᆞᄉᆞᆸ노이다 아으 動動다리

를 부른다. 박을 치면 두 여기가 꿇어앉아 아박을 손에 쥐고 염수하여 일어서서 박을 치는 소리에 따라 북쪽을 향하여 춤추고 대무하고 또 북쪽을 향하여 춤추고 배무하고 도로 북쪽을 향하여 춤춘다. 매월의 가사에 따라 춤을 변하여 나아갔다 물러났다 하면서 춤춘다. 악사는 절차의 지속에 따라 1강을 걸러 박을 치면 두 여기가 염수하고 꿇어앉아 보디 있던 자리에 아박을 놓고 염수하고 일어서서 족도하고 꿇어앉아 부복하고 일어나서 족도하다가 물러가면 음악이 그친다. 악사가 동영을 거쳐 들어와 아박을 가지고 나간다.[37]

예악의 사용에 대한 격식과 절차가 한층 정비된 조선시대에 와서 〈동동〉은 〈아박〉이라는 이름으로 당악정재와 더불어 하례와 궁중연향악에 사용되었다.[38] 향악정재인 〈아박〉은 그 시작이 당악정재와 유사하다. 당악정재 중 〈포구락〉을 예로 든다면, 〈포구락〉은 무대가 악관 및 기녀를 이끌어 남동쪽에 서고 두 줄로 앉은 후 악관이 절화령을 연주하면 기녀 2인이 죽간자를 치켜들고 앞에 섰다가 음악이 멎으면 '아악(雅樂)이 미려(美麗)한 경치 속에 울려나는데 아리따운 기동(妓童)들 뜰에 떼지어 늘어서서 다투어 아름다운 자태로 함께 덩실거리는 춤을

37 樂學軌範 卷之五 時用鄕樂呈才圖說 牙拍, 『국역악학궤범』, 민족문화추진회, 1989.

38 樂學軌範 卷之二 時用賀禮及宴享樂, 世宗朝會禮宴儀, 『국역악학궤범』, 민족문화추진회, 1989.

바치옵니다 같이 하여 즐거움 나누도록 허락하여 주시기 바라옵니다' 와 같이 구호치어(口號致語)를 하며[39] 시작된다. 대부분의 당악정재는 이와 같은 치어로써 임금에게 송축하고 정재의 시작을 알리는 구성을 갖추고 있다. 〈동동〉은 당악정재의 치어와 같이 '기구(起句)'를 시작으로 왕을 송도하고 연행의 시작을 알리며[40] 노래와 음악과 춤이 어우러진 정재가 전개된다. 〈아박〉은 악사가 동영을 거쳐 들어와 전중의 좌우에 아박을 놓으면 무기 2인이 좌우로 갈라 나아가 꿇어앉아서 아박을 집어 들었다가 도로 놓고 일어서서 염수 족도하고 꿇어 엎드린 후 음악이 동동 만기를 연주하면 두 여기가 머리를 조금 들고 기구(起句)를 부르며 시작된다. 기녀는 아박을 들었다 놨다 하면서 춤을 추고, 동동의 음악이 연주되는 동안 동동사를 음악 반주에 맞춰 부른다. 매월의 가사에 따라 춤을 변하여 나아갔다 물러났다 한다. 정재에서 사용되는 아박이라는 악기는 보통 상아로 만들어진 6편으로 된 부채처럼 생긴 타악기[41]이지만 아박정재에서는 음악연주에 사용된 것이 아니라 무용의 도구로서 사용되고 있다. 〈동동〉 음악에 사용되는 악기는 다른 향악 연주와 마찬가지로 혜금, 당비파, 현금, 향비파, 가야금, 대금, 향피리, 장고 등이 사용되었다.

[예문 3]은 숙종 때 연로한 신하를 위해 궁중에서 베푼 기로연에 대

---

39 舞隊(衫), 率樂官及妓,(樂官朱衣, 妓丹粧) 立于南東上, 重行而坐, 奏折花令, 妓二人奉竹竿子, 立于前, 樂止, 口號致語曰, 雅樂於麗景, 妓童部列於香階, 爭呈之姿, 共獻之舞, 冀容入隊, 以樂以娛, 訖, 左右分立(고려사 71, 지25, 악, 당악, 포구락)

40 최철·박재민, 앞의 책, 15쪽.

41 아박은 상아로 만들며 고래뼈, 소뼈, 사슴뿔 따위로 대용하기도 하는데, 모두 6편이다. 사슴피로 꿰고 오색의 매듭을 드리운다.(樂學軌範 卷之八 鄕樂呈才樂器圖說 牙拍, 『국역악학궤범』, 민족문화추진회, 1989)

한 기록이다. 절차에 맞춰 아박정재는 제2작 탕을 바치며 연행되었다. 기로연에서는 왕을 비롯하여 왕세자까지 직접 참석하여 연로한 신하들을 위해 술과 음식과 함께 기녀들과 악공들이 춤과, 노래 연주가 어우러진 연향악을 통해 그 노고를 치하하였다. 그리고 제5작의 술잔에는 '사기로소(賜耆老所)'의 네 글자를 새겨 기로신들에게 선사하였다. 이러한 연행을 통해서 노인공경의 도리를 국가적 차원에서 시행하고 있음을 읽어낼 수 있다. 궁중연향악은 왕의 수복을 기리고, 왕업을 찬양하고, 궁중과 국가의 태평성세를 기원하며 연향에 참석한 사람들을 기쁘고 흥겹게 하는 기능을 수행한다. 그런데 그 본질적인 의미는 앞서 말한 바와 같이 그 조화로움을 통하여 백성의 마음을 다스리고 세상의 도리를 실현하는 예악행정의 뜻을 실현시키는 데에 있다는 것을 알 수 있다.

[예문 3] 숙종실록 기로연 기사

임금이 경현당에 나아가 여러 기로신(耆老臣)들에게 잔치를 내려 주었다.

사옹원 제조가 주기(酒器)를 바치자 음악이 시작되고, 왕세자 이하의 관원들이 자리를 나란히 하여 부복하였다. 바치기를 마치자 음악이 그쳤다. 제조가 휘건함(揮巾函)을 받들어 어좌 앞에 나아가자 음악이 시작되고, 내시가 꿇어앉아 휘건을 바치기를 마치자 음악이 그쳤다. 제조가 찬안(饌案)를 바치자 음악이 시작되었는데, 또 별행과를 바쳤다. 집사자가 여러 기로신들의 찬탁을 배설하니 음악이 그쳤다.(중략) 제2작·제3작·제4작을 바칠 때 탕을 바치는 의식은 모두 전과 같게 하였는데, 제2작 때에는 음악을 정읍만기를 연주하고 <u>아박무를 무동이 들어와서 추었으며,</u> 탕을 바치자 음악은 청평곡을 연주하였다. 제3작 때에 음악은 보허자령을 연주하고 향발무를 무동이 들어와서 춤추게 하였으며, 탕을 바치

> 자 음악은 하운봉을 연주하였다. 제4작 때 음악은 천년만세를 연주하고 무고를 무동이 들어와서 추었으며, 탕을 바치자 음악은 낙양춘을 연주하였다. 마침내 어좌 앞에 푸른 휘장을 내리고 임금이 조금 쉬었다가, 잠시 후에 휘장을 걷어치웠다. 내시가 한 은배(銀杯)를 받들어 내놓고 임금의 교지를 선포하기를, "제5작은 이것으로 술을 돌리고, 인하여 술잔을 기로소에 내릴 것이니, 술잔 가운데에 '사기로소(賜耆老所)' 네 글자를 새기도록 하라."하자, 여러 기로신들이 돌려가며 구경하고 머리를 조아려 사례하였다. 제조가 제5작을 바치자, 음악은 여민락을 연주하고 광수무를 무동이 들어와서 춤추었다. 바치기를 마치자 제조가 소선을 물리고 대선을 바치니, 음악은 태평년을 연주하고, 인하여 여민락을 연주하였는데, 처용이 들어와서 춤을 추었다.[42]

3.3. 세시풍속을 중심으로 전개되었다

세시풍속은 어느 한국어 교재든 빠지지 않고 다뤄지는 문화항목이다. 〈동동〉이 문학 교재로서 가장 매력적일 수 있는 점이 바로 이 부분이다. 〈동동〉의 각각의 장은 계절의 묘사 및 세시풍속과 그 달을 대표할 만한 소재로 구성되어 있으며, 여인의 목소리는 사계와 12월의 순

---

42 上出御景賢堂, 錫耆老諸臣宴. 司饔院提調進酒器, 樂作, 王世子以下, 離位俯伏. 進訖, 樂止. 提調捧揮巾函, 詣座前, 樂作, 內侍跪進揮巾訖, 樂止. 提調進饍案, 樂作, 又進別行果。執事者設耆老諸臣饌卓, 樂止。上命侍衛諸將賜座。近侍捧花盤, 詣座前, 樂作. 王世子以下, 離位俯伏。內侍進花訖, 樂止. 提調進鹽水, 樂作, 提調以空案, 置於饌案之右, 樂止.(중략) 第二、第三、第四進爵, 進湯, 竝如前儀, 而第二爵, 樂奏井邑慢機, <u>牙拍, 舞童入作</u>。進湯, 樂奏淸平曲. 第三爵, 樂奏少虛子令(步虛子令), 響鈸, 舞童入作, 進湯, 樂奏夏雲峰. 第四爵, 樂奏千年萬歲, 舞皷, 舞童入作. 進湯, 奏洛陽春. 遂垂靑帳於御前, 上少休, 頃之撤帳. 內侍捧出一銀杯, 宣上教曰 第五爵, 以此行酒. 仍以杯, 賜耆老所, 杯心鐫賜耆老所四字. 耆老諸臣, 傳玩叩謝. 提調進第五爵, 樂奏與民樂, 廣袖, 舞童入作. 進訖, 提調退小饍, 進大饍, 樂奏太平年, 仍奏與民樂, 處容入作. (숙종실록 권63, 45년 4월 18일 기사)

환적 구조와 맞물려 정적 이미지를 전달한다. 〈표 6〉은 〈동동〉의 2연에서 13연까지의 세시풍속 및 각 계절과 세시마다 님과 나의 관계를 투영한 소재와 동국세시기에 실린 각 달의 풍속에 대한 것이다.

〈표 6〉 동동의 각 장의 세시 및 관련 소재와 동국세시기와 열양세시기의 각 달의 세시

월	동동		동국세시기에 나타난 각 달의 세시	열양세시기에 나타난 각 달의 세시
	세시	관련 소재		
정월		냇물	원일, 입춘, 人日, 상해상자일, 묘일사일, 보름날	입춘, 원일, 인일, 상신일, 상해일, 보름날
2월	연등회	등불	초하루(노비날, 영등제사, 연등일)	초하루(노비날, 중화절), 초6일, 상정, 춘분
3월		진달래	삼짇날, 청명, 한식	청명, 한식, 삼짇날, 곡우
4월		꾀꼬리	초파일	초파일
5월	단오	약	단오	단오, 초10일
6월	유두	빗	유두, 삼복	보름(유두), 복날
7월	백종	백종(온갖음식)	칠석, 중원(백중)	중원(백중절)
8월	한가위	가배	추석	추분, 중추(가배)
9월	중양절	국화	중양절	중양일
10월		ᄇᆞᄅᆞᆺ	오일(말날)	초하루, 오일, 20일
11월		한삼	동지	동지
12월	작은설	져	납일, 섣달그믐날밤	납일, 섣달그믐날밤

『동국세시기』[43]와 『열양세시기』[44]에서 밝힌 정월의 세시에는 원일, 입춘, 인일, 상해일, 보름날 등이 있다. 2월 풍속에는 초하루에 임금이 중화척을 하사하는 중화절, 혹은 노비에게 떡을 만들어 먹이는 노비날, 영남지방 영등바람신에게 제사를 지내는 영등제사, 제주도의 연등

43 『동국세시기』, 국립민속박물관 편, 『조선대세시기』, 국립민속박물관, 2007.

44 『열양세시기』, 국립민속박물관 편, 『조선대세시기』, 국립민속박물관, 2007.

(然燈)이 있다. 3월의 세시로는 삼짇날, 청명, 한식, 곡우 등이 있으며, 4월에는 초파일이 있다. 오월에는 단오가 있으며, 6월의 풍속에는 유두와 복날이 있다. 7월의 세시로는 칠석과 백종이 있다. 8월에는 추석이 있고, 9월에는 중양절이 있다. 10월 오일(午日) 말날에는 팥을 넣어 만든 시루떡을 마긋간에 차려 놓고 터주신에게 고사를 올리고 신에게 말의 건강을 기원한다. 11월 동짓달의 세시에는 동지가 있으며, 12월 섣달에는 납일과 섣달그믐날밤 풍속이 있다.

〈동동〉의 열두 달의 노랫말에는 그 달의 세시풍속이 나타난 달이 있지만 그렇지 않은 경우도 있다. 풍속이 나타난 달은 2월 연등, 5월 수릿날, 6월 유두, 7월 백중, 8월 가배, 9월 중양, 12월 작은설이 있다. 〈동동〉을 통한 명절 및 세시풍속에 대한 이해는 정보전달의 차원을 넘어서 세시풍속에 대한 의미의 맥락적 이해를 돕는다.

〈동동〉의 2월사에서는 연등절에 달린 만인을 비추고 있는 등불의 모습으로 님의 얼굴을 비유하고 있다. 연등절의 주요 행사인 '연등'의 의미는 등을 밝히는 것이고, 연등을 보면서 마음을 밝히는 것을 간등(看燈) 또는 관등(觀燈)이라고 한다. 불교에서는 불전(佛前)에 등을 밝히는 등공양(燈供養)을 중요시하는데, 그것은 불전에 등을 밝혀서 자신의 마음을 밝고 맑고 바르게 하여 불덕(佛德)을 찬양하고, 대자대비한 부처에게 귀의하려는 의미를 지니고 있기 때문이다.[45] 여성 화자에 있어 님은 연등절 마음을 밝혀 불덕을 닦도록 하는 연등과 같이 스스로도 밝고, 그 밝음이 주변에 미쳐 주변의 어둠까지 환하게 하는 존재임

---

45 한국민족문화대백과사전, 연등회.
http://yulproxy.yonsei.ac.kr/4f94c5d/_Lib_Proxy_Url/www.encykorea.com/encyweb.dll?TRX?str=1577&ty=2

을 의미하고 있는 것이다. 그러므로 님은 2월 밤 연등절에 켜놓은 등불과 같이 어둠을 물리친 불빛이며, 보고만 있어도 마음의 어둠을 환하게 바꾸는 그러한 빛인 것이다.

5월사에서 여성화자는 여름이 시작되는 5월, 건강을 지키고 액귀를 몰아내고자 하는 기원을 담은 단오 명절의 의미를 담아 님의 장수를 기원하기 위해 약을 바치고 있다. 5월 단오는 더운 여름을 맞기 전의 초하(初夏) 계절의 명절로, 모내기를 끝내고 풍년을 기원하는 기풍제의 의미를 가지고 있다. 5월사에 나타난 수리날이란 이름의 기원은 몇 가지가 있다. 열양세시기에는 이날 밥을 수뢰(水瀨 : 물의 여울)에 던져 굴원을 제사지내는 풍속이 있으므로 '수릿날'이라고 부르게 되었다고 기록하고 있다. 또, 이날 산에서 자라는 수리치[狗舌草]라는 나물을 뜯어 떡을 하거나 쑥으로 떡을 해서 먹는데 떡의 둥그런 모양이 마치 수레바퀴와 같아서 수리라는 이름이 붙게 되었다고 한다. 약을 먹는 풍습은 이 날이 일 년 중 양기가 가장 왕성하다는 데서 기인한다. 일 년 중에서 가장 양기가 왕성한 날인 단옷날 중에서도 오시가 가장 양기가 왕성한 시각이므로, 단옷날 오시를 기해서 농가에서는 익모초와 쑥을 뜯는다. 여름철 식욕이 없을 때 익모초 즙은 식욕을 왕성하게 하고 몸을 보호하는 데 효과가 있다고 알려져 있기 때문이다. 또, 농가에서는 오시를 기해서 뜯은 약쑥을 한 다발로 묶어서 대문 옆에 세워두는 일이 있는데, 이는 재액을 물리치고 벽사에 효험이 있다고 믿기 때문이다. 동국세시기에는 궁중에서는 단옷날이 되면 내의원에서 임금에게 옥추단과 제호탕을 만들어 바쳤고, 임금은 이 옥추단을 중신들에게 나누어주었다고 하였다. 중신들은 약에다 구멍을 뚫어 오색실로 꿰어 허리띠에 차고 다니기도 하였는데, 이렇게 하면 급할 때 먹을 수 있고,

악귀를 막고 재액을 물리친다고 믿었기 때문이다.[46]

6월사에는 유두에 머리 감는 소재가 제시되고 있다. 음력 6월 15일 유두는 일반적으로 흐르는 물에 머리를 감는다는 '동류수두목욕(東流水頭沐浴)'의 준말에서 생긴 것으로 여겨지고 있으며, 유두일에는 일가친지들이 맑은 시내나 산간폭포에 가서 머리를 감고 몸을 씻은 뒤, 가지고 간 음식을 먹으면서 서늘하게 하루를 지낸다.[47] 6월사에서 여성화자는 자기 자신을 물가의 바위에 버려진 빗에 비유하고 있다. 유두날 꼭 필요한 도구임에도 불구하고 사용할 사람이 한 번 써버리고 챙기지 않아 물가에 버려진 빗과 같은 존재가 자기 자신이라는 것이다. 이는 3월사에서 화자의 모습을 진달래로 비유[48]한 것과 비교된다. 화자는 2월사에서 님의 모습을 만인을 비추는 등불에 비유하고 3월사에서는 자신을 봄에 화사하게 핀 진달래꽃으로 비유하였다. 그러나 4월, 자연의 이치에 따라 돌아오는 꾀꼬리와 같이 녹사님이 돌아오지 못함을 안타까워하며 님과 같이 하지 못한 자신의 처지를 유두날 물가에 버려진 빗에 비유하게 된 것이다.

7월사에서 여성화자는 백가지 음식을 차려놓고 님과 함께 가고 싶다는 소원을 빈다. 7월사에서의 '백종'은 노랫말의 내용에 맞춰 온갖 음식을 뜻하는 말이지만, 명절을 의미하기도 한다. 음력 7월 15일 백

---

46 한국민족문화대백과사전, 단오
(http://yulproxy.yonsei.ac.kr/4f94c5d/_Lib_Proxy_Url/www.encykorea.com/encyweb.dll?TRX?str=27790&ty=2

47 한국민족대백과사전, 유두
http://yulproxy.yonsei.ac.kr/4f94c5d/_Lib_Proxy_Url/www.encykorea.com/encyweb.dll?TRX?str=27993&ty=2

48 양희찬, 앞의 글, 174쪽.

종은 이 무렵에 과실과 소채(蔬菜)가 많이 나와 옛날에는 백가지 곡식의 씨앗[種子]을 갖추어 놓았다 하여 유래된 명칭이다. 불가(佛家)에서는 불제자 목련(目蓮)이 그 어머니의 영혼을 구하기 위해 7월 15일에 오미백과(五味百果)를 공양함으로써 아귀굴에 떨어진 어머니를 구하여 천계의 복락을 누리게 했다는 고사에 따라 우란분회(盂蘭盆會)를 열어 공양한다. 백종이 되면 여러 행사가 있다. 우선 각 가정에서 익은 과일을 따서 조상의 사당에 천신을 한 다음에 먹는 천신 차례를 지냈으며, 옛날에는 종묘(宗廟)에 이른 벼를 베어 천신을 하는 일도 있었다. 농가에서는 백중날이 되면 머슴을 하루 쉬게 하고 돈을 준다. 머슴들은 그 돈으로 장에 가서 술도 마시고 음식을 사먹고 물건도 산다.[49] 여성화자는 목련존자가 공양을 통해 자신의 어머니를 아귀굴에서 구해내듯이 여러 음식을 차려놓고 공양함으로써 님과 같은 세계에 있고 싶다는 소원을 보이고 있다.

8월사는 이러한 여성화자의 소원이 이루어 지지 않고 있음을 말하고 있다. 누구나 좋아하는 풍요로운 추석이지만 님과 같이 할 수 없는 추석은 추석이 아니라는 것이다. 현재의 한국 풍속에서도 추석날은 민족의 대이동이 일어나는 명절이다. 온 가족이 모여 그 해 새로 난 곡식과 과일로 차례상을 준비하고 차례가 끝나면 차례에 올렸던 음식으로 온 가족이 음복(飮福)을 한다. 아침식사를 마치고 조상의 산소에 가서 성묘를 하는데, 추석에 앞서 산소에 가서 풀을 깎는 벌초를 한다.[50] 살

---

49 한국민족대백과사전, 백중
http://yulproxy.yonsei.ac.kr/4f94c5d/_Lib_Proxy_Url/www.encykorea.com/encyweb.dll?TRX?str=16014&ty=2

50 한국민족대백과사전, 추석
http://yulproxy.yonsei.ac.kr/4f94c5d/_Lib_Proxy_Url/www.encykorea.com/

아 있는 가족 뿐 아니라 돌아가신 조상들까지 만나보는 날이 추석인 것이다. 그러한 명절임에도 함께 하지 않는 님의 자리는 더욱 크게 느껴지는 것이다.

9월 9일 중양절은 양이 겹친 날로 중국에서는 한대(漢代) 이래의 오랜 역사를 가지고 상국(賞菊)·등고(登高)·시주(詩酒)로 즐겨 온 날이다.[51] 국화꽃이 피고 단풍이 곱게 물들어 산에 올라 자연에 자신을 맡기고 그를 감상하며 시를 읊는 계절인데, 9월사의 내용은 자연을 찾아가는 상황이 아니라 방안으로 국화향이 들어오고 있음을 암시하고 있다. 곧, 국화향이 방안으로 들어왔다는 비유를 통해 님과의 만남을 기대하게 한다.

그러나 그 기대는 10월사의 화자의 목소리를 통해서 헛된 기대였음이 폭로된다. 여성 화자는 스스로를 져미연 ᄇᆞᄅᆞᆺ에 비유하며 그를 지니실 한 분이 없다고 한탄하고 있다. 이러한 상황은 11월사, 12월사로 이어진다. 11월사에서는 추운 겨울 날씨와 봉당자리에서 한삼을 덮고 누워있는 여성 화자를 대응하여 혼자 있는 외로움으로 인한 슬픔과 인고의 마음을 표현한다. 12월사에서 여성화자는 스스로를 소반 위의 젓가락으로 표현한다. 12월사의 '분디남ᄀᆞ로 갓곤 아으 나ᄉᆞᆯ 盤잇 져다호라'에 대한 의미는 여러 가지로 해석되고 있다. 양주동[52]은 분디나무는 산초나무이며, '져'를 꾸미는 말로 보았다. 분디나무는 무늬가 있어서 젓가락을 만들기 좋은 재료라고 설명하였다. 그런데 최미정[53]은 산

encyweb.dll?TRX?str=5831&ty=2

51 한국민족대백과사전, 중양
http://yulproxy.yonsei.ac.kr/4f94c5d/_Lib_Proxy_Url/www.encykorea.com/encyweb.dll?TRX?str=49053&ty=2

52 양주동, 『여요전주』, 을유문화사, 1954, 133쪽.

초나무는 가시가 많은 나무로 젓가락을 만드는데 좋은 재료가 아님을 밝히고, 젓가락을 깎을 재료를 가시가 많은 산초나무를 선택한 것은 화자의 가슴 아픈 자학의 선택이라고 해석하였다. 반면, 박재민[54]은 분디나무가 수식하는 말이 젓가락이 아니라 '盤'이라고 주장하였다. 12월이 '椒盤[분디나무 소반, 산초나무 소반]'과 관련이 깊은 달임을 상기시키고, 초반은 '납일 후 1일, 즉 작은설에 어른들과 친지를 모시는데 사용한 세시 기구'로서 12월사가 작은설[小歲]의 세시를 배경으로 하고 있다고 하였다. 작은설은 '설 하루 앞의 날. 선달 그믐날을 설에 상대하여 이르는 말'[55]이다. 동국세시기에는 섣달그믐날밤 신하들은 궁에 들어가 묵은 해 문안을 드리며, 양반들은 집에서 사당에 배알하고, 연소자들은 친척어른들을 방문하면서 묵은세배를 드리느라고 초저녁부터 밤중까지 골목마다 등불이 줄을 이어 끊어지지 않는다고 하였다. 또한 집집마다 다락, 마루, 방, 외양간, 변소에까지 환하게 등잔을 켜 놓고 밤새 자지 않고 묵은해를 전별하고 오는 해를 맞이한다고 하였다.[56] 박재민의 의견에 따른다면 12월사에서는 분디나무 소반을 통해 음력 12월 선달의 세시가 표현되고 있으며, 작은설의 해를 잇는 풍습대로 노래는 다시 한 해를 다시 시작하듯이 1연의 서사로 순환되고 있음을 알 수 있다.

---

53 최미정, 「죽은 님을 위한 노래 동동」, 『문학한글』 2, 한글학회, 1988, 59~84쪽.

54 박재민, 「「동동(動動)」의 어석과 문학적 향방-12월령을 중심으로」, 『반교어문연구』 36, 반교어문학회, 2014, 201~225쪽.

55 국립국어원, 표준국어대사전, http://stdweb2.korean.go.kr/search/List_dic.jsp

56 『동국세시기』, 앞의 책, 260~264쪽.

3.4. 송도지사와 남녀간음사의 복합적 의미를 내포한다

고려사와 조선왕조실록 중종조[57]에 기록된 내용을 바탕으로 〈동동〉은 송도지사와 남녀간음사의 상반된 평가를 받는다. 〈동동〉에서 화자의 목소리는 한 여성의 님을 향한 사랑과 안타까움의 소리이기도 하고 성군을 향한 충심과 축원의 마음을 여인의 목소리로 빗대어 나타낸 것이기도 하다는 것이다. 더 나아가 이 노래의 제의적 성격에 대해 논의되기도 하였는데, 〈동동〉에 표현된 계절 변화에 따른 상황변화와 심리전환은 계절을 주관하는 신, 인간 마음의 변화까지 이끌어 내는 신적 권능에 대한 찬미로 해석되기도 하였다.[58]

〈동동〉은 민요가 가진 속성으로서의 소박함과 솔직함의 특성이 궁중예악으로 거듭남으로써 우아함과 빗댐의 속성을 더하게 된 곡이라 평가할 수 있다. 주로 부사와 동사로 표현되는 '져곰 좃니노이다', 'ᄒᆞᆫᄃᆡ 녀가져', '것거 ᄇᆞ리신', '알ᄑᆡ 드러 얼이노니' 등의 노랫말을 통해서 소박하고 정재되지 않은 솔직함이 보인다. 이들 표현은 님과 밀접하게 연관되어 있는데 '님을 조금씩 좇습니다', '님과 함께 살아가고자', '꺾어 버리신 후에', '님의 앞에 들어 나란히 두니' 등 님에 대한 여성화자의 행동과 여성화자에 대한 님의 행동이 직접적으로 드러나 있다.

반면 삶의 경험에서 배어나오는 세시를 통한 비유 및 자연의 순환을 통한 성찰에서 비롯된 비유와 님의 개념은 이러한 소박함을 넘어선 철학적, 종교적 사고를 나타낸다. 애정과 송축의 대상으로서의 '님'이 가

57 『중종실록』 권32, 13년 4월 1일 5번째 기사.

58 최정선, 「高麗 俗歌와 日本 催馬樂 비교」, 『동아시아고대학』 30, 동아시아고대학회, 2013, 41~77쪽.

지고 있는 의미는 현대로까지 이어지며 한국인의 정서와 문화에 지속적으로 관여하고 있다. 곧, 송도지사와 남녀간음사의 모순된 개념이 '님'의 의미에 적극적으로 투영되고 있는 것이 바로 〈동동〉의 특징이자 한국 문학이 갖는 특징이기도 하다.

그리고 이러한 〈동동〉에서 님이 가진 복합적 함의에 대한 이해는 한국의 정서와 문학을 이해하는데 중요하다. 예를 들어, 한용운의 〈님의 침묵〉에서 '님'은 〈동동〉에서의 님이 가지고 있는 의미가 현대적으로 문학적으로 잘 형상화된 것이라 볼 수 있다. 한용운은 '님만 님이 아니라 기룬 것은 다 님이다'[59]라고 하였다. '님=기룬 것'이라 할 수 있는데 "기루다"는 그리워하거나 아쉬워한다의 의미로, 기룸의 감정은 아끼고 보살피려는 마음, 늘 그리워하고 더 베풀지 못해 아쉬워하는 마음, 아직 못 다 이룬 꿈을 꾸는 것, 그 꿈을 이루고자 노력하는 마음, 어떤 일이 일어나기를 간절히 바라는 마음이라고 할 수 있다.[60] 곧, 님은 아끼고, 보살피고, 간절해 하고, 이루고자 하는 모든 것을 의미하며, 그렇기에 귀한 것이고, 높이고 섬겨야 할 존재이다. 여성화자의 목소리를 통해 형상화되고 있는 〈동동〉에서의 님은 바로 애정의 대상이며, 충심과 존경의 대상이고, 기원과 송축의 존재이기도 하다.

때문에 '님'이 존재하지 않는 현실은 매우 고독하고 비참하다. 정월사에서 님은 화자의 곁에 존재하지 않는다. 다시 돌아온 계절의 순환과 대비되어 깨달은 님의 부재는 더욱 생생하게 잠시 잊혀있었던 님과의 아름답던 시절의 감각을 떠오르게 한다. 2월사에서의 높이 달린 등

59 한용운·최동호 편, 『한용운시선집』, 서정시학, 2009, 31쪽.

60 구연상, 「「님의 침묵」에서의 '님 찾기'를 다시 생각해 본다」, 『존재론연구』 23, 한국하이데거학회, 2010, 171~205쪽.

불과 같이, 3월사에서의 진달래꽃과 같이 남이 부러워할 시절이 님의 부재로 인해 더욱 아쉽고, 안타깝고, 가고 싶은 현실로 생생하게 다가온다. 그러나 봄이 되어 들려오는 꾀꼬리 소리는 님이 단순히 멀리 있는 것이 아니라 나를 잊어버림을 뼈저리게 깨닫게 한다. 기다리던 님은 이제 나를 잊은 것이다. 그래서 나는 유두날 물가 바위에 버려진 빗과 같은 존재로 누구도 돌아보지 않는, 스스로도 돌아볼 의지가 전혀 없는 자로 여겨지게 된다. 화자는 소중한 것을 잃고 현실을 부정하며 자포자기한 삶을 산다. 시절은 8월 추석이지만 화자에게는 그냥 님이 없는 어둠의 어느 시간일 뿐이다. 희망이 없는 시간, 화자는 동짓달 추운 날 봉당자리에서 얇은 한삼을 덮고 누워 죽음을 생각한다. 한 해를 마감하듯 떠난 님에 대한 슬픔으로 자기 자신까지 잃고 죽음을 직면한다. 그 순간 화자는 한해의 끝이 다음해의 시작으로, 밤이 아침으로, 이별이 만남으로, 그리고 죽음이 다시 삶으로 옮겨가는 이치를 경험한다. 죽음과 삶, 만남과 이별, 상실과 충족은 서로 다른 것이 아니라 하나의 커다란 흐름이며, 그 속에서 중요한 것은 나의 님을, 님과의 만남에 대한 희망을 잃지 말아야 한다는 점을 깨닫는다. 님을 잊고, 님과 만날 희망을 잃을 때 내 세계에 있어서 그 흐름은 멈추고 님을 영영 잃게 되며, 자기 자신도 없기 때문이다. 자연의 순환과 님과의 단절을 통해 얻은 깨달음이다. 이러한 화자의 깨달음은 12월사에서의 다시 한해를 잇는 작은설의 의미를 통해 드러나고 있다. 그리고 자연과 계절이 순환하듯 님에 대한 희망과 간절함은 순환한다.

4. 결론

본 글에서는 외국어로서의 한국어교육에 있어서 문학교재 자료로서 〈동동〉이 가지는 가치에 대해 고찰하였다. 〈동동〉은 한글로 전해지는, 고려시대의 궁중의례로서, 세시풍속을 중심으로 전개된, 송도지사와 남녀간음사의 복합적 의미를 함의하고 있는 작품이다. 다시 말해 한국어교육의 관점에서 〈동동〉은 한글, 고려시대, 궁중의례, 궁중악, 세시풍속, 명절, 명절 음식, 불교문화, 송도 등 한국어교육에서 주목하는 한국전통문화교육의 주제 및 항목과 깊은 연관성을 가진 작품으로 평가할 수 있다. 이는 곧, 내용적 측면에서 볼 때 〈동동〉이 한국 문화에 대한 깊이 있는 이해를 돕고 궁극적으로는 한국어를 습득하고 활용하는데 도움을 줄 수 있는 교재로서의 가치를 지니고 있음을 의미하는 것이기도 하다.

물론 문학작품을 통해서 외국인을 위한 언어문화교육이 실현되기 위해서는 학습목표, 학습방법, 학습내용에 대한 구체적 제시와 평가를 비롯하여 문학자품을 통한 허구적 경험이 실제 생활과 한국문화 이해에 미치는 영향력에 대한 실용적 분석이 실행되어야 할 것이다. 본 연구는 〈동동〉이 학습에 실용적으로 활용되기 위한 실험에 앞선 문학 교재로서의 가치 평가와 내용 분석이라는 점에서 의의를 찾을 수 있다.

—이 글은 「외국인을 위한 한국어교육의 문학교재로서의 〈동동〉의 가치」, 『열상고전연구』 40, 2014, 295~334쪽에 실린 논문을 재수록한 것임.

민요로 읽는 〈유구곡〉·〈상저가〉·〈사모곡〉

◉

윤성현

1. 들어가는 말

『시용향악보』에는 고려 속요로 추정할 수 있는 일곱 마리의 노래가 실려 전한다. 다른 악보의 경우와 마찬가지로 『시용향악보』의 노래들은 고아성(古雅性/antique)에 입각하면서 가장 민속적 가요생활을 반영하고 있다.[1] 이 가운데서도 민요적 속성을 원형에 가깝게 간직한 노래 셋이 눈에 띄는 바, 애정노래 〈유구곡〉과 농촌노래 〈상저가〉 및 〈사모곡〉이 그것들이다. 이 글은 이들 노래 세 편을 대상으로 삼아 민요적 성격을 여러 각도에서 규명하고 있다. 이를 통해 속요 형성과 정착의 대표적 경로인 민요의 궁중악 수용과정 및 속요 전반의 장르적 성격을 확인할 수 있다.

속요는 일상을 노래한 작품이다. 이 점은 작품 자체에서 그냥 드러난다. 남녀 간 사랑을 축으로 하여 만남과 헤어짐과 기다림이 담겨 있고, 여기서 빚어지는 기쁨과 슬픔, 안타까움과 그리움, 그리고 외로움

---

1 김동욱, 「시용향악보 가사의 배경적 연구」, 『진단학보』 17, 진단학회, 1955.

과 한의 정서를 만날 수 있다. 그렇다고 애정만이 전부는 아니다. 종교적 신앙과 군왕에 대한 충, 부모에 대한 효 등이 두루 망라되어 있다. 더함도 덜함도 없는 일상의 총합이 바로 속요를 이룬 주요인자가 된다. 속요를 둔 이러한 인식태도는 초기 양주동의 연구 이래 별 논란 없이 수용되었다.[2]

속요의 장르적 성격에 관한 논쟁은 연구 초기부터 중요한 관심사였다. 이들 논의는 부분적인 이견에도 불구하고, 발생연원에서의 민간노래가 일정한 단계를 거쳐 궁중악으로 수용되었다는 점에 대체적인 합의를 이루고 있다.[3] 이 과정의 일환으로 속요의 민요적 성격에 관한 논의가 되풀이되었고, 글쓴이 또한 이를 아홉 가지로 정리한 바 있다.[4] 여기서는 구체적인 작품 분석을 통해 이를 다시 한번 확인하고, 나아가 이 점이 속요의 전반적 성격을 규명하는 데 있어 열쇠가 됨을 강조하고자 한다.

이를 위해 이 글에서는 네 단계의 작업을 펴나간다. 우선 그간 끊임없이 거론된 선행 작품과의 동일곡 여부를 치밀하게 따져본다. 이들 노래는 공통적으로 문헌에 기록된 특정작품과 같은 노래일 것이라는

---

2 양주동, 『여요전주』, 을유문화사, 1947.
김학성, 『한국고전시가의 연구』, 원광대학교 출판부, 1980.
박노준, 『고려가요의 연구』, 새문사, 1990.
윤성현, 「고려 속요의 서정성 연구」, 연세대학교 박사학위논문, 1994.
최철, 『고려국어가요의 해석』, 연세대학교 출판부, 1996.

3 최동원, 「고려가요의 향유계층과 그 성격」, 『고려시대의 가요문학』, 새문사, 1982.
김명호, 「고려가요의 전반적 성격」, 『고전시가론』, 새문사, 1984.
박노준, 「속요의 형성 과정」, 『고려가요의 연구』, 새문사, 1990.
김흥규, 「고려 속요의 장르적 다원성」, 『한국시가연구』 창간호, 한국시가학회, 1997.

4 윤성현, 「속요의 형성과 장르적 특질」, 『한국고전시가사』, 집문당, 1997.

논의가 끊이지 않았기 때문이다. 다음으로 구조적 측면에서 이들의 민요적 성격을 검토한다. 이들 노래의 형태를 먼저 분석하고 여기 수반된 여음구와 뒤따르는 수사기법 등을 같이 따져본다. 이어 주제 구현의 측면에서 이들 노래의 민요적 성격을 검증해낸다. 이는 세밀한 내용분석을 바탕으로 하여 정확한 주제를 가늠하는 일이기도 하다. 마지막으로 이 노래들을 축으로 삼아 후대작품들과의 정서적 계승관계를 살펴본다. 이는 민요 특유의 끈질긴 생명력을 현장성으로 확인하는 작업이기도 하다.

2. 선행작품과의 관계

2.1. 민요와 창작곡의 거리 - 〈유구곡〉과 〈벌곡조〉의 관계

〈유구곡〉은 순수민요이다. 글쓴이는 이 노래가 예종의 〈벌곡조〉와는 아무 상관이 없음을 이미 밝힌 바, 이에 대한 자세한 논의는 앞선 논문들에 미룬다.[5] 〈유구곡〉이 예종의 〈벌곡조〉일 것이라는 논의는 이병기 이후 김동욱·권영철·박노준의 논문을 거치면서 정설로 받아들여지는 듯했다.[6] 하지만 이 노래는 시인군주 예종의 창작에 걸맞은 짜임새나 의미망을 갖추지 못했을 뿐더러, 『고려사』「악지」에 기록된 바

---

5 이 글에서 〈유구곡〉과 관련된 항목의 논의는 주로 뒤쪽 글에 의존하고 있다.
윤성현, 「유구곡을 다시 생각함」, 『한국민요학』 4, 한국민요학회, 1996.
윤성현, 「유구곡의 구조와 미학의 본질」, 『한국시가연구』 3, 한국시가학회, 1998.

6 이병기, 「시용향악보의 한 고찰」, 『한글』 115, 한글학회, 1955.
김동욱, 앞 글.
권영철, 「유구곡고」, 『고려시대의 가요문학』, 새문사, 1982.
박노준, 「유구곡과 예종의 사상적 번민」, 『고려가요의 연구』, 새문사, 1990.

〈벌곡조〉의 주제의식과도 어긋난다는 문제점을 안고 있다.

기록은 다음과 같다.

> 벌곡조는 잘 우는 새이다. 예종이 자신의 잘못과 시정(時政)의 득실(得失)을 듣고 싶어서 널리 언로(言路)를 열어놓고, 그래도 뭇신하들이 상언(上言)하지 않을까 두려워하여 이 노래를 지어 풍유(諷諭)한 것이다.[7]

하지만 위 두 작품이 전혀 다른 노래임을 크게 세 가지 측면에서 논증할 수 있다.

첫째, 〈벌곡조〉는 시인군주 예종이 분명한 목적의식을 갖고 지은 작품인데, 예의 〈유구곡〉에서는 위 기록에 상응할 만한 작자의 의도가 좀체 드러나지 않는다. 이 노래에서는 신하들의 충간(忠諫)을 바라는 군왕의 간절한 마음을 읽을 수 없기 때문이다.

둘째, 설령 이 〈벌곡조〉가 민요화되었다손 치더라도, 그랬을 때의 제목은 '비둘기'가 아닌 '뻐꾸기'라야 이치에 맞는다. 〈벌곡조〉의 기록이나 김부식 한시에 등장하는 〈포곡가〉에는 모두 뻐꾸기만 나타나고 있을 뿐, 비둘기와의 대조적 비유를 언급한 대목이 없다. '유구곡'이 끼어들 여지가 없는 것이다.

셋째, 김부식이 시제(詩題)에서 언급한 〈포곡가〉는 예종의 〈벌곡조〉와 밀접한 관계가 있지만, 이 노래와 〈유구곡〉은 전혀 상관이 없다.

김부식 한시의 전문은 다음과 같다.

---

7 伐谷鳥之善鳴者也 睿宗欲聞其過及時政得失廣開言路 猶恐群下不言 作此歌以諷諭之也 (『高麗史』 卷71, 「樂志」 俗樂 條)
위 해석 가운데 '猶恐群下不言'에서 '恐'의 주체를 두고 논란이 있는데, 박노준의 견해를 따랐다. (박노준, 앞 글)

교방기생이 포곡가 부르는 걸 듣고 느낀 바 있어[8]

敎坊妓唱布穀歌有感

–예종이 이 노래를 듣고 기뻐하였다 –睿王喜聽此曲

가인(佳人)은 오히려 옛가사를 부르네 佳人猶唱舊歌詞
포곡새 날아오매 도토리나무 드물다고 布穀飛來櫟樹稀
도리어 예상곡(霓裳曲) 우의곡(羽衣曲)에 還似霓裳羽衣曲
개원(開元)의 남은 늙은이들 눈물이 옷을 적심과 같네 開元遺老淚霑衣

위 〈포곡가〉는 예종이 지은 〈벌곡조〉일 가능성이 크다. 먼저 시 제목에 덧붙은 '예종이 이 노래를 듣고 기뻐하였다(睿王喜聽此曲)'는 구절을 『고려사』「악지」의 '예종이 자신의 잘못과 정책의 득실을 듣고 싶어서 널리 언로를 열어놓았다(睿宗欲聞其過及時政得失廣開言路)'란 기록과 연결시켜 보았을 때, 이 〈포곡가〉는 예종의 정치적 결단이 담긴 노래 〈벌곡조〉를 교방에서 수용해 부른 것으로 추단할 수 있다.

둘째 구 '뻐꾹새 날아오매 상수리나무 드물다(布穀飛來櫟樹稀)'는 구절은 김부식이 〈포곡가〉의 한 대목을 직접 한역(漢譯)한 것으로 보인다. 당연히 〈벌곡조〉의 의미망은 '상수리나무 드물어 뻐꾸기가 제대로 앉지 못하고, 따라서 뻐꾸기의 제대로 된 울음을 듣지 못하는 안타까움'을 노래했어야 한다. 셋째 구에서는 〈포곡가〉를 〈예상우의곡〉과 대비시키고 있다. 마찬가지로 〈포곡가〉를 통해 예종시절의 시문과 풍류를 떠올린 것이다.

결론적으로 예종이 지은 〈벌곡조〉는 기생이 부른 〈포곡가〉와 밀접

---

8 『東文選』 卷19, 「七言絶句」.
이 시의 해석은 신호열 역, 『국역 동문선』(민족문화추진위원회 편, 1977. 수정 3판)을 따랐다.

한 관련성을 갖지만, 『시용향악보』에 실린 〈유구곡〉과는 무관한 노래임을 확인하였다. 이를 도식화하면 '〈포곡가〉=(≒)〈벌곡조〉≠〈유구곡〉'의 등식을 얻게 된다.

2.2. 방아노래의 계통적 상관성 – 〈상저가〉와 〈대악〉의 관계

신라 자비왕 때 사람 백결선생은 거문고를 연주하여 방아 찧는 소리를 내었으니, 이를 〈대악〉이라 하였다.

관련기록은 다음과 같다.

> 백결선생은 어떠한 사람인지 알 수 없다. …… 세모가 다가오자 이웃에서 곡식을 찧으니 그 아내가 방앗소리를 듣고 말하기를, "사람들은 모두 곡식이 있어 방아를 찧는데 우리만 없으니 어찌 세월을 보내겠소"하였다. 선생은 하늘을 우러러 탄식하기를, "… 내가 그대를 위하여 방앗소리를 내어 위로해주리다"하였다. 이에 거문고를 타고 방앗소리를 내니 세상에서 전하여 대악(碓樂)이라 이름하였다.[9]

〈상저가〉를 두고도 이 〈대악〉과 관련지은 논의가 이어져왔다.[10] 백결의 '방아노래'가 고려 때까지 전해졌을 것이고, 그 실체로서 〈상저가〉가 『시용향악보』에 올라 전한 것이 아닐까 하는 추정이 대략의 뼈

---

9 百結先生 不知何許人 …… 歲將暮隣里春粟 其妻聞杵聲曰 人皆有粟春之 我獨無焉 何以卒歲 先生仰天嘆曰 …… 吾爲汝作杵聲慰之 乃鼓琴作杵聲 世傳之爲碓樂(『三國史記』列傳 第8「百結先生」條)
위 번역은 최호, 『신역 삼국사기 2』(홍신문화사, 1994)에 따랐다.

10 이병기, 앞 글.
김동욱, 앞 글.
박병채, 『고려가요의 어석연구』, 선명문화사, 1968, 343쪽.
이병도, 「시용향악보의 영인과 미전가사의 약고」, 『동대신문』 4.

대를 이룬다. 하지만 두 노래가 동일곡일 수는 없다.

첫째, 〈대악〉 설화의 정황과 〈상저가〉 노래의 정서가 일치해야 하는데, 그 실상은 사뭇 다르다. 백결의 경우 세밑을 맞아 가난을 원망하는 아내를 위로하기 위해 〈대악〉을 지은 것으로 기록된 반면, 〈상저가〉는 가난을 탓하기는커녕 부모님께 대한 순수한 효심만을 문면에 드러낼 뿐이다. 두 작품이 정서면에서 현격한 차이를 보이고 있다.

둘째, 〈대악〉은 백결선생이 창작한 '악(樂)'으로서 거문고 독주곡이지만, 〈상저가〉는 자연발생적인 농촌민요로서 매기고 받는 선후창이다. 따라서 이 둘 사이에는 방아노래로서의 계기적 관련성만 있을 뿐, 음악적 태생의 차이로 인해서도 이 둘은 동일곡이 될 수 없다.

셋째, 〈대악〉의 존재가 고려 때까지 연계되었다는 기록이 있어야 할 텐데, 이를 구체적으로 제시할 근거가 없다. 향가 〈풍요〉가 고려 때까지 전해졌다는 일연의 친절한 기록과 견주어 보더라도,[11] 백결의 〈대악〉은 후대까지 계승되지 못했던 것으로 여겨진다. 입말[口語]로서의 가사가 없다는 치명적 약점을 안았기 때문이다.

결과적으로 고려 속요 〈상저가〉는 신라의 〈대악〉과 계통적 연관성만을 보일 뿐, 같은 노래로 볼 수는 없다. 오랜 세월 곡식농사로 인해 방아 찧기가 농촌의 일상에 자리 잡았고, 당연히 이와 관련된 여러 노동요 가운데 각기 신라 백결의 〈대악〉과 고려 속요 〈상저가〉를 각기 낳게 된 것이다.

---

11 『三國遺事』卷4「良志使錫」條.

2.3. 보편적 주제로서의 정서적 친연성 – 〈사모곡〉과 〈목주〉의 관계

『고려사』「악지」에는 신라 때 목주 지방의 효녀에 관한 기록이 실려 있다. 이때 효녀가 부른 노래가 〈사모곡〉과 같은 노래일 것이라는 추정 또한 계속 이어지고 있다.[12]

〈목주〉의 기록은 이러하다.

> 목주는 효녀가 지은 노래이다. 딸이 부친과 계모에게 효성한 것으로 소문났다. 그러나 부친이 계모의 참소에 혹하여 딸에게 나가라고 하였는데 딸은 차마 가지 못하고 집에 머물러 있으면서 부모봉양을 더욱 근면하고 태만하지 않았으나 그럴수록 부모는 더욱 노하여 드디어 내쫓았다. 딸은 부득이 하직하고 떠나갔다. …… 그 후 딸은 친정부모가 매우 가난하게 지낸다는 말을 듣고 시집으로 모셔다가 지극히 잘 봉양하였으나 그 부모는 오히려 기쁘게 생각하지 않았다. 효녀가 이 노래를 지어 자기의 효성이 부족하다고 원망하였다.[13]

---

12 이병기, 앞 글.
김동욱, 앞 글.
권영철, 「유구곡고」, 『어문학』 3, 한국어문학회, 1958.
박병채, 앞 책, 선명문화사, 1971, 297쪽.
김학성, 『국문학의 탐구』, 성균관대학교 출판부, 1987, 31~33쪽.
이종출, 「사모곡 신고」, 『한국고시가연구』, 태학사, 1989.
박노준, 앞 책, 새문사, 1990, 11~12쪽.
신동익, 「사모곡 소고」, 『한국고전시가작품론 1』, 집문당, 1992.
최용수, 「고려가요연구」, 계명문화사, 1996, 67~74쪽.

13 『高麗史』卷71「樂志」三國俗樂 條.
木州孝女所作 女事父母及後母以孝聞 父惑後母之譖逐之 女不忍去 留養父母 益勤不怠 父母怒甚又逐之 女不得已辭去 …… 聞其父母甚貧 邀致其家奉養備至 父母猶不悅 孝女作是歌以自怨
해석은 사회과학원 고전연구소 번역연구실 역, 『북역 고려사』(1966년 간, 신서원 편, 1991)에 따랐다.

속요 〈사모곡〉을 위 기록 〈목주〉의 노래와 견주어 따지는 일은 신중할 필요가 있다. 〈목주〉 설화의 주인공과 〈사모곡〉 화자의 내면정서가 닮은 데가 있어 이 두 노래가 동일곡일 것이라는 논의가 우세하지만, 쉽게 단정할 수 없는 요인들이 있다.

첫째, 〈사모곡〉 해석의 스펙트럼을 넓게 잡을 수 있긴 하지만, 그 주제를 아버지에 대한 원망으로 단언키는 곤란하다. 확실하게 드러난 것은 어머니의 사랑에 대한 예찬일 뿐이다. 그 가사에 드러난 내용은 '낫만큼 잘 들지는 않아도 호미도 날'이며, '어머니만큼 사랑해주지는 않아도 아버지도 어버이'이기 때문이다. 그 이상의 해석을 가하는 것은 다분히 자의적일 수 있다.

둘째, 설화 기록의 문면을 그대로 읽었을 때 〈목주〉가 자원(自怨)인 반면, 〈사모곡〉의 노랫말은 액면 그대로 사모(思母)이다. 설령 〈사모곡〉의 속내와 뒷켠을 읽어낸다손 치더라도, 어머니의 사랑과 대조시킨 '상대적 원부(怨父)'에 그칠 뿐이다. 〈목주〉 설화에 기록된 '자원(自怨)'과는 아무래도 그 층위가 같을 수 없다.

셋째, 둘 사이 정서의 유사성을 인정할 수 있다 해도, 이런 류의 주제가 너무 보편적이라는 점이 또 문제가 된다. 사정이 이렇다 보니 이 〈목주〉 노래를 특정작품 〈사모곡〉과 바로 연관시키기에는 적잖은 부담이 따른다. 규방가사에서는 물론 민요에서도 보편적 정서로서 사모(思母)를 노래한 작품이 한둘이 아니기 때문이다. 지금의 대중가요에서도 이러한 주제는 폭넓게 찾아진다.

지금까지 『시용향악보』에 실린 위 세 노래가 앞선 작품들과 어떤 관계를 갖는가를 따져보았다. 그 결과 〈유구곡〉은 〈벌곡조〉와 명백히 다른 노래임을 입증하였다. 이 둘은 장르에서나 목적의식, 주제 등 모든

면에서 소박한 민간노래와 군왕의 창작가요로 갈라진다. 〈상저가〉 또한 〈대악〉과는 별개의 노래임을 따져 밝혔다. 다만 이 두 노래는 방아찧기 노동과 관련된 기능적 공통성을 갖는다. 물론 이 계통 노동요는 이후에도 숱한 방아타령류 노래로 지금에까지 이어지고 있다. 〈사모곡〉과 〈목주〉는 두 노래 사이에 정서적 친연성이 나타난다. 하지만 크게 잡아 사모(思母)라는 주제의 보편성으로 연결될 뿐, 정작 〈사모곡〉에는 〈목주〉에 기록된 바처럼 직접적인 자원(自怨)의 정서가 분명히 드러나지는 않는다. 따라서 이 둘을 동일곡으로 단정하기는 어렵다.

이상에서 이 세 노래 모두 선행곡과 일정한 거리를 보이고 있음을 규명하였다. 결과적으로 이네들을 묶어보려는 그간의 노력은 잘못되었거나 성급한 단정에서 비롯된 것임을 알게 되었다. 이러한 추정을 불러온 원인 중 하나는 이들 노래가 민요로서의 보편적 주제와 전형적 정서를 지녔기 때문이다. 이는 민요 특유의 개방성·유동성으로 인해 그 변주의 폭이 그만큼 넓음을 보여주는 사례라 하겠다.

3. 구조적 측면에서의 검토

3.1. 음보의 안정성과 행의 긴장이 이룬 이중주 - 〈유구곡〉의 경우

『시용향악보』에 실려 전하는 〈유구곡〉의 전문은 다음과 같다.

維鳩曲 俗稱 비두로기○平調

비두로기새ᄂᆞᆫ
비두로기새ᄂᆞᆫ

우루믈 우루ᄃᆡ
버곡댱이ᅀᅡ 난 됴해
버곡댱이ᅀᅡ 난 됴해

반복구를 뺀 실제 구문은 '비두로기새ᄂᆞᆫ / 우루믈 우루ᄃᆡ / 버곡댱이ᅀᅡ 난 됴해'의 2음보격 3행 구조로 정리된다. 이 가운데 의미를 지닌 실사는 '비두로기새', '우룸 울다', '버곡댱', '나', '둏다'가 전부이다. 다섯 개의 어절로 조합된 안은 문장 [주절{주어+서술구(목'+술')} + 인용목적절{목"+주"+술"}]이 된다. 이를 다시 통사구조만으로 재구성해 보면, '비두로기새ᄂᆞᆫ 우루믈 우루ᄃᆡ / 버곡댱이ᅀᅡ 난 됴해'가 남는다. 읊조리는 단계에서의 애초 노랫말은 각 행이 3어절을 갖는 2행 구조의 민요였을 것이다. 이것이 곡을 얹으면서 악곡상 필요에 따라 2음보격 3행 구조로, 다시 궁중악으로 수용되면서 반복의 원리를 더해 현재의 2음보격 5행 구조로 고정된 것으로 추정된다.

여기서 2음보의 안정감은 다른 한편 지루함을 수반하기 마련이다. '비두로기새ᄂᆞᆫ / 우루믈 우루ᄃᆡ / 버곡댱이ᅀᅡ 난 됴해'의 골격에서 처음과 끝 행을 반복한 반면, 가운데 행은 그냥 가고 있다. 만약 여기서 이 가운데 행까지 반복했을 경우, 전체 문장은 6행이 되면서 곧장 이완으로 떨어지고 만다. 이를 막아주면서 얻어진 결과가 바로 5행이 주는 긴장감이다. 안정을 바탕으로 한 짝수음보와 긴장을 내포한 홀수행이 씨·날로 절묘하게 어우러진 자리에 〈유구곡〉은 놓이게 된다.

한편 〈유구곡〉은 노래 자체의 짜임과 기법만을 따져보아도, 몇 가지 측면에서 창작곡과는 구별된다. 첫째, 비둘기와 뻐꾸기는 각기 여성 및 남성의 상징시어로 쓰이고 있다. 둘째, 전체 구문은 대화체를 인용했는데, 인용문의 구체적인 진술 양식은 독백체를 취하고 있다. 셋째,

인용문 내에서 비둘기의 독백은 반말투와 하게체의 복합 종결어미를 씀으로써 완곡어법을 취하고 있다. 넷째, 이 노래는 민요의 전형적인 반복구조를 취함으로써, 형식적 통일을 이루면서 강조의 효과를 갖는다. 이로써 이 노래가 지닌 민요적 속성을 안팎으로 갈라 검증해 보았다.

3.2. 여음구의 복합 기능과 중층의 대조 - 〈상저가〉의 경우

『시용향악보』에 실린 〈상저가〉의 전문은 다음과 같다.

相杵歌

듥긔동 방해나 디히 히얘
게우즌 바비나 지ᅀᅥ 히얘
아바님 어마님씌 받ᄌᆞᆸ고 히야해
남거시든 내 머고리 히야해 히야해

이 노래의 구문은 간단하다. 여음구를 빼고 나면 '듥긔동 방해나 디히 / 게우즌 바비나 지ᅀᅥ / 아바님 어마님씌 받ᄌᆞᆸ고 / 남거시든 내 머고리'의 짤막한 4행 구조가 남는다. 의미부인 이 앞소리를 이어가는 동안 각 행 끝머리에서는 '히얘(히야해)'의 뒷소리로 받아주고 있다. 매기고 받는 선후창 구조인 것이다.

〈상저가〉 또한 잘 짜인 대구를 겹으로 지니고 있다. 우선 전반부의 방아 찧기 노동과 후반부의 부모님 봉양이 크게 대조를 이룬다. 가난한 농촌의 살림살이에서 빚어진 효심을 잘 드러낸다. 다시 전반부에서 1행의 생산과정과 2행의 노동결과물을, 후반부에서 3행의 부모님 공경과 4행의 자식 된 도리를 각각 노래하면서, 또 한 번씩의 대구를 이룬다. 이들은 크고 작게 서로 상대 구문에 대한 맞짝이 되면서, 각기 축을 이루고 있다. 이로써 노래 전체의 주제를 분명하게 드러냄과 동시에, 협업노동의 과정을 안정되게 이끌고 있다.

〈상저가〉는 그 이름이 뜻하는 바 '맞방아노래[相杵歌]'로서, 전형적인 노동요의 모습을 보이고 있다. 당연히 이 노래는 4음보격을 취할 수밖에 없다. 물레 잣기나 베 짜기 같은 단독작업도 아니요, 모내기나 연밥 따기처럼 여러 사람 속에서의 개인작업도 아니다. 2인 내지 경우에 따라 그 이상의 협동과정이 필수적이다. 홀수음보로 노래했다가는 박자의 혼란으로 인해 작업 자체를 이룰 수 없다. 맞방아질로서의 협업노동, 그 작업효율을 극대화시킬 수 있는 필연적 장치로서 4음보격이 작동한 것이다.

그렇다면 이 4음보 지향은 어떻게 이루어지고 있는가? 이 노래의 가장 큰 특징은 실사부와 여음구의 절묘한 결합 구조에 있다. 이를 통해 각 행은 4음보격을 지향하며 안정된 율격을 구사한다. 1·2·3행은 실사부 3음보에 여음구(히얘/히야해) 1음보가, 마지막 4행은 실사부 2음보에 반복 여음구(히야해) 2음보가 더해지면서 4음보격으로 완성된다. 4음보격 4행 구조의 안정성이 방아 찧기 노동의 협업기능을 효과적으로 뒷받침하면서, 동시에 효심(孝心)이라는 주제를 잘 드러내었다.

한편 〈상저가〉의 여음구는 조흥(助興)과 더불어 조율(調律)의 기능을 함께 갖는다. 4음보격을 맞추기 위한 조율의 필요성은 앞의 논의로 대신하겠거니와, 여기서는 조흥의 기능을 좀더 살펴볼 필요가 있다. 이 노래에서의 '히얘/히야해'가 바로 그것인데, 이는 노동의 과정에서 숨 고르는 소리가 의성화한 것으로 보인다. 절구공이나 메를 내리찧는 작업은 적잖은 힘을 요하는 노동이다. 방아 찧기를 하는 실제 상황에서 거친 숨을 몰아쉬는 단계를 실제 노래 속에 끼워넣음으로써, 노래의 조율과 노동의 조흥을 겸하는 상승효과를 갖게 된 것으로 보인다.

3.3. 단계적 변개과정과 수사의 다양화 - 〈사모곡〉의 경우

이 노래는 『악장가사』와 『시용향악보』에 같이 전한다. 약간의 차이가 있는데, 전자 쪽이 약간 더 정연하다. 『악장가사』에 전하는 〈사모곡〉의 전문은 다음과 같다.

思母曲

호ᄆᆡ도 ᄂᆞᆯ히언마ᄅᆞᄂᆞᆫ
ᄂᆞᆮᄀᆞ티 들 리도 업스니이다
아바님도 어이어신마ᄅᆞᄂᆞᆫ
위 덩더둥셩
어마님ᄀᆞ티 괴시리 업세라
아소 님하
어마님ᄀᆞ티 괴시리 업세라

〈사모곡〉은 속요의 형성과 정착과정을 함께 보여주는 대표적 작품이다. 민간에서 노래되었을 때의 모습과 궁중악 수용시의 개변과정을 고스란히 전해주기 때문이다. 당연히 이 글에서 논의되고 있는 세 노래 가운데 가장 복잡하면서도 세련된 구조를 지니고 있다. 이제 이 노래의 발생에서부터 정착까지의 단계를 나누어 따져본다.

발생 당시의 모습은 여음구와 반복구가 제외된 4행이었을 것이다. '호ᄆᆡ도 ᄂᆞᆯ히언마ᄅᆞᄂᆞᆫ / ᄂᆞᆮᄀᆞ티 들 리도 업스니이다 / 아바님도 어이어신마ᄅᆞᄂᆞᆫ / 어마님ᄀᆞ티 괴시리 업세라'의 4행 기본구조를 추정해볼 수 있다. 여기에 주제 강화를 위해 '어마님ᄀᆞ티 괴시리 업세라'가 반복되고, 여기에 시상의 전환과 마무리를 꾀하기 위해 감탄어구 '아소 님하'가 덧붙은 것으로 보인다. 결과는 '호ᄆᆡ도 ᄂᆞᆯ히언마ᄅᆞᄂᆞᆫ / ᄂᆞᆮᄀᆞ티 들 리도 업스니이다 / 아바님도 어이어신마ᄅᆞᄂᆞᆫ / 어마님ᄀᆞ티 괴시리 업세라 / 아소 님하 / 어마님ᄀᆞ티 괴시리 업세라'의 6행 확장구조를 갖게 된다. 이렇게 민간에서의 1단계 확장과 변이가 완성된다.

이 노래는 다시 사모(思母)라는 보편적 주제와 세련된 시적 변용을 무기 삼아 궁중악으로의 수용이라는 다음 단계를 밟게 된다. 여기서 예의 '위 덩더둥셩'을 맞닥뜨리게 된다. 문제는 이 구절이 일껏 잘 다듬어진 이 노래의 시상을 흩뜨리고 있다는 점이다. 우선 노래 전체의 정서적 흐름에 이 여음구가 전혀 어울리지 않는다는 점이다. 어머니의 사랑을 애타게 그리워하는 맥락에서 흥을 불러일으키는 듯한 '위 덩더둥셩'은 그 자체가 부조화일 수밖에 없다. 더욱 심각한 문제는 이 구절이 전체 노랫말의 통사적 구조를 깨뜨리며, 순리적으로 연결되는 문장의 복판을 자르고 들어앉았다는 점이다. 궁중악으로의 2차적 변개가 마무리된 것이다.

여기서 '위 덩더둥셩'이 위치할 자리는 문학이 아닌 음악적 기준에 의해 결정되었다. 통사적 구문을 존중하였다면 그 자리는 당연히 4행 '어마님ᄀᆞ티 괴시리 업세라'의 뒤, 즉 5행에 위치해야 한다. 그러나 악곡상의 길이를 앞세워 3행 '아바님도 어이어신마ᄅᆞᄂᆞᆫ' 뒤에 놓는 바람에, 전체 구문은 '호ᄆᆡ도 ᄂᆞᆯ히언마ᄅᆞᄂᆞᆫ / ᄂᆞᆮᄀᆞ티 들 리도 업스니이다 / 아바님도 어이어신마ᄅᆞᄂᆞᆫ / 위 덩더둥셩 / 어마님ᄀᆞ티 괴시리 업세라 / 아소 님하 / 어마님ᄀᆞ티 괴시리 업세라'의 7행 구조로 결정된 것이다. 결과적으로 여음구 '위 덩더둥셩'은 단순히 악곡상의 필요에 의

해 기계적으로 앞뒤를 3행씩으로 갈라놓고 말았다.

한편 〈사모곡〉은 대조와 비유를 겹쳐 쓰고 영탄을 더해 주제 전달의 효과를 배가시키고 있다. 대조는 각각 1행과 2행, 그리고 3행과 5행에서 순차적으로 이루어지고 있다. '호ᄆᆡ < ᄂᆞᆯ'과 '아바님 < 어마님'을 강조한 것이다. 7행에서는 5행을 반복하여 확실한 강조의 효과를 거두고 있다. 그리고 6행은 영탄을 써서 앞까지의 시상 전개에 매듭을 짓고, 총괄적인 시상 전환의 계기와 함께 전체를 마무리하고 있다. 사뇌가의 차사나 시조 종장 첫머리의 감탄사와 같은 역할을 한다. 〈사모곡〉은 문학사에 있어서 이 '아소 님하' 한 구절만으로도 무시하지 못할 위치를 점하고 있다.

이상에서 살펴본 바 이들 세 노래는 모두 전형적인 민요의 짜임을 갖추고 있음을 확인하였다. 〈유구곡〉은 작품 구조상 민요의 원형을 잘 간직한 작품이다. 여기에 첫 행과 끝 행의 반복을 통해 전체적으로 2음보격의 안정과 5행의 긴장이 조화를 이룬 구조를 지니고 있다. 〈상저가〉는 잘 짜인 실사부에 여음구의 결합으로 조흥 및 조율의 이중기능을 수행하고 있다. 중층의 대조를 통해 주제를 구현해냈고, 4음보격 지향으로 협업노동과정의 능률을 최고조로 끌어올릴 수 있게 되었다. 〈사모곡〉은 민간 발생부터 궁중 정착까지의 변개양상을 단계적으로 보여주는 노래이다. 대조와 반복, 영탄의 수사가 절묘한 반면, 여음구의 개입이 악곡 위주로 이루어져 문학적 맥락을 끊는 아쉬움을 감수해야 했다.

정리하면 민요의 원형을 간직한 정도에 따라 〈유구곡〉, 〈상저가〉, 〈사모곡〉의 순차를 매길 수 있다. 때론 민요로서의 공통적인 면모를, 또 때론 저마다의 독자성을 갖춘 채 다양한 변주를 보여준 것이다.

4. 주제 구현 측면에서의 검토

4.1. 빗나간 사랑의 허망한 아쉬움 – 〈유구곡〉의 경우

〈유구곡〉은 비둘기의 독백 형식을 빌어 뻐꾸기에 대한 연모를 담은 노래이다. 여기서 비둘기와 뻐꾸기는 당연히 상징 의미를 담은 시어가 된다. 이들은 특히 민요에서 비유의 옷을 입고 빈번하게 등장한다. 비둘기가 주로 수동적이거나 약자로서의 가련한 여성이미지로 쓰이는 데 반해, 뻐꾸기는 상대적으로 능동적인 이미지와 함께 죽은 님의 대상물(代償物)로서 남성이미지로 많이 나타난다.

비둘기의 울음소리와 온순하고 가벼워 보이는 습성은 여성이미지로 적격이다. 인간친화적인 생태 및 왕성한 번식력도 여기에 고려할 수 있다. 반면 뻐꾸기는 우선 외모에서 비둘기보다 강한 인상을 준다. 주로 활엽수가 울창한 숲 속에서 단독생활을 하며, 울음소리가 강렬하다. 이 새의 독특한 탁란(托卵) 행태도 남성이미지를 강화시켜준다. 비둘기의 텃새로서의 정착성과 뻐꾸기의 여름철새로서의 이동성도 이들의 이미지에 한몫 거들었을 것이다.[14] 〈유구곡〉에 등장하는 비둘기와 뻐꾸기의 비유적 의미를 캐는 일은 이네들의 생태와 습성을 주목하는 데서 접근해야 한다.

〈유구곡〉은 비둘기에게는 가당찮은, 뻐꾸기에 대한 은밀한 사랑을 고백한 노래이다. 그랬을 때 이 노래의 내밀한 의미는 실상 불륜이다. 비둘기는 비둘기끼리 뻐꾸기는 뻐꾸기끼리 어울려야 함이 자연의 섭리라면, 이를 벗어난 비둘기의 사랑고백은 심각한 일탈일 수밖에 없다. 상대에 대한 은밀한 친밀감이나 소극적이고 부끄러운 듯한 자세,

14 윤성현, 앞 「유구곡을 다시 생각함」.

아쉬움과 미련을 풍기는 태도 등에서 공인받지 못한 사랑의 뉘앙스를 풍긴다. 〈유구곡〉에서 불륜의 이미지가 감지된다 함은 이런 연유에서이다.

하지만 사회통념상 빗나간 사랑이라는 손가락질도 당사자에게는 지고지순한 사랑일 수 있다. 오히려 금지된 사랑이라는 굴레가 화자로 하여금 말을 아끼게 하고, 그래서 더 많은 의미를 담아내게 한다. 어둡고 무거울 수밖에 없는 이 노래의 주제를 비유적 의미의 인용절 하나로 처리하고는 끝내버렸다. '무언(無言)의 언(言)'을 연상시킬 정도로 간결하다. 번잡을 피한 채, 단선적 미학의 메커니즘으로 승부를 결정지었다. 단순 소박한 구조로 인해 작품성에서 별 주목을 받지 못했던 이 노래의 오랜 생명력과 아름다움의 근원은 역설적이게도 이 지점에서 찾아진다.

고려 속요 가운데는 각별히 여성화자가 상대남성에 대한 연정을 호소한 노래가 많다. 이 글의 논의는 결국 여기에 귀착된다. 이른바 남녀상열지사(男女相悅之詞) 계열의 노래가 그것인데, 〈유구곡〉의 정조(情調)는 이들과 맞닿아 있다. 그러고 보면 이 노래의 서정적 자아는 여느 속요와 마찬가지로 부재(不在)하는 님을 그리는 여인이 된다. 그랬을 때 〈유구곡〉에 감춰진 속뜻은 빗나간 사랑의 허망한 아쉬움을 토로한 사랑노래로 귀결된다.[15]

4.2. 가난조차 가를 수 없는 가족 간 유대 – 〈상저가〉의 경우

〈상저가〉가 문헌에 올라 전수될 수 있었던 진짜 이유는 작중 화자의

15 윤성현, 앞 「고려 속요의 서정성 연구」.

삶에 대한 긍정적 인식에 있다. 일견 지극히 상식적인 효(孝)의 문제, 곧 통치차원에서는 적극 권장하고 싶은 덕목을 이 노래가 대신해주고 있기 때문이다. 다른 속요작품들에 비해 세련되지 못하고 투박해보이는 이 노래가 속악으로 편입될 수 있었던 사정을 여기서 찾을 수 있다. 가난쯤이야 아랑곳하지 않는 이네들 모습은 매우 건강하다. 더욱이 그 위에서 피어난 효심(孝心)의 문제는 문학의 주제를 떠나더라도 아름다울 수밖에 없다. 〈상저가〉를 관통하는 정서의 힘이 바로 이것이다.

〈상저가〉는 전형적인 농촌민요이다. 고려 때 민중들의 가난한 삶의 현장과 그 정황에서의 진솔한 표백, 더불어 거기서 우러나는 꾸밈없는 정서를 고스란히 담아내고 있다. 물질적 풍요를 경험하기 힘든 당시에 가난을 현실로 받아들이고 이를 이겨내는 나름의 지혜가 엿보이는 노래이다. 〈상저가〉는 바로 이런 측면에서 값어치를 더한다. 별다른 수사가 없는 무기교의 노래이기에 진실의 무게는 더욱 중하다. 누가 가난을 편하게 받아들이랴마는, 그렇다고 해서 현실적으로 이를 떨쳐낼 수도 없는 노릇이다. 그래서인지 그 속내와는 달리, 드러난 겉면에서 가난을 입에 올려 탓하지 않는다.

가난이 일상이 되다 보니 미리 쌀을 찧어놓고 먹을 만한 여유가 없다. 쌀이든 보리든 또는 다른 잡곡이든 간에 매 때마다 형편 닿는 대로 방아를 찧어 끼니를 해결하는 것이다. '거친 밥'일망정 배 안 곯는 것이 우선 급한 실정이다. 이런 사정이 '아바님 어마님믜 받줍고 / 남거시든 내 머고리'로 노래되었다. 그러고 보면 어려움 속에서도 화합하고 가족간 유대를 이을 수 있는 우리네 성정은, 유교적 덕목 이전에 민족 고유의 타고난 심성이자 뿌리 깊은 사회적 전통이라 하겠다.

〈상저가〉는 단순히 관념을 형상화하여 만든 작품과는 다를 수밖에 없다. 가난과 효심의 지근(至近) 거리는 현실의 경제원리로는 도무지 풀어낼 도리가 없다. 효의 본질을 이렇게 짧은 노래로 풀어낼 수 있다는 데 이르게 되면, 문학의 힘이랄지 효용이 얼마나 큰가를 절감하게 된다. 그만큼 진실의 무게가 실려 있고, 이에 따른 감동의 울림도 한껏 절실해진다. 가난 속에 꽃핀 효심[貧孝]. 〈상저가〉의 문학적 의미를 여기서 찾을 수 있다.

4.3. 정성을 다하고도 어쩌지 못하는 안타까움 - 〈사모곡〉의 경우

〈사모곡〉 또한 전형적인 농촌민요로서, 〈상저가〉와 더불어 효를 주제로 하고 있다. 작품의 주제나 짜임새, 내용의 이해에서 어려울 것 없는 이 노래는 제목에서 보듯 어머니에 대한 그리움이 주조(主潮)를 이룬다. 실제 노래구절에서는 아버지의 사랑보다 어머니의 사랑이 더 귀하고 중함을 대조와 비유를 통해 반복하고 있다. 그럼에도 불구하고 작품 이면에 깔린 본질적 정서가 사모(思母)와 원부(怨父) 중 어느 쪽이냐를 두고는 해석이 분분하다.

〈목주〉와의 관련 논의는 그래서 끊이지 않고 있다. 설화 기록에서 나타난 그 정서적 친연성만으로도 이 두 작품에서 효라는 공통의 주제를 추출해낼 수 있다. 목주의 효녀가 결국 아버지에 대한 원망의 심정을 토로했지만, 궁극적으로는 부모님에 대한 효성이 받아들여지지 않는 안타까움에 다름 아니다. 곧 효심과 원망이 동전의 양면처럼 나타난 것으로 해석하기도 한다. 다만 앞서 논한 바처럼, 개연성만으로 이 둘을 동일곡으로 단정 짓는 태도는 좀더 신중한 판단을 요한다.

〈사모곡〉에서는 아버지의 사랑보다 어머니의 그것이 더 귀하고 중함을 호미와 낫에 비유하여 표현하였다. 농촌의 생활체험이 그대로 노래에 반영된 작품이다. 관념적·상투적 비유에서 벗어나 생활 주변의 사물을 들어 비유했기에, 오히려 그 진실의 무게는 더하다. 매끄러운 세련미 대신에 단순 대조와 은유를 통한 비교의 방식으로, 모정의 절실함을 가슴 저리게 토해낸 작품이다. 어머니를 향한 그리움을 더함도 덜함도 없는 짧은 형식 속에 간절하게 담아낸 솜씨는 도리어 현란한 수사를 능가한다.

결국 이 노래에 드러난 정서를 개인의 특수한 체험만으로 국한시켜서는 곤란하다. 설령 〈목주〉 설화를 〈사모곡〉의 창작동기와 연결시켜 고찰한다 할지라도, 애초 노래가 불린 사정에만 국한해 해석할 수만은 없다. 전해오는 많은 민요나 지금의 대중가요를 통해서도 이 노래가 지니고 있는 정서의, 시대를 뛰어넘는 힘을 확인할 수 있기 때문이다. 〈사모곡〉에 드러난 효의 문제는 궁극적으로 한국적 정서의 한 원형을 이룬다.

이상에서 세 작품의 주제 구현 양상을 살핀 결과, 이들 노래에서는 모두 민요적 속성을 그대로 표출하고 있음을 보았다. 앞서의 경우와 마찬가지로 〈유구곡〉이 단순한 애정민요임을 밝혔고, 〈상저가〉와 〈사모곡〉은 모두 농촌민요의 전범임을 다른 각도에서 확인하였다.

이 글에서는 기왕의 논의와는 달리 〈유구곡〉을 불륜의 정서를 담은 애정민요로 결론지었다. 또 가난과 효의 상관관계만을 놓고 본다면 앞서 논한 〈상저가〉가 아무런 갈등 없이 효심을 꽃피우고 있는 데 반해, 〈사모곡〉에서는 정성을 다하고도 어쩌지 못하는 안타까움을 내비치고 있어 차이를 보인다. 이를 통해 효를 표출하는 두 가지 양상을 엿볼 수 있다.

5. 후대가요와의 정서적 계승관계

5.1. 〈유구곡〉의 경우

〈유구곡〉의 주된 정서는 불륜에 가깝다. 간절하고 안타까운 심회와 더불어 그 이면에서 성적 욕망까지 읽어낼 수 있기 때문이다. 이러한 정서의 맥락은 고려 이래 조선을 거쳐, 지금에 이르기까지 쉽게 찾을 수 있다.

고려 속요 〈만전춘 별사〉와 〈쌍화점〉이 대표적인 노래이다. 이들의 관계는 정상적인 애정행각은 아니다. 더하여 〈이상곡〉의 시적 화자는 버림받은 여인이다. 떠나버린 님이 돌아올 가능성은 없어 보이기에, 화자를 둘러싼 정황은 상당히 비장하다. '열명길', '벽력(霹靂)', '함타무간(陷墮無間)', '고대셔 싀여딜 내 몸' 등 극한의 시어로 점철된 이 노래는 님과의 지난 사랑에 대한 뉘우침으로 점철되어 있다. 〈유구곡〉의 화자가 빗나간 사랑에 대한 허망한 아쉬움을 토로한 것과 흡사한 정조(情調)를 보이고 있다.

사설시조에서는 아예 에로티시즘과 연계한 논문이 나올 정도로 외설적인 작품이 많다.[16] '간밤에 자고 간 그 놈 아마도 못 이져라 ~'에서부터 '얽고 검고 킈 큰 구레나룻 그것조차 길고 넙다 ~', '어흠아 긔 뉘옵신고 건너 불당(佛堂)에 동령승(動鈴僧)이 내 올너니 ~', '각시(閣氏)네 더위들 ᄉᆞ시오 일은 더위 느즌 더위 여러 ᄒᆡ포 묵은 더위 ~', '니르랴 보자 니르랴 보자 내 아니 니르랴 네 남진ᄃᆞ려 ~', '즁놈도 사ᄅᆞᆷ이냥 ᄒᆞ여 자고 가니 그립더고 ~' 등만 우선 추렸다. 성에 관한 노골

16 여기 끌어쓴 작품들은 아래 논문에 언급된 것 가운데서 골랐다.
박노준, 「사설시조와 에로티시즘」, 『한국시가연구』 3, 한국시가학회, 1998.

적 표현과 함께 비정상적인 남녀관계라는 공통점을 갖는다.

가사에서는 유부남의 짝사랑을 노래한 〈단장사〉, 정혼한 예비 유부녀를 연모하는 〈규수상사곡〉과 이에 야밤에 밀회를 약속하는 〈상사회답곡〉 등을 꼽을 수 있다. 외설적이기는 〈양신화답가〉나 〈춘면곡〉, 〈오섬가〉 등도 마찬가지이다. 불륜의 정서를 노래했다는 점에 있어, 앞서 거론한 작품들과 한가지로 닮아 있다.

아예 '~ 떨치고 가는 형상 사람 뼈다귈 다 녹인다 / 너는 어이한 겨집이완대 나를 종종 녹이느냐 / 너는 어이한 겨집이완대 장부의 간장을 다 녹이나 ~'면서 노골적인 유혹을 담은 잡가 〈소춘향가〉도 대표사례로 거론할 수 있다.

대중가요에서는 일일이 예거하기가 번거로울 지경이다. 이제는 고전이 되어버린 박신자의 〈댄서의 순정〉이나 채은옥의 〈사랑해선 안될 사람〉을 꼽을 수 있고, 조관우의 〈늪〉과 쿨의 〈운명〉 등을 또한 들 수 있다. 조용필의 〈그 겨울의 찻집〉은 '~ 아름다운 죄 사랑 때문에 홀로 지샌 긴 밤이여 / 뜨거운 이름 가슴에 두면 왜 한숨이 나는 걸까 / 아아 웃고 있어도 눈물이 난다 그대 나의 사랑아'라며, 불륜일지언정 애절한 심정을 노래하고 있다. 김지애의 〈몰래한 사랑〉에서 '~ 너랑 나랑 둘이서 무화과 그늘에 숨어 앉아 / 지난날을 생각하며 이야기하고 싶구나'의 구절도 크게 다르지 않다. 〈유구곡〉의 그것과 정서적 유사성을 보이고 있는 작품들이다.

5.2. 〈상저가〉의 경우

앞서 언급한 바처럼 방아노래는 오랜 연원을 이루고 있다. 우선 기능적 측면에서의 계통을 보면, 백결선생의 〈대악〉과 향가 〈풍요〉가 속요 〈상저가〉 이전의 노래로 기록되어 있다. 그 뒤를 퇴계 가사 〈상저가〉와 판소리 『변강쇠가』의 〈방아타령〉 및 『심청가』의 〈방아타령〉이 잇고 있으며, 그 외에도 숱한 방아타령류의 민요가 지금까지 전해오고 있다.[17]

이를 정서적 측면에서도 살펴볼 수 있다. 가난을 남루로 여기지 않고 받아들인 전통 또한 이 〈대악〉에서 비롯되었다. 이는 특히 조선 때의 시조와 가사문학에서 안빈낙도(安貧樂道)류의 시가를 이루는 데 이바지하였다.[18] 정극인의 가사 〈상춘곡〉과 한호의 시조 '집방석(方席) 내지 마라 낙엽(落葉)엔들 못 안즈랴 ~'는 물론 김상용의 시 〈남으로 창을 내겠오〉에서도 찾아진다. 시적 화자의 처지야 저마다 차이가 있을지언정, 이들 모두에서는 가난을 탓하지 않고 도리어 마음의 평온을 구가하고 있다. 곧 우리 문학의 오랜 전통을 잘 보여주는 사례이다.

휘몰이 잡가 〈만학천봉〉에서는 고기를 잡아 먼저 부모님께 대접하겠다는 마음을 그렸으며, 신안군 민요 〈멸치잡이 노래〉 또한 '그물코 맺고 흐르는 재물 노력으로 잡아다가 / 귀히 부모 처자식 극진공대하여 보세'라 노래하고 있다. 전래동요 〈달아 달아 밝은 달아〉의 정서는 이 〈상저가〉와 매우 유사하다. '초가삼간 집을 짓고 양친 부모 모셔다가 /천년 만년 살고 지고 천년 만년 살고 지고'의 구절에서도 물질이 아닌 진정한 마음의 효를 읽어낼 수 있기 때문이다.

---

17 자세한 논의는 아래 글을 참조하면 도움이 된다.
이규호, 「방아타령의 문학적 수용양상」, 『한국시가의 재조명』, 형설출판사, 1984.

18 윤성현, 「조선조 후기가사의 변모 양상 연구」, 연세대학교 석사학위논문, 1984.
윤성현, 「후기가사의 이행 과정」, 『연세어문학』 23, 연세어문학, 1991.

대중가요 또한 나훈아의 〈강촌에 살고 싶네〉에 나오는 '~ 씨뿌려 가꾸면서 땀을 흘리며 / 냇가에 늘어진 버드나무 아래서 / 조용히 살고파라 강촌에 살고싶네'의 구절에서 유사한 정서를 찾을 수 있다.

5.3. 〈사모곡〉의 경우

송석하가 채집한 전남 민요 〈강강수월래〉의 사설 가운데 일부는 〈사모곡〉과 유사한 내용을 담고 있어, 이 노래의 오랜 연원과 함께 그 정서의 보편성을 짐작케 한다.

……
호미도 연장이론 낫과 같이 싼득할까
아부지도 부모련만 어매같이 사랑울가[19]

이 노래가 〈사모곡〉의 다른 경로에서의 전승형태인지, 아니면 〈사모곡〉과는 별개로 농촌에서 전승된 순수민요인지를 가려내기는 쉽지 않다. 하지만 어머니의 사랑을 더 따뜻하게 느끼고 있음은 마찬가지이다. 호미와 낫의 비유, 아버지의 사랑과 어머니의 사랑 비교가 〈사모곡〉의 진술방식과 똑같기 때문이다. 다만 '~ 리 없다'는 투의 부정적 언사가 나타나지 않아, 이 노래 속 화자의 정서 표출방식이 좀더 온건한 양상을 보인다. 애초 노래가 불린 동기와 상관없이, 시대를 뛰어넘는 보편적 정서를 다시 한번 확인할 수 있다.

신안군 민요 〈어매타령〉에서는 '~ 앵두붓을 제쳐놓아 / 부모 얼굴을 그리자니 / 책장이 젖어 못 그리겠네'라고 간절한 그리움을 노래하

19 송석하, 「전승노리의 유래. 전남지방 강강수월래」, 『조광』, 1938. 6.
윤영옥, 『고려시가의 연구』 453쪽(영남대학교 출판부, 1991)에서 다시 끌어씀.

고 있다. 같은 지역 민요 〈어머니 죽음〉도 애절하기 짝이 없다. '아가 아가 우지 마라 니 어머니 오마드라 / 언제께나 오마든가 삼년 먹은 소뼈다귀 / 문턱 밑에 묻었다가 새 살나면 오마드라 / 이그덕덕 설움이야 언제께나 기다릴게'의 구절이 그렇다. 함경도 민요로서 서유석이 노래한 바 있는 〈타박네야〉의 '타박 타박 타박네야 너 어드메 울고 가니 / 우리 엄마 무덤가에 젖먹으러 찾아간다 ~'는 구절 또한 눈시울을 젖게 한다.

이연실의 〈찔레꽃〉에서 '~ 배고픈 날 가만히 따먹었다오 / 엄마 엄마 부르며 따먹었다오' 하는 구절이나 '~ 찔레꽃 향기는 너무 슬퍼요 / 그래서 울었지 목놓아 울었지 ~'라고 소리쳐 노래하는 장사익의 또 다른 〈찔레꽃〉 역시 구성지다. 모두 가족을 염두에 둔 그리움의 정서를 담아낸 민요의 변용으로로 추정된다. 소월의 시에 곡을 붙여 양희은이 노래한 〈부모〉나 양주동이 작사한 가곡 〈어머니 마음〉은 비교적 차분하게 어머니의 사랑을 노래한 작품들이다.

여기서 또 다른 소월의 시 〈접동새〉를 목주 설화의 정서와 관련하여 비교해볼 수 있다. 이 시에는 계모의 시샘이 등장하고 죽어 그 넋이 접동새가 된 슬픈 사연이 전개되고 있어, 〈목주〉와의 정서적 유사성을 주목하게 한다. '~ 옛날, 우리나라 / 먼 뒤쪽의 / 진두강 가람가에 살던 누나는 / 이붓어미 시샘에 죽었습니다 ~'[20]는 구절이 그것이다. 역시 구전설화를 모티프로 했음직한 이 시는 소월 특유의 한을 내포하고 있어, 오히려 〈목주〉의 그것보다 한층 강한 정서를 표출하고 있다. 어머니의 죽음에 따른 아버지의 재혼과 이로 인한 계모와 전처 소생간의

---

20 한국현대시문학대계 6 『김소월』, 지식산업사, 1980.

갈등은, 특히 가난과 병행하여 비극으로 치닫는 경우가 대부분이었다. 소월의 〈접동새〉는 이를 극명하게 보여준다.

대중가요의 고전으로는 현인의 〈비내리는 고모령〉과 진방남의 〈불효자는 웁니다〉를 꼽을 수 있다. 주병선의 〈칠갑산〉이나 태진아의 〈사모곡〉은 그 정서가 이 〈사모곡〉과 상당히 근접해 있다. 〈칠갑산〉의 '~홀어머니 두고 시집가던 날 칠갑산 산마루에 / 울어주던 산새 소리만 어린 가슴속을 태웠소'의 구절이나 〈사모곡〉에서 '땀에 찌든 삼베적삼 기워 입고 살으시다 / 소쩍새 울음 따라 하늘 가신 어머니 / 그 모습 그리워서 이 한 밤을 지샙니다'의 구절이 그러하다. 그밖에도 G.O.D.의 〈어머니〉를 비롯하여, 신성우의 〈어머니〉, 김명기의 〈어머니〉 등에서 볼 수 있듯이, 어머니를 노래한 작품은 그 수를 헤아리기조차 힘들다. 문학적 제재로서 '사모곡'은 영원한 테제이기 때문이다.

이상에서 이들 세 노래의 정서적 측면과 관련된 후대의 노래들을 시기별, 장르별로 살펴보았다. 크게는 애정과 효, 다시 효를 가난과 어머니라는 양 축 또는 그 복합양상으로 갈라 정리하였다. 실제로는 너무 많은 작품들과의 연계로 인해 그 선별에 애를 먹을 정도였던 바, 이 노래들이 지닌 보편적 정서를 확인할 수 있었다.

물론 이는 주제 자체의 보편성에 기인하는 바가 크지만, 한편으로는 이 보편성의 기저를 민요적 바탕과 연계하여 생각할 수 있다. 곧 이들 노래가 지닌 정서의 폭넓음을 민요적 속성의 한 부분으로 이해한다 해도 큰 무리가 없다. 속요가 지닌 민요와의 친연성 측면에서 이를 또 하나의 방증으로 삼는다.

6. 맺음말

지금까지 『시용향악보』에 실린 세 노래를 들어 속요의 민요적 성격을 추론해보았다. 이에 이 글에서 논의한 바를 요약한다.

우선 선행곡과의 동일곡 여부에서, 세 노래 모두 부정적인 결론이 도출되었다. 〈유구곡〉은 〈벌곡조〉와 명백히 다른 노래이고, 〈상저가〉 또한 〈대악〉과는 별개의 노래임을 확인하였다. 다만 〈사모곡〉과 〈목주〉는 워낙 두 노래 사이의 정서적 친연성이 짙어, 신중한 판단을 요한다. 여기서 민요 특유의 개방성·유동성과 함께, 그 변주의 폭을 엿볼 수 있다.

다음 구조면에서 이들 세 노래는 모두 전형적인 민요의 짜임을 갖추고 있다. 〈유구곡〉은 민요의 원형을 잘 간직한 작품으로, 2음보격의 안정과 5행의 긴장이 조화를 이루고 있다. 〈상저가〉는 실사부와 여음구의 결합으로 4음보격을 지향하며, 협업노동 과정의 진수를 보이고 있다. 〈사모곡〉은 민간 발생부터 궁중 정착까지의 변개 양상을 단계적으로 보여주는 노래이다. 이들은 민요로서의 공통점과 차이점을 나름대로 갖춘 채 다양한 스펙트럼을 보여주고 있다.

이어 주제면에서도 모두 민요적 속성을 그대로 표출하고 있다. 〈유구곡〉은 불륜의 정서를 노래한 애정민요가 된다. 반면 〈상저가〉에서는 가난과의 상관관계를, 〈사모곡〉에서는 어머니의 사랑을 노래했다. 물론 이 둘 다 효심과 직결된 농촌민요의 전범을 보이고 있다.

마지막으로 정서적 계승 관계에서 숱한 작품들과의 연계를 확인하였다. 시기별, 장르별 편차에도 불구하고, 그 정서적 바탕은 놀라울 만큼 같은 줄기로 묶이고 있다. 역시 이들 속요의 근원이 민요에 닿아 있음을 폭넓게 보여주는 방증이다.

고려 속요가 과연 창작곡이나 제의가로서 주된 기능을 수행했는지에 대해 다시 그 물음을 되돌리며 글을 맺는다.

—『속요의 아름다움』(2007, 태학사) 3부 중 '고려 속요의 민요적 성격 -『시용향악보』 소재 세 노래를 중심으로-'를 손질하여 다시 실었다.

악장으로 읽는 〈만전춘별사〉

◉

김영수

1. 서론

『고려사악지(高麗史 樂志)』 등에 여요(麗謠)는 80여 편이 전하고 있다. 그중 국문으로 전하는 작품은 21편 정도이고, 악부체 한역가는 36편이며, 제작 동기만 기술되어 전하는 부전가요(不傳歌謠)가 25편 정도 있다. 우리 문학의 최초의 정형적 시가인 향가에 이어 향유된 속요(俗謠)는 우리민족의 전통적인 정한(情恨)을 담고 있을 뿐 아니라, 문학적으로도 세련되고 뛰어난 작품들이다. 그러나 현전 작품들은 선초 유학자들의 가악 기준에 의해 삼국 및 고려시대의 음악이 정리된 관계로 그 전모를 파악한다는 것은 쉽지 않다.

현전 작품들은 대부분 궁중에 수용되어 전승된 것들이고, 그 내용이 대부분 사랑하는 '님'을 소재로 하였기 때문에 군신(君臣)관계로 전이될 수 있는 작품들이다. 즉, 그 내용이 님(임금)에 대한 일방적 송도(頌禱)의 의미가 바탕에 깔려 있는 것이다. 선초에 악장(樂章)이라는 장르가 유행했듯이 속요 중에는 '송도'를 담은 것이 주류를 이루고 있다. 송도를 목적으로 하는 악장이 현재 속요 등의 장르로 전해지고 있다는 점에서 속요에 대한 악장적 성격의 구명은 우리 문학사에서 중요한 의미를 지닌다. 이는 조선왕조의 건국과정에서 문학의 역할 및 유학자들의 문학관을 살필 수 있기 때문이다.

고전 시가에 대한 연구는 역사적인 배경을 소홀히 하면 소기의 성과를 거두기가 어렵다. 속요 또한 예외가 아니다. 따라서, 『삼국사기』·『삼국유사』·『고려사』·『조선왕조실록』 등 기초적인 한국사 자료를 중심으로 그 배경을 살피는 것이 중요하다. 또한 이제현의 『익재난고』와 민사평의 『급암선생시집』을 통해 속요의 한역시가 작품을 살필 수 있다. 『예기』 「악기」나 채원정의 『율려신서』와 같은 중국 측의 기록 또한 매우 중요하다. 『악학궤범』·『시용향악보』·『악장가사』·『금합자보』·『악학편고』·『대악후보』와 같은 우리 음악학 자료를 통해 구체적으로 어떻게 전승되었는지를 살피는 것도 필요하다. 또한 문학적인 연구 못지 않게 국악 분야의 연구 성과를 원용하는 것도 필수적이다. 이는 인접 학문간의 교류와 상호보완을 위해서도 바람직하다. 속요의 연구는 개별 작품에 대한 연구, 미학적인 연구, 작자 및 제작 연대에 대한 연구, 여음이나 후렴구에 대한 연구, 님의 속성에 대한 연구 등 다양하게 이루어지고 있다. 그러나, 속요의 역사적 배경을 통한 작품분석이나 악장적 성격을 구명하는 작업은 별로 없었다. 속요와 악장의 연결고리가 규명된다면 이는 우리 문학과 역사적 배경이 불가분의 관계라는 것을 증명하는 것이며, 따라서 문학의 기능이 현실을 바람직한 방향으로 이끌기 위한 교화적이라는 점을 입증하는 것이 되리라고 본다.

속요의 악장적 성격에 대한 고찰은 한국문학 전통의 규명과 그 계승에 대한 기초적인 작업이 될 수 있다. 또한, 우리 문학의 영원한 주제인 '이별과 한(恨)의 정서'에 대한 실체적 확인이 이루어질 것으로 본다. 또한 소재 및 주제적인 측면에서 현대시 작품과의 접목을 통해 전통의 지속과 변화라는 점을 확인할 수 있다. 이같은 점을 확인하고 나면 우리민족의 정체성을 확인하는 성과가 있을 것으로 본다.

2. 시대적 배경

필자는 속요의 실상을 확인하기 위해서는 고려 사회의 두 가지 커다란 역사적 배경을 이해해야 한다고 본다. 하나는 무신집권기의 정치현상에 대한 것이고, 또 하나는 元나라와의 관계에 대한 것이다. 원나라와의 관계에서 주목되는 것은 공녀(貢女, 童女)의 문제이다. 이는 원의 요구에서 비롯되었지만 결국에는 궁녀(宮女)의 애환으로 귀결된다. 이 두 가지는 고려 사회에 커다란 영향을 미친 역사적 배경이다. 강도(江都)를 중심으로 몽고(元)에 저항하던 고려가 출수취륙(出水就陸)하고 태자(倎=元宗)의 입조(入朝)를 결정하면서 저들에게 보낸 기록은 '고양이 앞의 쥐'와 같은 절박한 사정을 보여준다.

> 갑진에 將軍 朴希實 趙文柱 散員 朴天植을 몽고에 보내어 達魯花赤에게 청하기를, "본국이 事大의 誠을 다하지 못한 所以는 한갓 權臣이 정사를 擅斷하여 內屬하기를 즐거워하지 않은 까닭이었는데 지금에는 崔竩가 이미 죽었으므로 곧 바다로부터 나와 육지에 나아가 上國의 命을 듣고자 하나 天兵이 境域을 制壓하고 있으니 譬喩컨대 穴鼠가 고양이의 지키는 바처럼 되어 감히 나가지 못하는 것이다."라고 하였다. 이 해에 諸道의 禾穀이 모두 蒙兵의 所獲이 되었다.[1]

---

1 『譯註 高麗史』 世家 卷24, 高宗 45년(1258년) 12월 甲辰條(동아대학교 고전연구실 편, 1982). 이하 『역주 고려사』는 동아대편을 인용함.

강진철은 "약 30년이나 항전한 고려가 적국에 보내는 국서로서는 그 語句가 너무나 비굴함이 주목된다."[2] 고 말한 바 있다. 뒷 부분의 "이 해에 諸道의 禾穀이 모두 蒙兵의 所獲이 되었다."라는 사신의 비판은 온 국민을 버려두고 江都(강화도)에 들어가 저항이라는 명분 아래 안주하던 소수의 왕족 및 권신들을 향한 일침이 아닐 수 없다. 이같은 자세는 애초에 국력을 결집한 상태에서 이루어진 것이 아니라, 소수에 의해 이끌려진 역사를 반증하는 것이다. 강도의 정권이 백성들에게 행한 구호조치는 '산성과 해도에 입보(入保)하라'는 명령이 전부였다.[3]

이때는 최항(崔沆)이 죽고(1257년) 그의 비첩 소생인 최의(崔竩)가 정권을 계승하자, 유경(柳璥)·박송비(朴松庇)·박희실(朴希實)·김인준(金仁俊)·임연(林衍) 등이 삼별초를 동원, 최의를 죽이고 왕정을 복구하여 최씨의 4대 60년간의 무인집권이 끝난 시점이었다.

필자는 원의 부마가 된 25대 충렬왕(忠烈王)과 그의 아버지인 24대 원종(元宗)을 통해 고려가 원의 복속국으로 전락하면서 사회·정치의 혼란상을 사신의 평을 통해 살피고자 한다. 특히 충렬왕대는 문학사에서 남녀상열지사의 대표적인 속요인 「만전춘별사」나, 「쌍화점」이 유

---

2 姜晋哲, 「몽고의 침입에 대한 항쟁」, 『한국사』 7, 국사편찬위원회, 1977, 361쪽.

3 李丙燾, 『한국사』(중세편), 진단학회편, 을유문화사, 1961, 599~600쪽. 이병도는 고려가 장기간 항쟁할 수 있었던 이유로, 첫째, 몽고의 과중한 徵求(歲幣)와 무리한 요구, 둘째, 강력한 武家政權을 중심으로 한 武人의 투쟁의식이 강렬하였던 것, 셋째, 山城과 海島를 피난본거지로 하여 농민이 수시로 入保·出居하면서 農耕에 종사할 수 있었던 것. 특히 피난수도인 江都는 육지와 接近하면서도 天險의 요새로 되어 있고, 또한 遠近 諸道와의 交通·漕運의 便이 있었던 것을 들었다. 그러나, 셋째의 경우는 "해도와 산성의 입보는 全國民을 들어서의 그것은 사실상 불가능한 일이었으므로, 自然 피난치 못하고 본고장에 남아 있다가 피해를 당한 사람이 많았고, 농작물도 가끔 蒙軍의 고의적인 蹂躪에 맡겨진 때도 있었던 것이 아니냐"라고 하여 미봉책임을 지적했다.

행하는 중요한 시점이기도 하다. 원종은 전쟁을 끝내고 원에 복속되면서 새로운 전기를 맞은 임금이다. 원종에 대한 사신의 평을 이해하기 위해서는 원종 원년의 아래의 기사(원종이 태자 시절 몽고에 들어가 고생하면서 원세조를 만난 기록)를 먼저 확인하는 것이 좋을 듯하다.

> 六盤山(陝西省)에 이르니 헌종황제가 崩御(晏駕)하고 阿里孛哥가 군사를 朔野에서 막는지라. 諸侯들이 염려하고 의심하여 좇을 바를 알지 못하였다. 때에 皇弟 忽必烈이 강남에서 觀兵하거늘 왕이 드디어 남으로 수레를 돌려 어려운 길을 거쳐(間關) 梁楚의 들(郊)에 이르니 皇弟가 마침 襄陽에 있어 군사를 돌리어 北上하는지라. (왕이) 軟角 烏紗幞頭와 廣袖 紫羅袍를 입고 犀鞓 象笏로 幣帛을 받들고 道左에 迎謁하니 眉目이 그림 같고 周旋(擧動)하는 것이 본받음직하며 뭇(群) 관료들이 다 品服으로써 뒤에서 차례로 排立(排班)하니 황제가 놀라며 기뻐하여 말하기를 "高麗는 萬里의 나라이다. 唐 太宗으로도 친히 쳐 능히 항복받지 못하였거늘 이제 그의 세자가 스스로 와 우리에게 歸服하니 이것은 하늘의 뜻이로다."하고 크게 褒奬을 加하며 함께 開平府에 이르렀는데 본국에서 高宗이 薨去를 고해 왔으므로 이에 達魯花赤 束里大 등에게 명하여 그 행차를 보호하여 귀국케 하였다.[4]

차라대(車羅大)의 6차 침입에서 고려 태자의 입조를 약속받은 몽고는 철군을 시작하였고, 태자 전(倎:24대 원종)은 약속대로 1259년 4월 몽고로 출발한다. 당시 황제인 憲宗은 南宋의 정벌에 종사하다가 7월에 조어산 진중에서 죽는다. 태자는 결국 헌종을 만나지 못하고 헌종 사후 황제 위를 놓고 다투던 홀필렬(忽必烈)과 그의 동생 아리패가(阿里孛哥)를 만나는데, 우연하게도 어려운 길을 돌아 홀필렬을 만나면서

4 『역주 고려사』 세가 권25, 원종 원년 3월 정해조.

새로운 전기가 마련된다. 홀필렬은 자신이 황제가 된 것을 "고려는 만리의 나라이다. 당 태종으로도 친히 쳐 능히 항복받지 못하였거늘 이제 그의 세자가 스스로 와 우리에게 귀복하니 이것은 하늘의 뜻이로다."라고 반기면서 고려를 후대하면서 전쟁을 그치는 계기를 마련한다. 그러나 이같은 후대는 고려왕에게는 왕권의 회복과 확장을 도모하는 계기가 되었지만, 원세조의 입장에서는 일본 정벌의 기지로서 고려의 백성과 물자를 이용하려는 야심이 숨어 있었다.[5] 아래의 인용문은 원종(1219~1274)에 대한 사신의 평이다.

> 사신이 찬하기를, "원종이 세자가 되었을 때에 權臣이 專權하여 不義를 恣行하고 上國의 討罪를 두려워하여 內附하기를 즐기지 아니하니, 몽고의 兵이 해마다 境域을 壓迫하여 中外가 騷然하였다. 왕은 父王의 명을 받아 친히 上國에 朝覲하여 權臣의 跋扈의 뜻을 꺾어 드디어 등창(疽背)이 나서 죽게 하였고, 또 阿里孛哥는 憲宗의 嫡子로서(阿里孛哥는 拖雷의 第7子로서 몽고 憲宗과 世祖의 同母弟임) 兵으로 上都에서 막고 있었고, 世皇(元의 世祖)은 藩王으로서 梁 楚(河南 湖北)의 郊에 있었는데 이에 능히 天命과 人心의 거취를 알아서 近을 버리고 遠에 나아가매(太子入朝:필자) 세황이 가상히 여겨 公主로서 王子에게 보내기에 이르렀다. 이로부터 대대로 舅甥의 親好를 맺어 동방 백성으로 하여금 백년 升平의 樂을 누리게 하니 또한 嘉尙함직 하도다. 다만 그 三別抄가 안에서 叛하여 州郡을 침략하고 元이 將帥를 보내어 求索하기를 마지 아니하니 이는 마땅히 晝夜로 治平을 도모할 때인데 도리어 宴安에 貪溺하여 써 媵嬙이 그 心志를 좀먹고 환관(閹人)이 그 出納을 오로지 함을 이루었으니 哀惜하도다."라고 하였다.[6]

---

5 姜晋哲, 「몽고의 침입에 대한 항쟁」, 『한국사』 7, 국사편찬위원회, 1977, 373쪽.

6 『역주 고려사』 세가 권27, 元宗 15년(1274년) 史臣 贊.

원종은 원세조를 만난 후 귀국하여 왕위에 오르고, 원종 5년(1264년)에는 이른바 '국왕친조'라는 사대의 극치를 보여주는 주인공이 된다. 사신은 임연 등 권신의 발호를 꺾은 일과,[7] 천명과 인심의 거취를 알아본 것을 칭찬하고 있다. 또한 원세조와 구생(舅甥)의 친호(親好)를 맺어 전쟁으로부터 백성과 나라를 구한 것을 가상히 여기고 있다. 그러나 이로부터 원의 부마국이 되어 겉으로는 평안하였지만 속국으로서의 비애가 이어졌고, 왕과 귀족들은 연악에 탐닉하고 잉장(媵嬙)과 환관의 피해가 속출하였으니, 백성들의 고통은 말이 아니었다.

다음은 충렬왕(1236~1308)에 대한 사신의 평이다. 충렬왕은 최초로 元의 사위가 되었던 인물이다. 그는 지존이면서도 자신의 의지대로 할 수 없었던 고뇌에 찬 인물이었다. 원과 고려와의 관계, 두 왕비와의 관계(정신부주와 제국대장공주), 태자와의 관계(강양공 자와 충선왕), 부자관계(자신과 충선왕과의 갈등), 군신 관계(충렬왕과 충선왕을 따르는 무리들간의 갈등)의 갈등의 중심에 충렬왕이 있었던 것이다. 어쩔 수 없이 택한 부마로 인해 자신을 희생하여 국가의 안녕은 보장하였지만, 엽색행각에 치우쳐 불행을 자초하는 인물로 그려지고 있다.

> 史臣이 贊하여 가로되, "충렬왕대에 있어서 안으로는 權臣이 정사를 擅斷하고 밖으로는 强敵이 내침하니 一國의 사람들이 虐政에 죽지 않으

7 임연은 본래 김인준(김준) 등과 협력하여 최의를 죽이고 최씨 무인정권을 무너뜨려 왕정복구를 실현하였으나, 원종이 자신과 대립하는 김인준을 없애기 위해 임연으로 하여금 그를 죽이도록 하였다. 후에 임연이 실권을 잡자 원종을 폐하고 안경공 창을 옹립하였다가 원세조의 출병 위협으로 원상 복구되었다. 이후 최탄이 임연의 반역을 제거하겠다는 명분아래 반란을 일으켰고, 이 와중에 임연은 등창이 나서 죽자, 그 아들 임유무가 전권을 잡았으나, 유무의 자형인 홍문계와 송송례가 삼별초를 동원하여 유무를 죽이니, 정중부로 비롯한 무인정치는 100년 만에 종말을 고했다.

면 반드시 鋒鏑(兵戈)에 滅케 되어 禍亂이 極하였다. 一朝에 上天이 禍를 뉘우쳐서 權臣을 죽이고 上國에 歸附하니 天子가 가상히 여겨 공주를 이강(釐降)한 바 공주가 이르매 父老들이 기뻐하여 서로 慶賀하기를 '백년이나 鋒鏑의 나머지에 다시 태평의 시기를 볼 줄이야 알았으랴!' 라고 하였다. 왕은 또 다시 京師에 朝覲하여 동방의 弊害를 敷奏하니 帝가 냉큼 兪允하고 官軍을 소환하매 동방의 백성이 편안케 되었다. 이제야말로 正히 왕은 가히 함(有爲)이 있을 때인데 어찌하여 교만한 마음이 문득 생겨 遊獵을 즐겨하고 鷹坊을 廣置하여 惡小人인 李貞 輩를 시켜 州郡을 侵暴하고 宴樂에 빠져 龍樓에 唱和하고 僧 祖英 等으로 하여금 좌우에 가까이 하게 하니 공주와 세자가 말하여도 듣지 않았고 宰臣 臺省이 이를 논하여도 좇지 않았다. 그 만년에 이르러서는 좌우의 참소를 너무 많이 들어 그 嫡子를 폐하고 그 姪을 세우고자 함에 이르렀으니 그가 동궁에 있을 때에 비록 典故를 밝게 익히고 독서하여 大義를 알았다 하나 과연 무슨 소용이 있으리오! 아! 처음은 있지 않음이 없으나 능히 끝을 여물게 함은 드물다고 한 것은 충렬왕을 두고 이름이 아니랴!"라고 하였다.[8]

사신은 충렬왕대의 백성은 '虐政이 아니면 鋒鏑에 죽을 수밖에 없는' 가련한 운명이었음을 적시했다. 그는 비록 원의 부마가 되어 전쟁을 그치고 승평의 시대를 열었지만 오왕 부차나 월왕 구천처럼 와신상담의 자세로 나라를 일으킨 것이 아니라 연악과 사냥, 참소와 유배, 공녀(貢女, 童女)와 환관 문제, 아들(충선왕)과의 갈등으로 영욕의 세월을 살았다. 충렬왕의 가장 큰 잘못은 며느리인 충선왕비(보탑실련공주)를 조카(서흥후 전)에게 개가시켜 왕위를 이으려는 시도였다. 위의 기록에서 "그 적자를 폐하고 그 질(姪)을 세우고자 함에 이르렀다."라고 한

8 『역주 고려사』세가 권32, 충렬왕조 史臣 贊.

것이 그것이다.[9] 한 마디로 충렬왕조는 원의 속국으로 안주하면서 혼란의 서막을 여는 시기라고 할 수 있다.

몽고가 정복지역을 다스리는 방편은 크게 세 가지다.[10] 고려와 안남의 경우는 세번째 유형인 복속적인 국가에 속했는데 주권이 존속, 유지되었고, 국내행정이 독립적이었기 때문에 몽고의 통제는 가장 완만하였지만 일정한 지배방식에 따라 다루어졌다.[11]

충렬왕과 충선왕대의 공녀(貢女, 童女)와 환관(宦官)문제는 매우 심각했다. 이곡(李穀)의 「대언관청파취동녀서(代言官請罷取童女書)」를 보면 당시의 상황을 짐작할 수 있다.

> 한편으로 듣자오니 고려 사람들은 딸을 낳으면 곧 감추고, 오직 그 비밀이 탄로날 것을 걱정하여 이웃사람들도 볼 수 없다고 합니다. 사신이 중국에서 이를 때마다 곧 놀라 서로를 돌아보며 말하기를, '무엇 때문에 왔을까, 처녀를 잡으러 온 것이 아닌가, 아내와 첩을 데리러 온 것은 아닌가.' 합니다. 얼마 후에 군리가 사방으로 쏟아져 나가 집집마다 뒤지고 찾는데, 만일 감춘 것을 알면 그 이웃까지도 잡아들이고, 그 친족을 구속하여 매질하고 고통을 주어 찾아내고야 맙니다. 그리하여 한번 사신이 오면 나라 안이 소란하여 닭이나 개까지도 편안할 수 없습니다.[12]

---

9 『역주 고려사』세가 권32, 29년 9월 경오조. "경오에 왕이 元에 가서 전왕의 환국함을 저지하기를 청하려 하고 또 공주로써 서흥후 전에게 개가시키고자 하였다."

10 高柄翊, 「원과의 관계의 변천」, 『한국사』 7, 국사편찬위원회, 1977, 391~392쪽. 첫째는 정복한 땅과 백성을 몽고족의 왕족에게 주어 통치케 하는 간접통치 방식이고(太宗 窩闊台汗〈오고타이칸〉때의 정복지역들), 둘째는 몽고제국의 영역으로 편입해서 몽고족이 직접 행정을 맡는 직접통치 유형이며(여진족의 금나라, 畏兀兒族〈위그루족〉, 花剌子摸〈콰리즘〉의 나라), 셋째는 복속국을 독립국으로 두고 그 지배체제도 인정하면서 몽고가 파견한 達魯花赤(다루가치)으로 하여금 강한 통제를 하는 유형이다.

11 위의 논문, 393쪽.

이같이 고려왕조가 자주성을 상실한 현실을 김종서 등은, “중기 이후로는 임금노릇을 잘하지 못하여 안으로는 폐행(嬖幸)에게 현혹되고, 밖으로는 권간(權姦)에게 제어되었으며, 강한 적국이 번갈아 침략하여 전쟁이 빈번하였고, 나라가 쇠퇴하여 가성(假姓)이 왕위를 빼앗아 왕씨의 제사가 끊어지기에 이르러서 공양왕이 반정을 하였으나, 마침내 어둡고 나약하여서 스스로 멸망에 이르고 말았다”[13] 라고 언급하고 있다.

충렬왕과 충선왕대의 공녀(동녀)와 환관의 기록을 잠시 보고자 한다.

1. 충렬왕 원년 11월:---계미에 僉議贊成事 兪千遇를 원에 보내어 賀正하고 官制 고친 것을 고하고 처녀 10인을 바치었다.
2. 충렬왕 2년 2월:---임인에 兪千遇가 원으로부터 돌아왔는데 前者에 바친 처녀는 다만 崔甸과 崔之守의 딸만을 머물러 두고 나머지는 모두 放還하였다.
3. 충렬왕 24년 춘정월:---임인에 巡馬所에 명하여 良家의 딸을 뽑아 장차 帝所 및 使臣에게 바치려 할 제 百僚로 하여금 가만히 有女家를 적어 主司에 投書케 하니 이에 睚眦의 怨이 있는 자는 비록 딸이 없어도 또한 指目하여서 騷動을 일으키니 鷄犬도 편치 못하였다.
4. 충렬왕 33년 하 4월:---계사에 元이 宦者 撒勒을 보내어 香을 내려주고 皇太后의 명으로써 童女를 뽑았는데 살륵은 本國 龍宮縣 사람이었다.
5. 충렬왕 33년 동 10월:---임자에 元이 宦者 및 典酒 李彦忠을 보내와 童女를 선택하였다.
6. 충렬왕 33년 11월:---무자에 都僉議叅理 金深을 원에 보내어 童女 18인을 바쳤다.

---

12 『高麗史節要』 卷25, 忠肅王 四年 12月 閏月조.

13 「進高麗史節要箋」.

7. 충선왕 원년(1309년) 冬 10월:---壬戌에 대장군 尹吉甫를 元에 보내어 童女와 閹人(宦官)을 바쳤다.
8. 충선왕 2년(1310년) 夏 5월:--- 甲申에 원의 승상 脫脫이 사신을 보내와 閹人(宦官)과 童女를 구하였다.
9. 충선왕 3년(1311년) 秋 7월:---閏月 丁巳에 왕이 명하여 '童女의 絶美한 者 四人을 뽑아오라'고 하였다.

공녀문제는 고려의 우환이자, 딸을 둔 가정에서는 비극의 시작이었고, 이로 인해 벌어지는 문제는 '닭이나 개도 편치 못했다'는 기록으로 그 어려움을 짐작할 수 있다. 원에 끌려간 공녀들은 원 황실의 후궁·궁녀·시첩·시비 등이 되거나, 귀족이나 고관들의 애첩, 또는 몽고군(蠻子軍)의 상대가 되기도 했다.[14] 공녀문제는 궁극적으로 원나라나 고려 조정에서 다시 궁녀들의 애환으로 이어지게 된다.

3. 악장의 개념

정도전은 조선왕조 개국 이듬해인 1393년 태조의 무공을 찬양한 「무공곡」(납씨곡, 궁수분곡, 정동방곡)을 바치면서 다음과 같이 악장의 개념을 우회적으로 설명하고 있다.

臣이 보건대, 歷代 이래로 天命을 받은 인군은 무릇 功德이 있으면 반드시 樂章에 나타내어 當時를 빛나게 하고, 將來에 전하여 보이게 되

14 유홍렬, 「고려의 원에 대한 공녀」, 『진단학보』 18, 진단학회, 1957, 37쪽. 몽고의 요청으로 고려에서는 결혼도감, 과부처녀추고별감이라는 관청을 두어 징발했고, 정사에 기록된 숫자만 80여 년 간 50여 차례, 수백 명에 달했다고 했다.

> 니, 그런 까닭으로 '한 시대가 일어나면 반드시 한 시대의 制作이 있게 된다.' 고 하였습니다. 삼가 생각하옵건대, 主上殿下의 뛰어난 武勇은 그 계략을 도우셨고, 勇氣와 지혜는 하늘에서 주신 것이므로, 깊고 후한 仁德이 민심에 결합된 지가 이미 오래 되었다면, 天命을 받은 것은 반드시 인민들의 기대에서 나왔을 것이니 아침이 되기 전에 大義를 바루어야 될 것입니다. 그러하오나, 상서로운 鳳이 뭇 새들보다, 신령스런 芝草가 보통 풀보다 그 태어남이 반드시 다르게 되니, 聖人이 일어날 적에 靈異한 祥瑞가 먼저 感應하게 되는 것은 또한 이치의 필연적인 것입니다. 〈…〉 고려 왕조의 말기에 정치가 頹廢하고 법도가 무너져서, 토지 제도[經界]가 바르지 못하여 백성이 그 해를 받게 되고, 禮樂이 일어나지 않아서 관원이 그 직책을 잃게 되었는데, 전하께서 일체 모두 바로잡아 정하였으므로, 天道로써는 저와 같았고 人道로써는 이와 같았으니, 공을 비교하고 덕을 헤아려 보매 더불어 비할 데가 없습니다. 이것을 마땅히 聲詩로써 전파하고 絃歌에 올려서 한없는 세상에 전하여, 듣는 사람으로 하여금 聖德의 만분의 일이라도 알게 해야 될 것입니다.[15]

정도전은 조선왕조의 문물제도를 완성한 인물이기도 하지만 악장 제작에 있어 '정기격군(正己格君)'[16] 이라는 신하의 바른 자세를 통해 임금을 바른 길로 이끌기 위해 노력했던 인물이다. 결국 천명을 받은 임금의 공덕을 시·가·무로 형상화해서 후세에 전하는 것이 악장이라는 것이다. 이른바 "한 시대가 일어나면 반드시 한 시대의 제작이 있게 된다."는 논리이다.

태종 3년에 하륜(河崙)이 「근천정」과 「수명명」 두 악장을 지어 바치

---

15 『태조실록』 권4, 2년(1393, 계유년) 7월 26일 己巳條. 이하 『조선왕조실록』은 국사편찬위원회의 자료를 참조함.

16 金榮洙, 「정도전 악장문학 연구」, 『東洋學』 34집, 단국대 동양학연구소, 2003, 25쪽.

니 태종이 칭찬하면서 한 다음과 같은 말은 악장의 개념을 잘 정리해 보여주고 있다.

> 領司平府事 河崙이 악장 두 편을 올리니, 교서를 내려 주어 칭찬하였다. 〈…〉 "왕은 이르노라. 대체로 들으니, 임금과 신하의 사이에는 경계를 말[進戒]하는 것이 귀하고, 聲樂의 道는 象을 이루는데 있다고 하였다. 그러므로 九敍의 노래를 禹가 벌써 지었고, 賡載의 노래를 皐陶도 또한 불렀다. 이것은 舜의 조정에서 임금과 신하가 서로 警戒함으로써 至治를 일으킨 이유이다. 周나라에 이르러서는 그 道가 점점 갖추어져 雅와 頌을 짓게 되어 지금까지 洋洋하다. 〈…〉 이제 올린 覲天庭·受明命 두 편의 樂章을 보니, 바로 노래 부름에 그치는 것이 아니라 警戒를 말함에 절실하다. 오직 내가 天庭에 들어가 뵌 것은 신하의 직분으로 당연한 것이며, 그 明命을 받은 것은 天子의 恩數가 다행하게도 否德한 이 사람에 이른 것이니, 모두 아름다울 것이 없었다. 경이 이에 詩歌를 지어 권면하고 경계하는 뜻을 붙였으니, 아마도 영원히 그 어려움을 생각하여 무궁토록 보전하게 하려 함이다. 〈…〉 이미 有司에게 명하여 管絃에 올려 宴享樂으로 삼아 경계한 말을 잊지 않겠다."[17]

태종이 악장 두 편을 받고서 한 말 중 핵심은 '진계(進戒)'라는 말이다. 임금과 신하가 경계함으로써 至治를 일으킬 수 있다는 확신이다. 신하가 노래를 지어 '권면하고 경계하는 뜻'을 이면에 제시하는 것이 바로 악장이다. 임금은 이같은 악장을 관현에 올려 항상 잊지 않고 자신을 경계하는 자세를 유지하는 것이다. 조선전기의 시가관은 구악정리의 과정에서 그 대략을 살필 수 있다. 『중종실록』의 남곤의 계를 통해 조선왕조의 구악정리기준을 살펴 볼 수 있다.

---

17 『태종실록』 권3, 2년(1402년 임오년) 6월 9일 辛酉條.

> 대제학 남곤이 아뢰기를, "전일 신에게 악장 속에 말이 거칠고, 음사나 불교에 관계있는 말을 고치라고 명하시기에, 신이 장악원 제조 및 음률을 아는 악사와 진지한 의논을 거쳐 牙拍呈才 動動詞 같은 남녀 음사에 가까운 말은 '신도가'로 대신하였으니, 이는 대개 음절이 그와 같기 때문입니다. 〈…〉 舞鼓呈才 井邑詞는 '五冠山'으로 대용하였으니, 이것 역시 음률이 서로 맞기 때문입니다. 처용무·영산회상은 새로 지은 '壽萬年詞'로 대치하였으며, '本師讚'·'彌陀讚' 도 새로 지은 '中興樂詞'로 대치하였는데, 이 두 곡은 모두 이단에 가까운 것으로 역시 신에게 고치라고 명하였기 때문에 부득이 찬하였으나 이 곡은 곧 세조조에 지은 것이며 영산회상은 다만 靈山會上佛菩薩의 한 마디 말로 끝마치게 된 것입니다. 대저 처용무는 본래 부정 괴이한 악이기 때문에 또한 이 곡을 붙인 것입니다. 신의 생각에는 이 舞를 잡희 중에 드러내지 아니한다면 가사는 짓지 않아도 된다고 봅니다. 영산회상의 대용인 '壽萬年'의 新製歌詞는 〈…〉, '本師讚'·'彌陀讚'의 대용인 신제 '中興樂' 가사는 〈…〉, 왕이 전교하시기를, "아뢴 말이 다 옳다. '처용무' 등은 아뢴 말과 같이 없애는 것이 좋겠다. 그러나 옳지 못한 옛 습관이 이것 뿐만 아니라 필시 많을 것이니 한꺼번에 없앨 수는 없을 것이다." 하고, 곧 남곤이 제작한 악장으로 옛 악장을 대신하게 하였다.[18]

구악(舊樂)정리의 세 가지 기준은 '우리말로 된 노래의 폄시', '음란한 가사의 배격', '불교의 배척' 으로 요약할 수 있다. 선초에 예악을 제정하는 가운데 핵심적인 역할을 담당한 문학장르는 악장이었다. 악장은 강한 목적성을 띠는 장르이기는 하나, 동시에 동양의 오랜 문학적 전통이기도 하다. 악장은 왕조의 創業과 守成, 更張의 과정을 통해 후손들에게 지난 날의 어려움을 잊지 말고 처음의 마음으로 되돌아가게끔 권계하는 것을 이면에 간직하고 있는 형식이다. 따라서, 과거사

---

18 『中宗實錄』 권32, 13년 戊寅 4월 己巳朔條.

를 통해 오늘을 사는 후손들에게 미래의 바람직한 삶의 방향을 제시하기 위한 미래지향적인 장르인 것이다.[19] 董仲舒는 『春秋繁露』에서 새 왕조에서 음악(악곡)을 제정하는 이유를 다음과 같이 설명하고 있다.

> 묻는 이가 말하기를, '사물(居處 · 正朔 · 服色 · 稱號 등)을 고쳐서 하늘이 준 것을 드러내거니와 반드시 다시 음악(악곡)을 제작하는 것은 무엇 때문인가?' (동중서가) 대답하기를, "樂이란 이것(인습해 쓰는 것)과 다른 것이니, 제도는 하늘의 명에 응해서 고치고, 악은 사람에 호응하여 짓는 것이다. 저 天命을 받은 사람은 반드시 백성들이 함께 즐거워하는 사람이다. 이 때문에 새로 혁신된 시대의 처음에 크게 제도를 고치는 것은 天命을 밝히는 것이고, 다시 그 끝에 가서 음악을 제작하는 것은 하늘의 명령으로 세운 공적을 드러나게 하는 까닭이다. 천하 사람들이 새로 즐거워하는 바를 인해서 그것을 문화, 즉 악곡으로 만들어서 나아가 이 악을 가지고 정치를 화평하게 하고 또 덕을 일으키는 것이니, 천하가 두루 화합하지 않았을 적에는 왕이 된 자가 근거나 이유없이 헛되이 음악을 만들지 않는 것이니, 음악은 마음에 즐거움이 가득 차서 밖으로 움직여서 나타나는 것이다. 그 잘 다스려질 때를 호응해서 禮를 제정하고 음악을 만들어서 그 공업을 완성하는 것이니, (공업을) 완성한다는 것은 本末과 文質이 모두 갖춰진다는 것이다. 이 때문에 음악을 만드는 자는 반드시 천하 사람들이 애초에 즐거워했던 것으로 돌아가 추구하는 것이니, 음악은 천하 사람들이 즐거워하는 데에 근본하는 것이다."[20]

---

19 金榮洙, 「선초악장의 문학적 성격」, 『한국고전시가사』, 집문당, 1997, 400쪽.

20 『春秋繁露』 권1, 楚莊王, "問者曰 物改而天授顯矣 其必更作樂 何也 曰樂 異乎是 制爲應天改之 樂爲應人作之 彼之所受命者 必民之所同樂也 是故 大改制於初 所以明天命也 更作樂於終 所以見天功也 緣天下之所新樂而爲之文曲 且以和政 且以興德 天下未徧合和 王者 不虛作樂 樂者 盈於內而動發於外者也 應其治時 制禮作樂以成之 成者 本末質文 皆以具矣 是故 作樂者 必反天下之所始 樂於己以爲本."

왕조를 창업한 임금이 음악(악곡)을 제정하는 것은 공업이 완성된 것을 천하에 알리는 행위였다. 그렇기 때문에 세상 사람들이 처음으로 반기던 상황으로 돌아가 그것을 핵심주제로 삼아 그 임금의 공업에 맞게 음악을 제작, 반포하는 것이다. 선초의 악장은 구체적으로 갖춰진 형식이 없이 내용적인 측면에서 '頌禱'와 '祝壽'라는 점을 들어 장르개념이 이루어지고 있다는 점에서 미완의 장르라고 할 수 있다.

4. 상열지사(님)와 연주지사(임금)의 은유

성종조 이세좌의 아래와 같은 언급에서 조선조 가요의 세 가지 등급에 대한 논의가 나온다. 이른바 조종송공덕지사·충신연주지사·남녀상열지사가 그것이다. 『시경』의 '풍·아·송'을 조선조 나름으로 변용한 것이다.

> 經筵에 나아갔다. 講하기를 마치자, 特進官 李世佐가 아뢰기를, "요사이의 음악은 거의 남녀가 서로 좋아하는 가사를 쓰고 있는데 이는 曲宴이나 觀射에 거둥하실 때는 써도 무방합니다만, 正殿에 臨御하시어 群臣을 대할 때 이 속된 말[俚語]을 쓰는 것이 事體에 어떠하겠습니까? 신이 掌樂提調가 되었으나 본래 음률을 해득하지 못합니다. 그러하오나 들은 바대로 말씀드린다면 眞勺은 비록 속된 말이나 忠臣이 임금을 그리는 가사이므로 쓴다 해도 방해로울 것이 없으나, 다만 간간이 노래에 비루하고 저속한 가사로 後庭花·滿殿春 같은 종류도 많습니다. 致和平·保太平·定大業같은 것은 곧 祖宗의 공덕을 칭송하는 가사로서 마땅히 이를 부르도록 해서 聖德과 神功을 褒揚하여야 할 것입니다. 지금의 기녀와 악공 들은 누적된 관습에 젖어 있어 正樂을 버리고 음탕한 음악을 좋아하니, 심히 적당하지 못합니다. 일체의 속된 말들은, 청컨대

> 모두 연습치 말게 하소서."하니, 임금이 좌우를 돌아보며 물었다. 領事 李克培가 대답하기를, "이 말이 옳습니다. 다만 누적된 관습이 이미 오래 되어 갑자기 개혁하지는 못할 것입니다. 해당 曹로 하여금 상의하여 아뢰게 하소서."하니, 임금이 말하기를, "可하다."고 하였다.[21]

이세좌의 언급에 의하면 남녀상열지사는 '곡연이나 관사 시에 사용하는 것은 무방하나 정전에 임해 군신을 대할 때 사용하는 것은 부적절' 하며, 충신연주지사는 '속된 말이지만 충신이 임금을 그리는 가사이므로 무방하나 내용이 저속하고 비루' 하며, 송조종공덕지사는 '조종의 공덕을 칭송하는 가사이므로 마땅히 불러서 성덕과 신공을 포양하여야 할 것'이라고 했다. 위의 언급에서 「진작」은 「정과정곡」을 가리키는 것[22]으로 보인다.

고려와 조선왕조를 관통하는 사상적 배경은 충·효·열의 확산이었다. 조선왕조의 사상적 배경이 불교에서 유학으로 바뀌면서 사회의 저변에 자리한 배경사상은 삼강오륜이었다. 삼강은 군위신강·부위자강·부위부강을 말하는데, 이는 임금과 신하, 어버이와 자식, 남편과 아내 사이에 마땅히 지켜야 할 도리이다. 이를 공맹의 교리에 입각해 삼강으로 체계화한 것은 한대(漢代)의 동중서(董仲舒)이다. 삼강은 통치기준에 입각한 윤리이며 상하가 절대적, 일방적인 윤리의 성격을 지닌다. 이는 한대가 유교로써 사상을 통일하고, 군현제에 입각한 중앙집권을 추진하던 것과 관련이 있다. 이같은 삼강의 윤리는 당시의 전제군주권, 가부장적 부권, 남존여비에 입각한 남편의 절대적 권위 등

---

21 『成宗實錄』 卷219, 19年(1488 戊申年) 8月 13日(甲辰)조.

22 『악학궤범』 권5 학연화대처용무합설조에 三眞勺으로 되어 있어 「정과정곡」의 가사가 실려 있고, 『대악후보』에 '眞勺' 으로 표기되어 가사와 함께 악보가 전한다.

을 반영한다. 따라서, 삼강에 위배되는 행위에 대해서는 강상죄(綱常罪)를 적용, 중벌을 내려 그 실천에 철저를 기했던 것이다. 『춘추번로』에는 삼강의 논리를 다음과 같이 설명하고 있다.

> 모든 사물은 반드시 配合함이 있다. 〈…〉 陰은 陽의 배합이고, 아내는 남편의 배합이고, 자식은 아버지의 배합이고, 신하는 임금의 배합이니, 사물이 배합되지 아니함이 없고, 배합이 되면 각각 그 陰陽이 있다. 양은 음에 합병되고 음은 양에 합병되며, 지아비는 아내에게 합병되고 아내는 지아비에게 합병되며, 아비는 아들에게 합병되고 자식은 아비에게 합병되며, 임금은 신하에게 합병되고 신하는 임금에게 합병되는 것이니, 君臣과 父子와 夫婦의 도리는 모두 陰陽의 도에서 취한 것이다. 임금은 陽이 되고 신하는 陰이 되며, 아비는 양이 되고 자식은 음이 되며, 지아비는 양이 되고 아내는 음이 되니, 음의 도는 단독으로는 행하는 바가 없어서, 그 처음에 단독으로 일어나서 일을 해내지 못하고, 그 마칠 때에 功을 나누어 갖지 못하니, 이는 겸병되는 의리가 있기 때문이다. 그러므로, 신하는 공을 임금에게 아우르고, 자식은 공을 아비에게 합병시키고, 아내는 공을 지아비에게 합병시키고, 음은 공을 양에 합병시키며, 땅은 공을 하늘에 합병시키는 것이다. 〈…〉 이러므로, 仁義와 제도의 준칙을 모두 天道에서 취하였으니, 하늘은 임금이 되어 만물의 위에 덮어서 윤택하게 해주고, 땅은 신하가 되어서 만물을 부지하여 실어주며, 양은 남자가 되어서 만물을 낳고, 음은 여자가 되어서 만물을 기르는 것을 도와주며, 봄은 아비가 되어서 낳고 여름은 자식이 되어서 기르며, 가을은 죽음이 되어서 닫고, 겨울은 애통함이 되어서 장사지내 갈무리하는 것이니, 王道의 三綱을 天道에서 구할 수 있는 것이다.[23]

---

23 『春秋繁露』 卷12, 基義 第五十三. 이하 『춘추번로』의 번역문은 신정근 역, 『동중서의 춘추번로 춘추-역사해석학』(태학사, 2006)을 부분적으로 참조함.

음양의 논리에 의해 주종(主從)이 형성되는 이치를 설명하고 있다. 동시에 상호부조(相互扶助)하는 이치를 통해 만물의 질서를 다스려가는 과정을 설명하고 있다. 속요에 자주 언급되는 단어는 '덕(德)'과 '복(福)'이다. 이는 인간에게 가장 중시되는 덕목이기도 한다. 특히 '덕'은 임금이 갖추어야 할 덕목 중에 가장 으뜸가는 것이다. 『춘추번로』에는 임금의 덕과 권위에 대해 "나라가 나라되는 까닭은 德(施恩의 權利)에 있으며, 임금이 임금답게 되는 원인은 權威에 있다. 〈…〉 이러므로, 임금된 자는 덕을 굳게 지켜서 그것으로서 백성들이 자기에게 돌아오게 하고, 굳게 그 권위를 장악해서 그 권위로서 신하들을 바로 잡는 것이다."[24] 라고 언급하고 있다.

결국 임금의 가장 큰 덕목은 덕이며, 이는 곧 군자의 것이기도 하며, 동시에 사랑하는 님에게도 요구되는 덕목인 것이다. 특히 이별을 앞둔 사람들이(여인, 신하) '한 번 더 나를 돌아보아 달라'는 요구는 결국 님께서 덕을 베풀어달라는 요구에 다름아닌 것이다.

5. 만전춘별사의 악장적 성격

5.1. 속요의 악장적 성격 논의

필자는 최근 속요와 악장에 관한 논문을 점검하는 과정에서 〈만전춘별사〉에 대한 기존 논문의 일부를 주목하면서 역사적 배경을 소홀히 한 과오를 반성하고 있다. 속요에 대한 이미지는 이제까지 주로 '음사'나, '남녀상열지사'에 국한되어 인식해 온 것이 사실이다. 그러다가 연

24 『春秋繁露』卷6, 保位權 第二十.

주지사나 상열지사의 공통적인 속성인 '님'에 대한 의미를 천착해 가는 과정에서 상호 전이가 가능한 것으로 인식하고 약간의 논의가 있어 왔다. 그런데 현전하는 속요의 일부는 음사로 비판을 받으면서도 동시에 연주지사로서의 성격을 지니고 있다. 이에 따라 속요도 악장적 성격을 지니고 있다는 논의가 제기되었고, 그에 대한 논문도 발표되었다.[25] 이제 간단히 그간의 속요의 악장적 성격에 대한 논의를 살피고자 한다. 김명호는 '상사'를 주제로 한 남녀상열지사와 충신연주지사와 상호 전이 가능성을 언급한 바 있다.

> 오늘날까지 가사를 전하는 고려가요의 대다수는 이처럼 궁중무악으로 정착된 민요에 속한다. 궁중무악으로서의 전승 자체가 이미 기존 민요의 선별적 수용을 전제하고 있음에 유의한다면, 이들만을 토대로 해서 고려가요의 성격을 단정짓는 일은 반성의 여지가 있을 것이다. 이렇게 볼 때 현전 고려가요의 대다수가 이른바 '男女相悅之詞' 에 속하는 노래라는 사실은 새롭게 해석될 필요가 있지 않을까 한다. 이러한 사실로부터 곧장 고려가요의 전체적 성격을 속단해서는 안될 것이며, 왜 하필이면 당시의 여러 민요 가운데서 相思를 주제로 한 노래만이 궁중무악으로 활발히 전승되었던가 하는 점이 다시금 문제시되어야 할 것으로 보인다. 필자의 소견으로는 기존 민요 가운데서 이러한 부류의 노래는 그 주제의 성격상 쉽사리 이른바 '忠臣戀主之詞' 로 轉用될 수 있다는 점에서 그 이유의 일단을 찾고 싶다. 여기에 다시 頌禱之詞가 덧붙여진다면 민요의 본래적 의미는 보다 쉽게 확장, 전용될 수 있었을 것이다. 유교적 忠君觀念과 樂章 형식의 시가 양식이 미처 출현하지 못한 당시에 있어서,

25 속요를 남녀상열지사적인 관점에서 논의되다가 악장으로 보아야 한다는 논의가 확대된 것은 『고려가요 연구의 현황과 전망』(1996년, 집문당)에서부터 라고 본다. 성균관대 인문과학연구소에서 주최한 학술대회를 통해 악장적 성격에 대한 연구로 확대된 것이다.

> 궁중음악으로서의 요구 때문에 이와 같이 봉건 왕정과 군주를 頌祝, 戀慕하는 민요에 관심을 가졌으리라는 점은 『高麗史』악지에 『西京』 『大同江』 『長端』 『定山』 『金剛城 『長生浦 『松山』같은 노래가 다수 전하고 있는 사실로도 짐작된다.[26]

즉, 상열지사의 상사(相思) 주제에다 송도지사를 덧붙이게 되면 얼마든지 연주지사로의 전용이 가능하다는 논리이다. 또한 속요를 악장으로 인식한 연구자로 최진원이 있다. 그는 다음과 같이 언급했다.

> 당연한 일인데도 그것을 잊어버리거나 또는 등한시 하는 수가 있다. 그런 것으로서 "俗歌는 樂章이다"를 들 수 있다. — 속가가 전부 악장이라는 말은 아니다. '俗歌=고려가요'를 이해함에 있어서 악장 인식은 필수적이다. 악장은 王朝의 '樂=樂 制度'에서 형성되었다. 그 악은 禮樂사상에 바탕을 둔다. 〈…〉 위 樂志의 서문은 예악사상을 단적으로 잘 말하고 있다. '樹風化'는 악을 규범의 측면에서 파악한 것이고, '象功德'은 악을 法悅의 측면에서 파악한 것이다. 이 사상의 목표는 先王[先聖王]이다. 先王은 악의 창시자이고, 至德의 존재이다.[27]

속가가 전부 악장은 아니지만 예악사상에 바탕을 둔 '수풍화(樹風化)'와 '상공덕(象功德)'은 악장의 주요한 기능임을 언급한 것이다. 그는 특히 '악부시나 고려가요는 궁중 악장으로서의 공통 성격을 지니고 있다."고 하여 예악사상을 강조한 바 있다. 이민홍은 속요의 몇 노래를 들어 악장적 성격이 있음을 언급한 바 있다.

---

26 김명호, 「고려가요의 전반적 성격」, 『한국시가문학연구』, 신구문화사, 1983, 73~74쪽.

27 崔珍源, 「고려가요 연구의 현황과 전망」, 『고려가요 연구의 현황과 전망』, 성균관대 인문과학연구소편, 집문당, 1996, 13쪽.

현전 고려가요 중에서 중세의 예악사상과 결부된 악무는 「動動」, 「處容歌」, 「鄭石歌」 등을 들 수 있다. 이들 가요가 『악학궤범』이나 『악장가사』에 수록된 것은 우연이 아니다. 「滿殿春」과 「가시리」도 예악과 결부될 소지가 있는 만큼 악장적 성격이 있었다고 생각된다. 그러므로 「동동」과 「정석가」 「처용가」와 「만전춘」 「가시리」 등은 조선조 이전 국가들의 民族樂章(鄕樂樂章)이거나 악장적인 성격의 가요로 생각된다. 〈…〉 이들 고려조 악장과 조선조의 악장을 놓고 볼 때, 조선조 악장은 아마도 고려조 악장보다 백성들에게 사랑을 받지 못했다고 인정된다. 백성들에 애호되는 악장과 그렇지 못한 악장은, 그들 악장의 지속성과 생명력에 결정적 영향을 준다. 〈…〉 고려의 鄕樂樂章은 조선조 악장과는 달리 朝野上下를 막론하고 전체 민중의 흉금을 울렸던 유례가 드문 성공작이었다.[28]

이민홍은 「동동」·「처용가」·「정석가」·「만전춘」·「가시리」를 악장적 성격이 있는 노래로 보았다. 이들 속요를 '민족악장'(향악악장)으로 부르고, 이들 악장이 조야는 물론 민중의 흉금을 울린 성공작이라고 했다. 이민홍은 여기서 남녀상열지사의 대표작으로 비판받아 온 「만전춘」을 악장적 성격이 있는 노래라고 언급했다. 이민홍의 논의보다 한 걸음 더 나아간 것은 조만호이다. 그는 '고려가요는 악장이다' 라고 전제하고 다음과 같이 언급했다.

여기서 現傳 고려가요의 대부분이 넓은 의미에서의 樂章이라는 점을 중시하지 않을 수 없다. 또한 악장에 편입되기 위해서는 性情에 부합되어야 한다는 점도 중시하지 않을 수 없다. 성정에 부합하는 노래가 어떠한 것이냐 하는 문제는 그리 간단하지 않다. 하지만 앞에서도 전제하였듯이 기존 연구성과를 통하여 귀납해 보면, 인간의 보편적 정서에 기반

28 李敏弘, 「고려가요와 禮樂사상-處容歌舞와 民族儺禮를 중심으로-」, 『고려가요 연구의 현황과 전망』, 성균관대 인문과학연구소편, 집문당, 1996, 45~46쪽.

> 을 두었을 것이라고 추단하였다. 다시 말하면 성정에 부합한다는 것은 인간의 보편적 정서에 부합한다는 것이고, 이에 기반을 둔 노래가 악장으로 선정될 수 있었을 것이다. 또 하나는, 궁중의례, 넓게는 의례 일반에서 불려졌다는 것은 당연히 의례에 적합하도록 짜임을 갖추었을 것이라는 점이다. 의례에 적합하도록 짜임새를 갖추었다는 것은 곧 樣式化를 말한다.[29]

이어서 그는 악장문학의 생명은 '양식화' 에 있다고 전제하고, 양식화의 외적 질서로서 '반복'과, '표현상의 관용화(慣用化)'를 들고, 내적 질서로서는 '역설적 구도'를 든 바 있다.[30] 그러나 이같은 지적은 속요의 형식과 내용적 특징을 언급한 것이다. 허남춘은 「동동과 예악사상」을 논의하는 자리에서 송도의 노래는 '성덕(盛德)과 복록(福祿), 흥례(興禮)와 헌수(獻壽)'를 내용으로 한다면서 고려가요의 '님'의 표상을 다음과 같이 말했다.

> 여기서 우리는 高麗歌謠의 '님'을 일방적으로 '사랑하는 님' 만의 표상으로 보게 된다면 그 의미가 '사랑과 이별·고독과 그리움'이라는 도식적 답을 얻게 되고, 고전시가가 가질 수 있는 함의를 축소시킬 수 있다는 점을 간과해서는 안 된다. '님'의 표상은 '임금'으로도, 절대적인 존재인 '하느님', 혹은 '神'으로도 가능한 것이다. 그리고 특히 宮中樂으로 쓰인 노래에 대해서는 宮中讚歌로의 속성을 중시하여야 할 것이다.[31]

---

29 趙萬鎬, 「고려가요의 情調와 악장으로서의 성격」, 『고려가요 연구의 현황과 전망』, 성균관대 인문과학연구소편, 집문당, 1996, 133~134쪽.

30 위의 논문, 127~139쪽.

31 許南春, 「動動과 禮樂사상」, 『고려가요 연구의 현황과 전망』, 성균관대 인문과학연구소편, 집문당, 1996, 352쪽.

허남춘은 '님'의 포괄적인 속성을 지적하고, 궁중찬가로서의 성격을 언급한 것이다. 강명혜는 '만전춘은 편장된 것이 아닌 일관되게 사랑을 내포하거나 표상, 표출시키는 하나의 완결된 텍스트로서 미적 기능을 지니고 있고, 사랑은 남녀의 사랑과 君臣의 사랑이라는 이중적 의미를 지니는 기원요, 송도의 노래라고 본다.'[32]고 했다.

5.2. 만전춘(별사)의 재해석

장서각본 『악장가사』에 보면 「만전춘」별사[33] 라는 제명 아래 가사가 실려 있는데, '별사'는 할주처럼 작은 활자로 기재되어 있다. 별사처럼 기록되어 있으나 이것이 「만전춘」의 원 가사가 된다. 왜냐하면 윤회가 「만전춘」의 곡에 「봉황음」의 가사를 지어 바쳤기 때문이다.[34] 저간의 사정을 윤영옥은 다음과 같이 설명하고 있다.

> 世宗代에 만전춘의 곡에 尹淮가 奉命하여 바꾸어 지은 鳳凰吟의 가사를 붙여 노래하였으나, 그것은 외국의 사신을 위로하는 자리와 같은 특별한 경우에만 그러하였고, 成宗代에 鄙俚之詞로 논란될 정도로 만전춘의 俚語歌詞는 積習에 따라 계속 기녀들에 의해 노래불려졌음을 알 수 있다. 그러다가 성종대의 舊樂整理의 일환으로 만전춘의 曲에서 俚

32 姜明慧, 「고려속요의 남녀상열성 연구-쌍화점, 만전춘별사, 이상곡을 중심으로」, 『서강어문』 12집, 서강어문학회, 1996, 88쪽.

33 呂增東, 「만전춘별사 歌劇論 시고」, 『진주교대논문집』 1집, 1967, 17쪽. 여증동은 충렬왕조에 色妓隊, 唱妓隊, 舞妓隊(巫女官婢)가 편성되어 삼장사 노래 등 新聲을 가르친 것과 元風의 유행으로 왕실중심의 고려가극이 발생했으며 만전춘도 이같은 경위에서 지어진 가극으로 보았다.

34 세종 29년 6월 4일 을축조에는 26개의 속악(鳳凰吟, 滿殿春 등)을 정하고 이의 곡조로서 악보 1권이 있다고 했다. 『악학궤범』 권5 학연화대처용무합설조에도 「봉황음」의 가사가 보인다.

語의 가사는 물러나고 세종대에 붙여졌던 鳳凰吟의 가사가 대신 그 자리를 굳혀 가게 되면서 俚語의 가사는 그것이 없어지지 않는 한 '別詞'라는 취급을 받지 않을 수 없었을 것이다. '原詞'로서의 자리를 조선조에서 인정해 주지 않을 것이기 때문이다.[35]

결국 「만전춘」 원사가 별사로 전해지고 있는 것은 우리말(俚語)로 된 것과 내용이 비리(鄙俚)하기 때문(淫詞)이라는 구악정리 기준 때문이었다. 문숙희는 "『세종실록악보』의 「만전춘」은 「봉황음」의 가사로 되어 있는데, 이 「봉황음」의 가사는 「만전춘별사」의 가사 형식에 맞추어져 있다. 따라서 「만전춘」 각 악절의 선율에 「만전춘별사」의 가사를 대응시킬 수 있다. 『대악후보』와 『세종실록악보』의 「만전춘」은 완전종지형과 여음으로써 여섯 악절로 구분된다."[36] 고 하여 6연으로 구분되었음을 말하고 있다.[37]

이 노래의 일부(첫 연)에 대해 이미 김수온의 번역시가 있다.[38] 이 노래 작자의 신분과 배경공간에 대해 이미 몇몇 연구자들이 '궁녀' 혹은 '궁중'이라고 지적한 바 있다. 가장 먼저 궁녀를 언급한 것은 이임수가

---

35 尹榮玉, 「만전춘별사의 재음미」, 『고려가요연구의 현황과 전망』, 집문당, 1996, 239쪽.

36 文淑姬, 『고려말 조선초 시가와 음악형식』, 학고방, 2009, 164~165쪽.

37 梁太淳, 「음악적 측면에서 본 고려가요」, 『고려가요 연구의 현황과 전망』, 성균관대 인문과학연구소편, 집문당, 1996, 94~95쪽. 양태순은 이 논문에서 「만전춘별사」는 '「만전춘」 별사' 라고 표기하는 것이 맞고, 1·3·5연은 동일한 악곡 A라는 선율에 얹어 부르고, 2·4연은 또 다른 동일한 악곡 B라는 선율에 얹어 부르고, 제6연은 C라는 선율에 얹어 부르는 세 토막의 악절로 짜여진 세 토막 양식이라고 했다. 또한 5연의 경우 중복 연을 제외한 3행으로 정리되어야 한다고 했다.

38 金守溫, 『 拭疣集』권4 詩類, 〈述歌〉: 十月層氷上 寒凝竹葉棲 與君寧凍死 遮莫五更鷄.

아닌가 한다. 그는 『화원악보』의 시조('압못세 든 고기들아')[39]를 예로 들면서 '소(沼)'를 '궁중'으로 보고 다음과 같이 언급했다.

> 지금까지 遊女의 作으로 보아 왔으나 〈…〉 그들은 유녀가 아니라 宮女의 입장이 아닐까 싶다. 그 이유로 다음의 세 가지를 들 수 있다. 첫째, 詩題의 「殿」으로 보아 앞에서 언급했듯이 이는 北殿, 後殿 등으로 後宮을 의미하고 있는 듯하며, 둘째, 사용된 語彙面에서 玉山, 麝香각시 등 화려한 궁중용어들을 사용했을 뿐더러 鄭瓜亭曲의 일부가 移入된 것으로 보아 궁중에서 주로 연주되던 정과정곡을 듣고, 가까이 있는 사람들이 지었을 가능성이 많다. 세째, 지금까지 난해했던 4章을 「소」를 「宮」으로, 「여흘」을 「俗世」로 봄으로 하여 상징적 대비를 통하여 좀 더 분명한 문학적 復元을 할 수 있듯이 沼는 곧 後宮을 말하는 것이다. 그러므로, 「여흘은 어디 두고 소해 자라온다」에서 「자라온다」는 語句로 보아 작자 내지는 대상이 된 계층은 소에 사는 사람, 곧 後宮에 사는 女人, 宮女들이 아니었을까 싶다.[40]

이임수는 세 가지를 들어 〈만전춘별사〉를 궁녀들의 작품으로 보았다. 즉, 시제의 '전(殿)'의 의미, 옥산·사향각시 등 화려한 궁중용어, '소'와 '여흘'을 '궁중'과 '속세'로 본 것이다. 이같은 관점에 동조한 연구자는 이성주였다. 그는 다음과 같이 이임수의 견해를 부연하고 있다.

> 이렇게 볼 때 지금까지 「만전춘별사」에서 논란이 되고 있는 제4연의 바른 해석은 궁녀로 입궐되는 비극적인 시대 상황에서 궁녀의 恨을 그린 내용으로 오리는 궁녀이며, 아련 비오리는 새로 궁궐에 입궐하는 '나

---

39 尹榮玉, 「만전춘별사의 재음미」, 『만전춘별사의 현황과 전망』, 집문당, 1996, 242~243쪽. 윤영옥은 이 논문에서 唐 崔護의 〈題昔所見處〉라는 한시와 육당본 청구영언에 수록된 〈界初數大葉〉 시조를 전거로 든 바 있다.

40 李壬壽, 「만전춘의 문학적 복원」, 『麗歌硏究』, 형설출판사, 1988, 210~211쪽.

> 이 어린 궁녀' 로 보아야 한다. 이렇게 궁녀에 대한 비유로 해석한다면 여흘은 자연히 입궐 전에 살던 세상이요, 沼는 당연히 궁궐에 비유되는 것이다.[41]

이성주는 이임수의 논의를 이어 '오리=궁녀', '아련 비오리=새로 입궐하는 나이 어린 궁녀'로 보고, '여흘=속세', '소=궁궐'에 비유했다. 최철·박재민도 「만전춘별사」의 공간배경에 대해 '궁궐 혹은 유곽'이라고 보고 다음과 같이 해석한 바 있다.

> 여기서 '소'는 겉으로 보기에 화려하고 편안한 곳의 비유가 아닌가 한다. 즉, 궁궐 혹은 유곽. 이에 비해 '여흘'은 물질적으로 살기에 불편한 곳을 말하는 듯하다. 소에 자라온 '비올'은 새로 들어오는 젊은 여자의 비유(혹은 옛날의 자기 모습)며, '소가 얼었다'는 말은 '편안하던 곳의 상황이 나쁘게 되었음'의 비유인 듯하다. 님이 떠나갔거나 스스로 싫증을 느껴서 싫어진 상태. 그래서 신입으로 들어온 어린 여자(혹은 옛날의 자신을 회고하며)에게 충고조로 독백하고 있는 부분이 바로 이 장이 아닌가 한다. 비유를 없애고 譯해 보면, "이 딱한 아가씨야(비오리야), 집(여울)은 어디 두고 이 궁궐(소)로 들어왔느냐. 이 화려해 보이는 궁궐(소)도 님이 없을 바엔(얼면) 집이 낫나니 집이 낫나니." 이제까지의 다른 연구들은 모두 만전춘별사 5장(4장의 잘못인 듯:필자)을 화자가 둘인 것으로 이해하였는데, 이렇게 될 경우 이 장은 전체 시편 속에서 이질적인 느낌을 주게 된다. 그러나 본조에서 보인 바와 같이 이 장을 자문자답으로 풀이한다면, 그러한 이질적인 느낌을 해소할 수 있다.[42]

---

41 李聖周, 「고려시가의 연구-그 사회의식을 중심으로-」, 세종대학교 박사학위논문, 1988, 154쪽.

42 최철·박재민, 『석주 고려가요』, 이회, 2003, 268쪽.

최철·박재민은 '비올'을 '새로 들어오는 젊은 여자의 비유(혹은 옛날의 자기 모습)'라고 하여 자신에 빗대고 있다는 점과 4연에서의 화자가 둘이 아니라 자문자답으로 본 점이 주목된다.

윤영옥은 2연의 한시 형태인 '도화소춘풍'에 대해 당나라 말기 최호(崔護)의 「제석소견처(題昔所見處)」란 시를 소개하면서 '고려와 원과의 관계를 고려하면 최호의 이 시구는 고려인들에게도 친숙했으리라 생각한다' 고 언급한 바 있다.[43] 이 2연의 고사에 얽힌 이야기는 정민에게도 이어져 최호의 시 이외에 송나라 왕안석의 「호가십팔박(胡笳十八拍)」시 18수 중 17수의 끝 두 구절, 18수의 첫 두 구절, 제 8수의 끝 네 구절을 들어 '도화소춘풍'은 '님을 떠나보낸 그리움의 문맥과 관련되는 유명한 구절' 임을 언급했다.[44] 정민은 이어 4연의 고사로 매성유(梅聖兪)의 「막타압(莫打鴨)」을 들고 3연과 4연에 대해 "'넉시라도 님을 한데 녀닛경 너겼던' 그녀에게 비오리는 '대동강 건너편 꽃'이 아니라 안방으로 쳐들어온 꽃이었던 셈이다."라고 하면서 다음과 같이 언급했다.

> 이렇게 시각을 바꿔 보면 원앙을 바람둥이 남자로 본 것은 문제가 있다. 원앙은 뜻없이 소를 찾았다. 그러자 님은 원앙의 고운 자태에 빠져 자신을 돌아보지 않는다. 원앙이 떠나주면 좋겠는데, 원앙도 소가 얼기 전에는 이곳을 떠날 생각이 없다. 이렇게 읽으면 이 노래는 자기보다 더 예쁜 여자에 빠져 자신을 거들떠 보지 않는 님에 대한 원망을 님에게 직접 퍼붓지는 못하고, 비오리처럼 예쁜 여자에게 이 근처에 있지 말고 딴 곳으로 가 달라고 말한 것이 된다. 하지만 원앙이야 현재의 상태가 만족

---

43 윤영옥, 『고려시가의 연구』, 영남대학교 출판부, 1991, 240~241쪽. "去年春日此門中 人面桃花相映紅 人面不知何處去 桃花依舊笑春風."

44 정민, 「한시와 고려가요 4제」, 『고전시가 엮어 읽기(상)』, 태학사, 2003, 274~293쪽.

스러우므로 소를 떠나 여흘로 갈 생각이 조금도 없다.[45]

즉, 거들떠 보지 않는 님에 대한 원망을 직접 하지 못하고 예쁜 비오리에게 딴 곳으로 가 달라고 요청하는 것으로 본 것이다. 윤성현은 “이 노래는 4단 구성을 취하고 있는데 전체 여섯 연을 ‘1연/ 2-4연/ 5연/(6연)’으로 나눌 수 있다.”고 전제하고 아래와 같이 4연의 해석을 통해 이 노래가 일관성을 지닌 노래이며 매우 뛰어난 작품이라고 언급했다.

> 4연은 본사의 마지막이다. 2연에서 헤어지고 3연에서 원망한 님을, 4연에 이르러 다시 만나게 된다. 만신창이가 된 님이 돌아온 것이다. 〈…〉 1연에서 자신과의 뜨거웠던 사랑도 아랑곳없이 여울에서 자고 지내더니만, 지치고 힘에 겨우니까 이제 겨우 돌아온 님이다. 소는 화자 자신이고 여울은 제3의 여인이다. 잠자러 오는 비오리를 언제나 받아들이는 정조가 헤픈 여성을 여울에 빗대고 있다. 〈…〉 곱게 눈흘기며 타박하는 여인에 대해 돌아온 님의 대꾸 또한 만만찮다. ‘소가 곧 얼면 여울도 좋다’고. 여울에서 밀려난 주제에도 남자의 자존심을 내세워 본래의 여인에게 응수한 것이다. 그러나 이미 그 맞답에는 여인에 대한 믿음과 사랑이 깔려 있음을 우리는 잡아내야 한다.[46]

여인의 기다림과 그로 인해 다시 찾은 사랑을 환희와 축복으로 보고 있다. 전형적인 우리네 부부의 애정의 표현방식을 언급하고 있다. 여기현은 ‘아련’을 ‘나이 어린’ 의미로 보고, 연상녀를 대하는 남정네의 애정을 다음과 같이 논한 바 있다.

---

45 위의 논문, 281~282쪽.

46 윤성현, 『속요의 아름다움』, 태학사, 2007, 339~342쪽.

> 그런데 '아련'(이에 대한 어석풀이는 아직도 정확하지 않다. 다만 모든 어석풀이는 "나이 어린"이란 의미로 풀이하고 있다) 이 "나이 어린"이란 뜻을 지닌 것이라면, 소는 비오리보다도 나이가 많은 여인이라고 할 수 있다. 〈…〉 나이 많은 여인에게서 처음에는 죽음도 불사하는 열정을 느꼈지만, 그것은 그만큼 빠른 속도로 식어지게 마련이다. 그것이 남자와 여자의 감정이 지니는 본질이다. 〈…〉 특히나 여인보다 나이가 어린 남정네라면 그 발산을 억제할 수 없는 본능적 욕구로 다른 여인에게 눈길을 줄 수밖에 없을 것이다.〈…〉 단순히 나이가 어려서 뿐만 아니라, 한 여인에게 구속되고 싶지 않은 자유로움이 얼지 않는 여울을 찾아가게 만든 것이다. 여울은 흐르는 물(그렇기에 유녀, 혹은 기녀로 이해될 수 있다)이고, 소는 정체되어 있는(그렇기에 한 곳에 정착한 본처로 이해될 수 있다) 물이다.[47]

필자는 「만전춘별사」에 나타난 배경(공간)을 탐색한 결과 궁중이라는 결론에 도달했다. 그 이유로는 1연에 나타난 궁녀와 임금의 만남(承恩)의 어려움과 천재일우의 기회를 잡았을 때의 강렬한 애정의 표현,[48] 2연의 한시를 읊조릴 정도의 식자층이라는 점, 3연에 나타난 궁녀의 운명과 애정 표현방식, 4연에 나타난 자신과 동료 궁녀들에 대한 연민, 5연에 나타난 화려한 궁중 기물에 대한 묘사, 6연에 나타난 축수와 변함없는 정조에 대한 맹세로 요약할 수 있다. 조규익은 〈만전춘〉이나

---

47 呂基鉉, 「만전춘: '오리(鴨)'의 변용」, 『고려 속악의 형성과 향유, 그 변용』, 보고사, 2011, 236~237쪽.

48 궁녀로서 후궁이 된 경우는 적지 않았다. 고려에도 10대 정종의 후궁인 연창궁주 노씨, 25대 충렬왕의 후궁 시비 반주(소군서를 낳음), 28대 충혜왕의 후궁인 은천옹주 임씨(석기를 낳음)가 있고, 조선시대에 궁녀로서 최고의 지위에 오른 후궁은 고종의 계비인 순헌황귀비 엄씨(영친왕의 생모), 경종의 어머니 희빈 장씨 등이 있다. 박영규, 『환관과 궁녀』(웅진 지식하우스, 2011), 최선경, 『왕을 낳은 후궁들』(김영사, 2007).

〈서경별곡〉의 임은 남녀 간 연정의 대상 이외에 임금으로 치환될 가능성을 전혀 보여주지 않고 있다고 말한 바 있다.[49] 염은열은 〈서경별곡〉과 〈만전춘별사〉는 '이별이나 사랑에 대한 노래들을 모아놓은 듯한 구조'이며, 독자로 하여금 '다양한 화자에게 동일시되어 각각의 화자가 느꼈을 다양한 감정을 경험하게 해주는 구조'라고 한 바 있다.[50]

이제 「만전춘별사」의 재해석을 통해 필자의 생각을 정리하고자 한다. 우선 작품을 분석하기 위해 각 연을 인용하고 필자의 견해를 제시한다. 현대역은 각주로 대신한다.

> 어름우희 댓닙자리 보와 님과 나와 어러주글만뎡
> 어름우희 댓닙자리 보와 님과 나와 어러주글만뎡
> 情(졍)둔 오ᄂᆞᆳ밤(범) 더듸 새오시라 더듸 새오시라○

1연은 이 노래가 음사로 지탄받게 된 가장 본능적인 표현 부분이다. 그런데 가만히 보면 차가움과 뜨거움을 대비시킨 열정의 표현이다. 단 한 번의 기회를 위해 얼어죽어도 좋다는, 목숨과도 바꿀 수 있을 정도의 절박한 소망이다. 이는 천재일우의 기회를 맞이했거나, 고대하는 궁녀들의 간절한 소망이다. 궁녀들의 연애대상은 임금 밖에 없다. 그러나 임금은 왕비나 후궁들에 둘러싸여 있어 궁녀들에게 그런 기회가 주어진다는 것은 극히 드물다. 이른바 '승은(承恩)'을 고대하는 궁녀들에게 이같은 표현은 승은의 현장일 수도 있고, 간절히 고대하는 평소

49 조규익, 『고전시가의 변이와 지속』, 학고방, 2008, 380~383쪽.
조규익은 〈만전춘 별사〉를 자아와 대상 간의 이루어지지 못한 사랑을 그린 노래이며, 마지막 연에서' 영원한 사랑에의 동경'이라는 주제를 도출할 수 있다고 했다.

50 염은열, 『공감의 미학 고려속요를 말하다』, 역락, 2013, 145쪽.

의 꿈일 수도 있다. 궁녀들에게 성(性)은 폐쇄적이었다.

> 조선시대 궁녀들은 형편 때문에 성을 단념했거나, 아니면 자신의 의지와는 관계없이 성이 금지된 사람들이었다. 〈…〉 궁녀 자신이 충성심과 사명감으로 기꺼이 성욕을 포기한 경우가 아니라면, 이들의 성은 실낱같은 희망과 무시무시한 공포로 억제되고 금지되었다고 볼 수 있다. 실낱같은 희망이란 승은을 입을 수 있다는 희망이었다. 그야말로 하늘의 별을 따는 것처럼 어렵고도 어려운 가능성이지만, 그 가냘픈 희망에 궁녀들은 성욕을 참고 참았다.[51]

위 인용문은 비록 조선시대의 기록이지만, 고려시대와 별 다름이 없다고 본다. 궁녀의 승은은 임금의 눈에 들어야 하는 일차적인 관문도 있지만, 2차적으로는 동료 궁녀들과 왕비와 후궁들의 질투, 이로 인해 죽음도 감내해야 하는 어려움을 겪게 된다.[52] '님과 나와 얼어죽을 망정'이라는 표현은 천재일우의 기회를 놓치지 않겠다는 욕망과 왕비나 후궁들의 질투나 질시를 감내하겠다는 의미로 볼 수 있다. 그러기에 일각이 여삼추같이 '정둔 오늘 밤 더디 새소서' 라고 기원하는 것이 아닐까.

---

51 신명호, 『궁궐의 꽃, 궁녀』, 시공사, 2004, 258쪽.

52 金用淑, 『조선조 궁중풍속의 연구』, 일지사, 1987, 185~186쪽. "평소에 마음에 드는 젊은 內人이 있으면 눈여겨 두었다가 큰 방 상궁을 시켜 불러들였다. 이리하여 針房이건 繡房이건 각 처소의 나인 중, 용꿈 꾼 젊은 나인은 새 옷에 분세수를 고이하고 두근거리는 가슴을 안고 왕의 침전으로 올라간다. 그런데 굽이 굽이 길고 긴 복도를 걸어갈 때 구석구석에서 선배 동료 內人들의 嫉視와 선망에 찬 눈초리가 비수(匕首) 같았었다고 어느 여인은 술회하더라고 하였다. 〈…〉 承恩을 한다 해도 일약 왕의 後宮이 되는 것은 아니다. 다행히도 그들의 숙원인 王子女라도 갖게 되는 날이면 그 아기가 王子냐 王女냐에 따라, 때로는 왕의 총애의 농도에 따라 일약 內命婦 최고의 正一品의 嬪으로 봉해지기도 하고, 그 아래 貴人(종1품) 혹은 昭儀·淑儀 등으로도 봉해진다."

耿耿孤枕上(경경고침샹)애 어느 ᄌᆞ미 오리오
西窓(셔창)을 여러ᄒᆞ니 桃花(도화)ㅣ 發(발)ᄒᆞ두다
桃花(도화)ᄂᆞᆫ 시름업서 笑春風(쇼츈풍)ᄒᆞᄂᆞ다 笑春風(쇼츈풍)ᄒᆞᄂᆞ다◯

2연은 꿈같은 승은을 입은 후 외로움에 시달리는 궁녀의 마음을 묘사한 것이다. 님과의 하룻밤을 꿈같이 지낸 궁녀에게 밤은 더 이상 독수공방하는 일상적인 시공간이 아닌 것이다. 계절의 변화도 그녀에게 아무런 감흥을 주지 못한다. 승은이 결실을 맺으려면 한 번으로 되는 것이 아니다. 계속해서 님이 찾아줘야 꿈이 이루어진다. 그렇지 않으면 궁녀는 그저 하룻밤 임금의 성적 노리개에 불과한 것이다. 임금이 궁녀에게 매력을 느끼지 않는 한, 그저 하룻밤의 풋사랑으로 끝날 가능성이 많다. 2연이 유독 한시 형태로 되어 있는 점은 한시를 이해할 만한 궁녀이기에 가능하고, 또 당나라 최호의 시(「題昔所見處」)에서 사연의 일단을 차용했을 가능성도 있다. 첫 번 만남에서 사랑을 느끼고 상사병에 걸려 죽었다가 다시 살아나 혼인하는 이 사연은 궁녀에게 동병상련을 느낄 만큼 애절하다. 당나라 이상은(李商隱)은 「궁사(宮詞)」에서 "군왕의 은총은 물처럼 동쪽으로만 흘러가니, 총애 얻으면 근심 사라지나 잃으면 수심짓네. 술동이 앞에서 매화락을 연주하지 마오, 서늘한 바람은 다만 전각 서쪽 머리에 있다네."[53]라고 하여 궁녀들이 임금의 은총에 목매는 모습을 그리고 있다.

넉시라도 님을 ᄒᆞᆫᄃᆡ 녀닛景(경) 너기다니
넉시라도 님을 ᄒᆞᆫᄃᆡ 녀닛景(경) 너기다니

53 奇泰完 선역, 『唐詩選 下』, 보고사, 2008, 408쪽. "君恩如水向東流 得寵憂移失寵愁 莫向樽前奏花落 涼風只在殿西頭."

벼기더시니 뉘러시니잇가 뉘러시니잇가○

이 3연은 「정과정곡」의 일부분과 유사한 관용어구이다. 궁녀는 이미 군왕과 정신적으로 결혼한 몸이기에 사사로이 외간남자와 사귈 수 없다.[54] 더구나 승은을 받은 궁녀는 이미 헤어질 수 없는, 은총을 간직하고 살 수밖에 없는 존재이다. 「정과정곡」의 핵심 구절이 반복된다는 것은 중요한 의미가 있다. 이 구절은 변함없는 충절과 원망의 복합적인 감정이 배어있는 구절이다. 궁녀의 입장은 충신의 입장과 다름이 없다는 것이 이 연의 핵심이다.

올하 올하 아련 비올하
여흘란 어듸 두고 소해 자라 온다
소콧 얼면 여흘도 됴ᄒᆞ니 여흘도 됴ᄒᆞ니○

이 4연이 가장 논란이 많은 부분이다. 이 연의 해석에 따라 논지가 다양하게 전개된다. 쟁점은 두 가지다. 하나는 2명이 주고 받는 문답형태인가? 아니면 자문자답인가이고, 또 하나는 '여흘'과 '소'가 무엇을 의미하는가 하는 문제이다. '잔다(同寢)'는 데 주안하여 흔히 본처와 외간 여자 사이에 바람을 피우는 오리의 양다리 걸치는 행각으로 보아왔다. 또한 오리와 비오리를 몽고군으로, 여흘을 몽고여성으로 본 경우도 있다.[55] '얼다'의 의미에 주목한다면 이는 아마도 '애정이나 사랑의

---

54 신명호, 『궁궐의 꽃 궁녀』, 시공사, 2004, 258~259쪽. 『속대전』의 법조문에는 "궁녀가 밖의 사람과 간통하면 남자와 여자는 모두 즉시 참수한다[부대시(不待時)]. 임신한 자는 출산을 기다렸다가 형을 집행한다. 출산 이후 100일을 기다렸다가 형을 집행하는 예를 따르지 않고 즉시 집행한다." 『속대전』형전, 간범(姦犯).

55 金德炫, 「만전춘의 의미구조-사회의식과 현대적 전개양상을 중심으로-」, 『동국

온기가 식은 것'으로 봄이 타당하다고 본다. 즉, '님의 사랑이 없는 소(궁궐)는 비록 화려해도 여흘(속세)보다 못하다'는 의미로 보아야 한다. 화자는 이미 궁중에서 많은 세월을 경험했고, '아련 비올'은 이제 막 궁궐에 들어온 새내기다. 그러기에 경험에서 우러나오는 말로 자문자답하는 것이다. 소(沼)는 화려하지만 갇힌 곳이고, 자유가 없는 곳이다.[56] 이임수가 『화원악보(花源樂譜)』에서 작자를 궁녀라 전하는 시조를 소개했는데 자신의 신세를 '못에 든 고기'에 비유하여 자의대로 궁을 벗어나지 못하는 외롭고 고통스런 신세를 노래했다.[57] 만약 이 4연의 해석을 궁녀들이 제국대장공주(장목왕후)와 정신부주 사이에서 방황하는 충렬왕의 모습을 은유한 것(또는 충렬왕의 엽색행각을 풍자한 것)이라면 이는 궁중의 현실을 교묘한 방식으로 비꼬는 풍자의 의미도 지닌다.[58]

어문논집』 7, 동국대 국어국문학과, 1997, 216~217쪽. 오리와 비오리는 강을 건너온 몽고군의 비유어로, 여흘은 남편에 대한 소속관념이 적은 몽고여성으로, 소는 쉽게 마음의 문을 열지 않는 정조관념이 강한 고려여성의 靜的 心象으로 보았다.

56 루링 저, 이은미 역, 『중국 여성』, 시그마북스, 2008, 246쪽. 五代 後蜀 主孟昶의 비 花蕊부인은 宮詞 백여 수를 지어 궁녀들의 삶을 잘 묘사했는데, "궁인이 일찍 일어나 웃으며 서로 부르는데, 섬돌 앞마당 쓰는 사내 알지 못하네. 돈을 주고 앞다투어 묻기를, 바깥은 이곳과 같은가?"라는 시를 인용하고 "앞 다투어 묻는다"는 대목은 궁녀들이 자유를 얼마나 갈구했는지 말해준다고 했다.

57 李壬壽, 「만전춘의 문학적 복원」, 『麗歌硏究』, 형설출판사, 1988, 206쪽. "압못세 든 고기들아 뉘라셔 너를 모라다가 넉커늘 든다 / 北海淸沼를 어듸 두고 이 못세와 든다 / 들고도 못나는 情은 네오 뇌오 다르랴. 『花源樂譜』.

58 『고려사』 세가 권28, 충렬왕 2년 12월 병자조, "병자일 밤에 익명으로 투서한 사람이 있어 '貞和宮主가 公主를 저주한다' 하고 또 '齊安公 淑과 金方慶 등 43인이 반역(不軌)을 꾀한다' 고 誣告하거늘 이에 정화궁주와 및 숙과 방경 등을 拘囚하니 柳璥이 울면서 力諫하매 공주가 感悟하여 모두 석방하였다." 원세조의 딸인 장목왕후 앞에서 정화궁주는 무릎을 꿇어야 했을 뿐 아니라, 장목왕후는 그녀를 감금하여 충렬왕과 만나지 못하게 했고, 장목왕후 사후에야 그녀는 충렬왕과 함께 상수궁에 거처하면서 함께 지냈다. 이같은 정화궁주의 처지를 안타깝게 여긴 궁녀들의 풍자

南山(남산)애 자리보와 玉山(옥산)을 벼여 누어
錦繡山(금슈산) 니블안해 麝香(샤향)각시를 아나 누어
南山(남산)애 자리보와 玉山(옥산)을 벼어 누어
錦繡山(금슈산) 니블안해 麝香(샤향)각시를 아나 누어
藥(약)든 가슴을 맛초읍사이다 맛초읍사이다○

이 5연은 2행(1, 2행과 3, 4행)이 중복되어 있다. 1연과 3연은 각 1행이 중복되어 있다. 5연의 중복행을 정리하여 3행으로 만든다 해도 1,3연의 1행 중복이 문제된다.[59] 이 연에는 궁중의 기물이 화려하게 제시되어 있다. 수놓은 이부자리와 베개, 아릿다운 각시(궁녀) 등 화려한 기물과 인물이 침전을 장식하고 있다. 앞선 화자가 궁녀라면 5연은 분명 남성으로 보아야 한다. 사향각시를 안아 눕는 주체는 분명 남자라야 자연스럽다.[60] 이를 놓고 임금의 사랑을 얻지 못한 궁녀들 간의 승은을 가장한 동성애로 볼 수도 있으나, 그럴 경우 이 노래는 한낱 궁녀들의 백일몽(꿈)을 묘사한 노래가 된다. 그러나 지존인 임금의 성애 행위를 직접 묘사하지 않고 궁녀 스스로가 남자(임금)가 되어 간접방식으로 묘사한 부분으로 이해할 수 있다. 1연에서 궁녀가 주체가 되어 성애장면을 연출했다는 점을 감안하면 5연도 이해가 될 것이다. 임금의 존재는

일 수도 있다.

59 양태순, 「음악적 측면에서 본 고려가요」, 『고려가요 연구의 현황과 전망』, 성균관대 인문과학연구소 편, 집문당, 1996, 95쪽. 양태순은 이 5연이 1,3연과 동일한 악곡이기 때문에 3행으로 정리되어야 하고, 두 배 이상 늘어난 것은 경쾌한 속도감과 긴장감을 느끼게 하며 이 노래가 더 이상 지속되지 않는다는 음악적인 종결감 또는 완결감을 느끼게 할 것이라고 했다.

60 윤영옥, 『고려시가의 연구』, 영남대학교 출판부, 1991, 242쪽. 윤영옥은 이 모순을 “자연과 인간 마저 통합되기를 바라는 바에야 그 통합의 祈願이 님과 나와의 화합에 있음을 알 수 있다”라고 했다.

반신반인(半神半人)이기에 직접 거론하지 않고 간접화법을 사용한다. '약든 가슴'은 궁녀의 상사병을 치료할 수 있는 묘약으로 볼 수 있다. 황병익은 5연의 재해석을 통해, "현실적이고 구체적인 공간설정을 통해 임을 그리워하고, 임과의 애정행위를 기다리는 소박한 욕구를 표현하고 있다"[61]고 언급한 바 있다.

아소 님하 遠代平生(원ᄃᆡ평ᄉᆡᆼ)애 여힐ᄉᆞᆯ 모ᄅᆞᄋᆞᆸ새[62]

6연은 마무리이자, 기원이다. 옷매무새를 가다듬는 경건한 마음으로 되돌아 오는 부분이다. 어느 정도 할 이야기를 다했지만 그래도 다시 한번 다짐하며 맹세하는 부분이다. 최미정은 6연의 의미를 '성취가능한 희망이 아닌 넋두리적 탄식'[63]이라고 보았다. 6연은 「이상곡」의 "아소 님하 ᄒᆞᆫᄃᆡ 녀졋 긔약期約이이다."와 「정과정곡」의 "아소 님하

61 황병익, 『고전시가 다시 읽기』, 새문사, 2006, 198쪽.

62 『악장가사』 소재. 현대어역은 최철·박재민, 『석주 고려가요』, 이회, 2003, 272쪽. "얼음 위에 댓자리 보아 님과 나와 얼어죽을망정 / 얼음 위에 댓자리 보아 님과 나와 얼어죽을망정 / 정 둔 오늘 밤 더디 새소서 더디 새소서 // 뒤척뒤척 외로운 침상에 무슨 잠이 오리오 / 西窓을 열어보니 桃花가 피었구나 / 桃花는 시름없어 봄바람에 웃는구나 봄바람에 웃는구나// 넋이라도 님과 함께 살아갈 것으로 여겼더니 / 넋이라도 님과 함께 살아갈 것으로 여겼더니 / 다짐하시던 이 누구입니까 누구입니까 // 오리야 오리야 딱한 오리야 / 여울은 어디 두고 소에 자러 왔느냐 / 소가 얼면 여울도 좋은데 여울도 좋은데 // 南山에 자리보아 玉山을 베고 누워 / 錦繡山 이불 안에 麝香각시 안고 누워 / 南山에 자리보아 玉山을 베고 누워 / 錦繡山 이불 안에 麝香각시 안고 누워 / 藥든 가슴을 맞추옵시다 맞추옵시다 / 아소 님하 遠代平生에 이별을 모릅시다."

63 崔美汀, 「詞俚不載歌謠에 관한 연구」, 『한국학논집』 16, 계명대 한국학연구원, 1989, 32쪽. 최미정은 6연에 대해, "즉, 화자의 상태는 失戀의 충격은 입었으나, 사랑에 대한 도취에서 아직 깨이지 않은 채여서, 실연에 의한 절망이 假想적 열망과 뒤범벅된 상태로 6연을 맞게 되는 것이다."라고 했다.

도람 드르샤 괴오쇼셔."와 같이 한결같이 일방적인 호소와 애원이 담긴 송도이다.

6. 결론

고려가 원에 복속되면서 고려왕조는 정상적인 왕조로서의 기능을 상실해갔다. 그 중심에 충렬왕(25대)이 있다. 충렬왕은 39세 때 16세의 원 세조의 딸 제국대장공주(충선왕을 낳고 39세에 죽음)에게 장가들었다. 그러나, 충렬왕에겐 이미 정화궁주(정신부주 왕씨)가 있었고, 그들 사이에 1남 2녀(강양공 자, 정령원비, 명순원비)가 있었다. 그러나, 제국대장공주는 원세조의 딸이라는 이유로 제1왕후의 자리를 차지했을 뿐 아니라, 정화궁주가 그녀를 대할 때에는 각별한 예우로 아랫자리에서 무릎을 꿇어야만 했던 것이다.

충렬왕은 고려의 25대 왕이었지만 원나라의 사위였고, 그의 아들 충선왕은 원나라의 지원에 의해 왕위에 올랐다가 부왕과의 알력으로 인해 폐위와 복위를 반복하는 운명을 맞이한다. 원나라와 왕비, 신하들에 의해 포위된 충렬왕의 탈출구가 연악과 사냥이었다는 것은 그의 입지를 확인시켜 주는 공간이라고 볼 수 있다. 충렬왕 부자가 폐위와 복위를 반복하는 가운데 자연히 신하들도 두 패로 갈렸을 것이다. 한 마음으로 임금을 섬기는 것이 아니라, 두 마음으로 임금을 섬기는 과정에서 신하들과 백성들은 중심을 잡기가 어려웠을 것이며, 국정 또한 표류하였을 것은 뻔한 이치이다.

이러한 과정에서 신하들은 자연히 국가의 안위보다는 왕의 비위를 맞추는데 급급했을 것이고, 자연히 연악과 사냥을 선호하는 임금에게 성색(聲色)으로 접근했을 개연성은 있다. 「쌍화점」(삼장)은 이같은 상황을 적나라하게 보여주는 풍자적인 경계지사의 의미를 지닌다. 충렬왕과 충선왕 때 빈번했던 원에 바친 공녀(동녀)문제는 결국 궁녀들의 애환으로 이어지는 문제를 낳았다.

「만전춘별사」는 여러 노래의 합성이 아니라 임금을 가까이 모시고 있는 궁녀들의 임금을 향한 구애(求愛)와 실연(失戀)의 애정가요적인 성격을 띠고 있다. 남녀상열지사와 충신연주지사의 경계에 있는 노래라고 할 수 있다. 임금의 은총을 받기 위해, 천재일우의 기회를 애타게 고대하는 애절한 사연을 담고 있다. 그렇게 보는 이유는 1연에서 나타난 궁녀와 임금의 만남(승은)의 어려움과 천재일우의 기회를 잡은 강한 열정의 표현, 2연의 한시를 읊조릴 정도의 식자층이라는 점, 3연에 나타난 궁녀의 운명과 애정 표현방식, 4연에 나타난 자신과 동료 궁녀들에 대한 연민, 5연에 나타난 화려한 궁중 기물에 대한 묘사, 6연에 나타난 송도와 변함없는 정조에 대한 맹세로 요약할 수 있다.

「만전춘별사」야말로 충신연주지사와 남녀상열지사가 만나는 절묘한 노래인 셈이다. 특히 임금이 연악을 좋아하는 경우에는 궁녀들에게도 기회가 그만큼 많아진다는 점에서 이 노래는 궁녀들에게 행운을 가져다 주는 노래, 궁녀들의 꿈을 노래한 가요(궁녀들의 주제가)일 수도 있다. 즉, 궁녀들이 임금의 은총을 얻기 위한 연군가요인 셈이다. 동시에 궁녀와 충신을 동일시한 악장적인 성격을 지닌 노래이다.

—이 글은 「만전춘별사의 악장적 성격 고찰」, 『동양학』 51, 단국대 동양학연구원, 2012, 87~112쪽에 실린 논문을 수정·보완한 것임.

한국시가의 전통과 〈가시리〉

◉

김진희

1. 들어가며

〈가시리〉는 고려속요(高麗俗謠) 중 가장 널리 알려진 작품 중 하나이다. 양주동의 평설[1] 이래 이 작품은 군더더기 없는 정제된 시형을 통해 함축적 정서를 표현한 이별시의 수작(秀作)으로 애호되어 왔다. 그런데 감상행위와 분석행위는 같지 않아서, 〈가시리〉는 고려속요 중 가장 애호된 동시에 가장 덜 분석된 작품이라 할 수 있다. 이 작품은 대체로 분석적이기보다는 직관적으로 이해되어 온 것이다. 시는 그 본질상 한마디로 설명하기 어려운 것이므로 직관적 이해는 시를 읽는 정당한 방편이라 할 수도 있다. 그러나 문학 연구자의 입장에서 이 작품의 아름다움이 어떤 요소에 기인하는 것인지에 대해 비평적 의문을 갖는 것은 당연한 일이다. 앞서 언급한 양주동의 평설 이후 이 작품에 대한 분석은 그다지 이루어지지 않았기 때문이다.[2]

---

1 양주동, 『麗謠箋注』, 1971, 을유문화사, 424~427쪽.

2 〈가시리〉에 대한 개별 논의는 드문 편인데, 다음을 참고할 수 있다. 정혜원, 「가시리 소고」, 『한국고전시가작품론』1, 집문당, 1993; 윤성현, 『속요의 아름다움』, 태학

그런데 이 짧은 서정시가 지닌 미적 특성을 어떻게 '분석'할 수 있을까? 구조주의적 방식을 취하기엔 작품의 구조가 너무 단순하고, 신비평적 방법을 원용하기엔 별 공교로운 문학적 장치도 없어 보인다. 섣불리 만지다간 부서져 버릴 듯 작고 여린 꽃 같은 이 작품을 어디서부터 자세히 살펴볼 수 있을까?

개체가 처한 환경을 아는 것이 개체를 이해하는 한 방법이 될 수 있듯이, 이 글에서는 〈가시리〉라는 작품이 놓인 한국시가의 토양을 살핌으로써 이 짧은 시가에 좀 더 가까이 다가가 보고자 한다. 〈가시리〉를 한국시가의 전통과 관련하여 보는 것은 물론 새로운 일이 아니다. 이미 고대의 〈공무도하가(公無渡河歌)〉로부터 고려속요인 〈서경별곡(西京別曲)〉, 조선의 황진이 시조, 근대의 김소월과 한용운의 시편에 이르기까지, 〈가시리〉는 한국시가의 통시적 흐름 속에서 전형성을 지닌 시가로서 이해되었다. 그러나 이 글에서는 이러한 작품들 간의 현상적인 비교에 머물지 않고, 현상의 본질과 그 원인에 대해 좀 더 깊이 살펴보고자 한다. 이를 위해 고대가요, 향가, 고려가요로 이어지는 한국시가의 전통 내에서 〈가시리〉가 공유하는 구조적·율적(律的) 특성들에 대해 분석하고, 이러한 특성들이 발현될 수 있었던 외적 맥락으로서 양식성(儀式性)·연행성(演行性)을 고찰할 것이다. 이러한 논의를 통해 한국시가의 전통 내에 〈가시리〉가 어떠한 양태로 위치하며 그 문학적 토양에 걸맞은 향기를 피워내고 있는지 살펴보려 한다.

사, 2007, 89~97쪽. 정혜원은 배경설화와 형성 과정 등 쟁점을 정리하였다. 윤성현의 논의는 평설에 가까운데, 이별의 슬픔을 절제하여 표현하며 불교적 사상을 내재하고 있는 것에 〈가시리〉의 특성이 있다고 보았다.

2. 결핍과 기원(祈願)의 시화(詩化)

고대가요에서, 향가, 고려가요로 이어지는 한국시가의 전통에서 눈에 띄는 것 중 하나는 '소중한 것의 결핍'이라는 문제를 제시하며 시작하고, 이의 해결에 대한 간절한 기원으로 끝나는 작품의 내적 구조이다. 있어야 할 것의 없음, 결핍의 상황은 고대가요와 향가에서 다음처럼 제시된다.

公無渡河　　님이여 그 물을 건너지 마오
公竟渡河　　님은 그예 건너시고 말았네
　　　　　　－〈공무도하가(公無渡河歌)〉, 『고금주(古今注)』

생사로ᄂᆞᆫ
예 이샤매 저히고
나ᄂᆞᆫ 가ᄂᆞ다 말ㅅ도
몯 다 니르고 가ᄂᆞ닛고[3]
　　　　　　－〈제망매가(祭亡妹歌)〉, 『삼국유사(三國遺事)』

간 봄 그리매
모ᄃᆞᆫ것ᄉᆞ 우리 시름[4]
　　　　　　－〈모죽지랑가(慕竹旨郎歌)〉, 『삼국유사(三國遺事)』

〈공무도하가〉는 님이 사지(死地)로 나아가는 현장에서 시적 화자가 외치는 비명과도 같은 한 마디로 시작된다. 그리고는 곧바로 돌이킬

3 향가의 해독은 양주동, 『古歌研究』(일조각, 1965)에 의거하였다. 원문은 다음과 같다. "生死路隱 / 此矣有阿米次肹伊遣 / 吾隱去內如辭叱都 / 毛如云遣去內尼叱古".

4 "去隱春皆理米 / 毛冬居叱沙哭屋尸以憂音".

수 없는 님의 죽음이 서술된다. 〈제망매가〉 또한 누이의 죽음에 처한 시적 화자의 절규로 시작된다. 〈모죽지랑가〉의 첫 구절에서는 봄으로 상징되는, 삶과 사랑의 시간이 사라져 가는 것에 대해 탄식한다. 결핍의 상황에서 비롯하는 이 같은 절규와 탄식은 다음에서 보듯이 고려속요에서도 낯설지 않다.

> 正月ㅅ 나릿므른 아으
> 어져 녹져 ᄒᆞ논ᄃᆡ
> 누릿 가온ᄃᆡ 나곤
> 몸하 ᄒᆞ올로 녈셔
> 아으 動動다리
>
> —〈동동(動動)〉, 『악학궤범(樂學軌範)』

> 비오다가 개야아 눈 하 디신 나래
> 서린석석사리 조ᄇᆞᆫ 곱도신 길헤
> 다롱디우셔마득사리마득너즈세너우지
> 잠 짜간 내니믈 너겨깃ᄃᆞᆫ
> 열명길헤 자라 오리잇가
>
> —〈이상곡(履霜曲)〉, 『악장가사(樂章歌詞)』

> 西京(셔경)이 셔울히마르는
> 닷곤ᄃᆡ 쇼셩경 고외마른
> 여ᄒᆡ므론 질삼뵈 ᄇᆞ리시고
> 괴시란ᄃᆡ 우러곰 좃니노이다
>
> —〈서경별곡(西京別曲)〉,[5] 『악장가사(樂章歌詞)』

---

5 〈서경별곡〉에는 각 행마다 '아즐가'라는 中斂과 '위두어렁셩두어렁셩다링디리'라는 後斂이 들어 있어서 斂이 긴 편이다. 편의상 이러한 斂을 빼고 텍스트를 제시했다.

어름우희 댓닙자리 보와 님과 나와 어러주글만뎡
어름우희 댓닙자리 보와 님과 나와 어러주글만뎡
情(졍) 둔 오ᄂᆞᆳ범 더듸 새오시라 더듸 새오시라
–〈만전춘별사(滿殿春別詞)〉, 『악장가사(樂章歌詞)』

위는 고려속요 각 작품에서 본사가 시작하는 부분들이다. 이들은 한결같이 결핍의 순간에 대한 영탄의 형태를 띠고 있다. 〈동동〉에서는 소외된 시적화자가 냇물이라는 조화로움의 상징과 자신을 대립시키며 고독을 탄식하고, 〈이상곡〉에서 또한 열명길에 비유될 만큼 깊은 소외의 상황을 한탄한다. 그런가하면 〈서경별곡〉과 〈만전춘별사〉에서는 이별의 순간에 처한 시적화자가 내지르는 거부의 외침을 들을 수 있다. 〈서경별곡〉의 화자는 생업을 팽개치고서라도 님을 좇겠다 하며, 〈만전춘별사〉의 화자는 죽음을 불사하고서라도 님과 이별하지 않겠노라 외친다. 한편, 이러한 외침은 이 글의 주된 논의 대상인 〈가시리〉에서도 다르지 않다.

가시리 가시리잇고 나ᄂᆞᆫ
ᄇᆞ리고 가시리잇고 나ᄂᆞᆫ

〈가시리〉는 외마디 비명처럼 시작된다. 〈공무도하가〉에서 그랬던 것처럼 별다른 수사나 비유도 없이, 결핍의 순간에 무방비로 처한 시적 화자가 내지르는 단순한 외침으로 〈가시리〉는 시작한다. 〈동동〉과 〈서경별곡〉의 대조법이나, 〈이상곡〉과 〈만전춘별사〉의 과장법도 이별의 고통을 절절하게 드러내지만, 〈가시리〉의 단순한 반복적 외침 또한 그 나름의 효과를 발휘한다. 기가 막히는 짧은 순간, 말할 수 없는 고통의 감정을 나타내기에 이 단순한 영탄만큼 어울리는 것은 없다는 느낌을 주는 것이다.

결핍이라는 문제가 던져진 이후 한국시가에서 그려지는 것은 흔히 그러한 결핍의 상황을 벗어나고자 하는 희구이다. 이때의 기원은 위협과 같은 주술적 담론으로 나타나기도 하지만,[6] 다음에서 보는 것처럼 간절하고 순연한 바람의 형태로 나타나는 경우가 많다.

> 아으 彌陀刹애 맛보올 내
> 道 닷가 기드리고다[7]
>
> –〈제망매가〉

> 郎이여 그릴 ᄆᆞᅀᆞᄆᆡ 녀올 길
> 다봊ᄆᆞᅀᆞᆯ히 잘 밤 이시리[8]
>
> –〈모죽지랑가〉

> 아으 잣ㅅ가지 노파
> 서리 몯누올 花判이여[9]
>
> –〈찬기파랑가〉

위에 인용한 부분들은 향가 중에서도 강한 서정성을 보유한 작품들로 알려진 〈제망매가〉, 〈모죽지랑가〉, 〈찬기파랑가〉의 마지막 구절들

---

6 〈龜旨歌〉, 〈禱千手觀音歌〉, 〈願往生歌〉 등의 경우가 그러하다. 〈구지가〉: "내놓지 않으면 / 구워먹으리(若不現也 / 燔灼而喫也)"; 〈원왕생가〉: "아으 이몸 기텨두고 / 四十八大願 일고샬까(阿邪此身遣也置遣 / 四十八大願成遣賜去)"; 〈도천수관음가〉: "날란 기티샬ᄃᆞᆫ / 어듸 ᄡᅳ올 자비의 불휘고(阿邪也 吾良遺知支賜尸等焉 / 放冬矣用屋尸慈悲也根古)". 윤영옥은 〈원왕생가〉의 결말이 '威嚇的'이라고 본 바 있다. 윤영옥, 『신라가요의 연구』, 형설출판사, 1980, 95쪽.

7 "阿也彌陀刹良逢乎吾 / 道修良待是古如".

8 "郎也慕理尸心未行乎尸道尸 / 蓬次叱巷中宿尸夜音有叱下是".

9 "阿耶栢史叱枝次高支好 / 雪是毛冬乃乎尸花判也".

이다. 〈제망매가〉는 生死의 무상함을 종교적으로 극복하고자 하는 기원으로 끝난다. 〈모죽지랑가〉에서는 "랑(郞)이여 그리는 마음이 가는 길 / 다북쑥 우거진 마을에 잘 밤이 있으리까"라고 하여 자신의 생을 던지고 님과의 재회를 간절히 희구하는 시적 화자의 모습이 그려진다. 〈찬기파랑가〉에서 또한 '눈도 덮어 버리지 못할 잣가지의 드높음'으로 기파랑의 정신적 고결함을 상징화함으로써, 부재하는 님을 상상 속에서 현전하게 하며 영원한 상징으로 거듭난 님을 찬양한다. 이들 시가에서 초두에 제시된 결핍의 상황은 이처럼 종교적, 혹은 서정적 상상력을 통해 재회의 시간, 영원성의 시간으로 고양된다.

고려속요에서도 초반에 제시된 결핍의 상황을 지양하는 시적 결말을 흔히 보게 된다. 앞서 예로 든 고려속요 작품들에는 결핍의 상황을 벗어나고자 하는 기원이 한결같이 서술되어 있다. 그러나 〈서경별곡〉이나 〈동동〉과 같은 경우에는 그러한 기원이 작품의 결말에서 궁극적으로 제시되지는 못하고, 작품이 진행되는 과정에서 잠시 나오는 데 그친다. 〈서경별곡〉의 경우에는 영원한 사랑을 다짐하는 일명 '구슬장'이 작품 중반에 나오고, 〈동동〉의 경우에는 백중 행사와 관련된 7월장 등에서 기원의 내용을 볼 수 있다.[10] 이들과 달리 〈만전춘별사〉와 〈이상곡〉에서는 님과의 합일에 대한 기원이 결말부에서 제시된다. 이러한 형태는 또 다른 고려속요인 〈정과정〉에서도 볼 수 있는데, 이들의 예를 보면 다음과 같다.

---

10 〈서경별곡〉: "구스리 바회예 디신ᄃᆞᆯ / 긴히ᄯᆞᆫ 그츠리잇가 / 즈믄ᄒᆡ를 외오곰 녀신ᄃᆞᆯ / 信(신)잇ᄃᆞᆫ 그츠리잇가". 〈동동〉: "七月ㅅ 보로매 아으 / 百種排 ᄒᆞ야두고 / 니믈 ᄒᆞᆫᄃᆡ 녀가져 / 願을 비ᄉᆞᆸ노이다 / 아으 動動다리".

아소님하 遠代平生(원ᄃᆡ평ᄉᆡᆼ)애 여힐ᄉᆞᆯ 모ᄅᆞᄋᆞᆸ새 –〈만전춘별사〉
아소님하 ᄒᆞᆫᄃᆡ 녀졋 期約(긔약)이이다 –〈이상곡〉
아소님하 도람드르샤 괴오쇼셔–〈정과정(鄭瓜亭)〉, 『악학궤범(樂學軌範)』

이 작품들의 결구는 모두 '아소님하'라는 감탄어로 시작하면서 님과의 합일을 기원하는 내용을 담고 있다. 한편, 〈가시리〉 또한 다음에서 보는 것처럼 결구에 기원의 내용을 담고 있다는 점에서 이들 작품과 유사하다.

셜온님 보내ᄋᆞᆸ노니 나ᄂᆞᆫ
가시ᄂᆞᆫᄃᆞᆺ 도셔오쇼셔 나ᄂᆞᆫ

결핍의 문제를 제시하는 것으로 시작해서 기원의 결말로 끝난다는 점에서 〈가시리〉는 향가인 〈제망매가〉·〈모죽지랑가〉·〈찬기파랑가〉와 고려가요인 〈만전춘별사〉·〈이상곡〉·〈정과정〉 등과 유사하다. 한편, 이들 작품이 서로 다른 점은 서두에서 결말로 가는 과정이다. 향가의 경우 결말의 비약이 종교적·서정적인 인식을 통해 가능했다면, 고려가요의 경우에는 감정의 증폭 및 현실적 인식을 통해 이것이 이루어지는 것으로 보인다.

〈만전춘별사〉와 〈정과정〉에서는 감정의 증폭에 주력하는데, 작품 전편을 들어 이를 살펴보기로 한다.[11]

---

11 여기서부터 제시하는 〈만전춘별사〉, 〈정과정〉, 〈이상곡〉, 〈가시리〉의 연 구분은 악곡단위의 구분과 일치한다.

만전춘별사	정과정
어름우희 댓닙자리 보와 님과 나와 어러주글만뎡 어름우희 댓닙자리 보와 님과 나와 어러주글만뎡 情(졍) 둔 오ᄂᆞᆳ범 더듸 새오시라 더듸 새오시라	
耿耿孤枕上(경경고침샹)애 어느 ᄌᆞ미 오리오 西窓(셔창)을 여러ᄒᆞ니 桃花(도화)ㅣ 發(발)ᄒᆞ두다 桃花(도화)ᄂᆞᆫ 시름업서 笑春風(쇼츈풍)하ᄂᆞ다 笑春風(쇼츈풍)ᄒᆞᄂᆞ다	내님을 그리ᅀᆞ와 우니다니 山졉동새 난 이슷 ᄒᆞ요이다 아니시며 거츠르신ᄃᆞᆯ 아으 殘月曉星이 아ᄅᆞ시리이다
넉시라도 님을 ᄒᆞᆫᄃᆡ 녀닛景(경) 너기다니 넉시라도 님을 한ᄃᆡ 녀닛景(경) 너기다니 벼기더시니 뉘러시니잇가 뉘러시니잇가	넉시라도 님은 ᄒᆞᆫᄃᆡ 녀져라 아으 벼기더시니 뉘러시니잇가
올하 올하 아련 비올하 여흘란 어듸 두고 소해 자라온다 소콧 얼면 여흘도 됴ᄒᆞ니 여흘도 됴ᄒᆞ니	過도 허믈도 千萬 업소이다 ᄆᆞᆯ힛마리신뎌 ᄉᆞᆯ읏븐뎌 아으 니미 나ᄅᆞᆯ ᄒᆞ마 니ᄌᆞ시니잇가
南山(남산)애 자리 보와 玉山(옥산)을 벼여누어 錦繡山(금슈산) 니블 안해 麝香(샤향)각시를 아나누어 南山(남산)애 자리 보와 玉山(옥산)을 벼어누어 錦繡山(금슈산) 니블 안해 麝香(샤향)각시를 아나누어 藥(약)든 가슴을 맛초ᅀᆞᆸ사이다 맛초ᅀᆞᆸ사이다	아소님하 도람드르샤 괴오쇼셔
아소님하 遠代平生(원ᄃᆡ평ᄉᆡᇰ)애 여힐ᄉᆞᆯ 모ᄅᆞᅀᆞᆸ새	

위에 제시한 〈만전춘별사〉와 〈정과정〉은 두 종류의 감정을 교체·증폭하면서 시상을 전개하는 방식이 유사하다. 〈만전춘별사〉에서는 1·3·5연이 유사한 형태로 되어 있으면서 님과 하나가 되고 싶은 마음을 열정적으로 호소한다. 5연에서는 상상적 합일의 순간을 화려하게 묘사할 만큼 소망의 크기가 증대되어 있다. 반면, 행의 반복이 없고 비교적 짧은 가사로 되어 있는 2·4연에서는 외롭고 쓸쓸한 정서를 표현한다. 이렇게 〈만전춘별사〉에서는 정열과 외로움의 두 가지 정서가

교차·증폭한다. 한편, 〈정과정〉에서는 님과 함께 하고 싶은 마음(1연의 1·2행, 2연)과 참소의 억울함(1연의 3·4행, 3연)이 번갈아 제시되며 심화된다. 이렇게 증폭된 감정 속에서 두 작품은 마지막 발화에 이른다. 이처럼, 님과 함께 하고자 하는 열정을 복합적 감정 속에서 키워나가며 마지막의 간절한 서원에 이른다는 점에서 두 작품은 구조상의 유사성이 있다. 이는 논리적이라기보다는 감정적인 구조라 할 수 있을 듯하다. 특히 〈만전춘별사〉의 경우, 정서가 다소 산만하게 제시되는 양상을 보여 구조적 긴밀성이 떨어지는 작품으로 평가되기도 하였는데, 이는 〈만전춘별사〉가 지닌 '감정적 구조' 때문이라 할 수 있겠다.

한편, 〈이상곡〉과 〈가시리〉는 정서의 증폭을 보여주는 동시에 일종의 현실논리에 기반한 인식의 전환 과정을 제시한다. 두 작품의 전편을 비교해 보면 다음과 같다.

이상곡	가시리[12]
비오다가 개야아 눈 하 디신 나래 서린석석사리 조ᄇᆞᆫ 곱도신 길헤 다롱디우셔마득사리마득너즈세너우지 잠 ᄯᅡ간 내니믈 너겨깃ᄃᆞᆫ 열명길헤 자라 오리잇가 죵죵 霹靂(벽력) 生陷墮無間(싱함타무간) 고대셔 싀여딜 내 모미 죵 霹靂(벽력) 아 生陷墮無間(싱함타무간) 고대셔 싀여딜 내 모미 내님 두ᄉᆞᆸ고 년뫼ᄅᆞᆯ 거로리 이러쳐 뎌러쳐 이러쳐 뎌러쳐 期約(긔약)이잇가 아소님하 한ᄃᆡ 녀졋 期約(긔약)이이다	 가시리 가시리잇고 나ᄂᆞᆫ ᄇᆞ리고 가시리잇고 나ᄂᆞᆫ 날러는 엇디 살라ᄒᆞ고 ᄇᆞ리고 가시리잇고 나ᄂᆞᆫ 잡ᄉᆞ와 두어리마ᄂᆞᄂᆞᆫ 선ᄒᆞ면 아니 올셰라 셜온 님 보내ᄋᆞᆸ노니 나ᄂᆞᆫ 가시ᄂᆞᆫᄃᆞᆺ 도셔오쇼셔 나ᄂᆞᆫ

〈이상곡〉의 1·2연은 상황에 대한 절박한 감정이 점점 깊어지는 모습을 보여준다. 비, 눈, 서리가 겹친 온갖 악천후에 고립된 시적 화자가 처한 '좁은 길'은 '열명길'로, 그리고 다시 '무간지옥(無間地獄)'으로 표현되며 화자의 극한적 심정을 드러낸다. 그런데 이러한 정서의 증폭은 2연의 마지막 부분에서 인식의 전환으로 이어진다. 생에 대한 절박한 인식이 다른 생의 선택 불가능성에 대한 인식으로 전환되는 것이다. 이러한 인식의 전환은 역설적인 측면이 있다. 님은 오지 않으리라는 절망이 님과의 재회를 희구하는 강한 의지로 변했기 때문이다. 절망이 화자의 생을 너무 소진시킨 나머지 화자는 더 이상 달리 재생할 기력이 없다. 그렇게 극한에 몰린 화자는 역설적으로 목숨을 건 사랑에의 의지를 갖게 된다.

〈가시리〉 또한 1·2연에서는 시적 화자의 놀람과 절망이 이어진다. 그러던 것이 3연에 들어 인식의 전환이 이루어지고 이를 통해 결말의 기원으로 나아가게 된다. 〈가시리〉의 시적 화자는 1·2연에서 돌연한 이별에 경악했으면서도 결국엔 님을 만류하지 않고 고이 보내드린다. 이 또한 역설적이라 할 수 있는데, 이러한 역설적 행위의 이유로 주어지는 부분이 바로 3연이다. 이유는 사랑하는 두 연인의 모순된 관계에 있다고 할 수 있다. 이 사랑은 영원히 잡아 놓을 수 있을 것 같으면서도 동시에 언제든 깨져 버릴 수 있는 것이다.[13] 이러한 모순된 관계를

12 후렴은 제외하였다.

13 이 부분의 해석에서 문제가 될 수 있는 것은 '선ᄒᆞ면'의 어석이다. 양주동(앞의 책)은 '선뜻, 선선' 등의 '선'이라 보았고, 박병채(『高麗歌謠의 語釋硏究』, 二友出版社, 1978)는 '그악스러우면, 까딱 잘못하면'으로 풀었다. 김형규(『古歌謠註釋』, 일조각, 1976)는 北靑 지방 방언의 '선하다'라는 말이 '너무 지나쳐서 싫증(憎惡)이 나는 감정'을 나타낸다고 하며 '선ᄒᆞ면'을 이와 같은 뜻으로 풀이하였다.

다스릴 수 있는 방편은 그 역시 모순된 행위뿐이다. 잡는 것이 보내는 것이 되고, 보내는 것이 도리어 잡는 것이 되는 상황의 역설이다.

〈가시리〉의 결말은 '아소님하'로 시작하는 다른 작품들의 결구에 비해 소극적으로 비치기도 한다. 여기에는 감탄구도 없고 강한 기약도 없기 때문이다. 하지만 이러한 〈가시리〉의 결구가 다른 작품들에 비해 오히려 더 간곡하게 느껴지는 것도 사실이다. 그것은 이 작품이 사랑하는 남녀 간의 관계에 내재되어 있는 모순성을 평이한 언어 속에서도 또렷이 보여주고 있기 때문일 것이다. 〈가시리〉는 흔히 전통적인 이별의 정한을 잘 보여준 작품으로 평가된다. 이 작품에 표현된 남녀관계의 모순성이 당대의 현실을 반영한 것임은 물론이다. 떠나도 잡지 않는 것, 그래도 문은 언제나 열어놓는 따위의 행동은 근래까지도 집 나간 남편을 둔 여인의 전형적인 행동이었을 것이다.[14] 이러한 현실감정의 표현이 다른 고려속요들에 비해 〈가시리〉에는 특히 잘 나타나 있다고 할 수 있다. 예컨대 〈이상곡〉과 같은 경우 앞서 살핀 바처럼 나름의 인식적 전환을 보여주지만 시적 화자의 정서에는 현실적으로 좀 이해하기 힘든 구석도 있다. 지나친 죄의식과 같은 것이 그러하다. 물론 이를 정절(貞節)에 대한 당대인들의 사고와 관련하여 생각해볼 수도 있다. 하지만 그래도 〈이상곡〉의 정서에는 좀 지나치다 싶은 측면이 있기에, 이 작품은 실제로 생사(生死)의 위기에 처한 유배 간 신하의 노래일 것이라 추정되기도 하는 것이다.[15] 지금까지 살펴본 것처럼 〈가시

14 근래 국내는 물론 외국에서까지 화제가 되었던 신경숙의 소설 『엄마를 부탁해』에도 이런 모습이 묘사되어 있다.

15 장효현, 「履霜曲의 生成에 관한 고찰」, 『국어국문학』 제92집, 국어국문학회, 1984, 170~171쪽; 박노준, 「〈履霜曲〉과 倫理性의 문제」, 『고려가요의 연구』, 새문사, 1990, 206~239쪽 참조.

리〉는 한국시가에 특징적으로 드러나는 '결핍과 기원의 구조'[16]를 지니면서도, 간결한 형식 속에 현실감정을 잘 표현하였다는 나름의 미덕 또한 가지고 있다. 〈가시리〉는 한국시가의 전형적인 '결핍과 기원의 구조'를 가장 간결하게 살려낸 작품이라 할 것이다. 결핍이라는 문제적 상황, 부정적 정서의 증폭, 재회에 대한 간절한 기원 등의 모든 내용을 〈가시리〉는 60자 내외의 짧은 형식 속에 적절히 담아내었다. 더 이상 더하고 덜할 것이 없어 보이는 이 간결하고 균형 잡힌 완결성에 〈가시리〉의 아름다움이 있음에 틀림없다. 그리고 그것은 단지 정서의 전형성을 보여주기 때문만이 아니라 한국시가의 구조적 전통을 지니고 있다는 점에서도 한국시가의 전형적인 작품이라 말할 수 있다. 전통 속에서 나름의 빛깔을 〈가시리〉가 발하는 지점은 이렇게 파악된다.

---

16 이것이 과연 고대시가에서 고려속요까지 이어지는 한국시가만의 특징인가 하는 점에 대해 의문을 가질 수도 있다. 시가에서는 으레 사랑을 다루고 사랑노래는 흔히 이별에 대해 말하지 않는가 생각할 수 있을 것이다. 하지만 1인칭의 시점에서 이별이 주는 슬픔과 놀람을 발화하며 작품을 시작하고 이를 재회에 대한 간절한 바람으로 끝맺는 시가는 생각보다 그리 많지 않다. 고려속요가 많은 영향을 받은 것으로 흔히 짐작되는 宋代의 詞만 해도, 대개의 작품들이 사랑과 이별에 대한 것이기는 하지만 그 내용은 주로 이별이 계속되는 상황에서의 고독과 愁心에 대한 것이다. 『고려사』「악지」에는 唐樂 부분에 여러 편의 詞가 실려 있는데 이 중 15편 정도가 사랑과 이별을 주제로 한다. 그러나 그 중 이별의 순간으로 시작하여 재회의 기원으로 끝나는 작품은 〈憶吹簫〉 한 편 정도를 찾을 수 있을 뿐이다. 이 경우에도 그 결말은 기원이라기보다는 실제로 님이 한 기약이어서 성격이 다르다. 그 결말부는 다음과 같다. "번민은 그만하리 / 새봄에 다시 만날 것 약속했으니(休煩惱 / 相見定約新春)".

3. 병렬률과 구조의 리듬

이 장에서 살펴볼 문제는 리듬에 관한 것이다. 리듬은 시가의 미적 성취를 살펴볼 때 빼놓기 어렵다. 〈가시리〉가 지닌 간결성의 미학은 전 장에서 살펴본 구조적 측면뿐 아니라 작품의 리듬과도 관련되어 있을 것이다. 따라서 이 장에서는 〈가시리〉에 잠류하는 한국시가의 율적 전통을 살펴보고 이를 통해 〈가시리〉의 리듬상의 특성에 대해 논의해 보려 한다.

한국시가의 리듬은 음수율(音數律) 및 음보율(音步律)을 통해 설명되어 왔다. 그러나 실제로 한국시가의 율격은 음수율이나 음보율 어느 것을 통해서도 규명하기 어려운 측면이 있다. 향가 중 〈제망매가〉와 고려속요 중 〈동동〉을 들어 이를 보기로 한다.

生死路隱　　　　　생사로ᄂᆞᆫ
此矣有阿米次肹伊遣　　예 이샤매 저히고
吾隱去內如辭叱都　　나ᄂᆞᆫ 가ᄂᆞ다 말ㅅ도
毛如云遣去內尼叱古　　몯 다 니르고 가ᄂᆞ닛고

–〈제망매가〉

德으란 곰ᄇᆡ예 받ᄌᆞᆸ고
福으란 림ᄇᆡ예 받ᄌᆞᆸ고
德이여 福이라 호ᄂᆞᆯ
나ᅀᆞ라 오소이다
아으動動다리

–〈동동〉

앞서도 인용한 바 있었던 〈제망매가〉의 전반부 및 〈동동〉의 서사다. 우선 두 작품 모두 시행 간의 음절수가 일정하지 않음을 쉽게 확인할 수 있다. 〈제망매가〉는 향찰로 전하기에 실제 음절수가 어떠하였을지 정확히 알기 어려우나 대략 보아도 1행과 2행의 음절수에 뚜렷한 차이가 있음이 드러난다. 〈동동〉 또한 9·9·8·7·6의 서로 다른 음절수로 각 행이 구성되어 있다. 물론 일본 시가의 예에서 보듯이 음수율에서 시행 간의 음절수는 다를 수 있다.[17] 그러나 이 경우 각 시행의 음절수를 규정하는 규칙이 존재해야 하는데 향가나 고려속요에서는 그러한 규칙을 찾아보기 어렵다. 〈제망매가〉를 여타의 십구체 향가와 비교해 볼 때 시행의 음절수 규칙이 존재하지 않고, 〈동동〉 또한 각 연의 형태가 서로 상이하다.

그런가하면 이 작품들을 음보율로 파악하는 것 또한 용이한 일이 아니다. 한국시가의 음보는 통상 율격적 휴지와 호흡단위로 파악할 수 있다고 논의되는데,[18] 이러한 기준에 의해 음보를 구분하는 것이 타당한가 하는 문제는 둘째 치고라도, 향가나 고려가요의 경우 규칙적인 율격적 휴지를 파악하는 일 자체가 어렵다. 위에서 든 〈제망매가〉와 〈동동〉의 경우를 다시 예로 들어 보자.

〈제망매가〉의 음보 구분		
생사로ᄂᆞᆫ 예/ 이샤매/ 저히고 나ᄂᆞᆫ/ 가ᄂᆞ다/ 말ᄉᆞ도 몯 다/ 니르고/ 가ᄂᆞ닛고	생사로ᄂᆞᆫ 예 이샤매/ 저히고 나ᄂᆞᆫ 가ᄂᆞ다/ 말ᄉᆞ도 몯 다 니르고/ 가ᄂᆞ닛고	생사로ᄂᆞᆫ 예 이샤매/ 저히고 나ᄂᆞᆫ/ 가ᄂᆞ다 말ᄉᆞ도 몯 다 니르고/ 가ᄂᆞ닛고

17 예를 들어 와카의 경우 5·7·5·7·7의 음절수 규칙으로 시행이 이루어진다.

18 김흥규, 『한국문학의 이해』, 문학과 지성사, 1984, 153쪽 참조.

〈동동〉의 음보 구분		
德으란/ 곰ᄇᆡ예/ 받ᄌᆞᆸ고 福으란/ 림ᄇᆡ예/ 받ᄌᆞᆸ고 德이여/ 福이라/ 호ᄂᆞᆯ 나ᅀᆞ라/ 오소/ 이다	德으란/ 곰ᄇᆡ예/ 받ᄌᆞᆸ고 福으란/ 림ᄇᆡ예/ 받ᄌᆞᆸ고 德이여/ 福이라/ 호ᄂᆞᆯ 나ᅀᆞ라/ 오소이다	德으란/ 곰ᄇᆡ예/ 받ᄌᆞᆸ고 福으란/ 림ᄇᆡ예/ 받ᄌᆞᆸ고 德이여/ 福이라 호ᄂᆞᆯ 나ᅀᆞ라/ 오소이다

위에서 보는 것처럼 〈제망매가〉와 〈동동〉의 시행들은 2음보로 구분될 수도 있고 3음보로 구분될 수도 있다.[19] 또한, 2음보로 구분할 경우 앞음보를 길게 볼 것이냐 뒷음보를 길게 볼 것이냐에 이견이 있을 수 있다. 이러한 정황으로 인해 향가와 고려가요의 율격에 대한 이해는 연구자에 따라 각기 다르다.[20] 물론, 예컨대 〈동동〉과 같은 경우, 율격 휴지의 정형성에 따라 모든 행이 3음보로 나뉘는 것이라고 말할 수도 있을 것이다. 이 경우 "오소 / 이다"와 같은 어색한 휴지가 생기지만, 이는 율격 규칙에 견인되어 얼마든지 가능한 일이라고 여길 수도 있겠다. 하지만, 다음과 같은 〈동동〉의 다른 연들을 생각해 보면 이러한 주장은 무의미한 일임을 알게 된다.

> 十月애 아으
> 져미연 ᄇᆞᄅᆞᆺ 다호라
> 것거 ᄇᆞ리신 後에
> 디니실 ᄒᆞᆫ 부니 업스샷다

19 이것도 〈제망매가〉의 1행을 제외하고 나서야 가능한 이야기다.

20 예를 들어 고려속요의 율격을 정병욱은 3음보로, 김대행은 2음보 대응 연첩으로 보았으며, 최철은 2보격과 3보격을 고려속요의 '율격 기저'로 파악하였다. 정병욱, 「고시가 율격론」, 『한국고전시가론』, 신구문화사, 1985, 13쪽; 김대행, 「고려가요 율격」, 『고려시대의 가요문학』, 새문사, 1982, 16~30쪽; 최철, 『고려국어가요의 해석』, 연세대학교 출판부, 1996, 56~85쪽 참조.

十一月ㅅ / 봉당자리예 / 아으
汗衫 / 두퍼 / 누워　　　(汗衫 / 두퍼누워)
슬홀 / ᄉᆞ라 / 온뎌　　　(슬홀 / ᄉᆞ라온뎌)
고우닐 / 스싀옴 / 녈셔　　　(고우닐 / 스싀옴녈셔)

위에서 보듯이 10월연의 제1행과 같은 경우 3음보로 나누는 것은 도저히 불가능하다. 한편, 11월연의 경우엔 3음보로 나누는 것이 불가능하지는 않으나 어떤 음보는 길고 어떤 음보는 짧아서 어색한 느낌을 준다. 오히려 괄호 안에 제시한 것처럼 2음보로 나눠 읽는 것이 호흡상 자연스럽게 느껴지는 경우도 있다.

율격 파악의 어려움은 〈가시리〉에서도 마찬가지로 드러난다.

〈가시리〉의 음보 구분		
가시리/ 가시리/ 잇고 ᄇᆞ리고/ 가시리/ 잇고	가시리/ 가시리잇고 ᄇᆞ리고/ 가시리잇고	가시리/ 가시리잇고/ 나ᄂᆞᆫ ᄇᆞ리고/ 가시리잇고/ 나ᄂᆞᆫ
날러는/ 엇디/ 살라ᄒᆞ고 ᄇᆞ리고/ 가시리/ 잇고	날러는/ 엇디 살라ᄒᆞ고 ᄇᆞ리고/ 가시리잇고	날러는/ 엇디/ 살라ᄒᆞ고 ᄇᆞ리고/ 가시리잇고/ 나ᄂᆞᆫ
잡ᄉᆞ와/ 두어리/ 마ᄂᆞᄂᆞᆫ 선ᄒᆞ면/ 아니/ 올셰라	잡ᄉᆞ와/ 두어리마ᄂᆞᄂᆞᆫ 선ᄒᆞ면/ 아니 올셰라	잡ᄉᆞ와/ 두어리/ 마ᄂᆞᄂᆞᆫ 선ᄒᆞ면/ 아니/ 올셰라
셜온님/ 보내ᄋᆞᆸ/ 노니 가시ᄂᆞᆫ 돗/ 도셔/ 오쇼셔	셜온님/ 보내ᄋᆞᆸ노니 가시ᄂᆞᆫ 돗/ 도셔오쇼셔	셜온님/ 보내ᄋᆞᆸ노니/ 나ᄂᆞᆫ 가시ᄂᆞᆫ 돗/ 도셔오쇼셔/ 나ᄂᆞᆫ

〈가시리〉에서 정형화된 음수율 파악이 거의 불가능함은 긴 설명이 필요 없다. 한편, 음보율은 위에서처럼 몇 가지로 파악해 볼 수 있다. 왼쪽의 두 경우는 '나ᄂᆞᆫ'[21]을 뺀 상태이고 가장 오른쪽의 것은 '나ᄂᆞᆫ'을

21 '나ᄂᆞᆫ'은 음악적 요구에 따라 붙여진 調音素로 일반적으로 해석된다.

그대로 둔 형태이다. '나는'을 뺀 〈가시리〉의 형태는 연구자에 따라 왼쪽처럼 3음보로 이해되기도 하고, 중간처럼 2음보로 파악되기도 한다. 왼쪽과 같은 경우에는 소위 고려가요 3음보설에 〈가시리〉를 편입시킬 수 있다는 장점이 있다. 그러나 보는 바처럼 '가시리/잇고', '보내ᄋᆸ/노니(보내/ᄋᆸ노니)'처럼 한 단어 안에서도 띄어 읽어야 해서 자연스러운 호흡상의 단위가 되기 어렵다는 문제가 있다. 한편, 중간 칸의 경우 앞음보와 뒷음보의 음절수에 꽤 차이가 난다는 점에서 이른바 '층량보격'으로 설명된 것인데,[22] 이는 왼쪽과 같은 음보 구분에 비해 통사적 구조에 기반한 호흡상의 단위와 보다 일치한다는 장점이 있다. 그러나 등장성(等長性)을 전제로 하는 음보율에서 '층량보격(層量步格)'이라는 개념이 성립할 수 있는 것인지 의문이고,[23] 또 '날러는 엇디 살라ᄒᆞ고'와 같은 행은 세 부분으로 나누어 읽는 것이 오히려 더 자연스럽지 않은가 하는 의문도 든다. 한편, 오른쪽처럼 '나는'을 넣은 상태에서 보면 3음보로 나누는 것이 가능해 보이기도 하지만, 각 음보의 길이가 불균형하고, '두어리 / 마ᄂᆞᆫ'처럼 어색한 구분이 여전히 존재한다.

그렇다면 〈가시리〉나 여타 고려속요에는 3보격과 2보격이 섞여 있다고 말하면 어떨까? 음보 파악의 어려움은 여전히 남아 있지만 이는 어쩌면 가능한 설명이 될 수도 있다. 그러나 이는 고려속요의 정형률

---

22 성기옥, 『한국시가 율격의 이론』, 새문사, 1986, 141쪽.

23 다음의 언급을 참조할 수 있다. 조창환, 『韓國現代詩의 韻律論的 研究』, 일지사, 1986, 31쪽: "음보라는 용어 속에 층량적인 것을 규칙화하여 인정한다는 사실 자체가 불합리하다. … 음보라는 말은 균등한 발화 시간이나 발음량의 반복적 현상을 전제로 한 것인데 … 층량 음보격이라는 말 자체가 앞뒤 모순되는 개념이어서 이처럼 용어 개념을 확대 사용하려면 차라리 이 개념을 포괄할 수 있는 새로운 용어의 사용이 불가피하다고 본다."

에 대해 크게 설명을 해 주지 못한다. 시행들이 세 부분, 또는 두 부분으로 나뉘어 읽힐 수 있으며 이에 특별한 규칙성은 없다고 말하는 것은 사실상 확연한 정형률이 존재하지 않는다고 하는 것과 같다. 그런데 이 말은 사실 틀리지 않다. 고려속요는 개개 작품의 리듬은 파악할 수 있을지라도, 작품 혹은 장르를 관통하는 고정적 율격은 파악하기 어려운 것이다.

그렇다고 고려속요가 자유율의 이념에 의해 지어진 것일 리는 만무하다. 그렇다면 리듬과 관련된 고려속요의 전통은 어디에서 파악할 수 있을까? 여기서 주목하고자 하는 것은 병렬을 내재한 4행구조이다. 4행구조는 고대시가로부터 향가를 거쳐 고려속요에 이르기까지 한국시가에서 가장 흔하게 나타나는 구조인데, 병렬을 통해 리듬을 자아낸다. 예를 들면 다음과 같다.

훨훨 나는 저 꾀꼬리
암수 서로 정답건만
외로울사 이내 몸은
뉘와 함께 돌아갈꼬[24] —〈황조가(黃鳥歌)〉, 『삼국사기(三國史記)』

어느 ᄀᆞᅀᆞᆯ 이른 ᄇᆞᄅᆞ매
이에 저에 ᄠᅥ딜 닙다이
ᄒᆞᄃᆞᆫ 가재 나고
가논 곧 모ᄃᆞ온뎌 —〈제망매가〉 중

구스리 바회예 디신ᄃᆞᆯ
긴히ᄯᆞᆫ 그츠리잇가

24 “翩翩黃鳥 雌雄相依 念我之獨 誰其與歸”.

즈믄ᄒᆡ를 외오곰 녀신ᄃᆞᆯ
信(신)잇ᄃᆞᆫ 그즈리잇가 —〈서경별곡〉 중

4행 구조는 4구체 고대시가, 십구체 향가의 전4행과 후4행, 고려속요의 문학적 1연 형태에서 흔히 나타난다. 이러한 4행 구조는 전2행과 후2행이 의미상의 병렬을 이루는 경우가 많다. 〈황조가〉에서 '꾀꼬리'와 '나'의 대조, 〈제망매가〉에서 '잎'와 '가지'의 대조, 〈서경별곡〉에서 '끈'과 '믿음'의 비유적 비교는 모두 전2행과 후2행 사이에서 일어난다. 이러한 대칭성은 일종의 리듬을 만들어 내는데 이를 병렬률이라 부를 수 있다.[25] 한편, 〈서경별곡〉의 경우 전2행 내 행간, 후2행 내 행간에서도 대칭성이 성립한다. 전2행 안에서는 구슬과 끈의 대조를, 후2행 안에서는 헤어짐과 믿음의 대조를 보는 것이다. 이렇듯 한국시가의 원형태라 할 만한 4행구조는 흔히 전반부와 후반부의 병렬을 이루고, 각 부분 내에서 다시 행간 병렬을 이루기도 한다. 이와 같이 시가의 구조 단위 간에 병렬을 통해 형성되는 리듬을 '구조의 리듬'이라 표현해 볼 수 있겠다. 병렬률은 '의미의 리듬'[26]이라고 표현되기도 하지만, 실제로는 통사적·형태적인 대칭성을 통해 이루어지는 경우가 많으며, 한국시가에서의 병렬률은 시의 여러 구조적 층위에서 형성되기 때문이다.

4행 병렬구조는 다음에서 보듯 〈가시리〉에서도 찾아진다.

25 병렬은 통사적 유사성을 근간으로 하여 의미의 병치 및 대조를 이루고 음운론적 유사성까지 이루는 장치로 이해되며, 율격이 명확하지 않은 헤브루시나 민요시 등의 리듬을 형성하는 중요한 장치로 파악된다. *The New Princeton Encyclopedia of Poetry and Poetics*, Princeton University Press, 1998, pp.877~879.

26 Gay Wilson Allen, *American Prosody*, Octagon Books, 1978, p.221.

가시리 가시리잇고
ᄇᆞ리고 가시리잇고
날러는 엇디 살라ᄒᆞ고
ᄇᆞ리고 가시리잇고

〈가시리〉의 경우, 전2행과 후2행 사이에 일부 반복[27]을 통해 병렬이 이루어지고, 다시 전2행 내 행간에 역시 일부 반복[28]을 통한 병렬이 이루어진다. 이렇듯 일부 반복을 통해 병렬구조를 띠게 되는 경우를 'aaba' 구조라 부르기도 하는데,[29] 가시리는 전2행 내에 이러한 구조가 있을 뿐 아니라, 전2행을 포함한 작품의 전반부, 나아가 작품 전체에서도 이러한 구조를 중층적으로 지니고 있다. 이를 도시해 보면 다음과 같다.

시행	행	연
가시리(a) 가시리잇고(a)	A	A
ᄇᆞ시리(b) 가시리잇고(a)	A	
날러는 엇디 살라ᄒᆞ고	B	A
ᄇᆞ리고 가시리잇고	A	
잡ᄉᆞ와 두어리마ᄂᆞᄂᆞᆫ		B
선ᄒᆞ면 아니 올셰라		
셜온님 보내ᄋᆞᆸ노니		A
가시ᄂᆞᆫ듯 도셔오쇼셔		

27 뒷행이 반복되고 있다.

28 뒷마디가 반복되고 있다.

29 김대행은 한국 민요의 율격이 병렬과 관련되어 있다고 보고 이를 "ab"형과 "aaba"형으로 구분하였다. 김대행, 『우리 詩의 틀』, 문학과비평사, 1989, 53~63; 86~126쪽 참조.

전체 시편 단위에서의 'aaba' 구조는 확연한 것은 아니다. 그러나 '가시'라는 어휘 및 가시는 님의 이미지가 반복되어, 일찍이 양주동은 이를 두고 '수미쌍관(首尾雙關)의 장법(章法)'[30]이라고 표현한 바 있다. 이처럼 〈가시리〉는 마치 프랙탈 구조처럼, 한국시가의 특징적인 'aaba' 병렬 구조를 중층적으로 지니고 있다. 이러한 중층적 병렬의 리듬감은 한국시가의 4행구조와 병렬률에 기저한 것이면서도, 병렬의 겹구조를 통해 그러한 리듬감을 강화한다. 이 지점에서 〈가시리〉에 내재된 율적 전통과 더불어 이 작품만이 가지고 있는 리듬상의 성취를 엿보게 된다.

4. 의식성(儀式性)·연행성(演行性)의 맥락

앞의 장들에서 살펴본, 〈가시리〉를 포함한 한국시가의 구조적·율적 특징은 한국시가가 향유된 외적 맥락과 관련성을 지닌 것으로 보인다. 고대가요에서부터 향가, 고려가요로 이어지는 한국시가 작품들은 일정한 의식(儀式)에서 연행된 경우가 많았다. 이 장에서는 이러한 외적 맥락이 앞서 확인한 한국시가의 문학적 특징들과 어떤 관계를 맺고 있는지 살펴보려 한다.

한국 고전시가 작품들이 일정한 의식에서 불린 정황은 다음의 고대시가 및 향가의 부대설화들을 통해 엿볼 수 있다.

> 禊浴日에 북쪽 구지에서 무엇을 부르는 수상한 소리가 났다. …(중략)… "황천이 나에게 명하기를 이곳에 와서 나라를 새롭게 하여 임금이 되라 하였으므로 이곳에 내려왔으니 너희들은 마땅히 이 산봉우리에서

30 양주동, 앞의 책, 427쪽.

흙을 파면서 '거북아 거북아 …(중략)' 하고 노래하며 춤을 추면 대왕을 맞이하여 기뻐서 날뛸 것이다." 구간 등이 그 말대로 모두 즐겁게 노래하며 춤추다가 얼마 아니하여 쳐다보니 자색 줄이 하늘에서 내려와 땅에 닿는지라…(하략).[31] －「가락국기(駕洛國記)」, 『삼국유사(三國遺事)』

경덕왕 19년 庚子 4월 1일 두 개의 해가 나란히 나타나 열흘 동안이나 없어지지 않았다. 이것을 보고 日官은 인연 있는 중을 청하여 꽃을 뿌리며 정성을 드리면 재앙을 물리치리라고 아뢰었다. …(중략)… 왕이 사자를 보내 그[월명]를 불러 단을 열고 啓를 짓게 했다. …(중략)… 이에 월명은 〈도솔가〉를 지어 바쳤는데 그 가사는 이렇다. …(중략)… 이윽고 해의 변괴가 사라졌다.[32] －「월명사도솔가(月明師兜率歌)」, 『삼국유사』

어떤 날 그 어머니가 애를 안고 분황사 좌전 북쪽 벽에 그린 천수대비 앞에 나아가서 아이를 시켜 노래를 지어 빌었더니 마침내 눈을 뜨게 되었다. 그 노래에 이르기를 …(하략).[33]
－「분황사천수대비맹아득안(芬皇寺千手大悲盲兒得眼)」, 『삼국유사』

앞의 두 기록에서 보듯이, 고대가요 〈구지가〉와 향가 〈도솔가〉는 국가적 제의에서 불린 노래이다. 〈구지가〉는 계욕일(禊浴日)에 신에게 임금을 내려줄 것을 기원한 제의요이며, 〈도솔가〉는 나라의 안녕을 위협

31 "禊洛之日, 所居北龜旨, 有殊常聲氣. … '皇天所以命我者, 御是處, 惟新家邦, 爲君后, 爲玆故降矣. 儞等須掘峯頂撮土, 歌之云, 龜何龜何 … 以之蹈舞, 則是迎大王, 歡喜踊躍之也.' 九干等如其言, 咸忻而歌舞, 未幾仰而觀之, 唯紫繩自天垂而着地."

32 "景德王十九年庚子四月朔, 二日並現, 挾旬不滅. 日官奏請緣僧, 作散花功德則可禳. … 王使召之, 命開壇作啓. … 明乃作兜率歌賦之, 其詞曰 … 旣而日怪卽滅."

33 "一日其母抱兒詣芬皇寺左殿北壁畫千手大悲前, 令兒作歌禱之, 遂得明."

하는 괴변을 물리칠 것을 부처에게 기원하는 의식에서 불린 노래다. 한편, 마지막의 〈도천수관음가〉는 천수관음보살에게 개안(開眼)을 비는 개인적 의식요라 할 수 있다.

한편, 고대가요인 〈공무도하가(公無渡河歌)〉나 향가 〈처용가(處容歌)〉 등과 관련해서는 그것이 의식요라는 점이 배경설화에 직접적으로 기술되어 있지는 않다. 그러나 이들 작품들 또한 제의와 연관되었을 가능성이 짐작된 바 있다. 특히 〈처용가〉의 경우 전염병의 신인 疫神을 물리친 노래라는 점에서 무속제의와의 관련성이 흔히 추정된다.[34] 실제로 〈처용가〉는 고려·조선조에 악귀를 쫓는 궁중 나례(儺禮)에서 불리었으며,[35] 고려가요 〈처용가〉에서는 처용이 역신을 쫓아내는 의식을 행하는 도중에 향가 〈처용가〉를 부르는 것으로 되어 있다.[36] 한편, 〈공무도하가〉는 의식 관련성이 확연하지는 않지만, 그 신화적 배경과 내용으로 볼 때 이 역시 무속 제의와 관련된 노래였을 것으로 추측된 바 있다.[37]

제의적 문맥 속에서 불린 것으로 확인되는 향가로는 이밖에도 〈혜성가(彗星歌)〉와 〈제망매가(祭亡妹歌)〉 등이 있다. 〈혜성가〉는 금강산 유람을 떠나던 화랑들이 혜성의 출현에 놀라 여행을 중지하자 융천사가

34 김동욱, 「신라향가의 불교문학적 고찰」, 『한국가요의 연구』, 을유문화사, 1961; 김열규, 「처용전승시고」, 『한국민속과 문학연구』, 일조각, 1972, 255~260쪽.

35 김수경, 『高麗 處容歌의 傳承過程 硏究』, 이화여자대학교 박사학위논문, 1995, 21~26; 96~129쪽 참조.

36 고려 〈처용가〉의 관련 부분은 다음과 같다. “머자 외야자 綠李야 ᄲᆞᆯ리나 내 신고ᄒᆞᆯ ᄆᆡ야라 / 아니옷 ᄆᆡ시면 나리어다 머즌 말 / 東京 ᄇᆞᆯᄀᆞᆫ ᄃᆞ래 새도록 노니다가 / 드러 내 자리ᄅᆞᆯ 보니 가ᄅᆞ리 네히로섀라 / 아으 둘흔 내해어니와 둘흔 뉘해어니오 / 이런 저긔 處容 아비옷 보시면 熱病神이ᅀᅡ 膾ㅅ가시로다”

37 조동일, 『한국문학통사』1, 지식산업사, 1982.

불렀다는 노래이다. 이 노래를 부르자 혜성이 사라지고 일본 병사들마저 물러갔다고 『삼국유사』에는 기술되어 있다. 〈제망매가〉는 죽은 누이동생의 재를 지낼 때 불렀다. 이를 부르자 문득 광풍이 일어 지전(紙錢)을 서쪽으로 날려보냈다고 『삼국유사』에서는 기록하고 있다.

또한, 의식(儀式)과의 관련성을 직접적으로 보여주지 않는 향가 작품들 역시 〈처용가〉가 그랬듯이 의식과 관련된 맥락을 짐작하게 하는 경우가 많다. 예컨대 〈안민가(安民歌)〉는 오악삼산(五嶽三山)의 신이 왕에게 자주 뵈는 위기상황에서 왕이 '영승(榮僧)'을 청하여 부르게 한 것이니, 국가의례의 상황에서 연행되었을 가능성이 크다. 〈모죽지랑가(慕竹旨郎歌)〉나 〈찬기파랑가(讚耆婆郎歌)〉와 같은 경우, 작품이 담고 있는 내용으로 보아 추모 의식에서 불렸을 가능성이 상정되고, 〈원왕생가(願往生歌)〉 같은 작품도 극락왕생을 기원하는 의식과 관련되었을 것으로 추정된다.[38]

한편, 고려속요가 고려조의 국가의식과 관련하여 불렸음은 『고려사(高麗史)』 「악지(樂志)」의 다음과 같은 기록을 통해 알 수 있다.

> 원구, 사직에 제사할 때와 태묘, 선농, 문선왕묘에 제향할 때에 아헌, 종헌, 송신에 모두 향악을 교주한다.[39]
>
> –「용속악절도(用俗樂節度)」, 『고려사(高麗史)』

『고려사』 「악지」 속악조(俗樂條)에서는 여러 편의 가사부전(歌詞不

38 고대가요 및 향가의 儀式的·祭儀的 측면에 대해서는 허남춘, 『古典詩歌와 歌樂의 傳統』, 월인, 1999; 최선경, 『향가의 제의적 이해』, 한국학술정보, 2006을 참조할 수 있다.

39 "祀圜丘社稷, 享太廟先農文宣王廟, 亞終獻及送神, 並交奏鄉樂."

傳) 속요들과 함께 〈동동(動動)〉, 〈정과정(鄭瓜亭)〉 등 현전하는 고려속요 또한 언급하였는데, 이러한 속요 작품들이 악곡에 실려 궁중의 여러 제사에서 쓰였음을 위의 언급을 통해 알 수 있다. 『고려사』에서는 고려의 악(樂)을 아악(雅樂), 당악(唐樂), 속악(俗樂)으로 분류하여 기술하였는데, 고려조에서는 이러한 악들을 모두 사용하였다고 한다. 기록에 따르면, 고려의 문물이 갖추어졌다고 평가되는 성종대는 아직 송으로부터 대성아악(大晟雅樂)이 들어오기 이전이었다. 그러나 교사(郊社: 하늘과 땅을 대상으로 삼은 제사)와 체협(禘祫: 봉건 군주들이 자기 조상들을 합쳐서 제향하는 의식) 등 의식이 수립되었다고 하니 이때 악이 동반되지 않았을 리 없다. 이때의 악은 고려조 혹은 삼국의 향악, 즉 속악이었을 것이다. 이후 예종대에 대성악이 들어오고 고려말에는 명나라의 아악이 들어왔으며, 또한 당악의 대곡(大曲)들을 대거 수용하게 되었지만, 속악은 여전히 국가의 중요한 의식에서 사용되었다.

고려속요가 국가 의식에서 사용된 것은 고려조만의 일이 아니다. 조선조에도 또한 그것은 국가 의식에서 사용된 악이었으며, 그 존폐 논란이 조선 중기까지 이어질 만큼 오랜 시간 궁중악(宮中樂)으로서 영향력을 행사했다. 비록 조선 초기에 궁중악을 아악 위주로 재편하려는 대대적인 움직임이 있었지만, 세종 때까지도 고려속요는 회례(會禮)에서 속악으로서 사용되었다. 조선 전기에 고려속요가 궁중악으로 사용된 면모는 성종 때 편찬된 『악학궤범(樂學軌範)』에 정재(呈才) 형태로 실려 있는 〈동동〉, 〈정과정〉, 〈처용가〉 등의 존재를 통해 살필 수 있다.[40]

주지하듯 고려속요의 의식 관련성은 향유기록을 통해서뿐만 아니라

40 길진숙, 『조선 전기 시가예술론의 형성과 전개』, 소명출판, 2002, 68~126쪽 참조.

작품 내부에서도 확인된다. 이는 송도(頌禱)의 내용을 담은 서사(序詞)와 후렴에서인데, 예를 들면 다음과 같다.

> 딩아돌하 當今(당금)에 계샹이다
> 딩아돌하 當今(당금)에 계샹이다
> 先王聖代(션왕셩딕)예 노니ᄋᆞ와지이다
> –〈정석가(鄭石歌)〉, 『악장가사(樂章歌詞)』

> 德으란 곰빅예 받즙고
> 福으란 림빅예 받즙고
> 德이여 福이라 호놀
> 나ᄉᆞ라 오소이다
> 아으動動다리 –〈동동(動動)〉, 『악학궤범』

> 新羅盛代 昭盛代
> 天下大平 羅後德 處容아바
> 以是人生애 相不語ᄒᆞ시란ᄃᆡ
> 以是人生애 相不語ᄒᆞ시란ᄃᆡ
> 三災八難이 一時消滅ᄒᆞ샷다
> –〈처용가(處容歌)〉, 『악학궤범(樂學軌範)』

> 위 증즐가 大平盛代(대평셩ᄃᆡ) –〈가시리〉, 『악장가사』

위에 제시한 것은 〈정석가〉·〈동동〉·〈처용가〉의 서사(序詞)와 〈가시리〉의 후렴이다. 이 부분들은 공통적으로 태평성대를 칭송하고 복을 기원하는 송축의 내용을 담고 있다. 〈정석가〉에서는 편종(編鐘)·편경(編磬)과 같은 악기의 성대한 구비를 들면서, 〈동동〉에서는 덕과 복을 바치면서, 〈처용가〉에서는 재앙의 소멸을 기원하면서 시가가 바쳐지는 대상을 송축하고 있다. 이러한 서사의 내용은 뒤에 이어지는 본사(本詞)의 내용과는 구별되는데, 특히 〈정석가〉와 〈동동〉에서 그러한 이질성이 두드러진다. 〈정석가〉와 〈동동〉의 본사는 님과의 영원한 사랑이나 님에 대한 그리움을 주로 표현하는데, 서사는 이러한 본사의 내용과 동떨어져 연행장소에 대한 축원의 의미를 담고 있는 것이다. 한편, 마지막에 예로 든 〈가시리〉의 경우에는 후렴이 여타 작품들의 서사와 같은 역할을 하고 있다. 〈가시리〉의 후렴은 본사와 이질적인 송축의 내용을 담고 있는 것이다. 이러한 고려속요의 서사와 후렴들은 고려속요가 지닌 의식 관련성을 드러내는 작품 내의 징표라 할 수 있다.

지금까지 살펴본 고대가요와 향가, 그리고 고려가요가 지닌 제의성(祭儀性) 혹은 의식성(儀式性)은 문제의 제시와 그것의 해결이라는 시가의 내용적 구조와 관련되어 있는 것으로 보인다. 제의란 생의 본질적인 문제를 제기하고 이를 해결하고자 하는 것, 다시 말해 있어야 할 것이 생기도록 간절히 기원하는 행위라고 할 수 있다. 죽음을 생명으로, 신의 부재를 신의 현존으로 변화시키고자 하는 것이 제의의 본질인 것이다. 이러한 제의의 본질과 관련하여, 앞서 살펴본 한국시가의 '결핍과 기원의 구조'가 형성된 것이 아닌가 한다. 물론, 고려가요가 불린 맥락은 고대가요나 향가가 불린 맥락과 똑같지는 않았을 것이다. 하지만 고려시대에까지 신라의 산천의례 전통을 이어받은 팔관회가 성대히 거행된 만큼, 고대국가의 제의적 의식과 거기에서 불린 시가의 전통은 고려속요에까지 내려와 하나의 맥을 형성하였으리라 짐작된다.

현행 굿거리와 비교해보면, 결핍과 기원의 내용을 담은 한국고전시가들은 '축원(祝願)'의 절차와 관련된 것으로 이해해 볼 수 있다. 현행되는 무당의 굿거리는 "청배(請陪), 찬신(讚神), 축원(祝願), 공수, 공수의 실행, 송신(送神)"의 절차에 따라 진행된다고 한다.[41] 이의 내용을 살펴보면, 청배는 신을 모셔오는 것, 찬신은 신의 내력에 대한 소개, 축원은 인간이 당면한 문제를 신에게 해결해주기를 요청하는 것, 공수는 신의 응답을 의미한다. 비교해 보자면, 예컨대 『시경』의 송(頌)이나 고려·조선대의 기타 한문악장들은 대부분 신을 찬미하는 내용으로 되어 있어 '찬신'과 관련된 것으로 볼 수 있다. 이에 반해 향악으로 불린 향가나 고려가요 등은 문제의 해결을 간구하는 '축원'의 내용을 지니고 있었던 것으로 이해할 수 있다.[42]

한편, 의식(儀式)과 관련된다는 한국시가의 외적 맥락은 그것의 율적(律的) 특성과도 관계가 있는 것으로 보인다. 앞서 살폈듯, 〈가시리〉를 포함한 한국시가 작품들은 일정한 음수율이나 음보율을 지니지 않고 구체(句體)의 정형성이나 병렬률을 통해 리듬을 형성했다. 그런데 이러한 리듬 구조는 음악을 동반하며 불린다는 연행성과 관련된 것으로 보이며, 이러한 연행성은 의식성(儀式性)에 내포된 성격이라 할 수 있다.

의식의 과정에서 시가는 음악을 동반하여 불린다. 그런데 이러한 '시/악'의 결합체에서 시의 리듬은 악에 맞추어 형성되기도 하고, 악이 지닌 박절의 등장성에 기대어 규칙적 리듬의 필요성으로부터 비교적 자유로워질 수도 있다. 다시 말해 시행의 마디수나 음절수가 달라 시적 단위 간에 등장성이 성립되기 어려워도 악곡 단위의 등장성이 리듬

41 민긍기, 「신화의 실체를 규명하기 위한 몇 가지 점검」, 『연민학지』 제8집, 2000, 12~13쪽.

42 다만, 앞서 언급한 고려속요의 서사 부분은 찬신의 성격을 지니는 것으로 볼 수 있다.

을 만들어 준다는 것이다. 예를 들어 앞서 살핀 〈동동〉의 첫 행은 세 마디로 되는 것이 대체로 악곡의 형태와 어울리나,[43] 10월연의 첫 행[44]처럼 두 마디로 구성된 가사라 하더라도 가사 배분을 좀 느슨하게 한다면 악곡에 얹는 것이 그리 어렵지 않다. 반대로 11월연의 첫 행[45]처럼 음절수가 많은 경우에도 가사 배분을 촘촘히 한다면 가능하다. 이러하기에, 의식의 과정에서 음악과 함께 연행된 한국시가 작품들은 구수율과 병렬률을 바탕으로 한 보다 느슨한 율격과 다양한 리듬현상을 가질 수 있었다.

이 장에서는 〈가시리〉에 내재된 한국시가의 구조적·율적 전통이 의식의 과정에서 음악을 동반하여 연행되었다는 한국시가의 외적 맥락과 관련하여 형성된 것임을 추론하였다. 이상의 논의를 통해 우리는 〈가시리〉가 한국시가의 내외적 토양 속에서 그 뿌리를 내리고 피어난 한 꽃송이였음을 확인하게 된다.

5. 나오며

이 글에서는 한국인들에게 널리 사랑받는 고전시가인 〈가시리〉가 지니고 있는 문학적 특성을 한국시가의 전통에 비추어 살펴보았다. 한국시가는 '결핍과 기원'의 내용을 시화(詩化)하는 경우가 많은데, 〈가

43 〈동동〉의 가사 1행이 실리는 악곡의 크기는 8행강인데, 이 중 마지막 2행강은 宮音을 중심으로 음의 변화가 거의 없는 餘音이다. 그런데 〈동동〉의 가사 한 마디는 대체로 악곡 2행강에 실리므로 8행강 1악구의 악곡에는 세 마디의 가사가 실리는 것이 자연스럽다.

44 "十月애 아으".

45 "十一月ㅅ 봉당자리예 아으".

시리〉는 이러한 한국시가의 전통을 반영한다. 특히 〈가시리〉는 군더더기 없는 짧은 시형 속에 이러한 한국시가의 구조적·정서적 전통을 녹임으로써 간결하면서도 완결된 형식미를 드러낸다. 또한 〈가시리〉는 한국시가의 전형적인 4행구조를 취하며 동시에 중층적인 병렬 형식을 갖춤으로써, 리듬면에서도 전통에 기반한 미학을 구현하였다.

위와 같은 한국시가의 특성은 의식성·연행성이라는 한국시가의 외적 맥락 속에서 형성된 것으로 볼 수 있었다. 제의성과 닿아 있는 의식성은 '결핍과 기원'이라는 한국시가의 구조와 관련되었고, 의식성에 내포되어 있는 연행성은 한국시가의 '구조의 리듬'과 연관되어 있었다. 이렇듯 의식성과 연행성의 맥락 속에서 한국시가의 전통은 형성되었고, 그러한 전통이 〈가시리〉에는 담겨 있다.

글을 마무리하며, 연행성이라는 한국시가의 전통과 〈가시리〉의 관련 양상을 조금 다른 각도에서 덧붙여 보고 싶다. 주지하듯 고려속요의 서사(序詞)는 연행에 필요한 춤이나 음악을 직접 환기하기도 한다. 〈동동〉의 서사에서는 덕과 복을 앞뒤로 바친다고 하여 가기(歌妓)들이 이리저리로 춤을 추며 정재를 올리는 장면을 연상시킨다. 또, 〈정석가〉의 서사에서는 편경과 편종 등 악기가 성대히 구비되어 있는 장면을 묘사하여 음악적 연행의 장소를 환기시킨다. 이렇듯 고려속요 작품들에는 연행성이 시화(詩化)되는데, 이러한 연행성의 시화를 〈가시리〉에서는 좀 다른 방식으로 상상해 볼 수 있지 않을까 한다.

〈가시리〉에서 시안(詩眼)이 되는 구절은 아무래도 마지막의 "가시ᄂᆞᆫ 돗 도셔오쇼셔"일 것이다. 앞서 서술했듯이 이 부분은 기원이라는 한국시가의 전형적 결말을 지극히 현실적인 사랑의 역설을 통해 구성한 것이다. 그런데 이 중에서도 묘처는 "가시ᄂᆞᆫ돗"의 "돗"에 있지 않은가 한다. 만일 이 시어가 예컨대 "가시다가"로 되어 있었다면 시구의 느낌은 전혀 살지 못했을 것이다. 가는 것과 돌아오는 것을 동일시한 이 역설적인 표현은 가변성이라는 사랑의 성질을 포착한 동시에 시적 화자의 기원을 그악스럽지 않은, 간곡하지만 우아한 가벼움을 잃지 않은 것으로 만들어 준다.

"듯"을 회전축으로 하여 가던 님은 돌아온다. 이 결정적이고도 우아한 선회는 한국무용의 춤사위를 연상시킨다. 흩뿌리듯 감기는 소매, 차오를 듯 누르는 발동작, 뻗쳐나갈 듯 휘감기는 모든 한국적 곡선을 떠오르게 하는 것이다. 이 은근한 율동, 간절하나 그윽한 눈짓을 〈가시리〉의 마지막 구절을 통해 읽는 것이 전혀 터무니없는 일은 아니리라 본다.[46]

— 이 글은 「한국시가의 전통과 가시리」, 『열상고전연구』 44, 2015, 203~236쪽에 실린 논문을 수정 · 보완한 것임.

46 전 하버드대 한국학 교수 David McCann은 김소월의 〈진달래꽃〉에 대해 이와 유사한 독법을 행한 바 있다. 그는 〈진달래꽃〉을 포함한 많은 한국시들이 연행성에서 기원한 "안무적 읽기[choreographic reading]"를 하게 한다고 보았다. David R. McCann, "Korean Literature and Performance? Sijo!", *Azalea Vol.4*, Korea Institute, Harvard University, 2011, pp.359~362.

참고문헌

【'삼동(三同)'의 뜻으로 풀어 본 〈정석가〉】 _ 손종흠

『高麗史』
『樂章歌詞』
과백원, 『조선문학사』, 1977.
김대출판부, 『조선문학사』, 1982.
金武憲, 『鄕歌麗謠敎育論』, 集文堂,1997.
김상훈, 『가요집』, 문예출판사, 1983.
金台俊, 『朝鮮歌謠集成』, 漢城圖書株式會社, 昭和9年(1934).
金亨奎, 『古歌註釋』, 白映社, 1955.
南廣祐, 「高麗歌謠 語釋上의 問題點에 관하여」, 『高麗時代의 言語와 文學』, 大邱, 螢雪出版社, 1975.
박병채, 『高麗歌謠 語釋 研究』, 선명문화사, 1963.
______, 『고려가요의 어석 연구』, 국학자료원, 1994.
사과원, 『조선문학사』, 1989-1994.
손종흠, 『속요형식론』, 2010, 박문사.
______, 『고전시가 미학강의』, 2011, 앨피.
梁柱東, 『麗謠箋注』, 乙酉文化社, 1955.
李相寶, '정석가'研究, 『韓國言語文學』, 創刊號, 韓國言語文學會.
全圭泰, 『高麗歌謠』, 正音社, 1976.
정홍교·박종원, 『조선문학개관』, 인동, 1986.
朱　弁, 「曲洧舊聞」 卷五.
최　철, 『고려국어가요의 해석』, 연세대학교 출판부, 1996.
최승영, 「鄭石歌 研究」, 『청람어문학』, 1993.

許文燮, 李海山編,『고대가요 고대한시』, 북경, 민족출판사, 1968.

【 새롭게 풀이한 〈청산별곡〉】 _ 박재민

鷄林類事
국립국어연구원,『표준국어대사전』. 두산동아, 1999.
남광우,『증보 고어사전』, 일조각, 1997.
聾巖先生文集
杜詩諺解
蒙山和尙法語略錄諺解
樂章歌詞
유창돈,『이조어사전』, 연세대학교 출판부, 2000.
秋江先生文集
海東歌謠(주씨본)

고영근,『중세국어의 시상과 서법』, 탑출판사, 보정판, 1998.
김두찬,「口訣 語尾 '羅叱多'(-랏다)에 대하여」,『국어국문학』 96호, 국어국문학회, 1986.
김명준,『고려속요집성』, 다운샘, 2002.
______,『악장가사주해』, 다운샘, 2004.
김명호,「〈青山別曲〉의 俗樂的 二重性」,『한국고전시가작품론』 1, 집문당, 1995.
김상억,「〈청산별곡〉연구」,『국어국문학』 30, 1965.
김태준,『한글』 2, 한글학회, 1934.
박노준,「「청산별곡」의 재조명」,『고려가요·악장연구』, 국어국문학회 편, 태학사, 1997.
박병채,『高麗歌謠의 語釋硏究』, 二友出版社, 1968.
______,『새로 고친 고려가요의 어석연구』, 국학자료원, 1994.
서수생,「青山別曲小考」,『教育研究誌』 1, 1963.
성호경,『고려시대 시가연구』, 태학사, 2006.
신동욱,「청산별곡과 평민적 삶의식」,『고려시대의 가요문학』, 새문사. 1982.
양주동,『麗謠箋注』, 乙酉文化社, 1956.

윤성현, 『속요의 아름다움』, 태학사, 2007.
이인모, 「"靑山別曲" 內容의 再檢討」, 『국어국문학』 61, 국어국문학회, 1973.
이현희, 「『樂學軌範』의 國語學的 考察」, 『震檀學報』 77, 震檀學會, 1994.
임주탁, 『강화 천도, 그 비운의 역사와 노래』, 새문사, 2004.
______, 「청산별곡의 연구와 교육」, 『옛노래연구와 교육의 방법』, 부산대학교 출판부, 2009.
장윤희, 「국어사 지식과 고전문학 교육의 상관성」, 『국어교육』 108, 한국어교육학회, 2002.
정병욱, 『증보판 한국고전시가론』, 신구문화사, 1994.
정병헌, 「〈청산별곡〉의 이미지 연구 서설」, 『국어교육』 49·50, 한국국어교육연구회, 1984.
지헌영, 『鄕歌麗謠新釋』, 정음사, 1947.
최용수, 「靑山別曲攷」, 『語文學』 49, 한국어문학회, 1988.
최 철, 『고려국어가요의 해석』, 연세대학교 출판부, 1996.
최 철·박재민, 『석주 고려가요』, 이회, 2003.
허 웅, 『우리옛말본』, 샘문화사, 1995.
홍난파, 『조선가요작곡집』, 연락회, 1933.
황병익, 「〈청산별곡(靑山別曲)〉 8연의 의미 재론〉」, 『민족문화논총』 45, 영남대학교 민족문화연구소, 2010.
황선엽, 「고려가요 난해구 몇 구절에 대하여」, 『관악어문연구』 21, 서울대학교 국어국문학과, 1994.

【〈이상곡〉, 누가 부른 노래인가】 _ 김창룡

『고려사』 권108, 권125.
『역주고려사譯註高麗史』 제9-10, 동아대학교고전연구실, 1982.
『史記』 권38
『淵鑑類函』 권247
『한창려전집』 1책

김광순, 『한국문화개설』, 형설출판사, 1981.

남광우, 「고려가요 해석상의 문제점에 관하여」, 『고려시대의 언어와 문학』, 형설출판사, 1975.
문선규, 『한국한문학사』, 정음사, 1997.
박노준, 「이상곡과 윤리성의 문제」, 『한국학논집』 14집, 1988.
박병채, 『고려가요의 어석연구』, 선명문화사, 1988.
서원섭, 「사미인곡계 가사의 비교연구」, 『경북대학교논문집』 11집, 경북대학교, 1967.
신기철·신용철 편저, 『새우리말큰사전』, 삼성출판사, 1985.
양주동, 『여요전주麗謠箋注』, 을유문화사, 1947.
이가원, 『이조한문소설선』, 민중서관, 1975.
이임수, 「이상곡에 대한 문학적 접근」, 『어문학』 41집, 한국어문학회, 1981.
이종찬, 『한문학개론』, 이우출판사, 1985.
장효현, 「이상곡의 생성에 관한 고찰」, 『국어국문학』 92호, 국어국문학회, 1984.
『동아세계대백과사전』, 동아출판사, 1983.
『한국학대백과사전 ①』, 을유문화사, 1972.

【〈쌍화점〉 제2연 '삼장ᄉᆞ'와 '그뎔샤쥬'의 정체】 _ 신명숙

강명혜, 『고려속요·사설시조의 새로운 이해』, 북스힐, 2002.
김문태, 「고려속요의 조선조 수용양상 –성종·중종조의고려속요 비판을 중심으로–」, 『한국시가연구』 제5집, 한국시가학회, 19999.
김상일, 「역대 시선집 소재 승려시 연구」, 『불교문학과 불교언어』, 이회, 2002.
나정순, 「고려가요에 나타난 성과 사회적 성격 –〈쌍화점〉과 〈만전춘별사〉를 중심으로」, 『한국고전여성문학연구』 6, 한국프랑스학회, 2003.
閔賢九, 「조인규와 그의 가문」, 『진단학보』 43, 진단학회, 1977.
박노준, 「〈雙花店〉의 재조명」, 『高麗歌謠의 硏究』, 새문社, 1990.
서철원, 「고려불교시(高麗佛敎詩)에서의 소통, 수용 문제와 종교시사(宗敎詩史)의 단서」, 『한국시가연구』 제31집, 한국시가학회, 2011.
윤성현, 「삼장 논의를 통해 본 쌍화점의 성격」, 『속요의 아름다움』, 태학사, 2007.
이도흠, 「高麗俗謠의 構造分析과 受容意味 解釋 – 「쌍화점」과 「동동」을 중심으로」, 『한국시가연구』 창간호, 한국시가학회, 1997.

이우성, 「고려말기의 소악부 –고려속요와 사대부문학」, 『한국한문학연구』 제1집, 한국한문학회, 1976.
채상식, 「고려후기 불교사의 전개양상과 그 경향」, 『고려 중후기 불교사론』, 불교사학회, 민족사, 1986.
______, 「高麗後期 天台宗의 白蓮社 結社」, 『高麗後期佛敎展開史硏究』, 불교사학회, 民族社, 1986.
최 철, 「고려시가의 불교적 고찰 –처용가, 동동, 이상곡, 정석가, 쌍화점을 중심으로–」, 『동방학지』 96, 연세대학교 국학연구원, 1977.
황보관, 「〈雙花店〉의 시상구조와 소재의 의미」, 『한국고전연구』 19집, 한국고전연구학회, 2009.
한국고전번역원 DB 자료 (『稼亭先生文集』 권4, 『高麗史』, 『及菴詩集』 권4, 『東文選』 권118, 『牧隱稿』 권20, 권26, 『西浦集』 권2, 『成宗實錄』 21, 『益齋亂稿』 권4)

【〈정과정〉의 성립 과정과 주제 전개 방식】 _윤덕진

국역 『성호사설』제 13권 「인사문」 "국조악장" 조.(한국고전번역원 DB)
김삼불 교주, 『海東歌謠』, 정음사, 1950.
김신중 역주, 『금옥총부』, 박이정, 2003.
『及菴先生詩集』(한국고전번역원 DB)
『洛下生集』冊十八, 『洛下生藁』上 「觚不觚詩集」 〈感事三十四章〉
『梅月堂詩集』(한국고전번역원 DB)
『北軒集』 권3, 「囚海錄」詩(한국고전번역원 DB)
『北軒集』 권16, 「論詩文」(한국고전번역원 DB)
『圓齋先生文稿』(한국고전번역원 DB)
윤덕진 · 성무경 편, 『고금가곡』, 보고사, 2007.

김대행, 『한국시가구조연구』, 삼영사, 1976.
김진희, 「이형상의 〈지령록〉 제6책에 쓰인 '평조·우조·계면조'의 의미」, 『동방학지』 163권, 연세대학교 국학연구원, 2013.
박재민, 「향가 음보율고」, 『번역시의 운율』, 연세대 근대한국학 연구소 편, 소명출판, 2012.
송방송, 『한국음악통사』, 일조각, 1984.
양태순, 「후전진작과 북전에 대하여」, 『고려가요의 음악적 연구』, 이회문화사, 1997.
_____, 「정과정과 가곡·시조의 관계」, 『고려가요의 음악적 연구』, 이회문화사, 1997.
이가원, 「鄭瓜亭曲 硏究」, 『韓文學硏究』, 탐구당 간, 1969년 초판본.
이지선, 「사이바라의 율과 려의 특징」, 『한국음악사학보』 제29집, 한국음악사학회, 2002.
이혜구, 「催馬樂의 五拍子」, 『정신문화연구』 16권 3호(통권 52호), 1993.
_____, 『한국음악연구』(보정판), 민속원, 1996.
임주탁, 『고려시대 국어시가의 창작 · 전승 기반 연구』, 부산대학교 출판부, 2004.
문숙희, 「진작류 악곡의 리듬 해석과 음악」, 『한국음악연구』 제50집, 2011.
정무룡, 『정과정 연구』, 신지서원, 1996.
정병욱, 「용비어천가의 구조」, 증보 『한국고전시가론』, 신구문화사, 1983.
최정선, 「고려속가와 일본 최마악 비교」, 『동아시아 고대학』 제30집, 동아시아고대학회, 2013.
황준연, 「三機曲의 사설 붙임에 관한 연구」, 『정신문화연구』 제7권, 1984.
_____, 『조선 전기의 음악』, 『한국음악사』, 대한민국 예술원, 1985.
_____, 『한국전통음악의 악조』, 서울대학교 출판부, 2012.

『고려사』제71권, 「지」제25 악2 (www.krpia.co.kr)
『삼국유사』 권5 「避隱」제8 勿稽子조(www.krpia.co.kr)

【 언어문화학습교재로 읽는 〈동동〉 】 _ 길태숙

『고려사』
『악기』
『악학궤범』
『태종실록』
『숙종실록』

『중종실록』
『동국세시기』
『열양세시기』
국립국어원『표준국어대사전』
『한국민족문화대백과사전』

강현화·홍혜란, 「한국문화교육항목선정에 관한 기초연구-선행연구, 교재, 기관 현황조사자료의 비교를 통하여」, 『외국어로서의 한국어교육』 36, 연세대학교 언어연구교육원 한국어학당, 2011.
구연상, 「「님의 침묵」에서의 '님 찾기'를 다시 생각해 본다」, 『존재론연구』 23, 한국하이데거학회, 2010.
국립민속박물관 편, 『조선대세시기』, 국립민속박물관, 2007.
김대행, 「언어교육과 문화인식」, 『한국언어문화학』 5(1), 국제한국언어문화학회, 2008.
김세종, 「한국음악속의 동동」, 『고시가연구』 19, 한국고시가문학회 2007.
김승룡·편역주, 『악기집석』, 청계, 2002.
김정남·장소원, 「외국인을 위한 한국문화 교재의 주제 분석」, 『텍스트언어학』 31, 한국텍스트언어학회, 2011.
김정우, 「고급 한국어 학습자를 위한 문학교재가발방향」, 『한국언어문화학』 6(2), 국제한국언어문화학회, 2009.
민족문화추진회 편, 『국역악학궤범』, 민족문화추진회, 1989.
박노준, 『고려가요의 연구』, 새문사, 1990.
박병채, 『고려가요의 어석연구』, 이우출판사, 1980.
박재민, 「동동(動動)」의 어석과 문학적 향방-12월령을 중심으로, 반교어문연구 36, 반교어문학회, 2014.
양민정, 「외국인을 위한 고전시가 활용의 한국어 / 문학 / 문화의 통합적 교육 - 동동을 중심으로」, 『외국문학연구』 29, 한국외국어대학교 외국문학연구소, 2008.
양주동, 『여요전주』, 을유문화사, 1954.
양희찬, 「고려가요 동동의 미적 짜임과 성격」, 『고시가연구』 22, 한국고시가문학회, 2008.
윤성현, 『속요의 아름다움』, 태학사, 2007.
윤여탁, 『외국어로서의 한국문학교육』, 한국문화사, 2007.

이소영·고경민, 「한국어교재에 수록된 문학작품의 적합성 판단과 기준-한국어 연수생의 문학작품수업을 바탕으로」, 『우리말교육현장연구』 5(1), 우리말교육현장학회, 2011.
이연숙, 「동동의 제의적 성격 연구」, 『한국민족문화』 25, 부산대학교 한국민족문화연구소, 2005.
장정용, 「한중세시풍속과 가요의 비교 고찰 - 동동과 돈황곡을 중심으로」, 『한국민속학』 29, 한국민속학회, 1997.
정병욱, 『한국고전시가론』, 신구문화사, 1988.
조규익, 「송도모티브의 연원과 전개양상」, 『고전문학연구』 32, 한국고전문학회, 2007.
최미정, 「죽은 님을 위한 노래 동동」, 『문학한글』 2, 한글학회, 1988.
______, 『한국고전시가작품론』, 집문당, 1993.
최정삼, 「동동의 지역축제 연출 가능성과 그 개발방안」, 『고시가연구』 18, 한국고시가문학회, 2006.
최정선, 「高麗 俗歌와 日本 催馬樂 비교」, 『동아시아고대학』 30, 동아시아고대학회, 2013.
최철·박재민, 『석주 고려가요』, 이회, 2003.
한용운·최동호 편, 『한용운시선집』, 서정시학, 2009.
허남춘, 『고려가요연구의 현황과 전망』, 집문당, 1996.
황병익, 「고려속가의 연행상황과 연행상의 변화연구」, 부산대학교 박사학위논문, 2001.
Carter, Ronald, and Michael N. Long. *Teaching literature.* New York : Longman, 1991.

【 민요로 읽는 〈유구곡〉·〈상저가〉·〈사모곡〉 】 _윤성현

『삼국사기』
『삼국유사』
『고려사』
『동문선』
『한국시문학대계 6』

최 호, 『신역 삼국사기2』, 홍신문화사, 1994.
사회과학원 고전연구소 번역연구실 역, 『북역 고려사』(1966년 간), 신서원 편, 1991.
신호열 역, 『국역 동문선』, 민족문화추진위원회, 1997(수정3판).
한국시문학대계 6, 『김소월』, 지식산업사, 1980.

권영철, 「유구곡고」, 『고려시대의 가요문학』, 새문사, 1982.
김동욱, 「시용향악보 가사의 배경적 연구」, 『진단학보』 17, 진단학회, 1955.
김명호, 「고려가요의 전반적 성격」, 『한국시가문학연구』, 신구문화사, 1983.
김학성, 『국문학의 탐구』, 성균관대학교 출판부, 1987.
_____, 『한국고전시가의 연구』, 원광대학교 출판국, 1980.
김흥규, 「고려 속요의 장르적 다원성」, 『한국시가연구』 창간호, 한국시가연구, 1997.
박노준, 「사설시조와 에로티시즘」, 『한국시가연구』 3, 한국시가연구, 1998.
_____, 「속요의 형성과정」, 『고려가요의 연구』, 새문사, 1990.
_____, 「유구곡과 예종의 사상적 번민」, 『고려가요의 연구』, 새문사, 1990.
_____, 『고려가요의 연구』, 새문사, 1990.
박병채, 『고려가요의 어석연구』, 선명문화사, 1968.
송석하, 「전승노리의 유래, 전남지방 강강수월래」, 『조광』, 1938. 6.
신동익, 「사모곡 소고」, 『한국고전시가작품론 1』, 집문당, 1992.
양주동, 『여요전주』, 을유문화사, 1947.
윤성현, 「고려 속요의 서정성 연구」, 연세대학교 박사학위논문, 1994.
_____, 「속요의 형성과 장르적 특질」, 『한국고전시가사』, 집문당, 1997.
_____, 「유구곡을 다시 생각함」, 『한국민요학』 4, 한국민요학회, 1996.
_____, 「유구곡의 구조와 미학의 본질」, 『한국시가연구』 3, 한국시가학회, 1998.
_____, 「조선조 후기가사의 변모양상 연구」, 연세대학교 석사학위논문, 1984.
_____, 「후기가사의 이행과정」, 『연세어문학』 23, 연세대학교, 1991.
_____, 『속요의 아름다움』, 태학사, 2007.
윤영옥, 『고려시가의 연구』, 영남대학교 출판부, 1991.
이규호, 「방아타령의 문학적 수용양상」, 『한국시가의 재조명』, 형설출판사, 1984.
이병기, 「시용향악보의 한 고찰」, 『한글』 115, 한글학회, 1955.
이병도, 「시용향악보의 영인과 미전가사의 약고」, 『동대신문』 4.

이종출, 「사모곡 신고」, 『한국고시가연구』, 태학사, 1989.
최동원, 「고려 속요의 향유계층과 그 성격」, 『고려시대의 가요문학』, 새문사, 1982.
최용수, 『고려가요연구』, 계명문화사, 1996.
최 철, 『고려국어가요의 해석』, 연세대학교 출판부, 1996.

【 악장으로 읽는 〈만전춘별사〉 】 _ 김영수

『高麗史節要』 卷25, 忠肅王 四年 12月 閏月조.
『成宗實錄』 卷219, 19年(1488 戊申年) 8月 13日(甲辰)조.
『세종실록』 29년 6월 4일 을축조.
金守溫, 『拭疣集』 권4 詩類.
『악장가사』.
『악학궤범』 권5 학연화대처용무합설조.
『譯註 高麗史』 世家 卷24, 高宗 45년(1258년) 12월 甲辰條(동아대학교 고전연구실 편, 1982).
『中宗實錄』 권32, 13년 戊寅 4월 己巳朔條條.
「進高麗史節要箋」.
『春秋繁露』卷6, 保位權 第二十.
『春秋繁露』卷12, 基義 第五十三.
『태조실록』 권4, 2년(1393, 계유년) 7월 26일 己巳條.
『태종실록』 권3, 2년(1402년 임오년) 6월 9일 辛酉條.

姜明慧, 「고려속요의 남녀상열성 연구」, 『서강어문』12집, 서강어문학회, 1996.
姜晋哲, 「몽고의 침입에 대한 항쟁」, 『한국사』 7, 국사편찬위원회, 1977.
高柄翊, 「원과의 관계의 변천」, 『한국사』 7, 국사편찬위원회, 1977.
金德炫, 「만전춘의 의미구조」, 『동국어문논집』 7, 동국대 국어국문학과, 1997.
金榮洙, 「선초악장의 문학적 성격」, 『한국고전시가사』, 집문당, 1997.
______, 「정도전 악장문학 연구」, 『東洋學』34집, 단국대 동양학연구소, 2003.
金用淑, 『조선조 궁중풍속의 연구』, 일지사, 1987.

奇泰完 선역, 『唐詩選 下』, 보고사, 2008.
김명호, 「고려가요의 전반적 성격」, 『한국시가문학연구』, 신구문화사, 1983.
루링 저, 이은미 역, 『중국 여성』, 시그마북스, 2008.
文淑姬, 『고려말 조선초 시가와 음악형식』, 학고방, 2009.
신명호, 『궁궐의 꽃, 궁녀』, 시공사. 2004.
梁太淳, 「음악적 측쪽에서 본 고려가요」, 『고려가요 연구의 현황과 전망』, 성균관대 인문과학연구소편, 집문당, 1996.
呂基鉉, 「만전춘: '오리(鴨)'의 변용」, 『고려 속악의 형성과 향유, 그 변용』, 보고사, 2011.
呂增東, 「만전춘별사 歌劇論 시고」, 『진주교대논문집』 1집, 1967.
염은열, 『공감의 미학 고려속요를 말하다』, 역락, 2013.
유홍렬, 「고려의 원에 대한 공녀」, 『진단학보』 18, 진단학회, 1957.
윤성현, 『속요의 아름다움』, 태학사, 2007.
尹榮玉, 「만전춘별사의 재음미」, 『고려가요연구의 현황과 전망』, 집문당, 1996.
윤영옥, 『고려시가의 연구』, 영남대학교 출판부, 1991.
李敏弘, 「고려가요와 禮樂사상」, 『고려가요 연구의 현황과 전망』, 성균관대 인문과학연구소편, 집문당, 1996.
李丙燾, 『한국사』(중세편), 진단학회편, 을유문화사, 1961.
李聖周, 「고려시가의 연구-그 사회의식을 중심으로-」, 세종대학교 박사학위논문, 1988.
李壬壽, 「만전춘의 문학적 복원」, 『麗歌研究』, 형설출판사, 1988.
정 민, 「한시와 고려가요 4제」, 『고전시가 엮어 읽기(상)』, 태학사, 2003.
조규익, 『고전시가의 변이와 지속』, 도서출판 학고방, 2008.
趙萬鎬, 「고려가요의 情調와 악장으로서의 성격」, 『고려가요 연구의 현황과 전망』, 성균관대 인문과학연구소편, 집문당, 1996.
崔美汀, 「詞俚不載歌謠에 관한 연구」, 『한국학논집』 16, 계명대 한국학연구원, 1989.
崔正如, 「樂章·歌詞攷」, 『한국시가 연구』(백강서수생박사환갑기념논총), 형설출판사, 1981.
崔珍源, 「고려가요 연구의 현황과 전망」, 『고려가요 연구의 현황과 전망』, 성균관대 인문과학연구소편, 집문당, 1996.
최 철·박재민, 『석주 고려가요』, 이회, 2003.

許南春, 「動動과 禮樂사상」, 『고려가요 연구의 현황과 전망』, 성균관대 인문과학연구소편, 집문당, 1996.
황병익, 『고전시가 다시 읽기』, 새문사, 2006.

【 한국시가의 전통과 〈가시리〉 】 _ 김진희

『高麗史』 樂志
『三國史記』
『三國遺事』
『樂章歌詞』
『樂學軌範』

길진숙, 『조선 전기 시가예술론의 형성과 전개』, 소명출판, 2002.
김대행, 「고려가요 율격」, 『고려시대의 가요문학』, 새문사, 1982.
______, 『우리 詩의 틀』, 문학과비평사, 1989.
김동욱, 「신라향가의 불교문학적 고찰」, 『한국가요의 연구』, 을유문화사, 1961.
김열규, 「처용전승시고」, 『한국민속과 문학연구』, 일조각, 1972.
김수경, 『高麗 處容歌의 傳承過程 硏究』, 이화여자대학교 박사학위논문, 1995.
김형규, 『古歌謠註釋』, 일조각, 1976.
김흥규, 『한국문학의 이해』, 문학과 지성사, 1984.
민긍기, 「신화의 실체를 규명하기 위한 몇 가지 점검」, 『연민학지』 제8집, 연민학회, 2000.
박노준, 「〈履霜曲〉과 倫理性의 문제」, 『고려가요의 연구』, 새문사, 1990.
박병채, 『高麗歌謠의 語釋研究』, 二友出版社, 1978.
성기옥, 『한국시가 율격의 이론』, 새문사, 1986.
양주동, 『古歌研究』, 일조각, 1965.
______, 『麗謠箋注』, 을유문화사, 1971.
윤성현, 『속요의 아름다움』, 태학사, 2007.
윤영옥, 『신라가요의 연구』, 형설출판사, 1980.
장효현, 「履霜曲의 生成에 관한 고찰」, 『국어국문학』 제92집, 국어국문학회, 1984.
정병욱, 「고시가 율격론」, 『한국고전시가론』, 신구문화사, 1985.

정혜원, 「가시리 소고」, 『한국고전시가작품론』1, 집문당, 1993.
조동일, 『한국문학통사』1, 지식산업사, 1982.
조창환, 『韓國現代詩의 韻律論的 硏究』, 일지사, 1986.
최선경, 『향가의 제의적 이해』, 한국학술정보, 2006.
최 철, 『고려국어가요의 해석』, 연세대학교 출판부, 1996.
최 철·박재민, 『석주 고려가요』, 이회, 2003.
허남춘, 『古典詩歌와 歌樂의 傳統』, 월인, 1999.

Allen, Gay Wilson. American Prosody, Octagon Books, 1978.
McCann, David R. "Korean Literature and Performance? Sijo!", *Azalea Vol. 4*, Korea Institute, Harvard University, 2011.
The New Princeton Encyclopedia of Poetry and Poetics, Princeton University Press, 1998.

저자소개

최 철
전 연세대학교 국어국문학과 교수

손종흠
한국방송통신대학교 국어국문학과 교수

박재민
숙명여자대학교 한국어문학부 교수

김창룡
한성대학교 한국어문학부 교수

신명숙
단국대학교 국어국문학과 강사

윤덕진
연세대학교 국어국문학과 교수

길태숙
상명대학교 역사콘텐츠학과 교수

윤성현
배재대학교 주시경교양대학 교수

김영수
단국대학교 국어국문학과 교수

김진희
아주대학교 다산학부대학 교수

고가연구총서4

새로 풀어 본 고려가요

2016년 3월 2일 초판 1쇄 펴냄

지은이 고가연구회
펴낸이 김흥국
펴낸곳 도서출판 보고사

책임편집 이유나
표지디자인 오동준

등록 1990년 12월 13일 제6-0429호
주소 경기도 파주시 회동길 337-15 보고사 2층
전화 031-955-9797(대표)
02-922-5120~1(편집), 02-922-2246(영업)
팩스 02-922-6990
메일 kanapub3@naver.com / bogosabooks@naver.com
http://www.bogosabooks.co.kr

ISBN 979-11-5516-511-9 93810

정가 23,000원

이 도서의 국립중앙도서관 출판예정도서목록(CIP)은 서지정보유통지원시스템 홈페이지(http://seoji.nl.go.kr)와 국가자료공동목록시스템(http://www.nl.go.kr/kolisnet)에서 이용하실 수 있습니다.(CIP제어번호 : CIP2016002558)